中国专业作家作品典藏文库

中国专业作家作品典藏文库
邹静之卷

铁齿铜牙纪晓岚 一

邹静之／著

中国文史出版社

目 录

惊天动地

一

万春园。

仪仗前行，鼓乐吹打。

华盖下，乾隆兴冲冲至，看着新园林一派花红柳绿，十分高兴。

众大臣朝服两列相随。和珅、纪晓岚各站一班。

乾隆落座。百官跪，山呼万岁。

百官：吾皇万岁、万岁、万万岁。

乾隆：免了，免了。众位爱卿，有山风轻拂于左右，有亭台楼阁环列当前，加之花柳相随，绿水涟漪，今天朕的心情只有两个字——高兴，高兴啊！

和珅：启奏万岁，奴才等平日里追随万岁爷在宫内忙于国事，今日蒙皇恩到这园林中一游，啊，顿觉心旷而神怡，喜茫茫而兴之无边。也想借万岁爷那两个字——高兴，高兴得很。

乾隆：高兴好啊。

和珅：兴之所至，我们有些诗作想献于圣前，不知……

乾隆：好啊，好啊！正想听众爱卿的文采。好主意，那我们今日就来个君臣山河会吧。和爱卿，你就临时当个诗提调吧。

纪晓岚闭目，听后不以为然。

和珅：谢万岁爷。既然万岁爷钦点了下官，各位，和某也就不让了，不让了。……纪学士？

纪晓岚：嗯？您请，您请。

3

和珅：好，那么就开始了。从冯……冯大学士，冯老，您是中过榜眼的，诗名远播，您先来，先来。不要推辞，请，请。

冯学士一老头，颤巍巍出，底气倒足。

冯学士：老臣为助兴，口占一绝，以颂家国之盛、园林之美、圣上之英明。嗯……平地园林为谁开，国事花事紧相连。一朝赢得圣人赞，遍地风流滚滚来。

和珅：好，好。万岁爷。

乾隆：倒也快捷。冯学士可谓老来风流，不减当年啊。

和珅：吴翰林您的五言独步天下，您来一首，您来一首……

万春园。

一队太监快步跑，而后列于两边。

直隶总督尚荣急急边看边进。

尚荣问太监：都备好了？

太监：全都备好了，等着万岁爷乏了就在万方阁歇息呢。

尚荣有些紧张：万岁爷的心情可好？

太监：好，好极了，说是高兴，大学士们都为凑趣忙着作诗呢。您放心吧。

尚荣：那好，那好，高兴就好。

还是紧张，忙着走了。

万春园。

一个大胖武将开始要读诗。

武将：万岁爷，臣是一个粗人，不会作诗，今天为助兴念个顺口溜吧。

乾隆：好啊。

武将：山坡远看像馒头，绿树筷子插上头。湖水舀来一盆汤，美景恨不咬一口。

众大臣笑而鼓掌。

乾隆大笑：真难为你了。倒还有韵，这"美景恨不咬一口"，也算是别出心裁吧。索将军你还不嫌自己胖啊，总想着吃。

4

武将：献丑，献丑。

此时和珅拿捏起姿态来，轻嗽嗓子，自己想读又不好开口，找纪晓岚说话。

和珅：纪大学士，您一向才思敏捷，今天怎么让人占了上风了？您……

纪晓岚：和大人，不瞒您说，都在肚子里呢。缺口烟，出不来。您先请，您先请。

和珅：那我就管不了你了，嗯……万岁爷，奴才想献诗一首，但有一事相求。

乾隆：讲。

和珅：值此良辰美景，奴才欲请檀板、渔鼓相伴，以效古人之风范。

乾隆：好啊，正想看和大人的身手。

和珅一挥手，有人送上来檀板，旁边一太监敲渔鼓。

和珅带着身段，轻嗽嗓子，打起檀板，吟。

和珅：嗟夫！有园林之俏丽兮，浮于西山之阿。徘徊于兰桂左右兮，绿水婆娑。风摇之婀娜兮，鸟驻鱼歇。此家国之昌盛兮，明主……临天下！

动作大了差点摔倒。众人大加鼓掌。忽听见一声哭。

大家都回头看——纪晓岚蹲在地上哭起来，且越哭声越大。

大扫了和珅的兴，和珅生气。

尚荣在众大臣中冷静地看着。

乾隆：纪学士，有何不快，哭得这么伤心？

纪晓岚照哭不理。

和珅：纪大学士，纪大学士，万岁爷问你话呢。

纪晓岚抬起头来却是一副笑的模样，看着是笑又满脸有泪。

纪晓岚：失礼了，失礼了。万岁爷，微臣失礼了。

乾隆：纪晓岚，你这是笑啊，还是哭啊？

纪晓岚：回万岁爷，值此喜庆之时，哪儿有哭的道理，高兴，高兴的。万岁爷不是有乐极生悲、喜极而泣的话吗？高兴，高兴。

所有大臣看着纪，也跟着做怪样，像是牙酸了。

乾隆：慢！慢！你……你那个样子实在让人匪夷所思，朕实在看不了

5

喜极而泣的样子！弄得我这牙酸酸的……诗作好了没有，读一首来听听。

纪晓岚：回万岁爷，诗倒是作了一半了，听了和大人的楚风，感觉真是高古而凛然，回肠而荡气，所以喜极而泣，另一半还没作出来。

和珅得意。

乾隆：那就读一半来听吧。

纪晓岚：请万岁爷恩准，以竹节相伴奏。

边说着话边从怀里掏出一个竹板。

乾隆：准。

纪晓岚边打竹板边道：西郊水畔万春园，有山有水有楼台。一座楼台八根柱，一柱一柱抬起来。远看山坡万株柳，一柳花费十万钱。临水之侧挖个湖，湖上漂着黄金船。假山那是白银做，牡丹花了翡翠钱。此地原为先人冢，孤魂野鬼夜出来！

纪晓岚高兴地唱着，众大臣已变色。

尚荣退出人群快跑。

乾隆变色：住口！

纪晓岚：万岁爷，尚有三节没读完……

乾隆：孤魂野鬼都出来了，还要读什么？纪晓岚你总是在朕高兴之时，做些个败朕胃口的事。

纪晓岚跪下：臣万死！

乾隆：大煞风景，真是大煞风景！起驾！

太监：起驾！

百官跪送。

百官：吾皇万岁、万岁、万万岁。

人都走了。纪晓岚跪着，一片片脚步从他身边过，有一双脚站住了。

和珅：好诗！连数来宝都会作了，纪大学士真是文采飞扬啊！……要不要我在万岁爷面前帮您开脱开脱？

纪晓岚：正想求和大人呢，如蒙和大人在万岁爷面前说个话，不胜感激。

和珅：呸！你这回是死定了。你……跟你说啊，我可不愿让你死，你死了我会寂寞。

6

和珅书房。

和珅跟尚荣在说话：你说说，我吟到最后关键的时候他在那儿又哭又笑。最后赞颂万岁爷的两句诗眼，生生就没有读出来。

尚荣：……

和珅：诗啊这开头不怕没起好，就怕尾没收起来，全仗着两句诗眼呢，生让纪大烟袋给搅了。……尚大人，您急急忙忙地来什么事？

尚荣：和大人，纪晓岚他一口一个白银山黄金船的，就差把修园子的底账报给万岁爷听了。我是怕……

和珅：怕什么？咱们有什么怕的？修园子嘛，自然要花钱。再说了，他今天以为自己是忠臣而死谏，万岁爷不见得就领他的情，没听万岁爷说他是"大煞风景"吗？……不怕，他能活不能活还是回事儿呢。

南书房。

纪晓岚跪在一旁。面前一张纸，纪晓岚拿笔记录。

乾隆走来走去地大声呵斥着。

乾隆：当众冲撞圣上，对当今圣上指桑骂槐，大拂其兴致，该当何罪？

纪晓岚：斩。

乾隆：好，你自己写上。

纪晓岚像不关自己事一样写着，边念边写。

纪晓岚：指桑骂槐，大拂兴致……斩。

乾隆：风闻言事，毫无根据，捕风捉影，该当何罪？

纪晓岚：斩。

乾隆：好，你再写上。

纪晓岚：捕风捉影，风闻言事，斩。

乾隆：其他朕不想多说了，你自便吧。

纪晓岚装傻跪着不动。

乾隆：纪晓岚，你没听见吗？请你自便。

纪晓岚：回万岁爷，微臣听见了。

乾隆：有什么可说的？

纪晓岚：没有。

乾隆：还算明白。来人呀，押下去，斩了！

纪晓岚：万岁容禀。

乾隆：哎，你不是没话说吗？好，有什么话，朕让你说。

纪晓岚：万岁爷，您刚说的几条罪状都是微臣的？

乾隆：不说你，难道说的是别人？又来装傻。快，有什么话讲？

纪晓岚：……没有。

乾隆：推出去斩了！

进来卫士把纪晓岚押了出去。

乾隆以为纪会求饶，半天回身看，已是人去屋空。

宫内夹道。

响起六部大臣急迫的脚步声。

吏部：何大人，什么事啊，这么急着召咱们？

何大人：不知道，该不是要……

和珅：杀人，一定是要杀人了。到时几位可别多嘴，万岁爷震怒了。

众人飞快走。

法场。

纪晓岚被绑着跪在法场上，他抬头看太阳，晃眼。

纪晓岚：刀斧手，哎，刀斧手！

刀斧手：纪大人，您有什么话？

纪晓岚：几时动手？

刀斧手：太阳当西时。

纪晓岚：我饿了，先给弄点儿吃的。

刀斧手：纪大人，您先忍忍吧。这可没给您预备下，您看着点儿太阳吧，说话就不知道饿了。

纪晓岚：蠢话，现在不是还知道呢吗！难道知道要死，连饭都不吃了吗？生下来就知道自己终有一天要死，还不是照样吃饭。备饭！

刀斧手：是，是！听您的，听您的，活人不跟要死的人争。备饭，备饭！

南书房。

乾隆大发议论，其实想让众官给纪晓岚求情。

乾隆：……纪晓岚此人虽说是入阁之后，屡有大功，比如拒边，比如修书，比如……但今天冲撞之事，不杀他，不足以解朕之心头火，朕是决心要杀他了，你们谁也不要劝朕，谁也不要劝啊。

说完话喝水。以为六部会求情，结果没人说话，没人劝。

和珅也在动心思，不知说什么好。众人都低着头。

乾隆：你们真的不必劝朕。

六部：……

乾隆：好！既然你们连多年在一起为官的交情都不顾了，情也不给他说，那我也只有杀他了。传旨，申时三刻斩立决！

和珅高兴。

突然太监外边叫：太后驾临南书房啊！

六部官员一听都跪下迎候。

乾隆：哟！怎么惊动老太太了？

法场。

纪晓岚被绑着手坐着，刀斧手一口酒、一口菜地给他喂着吃。

纪晓岚：嗯，这味宫保鸡丁炒老了，鸡丁炒前先要用水团粉加白胡椒略煨一煨，以求其入味，这火候一看就不是东兴楼的菜。……嗯……嗯，酒，酒，来一口，来一口。……莲花白，兑了三分水。给一临死之人喝兑水的假酒，泼了，泼了。

刀斧手无奈把酒泼了。

刀斧手：纪大人，有句话跟您说说。

纪晓岚：说，说。

刀斧手：您哪儿像个临死的人啊？现在就您这样，要是让外人看见，我这一口一口地伺候着您，我才像个要死的呢。

纪晓岚：是吗？既不像个要死的人，那我肯定就不能死，天底下哪有明君圣主会让一个直谏之臣去死啊！……夹菜，夹菜。

9

南书房。

众臣见礼。

太后：罢了，罢了。按理说你们正在办公事，我不该来打搅，但是事急了，也就顾不得了。听说皇上要斩纪大学士？

乾隆：皇额娘，此事正议，还……还没定论。

太后：为着什么呀？

乾隆：纪晓岚他过于恃才逞智，不把儿臣放在心上。

太后：是为园子的事吧？我也听说了，为了修个园子，刨了人家不少的祖坟，花了不少的银子，百姓们有怨气呢！……如果纪学士为此说了两句真话就杀他，怕是要怨上加怨啊！你们再想想。

乾隆：皇额娘，儿臣也不是真的要杀他，他……他要说个认错的话，事情也就过去了。谁知他……

和珅看是个机会。

和珅：启奏万岁、太后，奴才有话说。

乾隆：这会儿都有话了，讲吧。

和珅：既然修园林之事广有民怨，而修园之事乃为吾皇经年累月劳累之休养所为，又不得不修，依奴才之见，民怨当先止。

乾隆：话是不错，园子不修了？

和珅：回万岁爷，园子照修。为止民怨，万岁爷不妨下一道罪己诏，以……

乾隆：凭什么？嗬，事到了最后，好像错总在朕一人身上。

和珅：万岁爷，奴才以为话不妨说，错不妨认，而事不妨照做，园林不妨照修。老百姓嘛，不就争个理吗？让他气顺了，事也就办了。

乾隆：那纪晓岚呢？

和珅：放，放！杀了他岂不成就了他一世英名？

乾隆：哈，哈！今天这园子游的，你们是个个都有道理，最后错是落在朕一人身上了。朕说了杀人，现在又要放人，好不秧的还要下个罪己诏啊，罪己……

太后：和大人。

和珅：奴才在。

10

太后：你不但明理，心眼还是满活泛的啊。

和珅：太后您骂奴才呢，奴才罪该万死。

太后：那就这么办吧。我乏了，跪安吧。

法场。

纪晓岚被绑着在地上打瞌睡。旁边刀斧手也乏了，抱着鬼头刀打瞌睡。两人睡得很香。

一只手拨拉纪晓岚。

纪晓岚：哎！干什么，干什么，没到点吗？

和珅：到了！这儿……这儿哪儿像个法场啊！夕阳西下，牛羊晚归，天蓝而云白。一个将死之人枕一个要杀他之人睡得鼾声大作。……纪晓岚啊纪晓岚，你居然睡得着！

纪晓岚：偶一神游而已，偶一神游。和大人，你来就好了。

和珅：为什么？

纪晓岚：我就死不了了。

和珅：怎见得？

纪晓岚：你呀，从来是要做好人说好话卖好人情的，我要死了你指定了不来，我要活了，你一定要来！

和珅：刀斧手！

刀斧手：在！

和珅：动手！……给纪大人松绑！

刀斧手把绳割开了。

和珅：怎么谢我？

纪晓岚：日后自有一份人心。

和珅：现在怎么谢？

纪晓岚：有夕阳残照，有美酒当前，和大人您坐下吧，咱们喝一杯。

和珅：残羹剩酒，残阳剩霞，残山剩水。纪晓岚你真不识好歹，就这么谢一个救命恩人？

纪晓岚：和大人您救了我了？

和珅：我和珅今天在南书房，据理力争，冒死而谏，为求你一命几乎搭上自己的一命，你就拿这些吃剩的东西谢我？

11

纪晓岚：我又没说要谢你，是你自己要谢的，据我所想，你今日无非是……

和珅：无非是什么？

纪晓岚：非要我说吗？

和珅：说吧。

纪晓岚：无非是在南书房慷慨激昂地说了通假话而已。

和珅一愣，而后大笑：慷慨激昂说假话。中肯，中肯！识我者纪晓岚是也。你说对了，可就是这样万岁爷信我！

乾清宫。

乾隆帝威严坐着，众大臣默然不语立着，气氛颇尴尬。

乾隆：朕话也说了，错也认了，众位爱卿有什么话，说吧。

没人说话。

和珅轻嗽嗓子，瞄着纪晓岚。纪晓岚一出班，他也出班，总之想抢说话，如果纪不说了，他也就不说了。

纪晓岚迈步欲出班，和珅抢出。

和珅：启奏万岁，奴才有话说。

以为纪晓岚也会出来，没想到纪晓岚是假伸了下腿，又退回了，没动。

乾隆：和爱卿请讲。

和珅：万岁爷，因一园林之小事，就罪己而安民怨，足见吾皇坦荡之心胸，文治武功之气度。奴才等只有扪心而自问检讨自己，深以为罪孽深重，哪儿还有什么话说，惭愧，惭愧得无地自容啊！

乾隆：有和爱卿这番话，朕心也就平和多了，终归为家园百姓计，你们也不用安慰朕了。好，那就……

纪晓岚出班。

纪晓岚：启奏万岁，臣也有话说。

乾隆：讲。

纪晓岚：自古律例，凡罪便要罚，吾皇万岁胸怀远大，既已罪己，那就当罚。否则话传出去，百姓们会说君王罪己流于表面。

乾隆：话是不错，纪学士你出个主意，怎样罚朕？

纪晓岚：自古刑律，罚者要么动刑，要么流放，所谓刑不上大夫，吾皇万岁乃真命天子之身，当然是打不得的。

和珅：纪晓岚你太放肆，还想打……打万岁吗？

乾隆：让他说。

纪晓岚：臣说的是万万打不得的，打不得，既不能刑，只有流放了。

乾隆：好，听你一句话，当流放多远。

纪晓岚：三千里。

乾隆：三千里，好，那国家谁管？

纪晓岚：臣以为普通百姓三千里，吾皇贵为天子，龙行虎步，有三百里也就够了。

乾隆：纪爱卿，没想到你……你还真照顾朕啊！……朕屡下江南，一迤千里万里何足挂齿？三百里，好啊，正要出门散心，好主意，朕准了！

和珅：万岁！

乾隆：不必多言，朕问一句话，众爱卿，哪位愿与朕同流三百里？

哗，所有大臣都跪下了。

百官：臣等愿随吾皇左右。

乾隆高兴，再看只有纪晓岚站着没跪。

乾隆：纪学士，你不愿随朕同往吗？

纪晓岚跪下：臣该死。微臣不是不想同往，一是要不了那么多人，臣不愿跪下来说个便宜话；二是臣……请万岁准臣言。

乾隆：准。

纪晓岚上前小声说悄悄话：万岁爷，您许是忘了，臣因前年的罪不是被您判过流放三千里吗。

随后又大声道：所以臣知其滋味，私心里觉着不去也就罢了。

乾隆：嗯，倒也是实情。和爱卿。

和珅：奴才在。

乾隆：你愿跟朕前往吧？

和珅：愿，愿！奴才怎可一日不见万岁，真若那样，奴才怕是会因思念而生疾，由疾而亡。奴才愿与万岁同赴流途，侍奉吾皇于左右。绝不像某些人乃一心向恶，心中无主。

乾隆：人不必多，纪学士你也同路吧！

纪晓岚：臣……臣蒙万岁抬爱，惶恐之至。要同路，也行，只是有两件事，万岁爷应了，臣即万死不辞。

乾隆：哪两件，说出来朕听听。

纪晓岚：一是微臣自小即抽旱烟，请吾皇恩准，微臣一路可吸烟。

乾隆：区区小事，准了。

纪晓岚：二是，此次出门不比下江南，实乃流放。虽不着囚衣，但还是要素衣小帽扮作百姓，一路住行与囚犯同。所以臣怕路上有督导不利、令不能行、禁不能止的地方，敬请万岁爷赐您身上的一件东西，当尚方宝剑一样，以便令行禁止。

和珅：万万不可，奴才以为纪晓岚他有僭越之心。

乾隆：朕心中有数。准，准了！那你就上来挑一件吧。

乾隆把身上的扳指呀、香袋呀、玉佩呀、扇子呀都放案子上了。

纪晓岚慢步上宝座，看着别的都不要，看扇子好，开合一下，自己用扇子打了下自己的头，好疼。

纪晓岚：臣就选这件吧。

乾隆：拿……拿走。何时起程，去哪个方向？

纪晓岚小声：万岁，那可不能说，到时只我君臣三人知道。

百官愕然。

乾隆：退朝。

街上。

大烟袋冒烟，纪晓岚抽着烟在一个算命摊上算卦。

术士边念边掐指头：寅午戌见卯，己酉丑见午，申子辰见酉，亥卯未见子。这位先生，不好啊！

纪晓岚：怎么不好？

术士：您是不是要出门？

纪晓岚：这还用算，刚才不是爷我跟你说的吗？

术士：噢，对，是您跟我说的。您要出门，这四柱八字给您推出来了，您命中现了桃花煞了。

纪晓岚：墙里桃花，墙外桃花？

术士：您要出门，自然是墙外桃花了。

14

纪晓岚：不可能。

术士：怎么不可能，卦里是这么现的。

纪晓岚：不可能。我们是三个男子出门，一个牵制一个，三人相互牵制，锁着阴阳结呢，有桃花也进不来。你算得不准。

术士：哎，先生，先生，准不准的仁者见仁，智者见智，您好歹给点卦资啊！

纪晓岚：不准，根本不准，我凭什么给你卦资？

术士：哎，你这人怎么不讲理呀，你还没出门呢怎么知道不准？再说了，卦资说好了的，怎么也得给点儿呀。

纪晓岚：想要卦资啊，也成。我问你个事，你要教给了我，我多给你钱。

术士：什么事呀，那得是我知道的。

纪晓岚：你必定知道。来来来，你听我说，比如三人不一心，要出门，一个想往南，一个想往北，一个想往东，怎么才能让三人都往南了？

术士：这个呀，太简单了，抓阄啊。来，附耳，附耳。

纪晓岚听了高兴，两人叽叽咕咕。

和珅书房。

和珅正与尚荣说话。

和珅：……大可不必，大可不必！你想啊，你是直隶总督，从京城不管往东西南北三百里地，都出不了你直隶，你想让万岁爷什么也看不见，什么也不知道，怎么可能呢？看，让万岁爷随便地看。这回皇上在你的地面上不是视察是流放，他能看见什么？关键是纪大烟袋，他……得了一把扇子。

尚荣：那是不是就更不好办了？

和珅：你听我说，好办，好办。他为什么要扇子呀，就是憋着给万岁爷苦头吃呢。他给苦头，咱给甜头。还不用什么大甜头，只要吃好睡好，万岁爷必承你的人情，到时再升两级也是个顺理成章的事。依我看，此次对你，是个绝好的机会。

尚荣：就怕他往南走。

和珅：为什么？

尚荣：往南走必走曲阳。这修园子的石料啊、刻石啊都从那儿而来，还有那个洪御史……

和珅：东南西北四个方向，又不是他纪大烟袋说了算，你先别操心这事，先想办法把万岁爷伺候好了是真的。人生之事，头一桩就是碰机遇，机遇好不容易来了，抓不住，那是再有机遇也白搭。去，准备去吧。

妓院。

一双手在忙着收拾包袱。

官妓洪霞本是洪御史之女，正忙着捡拾东西。刚打好包袱，屋门响，洪霞赶忙地把东西藏好。

老鸨人到声到：哟！就是官宦人家调教出来的，可真会吊客人的胃口啊！一请、二请、三请地不下你这绣楼，你以为你是谁啊！

洪霞：妈妈，女儿今天身子不舒服，把客回了吧。

老鸨：不舒服？嗯，真好，透着那么一股娇羞气啊，让人怜，让人喜欢。不舒服？老娘我也不舒服了！告诉你洪霞，这可再不是御史府了，你麻溜地给我下楼！……我再给你一刻钟，要再不下去，可别怨妈妈我手重！

砰地抽藤条。回脸看见嫖客又变色：哎，刘二爷呀，别急着走啊，再玩会儿。

洪霞着急。哐当，后窗户开，女扮男装穿了夜行衣的丫鬟杏儿把窗户打开了，来接小姐。

杏儿：小姐，快，快走。

洪霞拿起包袱就要上窗台，上了窗台回头一眼看见了墙上的琴。

洪霞：杏儿，爹的焦尾琴。

杏儿：小姐您先下去，我拿。

洪霞赶快顺窗外的梯子下。

杏儿反身跳下窗台，摘下焦尾琴就跑，两人从窗口逃出。

屋内红烛啪啪灯花乱爆。

老鸨又上来，边走边说劝慰的软话。

老鸨：霞儿啊，不是妈妈我心狠，要恨啊，恨你自己的亲爹，谁让他得罪了皇上的。要不你还不是在府里当小姐呢吗……

边说边四处找人，帐子里、床下人都没有了。人没了，回头一看窗户开了。老鸨跑到窗前，一看梯子大喊：哎呀，不好了，小蹄子跑了，快！老刘啊，老刘带人给我追，老刘！

老鸨喊着往外跑时，王八老刘正听了话冲进来，两人撞倒。

老鸨：瞎了！快！洪霞跑了，快追上！

老刘爬起来往外跑。

老鸨：带上家伙，抓住了别问，好好给我打！

街上。夜。

纪晓岚刚听完曲子，便装，端着大烟袋，边哼唱边在街上走。

纪晓岚边唱边用那把御扇做着打鼓的样子，颇有几分得意：丑未寅初……

街上。夜。

洪霞与杏儿飞快地跑着。

后边有王八老刘带着人、火把、棍棒在追。

洪霞几乎摔倒，杏儿抱着琴拉她。

杏儿：小姐，快，快点儿。

两人又飞跑。

王八老刘追过。

街上。夜。

纪晓岚唱到高兴处，扇子往外一伸，正赶上跑过来的洪霞、杏儿从旁边的胡同中冲出来。洪霞与纪晓岚一撞，一声琴响。纪晓岚的那把御扇真就腾地一下飞起来了。这还得了！那两人不管，慌忙逃走。

纪晓岚被撞倒在地上，伸手在空中乱抓扇子，哪里还有。

纪晓岚：干什么，抢孝帽子啊？扇子，哎，不得了了，我的扇子呢？

开始在地上摸。先摸着烟袋了：烟袋，烟袋没坏。扇子，扇子呢？扇子可不能丢了，丢了要命的。

摸了半天没有，摸到一块玉坠，抓在手里，对光一照：一块玉坠。扇子，扇子呢？什么人抢我的扇子了？这不是要我命吗！

17

正说着话，王八老刘带人冲过来了。

纪晓岚生怕杂乱的人群冲过来，那御扇就更找不着了。

砰，大烟袋一横，纪晓岚将人悉数拦住。

纪晓岚：大半夜的，灯笼火把、刀枪棍棒地干什么？

老刘：还没问你呢。

纪晓岚：问得好！都给我退后！

老刘一下看见了纪晓岚的大烟袋。

老刘：您……您是纪学士？

纪晓岚：认出来了。

老刘：人不认识，认识您的烟袋，京城里谁不知道您的烟袋啊。

纪晓岚：哪个衙门的？

老刘：我们是春满楼的。

纪晓岚：什么?!

老刘：八大胡同，春满楼的。

纪晓岚：那可跟我没关系，退下。

老刘：纪大人，我们抓人，就得从这儿走，您让让。

纪晓岚：抓人啊，是不是两个人？

老刘：对，对，抱着琴的。

纪晓岚故意指了条相左的路：我看见了，从这条街走了，就是这条街。

老刘：谢纪大人。闲来玩啊。

纪晓岚：不去！把我看成什么人了。

又想起扇子，在地上摸、找：这下坏了，该不是和珅这小子故意派人来抢的吧……

街上门廊下。夜。

杏儿与洪霞躲着。杏儿抬头看。

杏儿：小姐，没事了，没追过来。……就地歇歇再走。

洪霞：杏儿。

杏儿：哎。

洪霞：咱……咱跑出来了？

18

杏儿：跑出来了。

洪霞：咱可以去找爹爹了。

杏儿：找老爷去。

一高兴两手一握，洪霞发现脖子上的玉坠没了，摸了摸没有：杏儿，不好了！

杏儿：小姐怎么了？

洪霞：娘留给我的玉坠丢了。

杏儿：忘在春满楼了？

洪霞：没有，出门还有呢！

杏儿：再找找，再找找。

杏儿一下从小姐的头发上摸出一把挂着的扇子来。

杏儿：哪儿来的扇子啊？

洪霞：扇子？……我也不知道，怕是刚才撞倒了那人的。快回去给人家吧，也许……

杏儿：留着吧。不就一把破扇子吗，备不住他还拾了咱的坠儿呢，便宜他了。

街上。

大烟袋上拴着那个玉坠。

纪晓岚在丢扇子的那条街上，抱着烟袋睡着了。

睡得很香，有一干闲人围着他看着。

甲：是纪学士？

乙：怎么会是纪学士，纪学士能在街上睡一晚上吗？

甲：看着烟袋可像。要不喊喊？……纪……纪学士，纪……

纪晓岚猛醒。

纪晓岚：呀，天亮了。

爬起来就迷迷糊糊地要走，突然想起丢的扇子：哎，众位芳邻，众位芳邻，慢走，慢走，你们在这条街上可见一样东西？

乙：什么东西，什么东西？

纪晓岚：身上……带的，夏天用的。

甲：那是什么？

19

纪晓岚：甭管什么了，看见没有？……算了，算了，我自己找。

分开众人在地上寻，众人也跟在他后边低头寻。

整一条街的人都在往地上看。

正赶上和珅坐着轿子过。

和珅：住轿，住轿……管家，管家。

管家：嗻。

和珅：那不是纪大烟袋吗？

管家：是，是呀，老爷。

和珅：他干吗呢？

管家：不知道，像在找东西。

和珅：找东西?! 找……快去问问找什么，快去。

管家飞快跑向人群。远远地看见问过了人，又跑回来了。

和珅：问清楚了？

管家：问清了。

和珅：找什么？

管家：夏天的，说是在找一种大蚂蚁。

和珅：大蚂蚁？这小子，又在装神弄鬼……找的是夏天的扇子？要是扇子丢了，纪大烟袋就冒不成烟了。……走吧，千万别让他看见咱们。

文物集市。

卖扇子的摊位。纪晓岚在挑着扇子，一把一把的扇子打开收起。

摊主：客官您到底要什么样式的？

纪晓岚小声：皇家用的那种，皇家门里的。

摊主惊，小声：皇家用的！这可没有。

纪晓岚：我……我不是说就真是皇家用的，像……像皇家用的就行。

摊主从下边拿出两把：您看看这两件，行不行？

两把质量上乘的古旧之扇，有点破旧。

纪晓岚：有扇套没有？

摊主：有上好的扇套。

纪晓岚：套上看看。

摊贩给套上。

和珅书房。

好大一堆行李，都是准备和珅上路的。

和珅：怎么准备这么一堆行李呀，不能要，不能要。

管家：大人，没准备什么，平常出门的用具。

和珅：更不行了。这回是跟万岁爷出去，俭朴，要俭朴，几近寒酸，几近寒酸才好。再说了，有纪大烟袋在，他那把扇子可是说打谁就打谁的，我不招他。全拿出去，留个碗，留两本书就行了。跟着他出去，从头到脚都不能舒服了。

南书房。

太监边报着用品名，边给万岁爷准备着行李。

太监：鸭绒被一条，驼绒毡一件，锦袍五身，银酒具一套，银餐具一套，靸鞋五双，梳子、篦子、刮舌板、挖耳勺各两套。

乾隆正在批折子，听着不耐烦。

乾隆：行了，行了，别报了。装好了拉西八里庄御碑亭那儿等着去吧。

太监：嗻。

两太监往一箱中装东西。

御碑亭。

刚往里装的东西，现在正一件一件地往外拿。

纪晓岚在检看乾隆的行李。乾隆、和珅两人都坐在亭子里看着。

纪晓岚：行了，不用往出拿了，装起来都送回去吧。出门哪用得了这些，全送回宫去。

乾隆：纪晓岚，此话怎讲？

纪晓岚：用不上，都用不上，您什么时候见过流放的囚犯带着锦被、挖耳勺的，都运回去。

和珅：纪晓岚你太无礼了吧，说是流放三百里，不至于假戏真做吧？

纪晓岚：当然要真做，否则不如不做。还有，出门在外不能直呼其名，或尊呼其位，这都不好。一是怕世人尽知万岁爷出行了，太招摇；再

21

者也不安全。不如咱们都化名吧。万岁爷、和大人，从今天起你们都叫我老纪好了，纪而律之的纪，我管纪律。和大人，您就……就叫和二吧，和合二仙的和二，听着颇为平顺。

和珅：和二，这是什么名啊！加起来是和尚小二，不行。

纪晓岚：不当真的，叫叫而已，一个名字嘛。

和珅：哎！你怎么就叫老纪呀？

乾隆自己着急名字，轻嗽嗓子：……嗯！

纪晓岚：万岁爷！

乾隆：讲！

纪晓岚：您的就不同了，您终归是贵为天子，再化名也离不开一个高贵的字眼呀！给您先取个"金"字，如何？

乾隆听了高兴，又不表露：嗯，差强人意，"金"字好。

纪晓岚：金打头，就当您是行三的，叫您金三儿吧！

乾隆一下子不高兴了：金……三儿，金三儿，金三儿！那不是我，不好听，重起。

纪晓岚：金六儿。

乾隆：更不好听了。

纪晓岚：金七、金九、金天！金天，加个"天"字。

乾隆：还明日呢。都不行！

纪晓岚：是有些同音了，金……

和珅：万岁爷，依奴才之见，出门在外您这"朕"字是不能叫了，但一个"爷"字，还当得起吧。要么尊您一声金三爷？

乾隆：金三爷，金三爷颇有威仪。准了，准。

和珅对纪晓岚使眼色，一脸得意之相。

纪晓岚：和二、金三……爷，从现在起名字定了，此次出门在外可没什么尊卑啊，尤其不能讨好卖乖。走吧。

说完托起烟袋，举起扇套，大摇大摆下台阶。

和珅、乾隆看着无奈跟下。

街上。

一马狂奔，转过弯至一大轿边停下，轿帘动都不动。

徐二：爷，他们起程了。

尚荣：往哪边走了？

徐二：在街上转呢，三人各执一词，还未定下来。

尚荣：再探。

徐二：嗻。

街上。

乾隆：老纪、和二，爷可是要往东去看海的。

和珅站住了：金三爷，窃以为往北好。

乾隆：往北有什么好看的，无非是草地牛羊。

和珅：三爷，这不是为您好吗，这天往北越来越凉快啊。往北咱们有人。

纪晓岚：往南。

乾隆、和珅：为什么？

纪晓岚：老纪我夜观天象，往南必有故事。

和珅：哎，凭什么听你的？

乾隆：对，不可听一人的。

和珅：一个要往东，一个要往北，一个要往南，你们说怎么办？

乾隆：抓阄儿吧。

和珅：对，三爷说得对，那就抓阄儿吧。

纪晓岚：好啊，正赶上个茶馆，咱坐下吧。来，来来，坐下。

纪晓岚回头看。

胡同口那个算命的术士正探头看着他。两人目光相对。

纪晓岚：好，咱们看能抓出什么来。

二

荒野。

一挂大车跑着跑着，勒住停下了。

杏儿：老板儿，老板儿，停停，停停。

车把式：姑娘什么事啊？

23

杏儿撩帘子出。

杏儿：老板儿，就到这儿吧，沧州我们不去了，您回吧。

车把式：这……

杏儿：银子一分也不少你的。

车把式：不是那话，我怕这荒郊野地的，给您二位放下，不合适。

杏儿：谢您惦记了。小姐，出来吧。

洪霞探出头，杏儿接出来。突然一只兔子从草丛中冲出来，只见杏儿手疾眼快，一镖出去，把兔子打倒在草丛里。

车把式：呀，好身手，一个姑娘家家的，还带着功夫呢。

杏儿下车把死兔子拎了回来：老板儿，拿回家去炖汤喝吧。

车把式：谢姑娘，谢姑娘。

杏儿：这是车钱。有句话我得嘱咐你，到了京城，什么也别多嘴，多嘴了对谁都不好！

车把式：不……不说，我什么都不说。没看见，不知道。

杏儿拔下镖，兔子给他扔在了车上。

洪霞：杏儿，琴我来抱着吧。

杏儿：不用，小姐，琴重，你拎着包袱吧。这扇子怪碍事的，扔了算了。

洪霞：不可，不可。万一人家找来了，不是要还人家吗？

两人边说边走。

杏儿：天下这么大，人都难找，何况一把扇子，留着是个累赘。

街边茶馆。

啪，连扇子带套拍在桌上。

纪晓岚：我说我来写阄儿吧，你们不相信我，和二你写我还不相信你呢。三爷您说吧，怎么办？

乾隆：既这样，咱仨谁也别写，找个人代写。

和二：好主意。

纪晓岚：那好，都说是好主意了，咱就这么办。

站起假装让伙计添茶，其实站起来冲胡同口的那个术士使了个眼色。术士看清了，出胡同口。

纪晓岚：找不如撞，我看待会儿谁从咱跟前先过就选他。

乾隆：公平，很好。

和珅：好，好玩儿。不过他得会写字啊。

乾隆：那是自然。

话音刚落，算命术士像是正好路过。

术士：算流年，看八字，看手相了。算流年，看八字……

纪晓岚：哎，这位先生，这位先生，留步。三爷，人来了，人来了。

乾隆：来了好，叫住。

术士：哎，先生您好，看手相吗？

纪晓岚：不看，不看。你可识字？

术士：当然识字。

纪晓岚：会写吗？

术士：会，会，正经的《多宝塔》柳体。先生您写牌匾啊，不贵的，一个字一两，白送店名。

纪晓岚：没那么复杂。你呀给我们做三个阄儿，然后放一只干净碗里拿过来，我们要抓个阄儿。

术士：这好办，不知阄儿上写哪几个字啊？

和珅：我告你，我告你啊。我，看清了吧，想往北走，你写个"北"字；这位金三爷呢，看清了吧，气宇轩昂的，想往东走，你写个"东"字；还有这位抽烟袋的先生，要往南走，你就写个"南"字。记住了，"北、东、南"三个字，就写三个阄儿。

街上。

尚荣的探子徐二在街上走着。

远远看见了纪晓岚等四人后，缓步悄悄走过来。

街上茶馆。

徐二像客人一样走进，坐在纪晓岚等人的邻桌。

徐二：小二，茶。

术士在旁边桌上把阄儿写好了，拿两只碗一扣，走了过来。

术士：三位客官，阄儿写好了，您都上眼看看，不偏不向三个字，东、北、南。哪位客官拈啊？

和珅：你不会作弊吧？

乾隆：他一个过路人怎会呢，和二啊，你多虑了吧？

纪晓岚：三爷说得对。

和珅：那我来抓阄，我来。

纪晓岚大烟袋一扫，把和珅的手拨拉开：你抓以为就是北呀。我看让三爷抓吧，三爷您上手。咱们俩谁也别动，三爷抓着什么是什么。

乾隆：好，我抓吧。

犹豫一下，伸手拈。拈出，把阄儿打开一看，一个"南"字。

乾隆：南。

徐二有点惊。

纪晓岚：天意，天意。再没话了吧？走吧。和二啊，你掏块银子，给这位先生，连茶钱一块儿付了啊。三爷您请。

和珅：凭什么我给钱？

纪晓岚：下回我付，下回我付。

和珅掏出银子扔桌上：怎么偏偏就抓了个"南"字？

三人出。

术士拿起银子掂了掂：小二啊，再给我捞碗面。……十天的饭钱有了。

正在高兴时，徐二先站起来往三人正走远的街上看了看，然后移坐至术士这儿来。

桌上那只阄碗还在，里边一个阄开了，另两个没开。

术士高兴地吃着面。

徐二：先生好算术。

术士：此话怎讲？

徐二边说边把另外两个阄全打开了，个个是"南"字。

术士：三个当事的没看出来，倒让你一个旁观的看出来了，你也是吃这碗饭的？

徐二：差不多。

术士：改日咱切磋切磋。

徐二哗地从怀里掏出锁链：不用改日，就现在吧。

26

术士：哎哟！您这是要干什么？你……

徐二：事不大，找地方说明白了就放你！

术士：哎，我没什么说的，我可没犯什么法，你不能抓我，你不能！

锁了拉走。

刑房。

火炉子烧着，烙铁烫着，各种刑具一应俱全。夹棍、绳索各类刑具哗哗地扔在地上。

尚荣坐在一张椅子上，一使眼色。

中军：带上来。

术士戴手铐被推上来。

术士：大爷，大爷，慢点儿，慢点儿。

中军：跪下。

术士跪。

术士：老爷，您……您这是干什么呀？我一个算命混吃的，实在没犯什么法，抓我干什么啊？

尚荣指着那些刑具：看见了吗？想不想试试？

术士：用不着，用不着，一样都用不着。凡我知道的，您问什么我说什么，绝不敢有半点儿隐瞒。

尚荣：谁让你作的弊？

术士：我说我说，就……就是那个拿烟袋的，就那个拿烟袋的先生。前几天他……他到小的摊子前算命，商量好了，今天在这儿等，然后……

尚荣：他为什么要往南走？

术士：这我可不知道了，他只是问我怎么着才能遂了他往南走的愿，干吗要往南走，一句没说。我不知道，我也没问。

尚荣：吊起来。

术士：老爷，哎！别吊，别吊，我真不知道，我要是知道了干吗不说啊。我一个算命的非亲非故，干吗……哎哟，哎哟，大烟袋你可害死我了！

尚荣：打！

鞭子啪啪地抽上了。

郊外小镇。

三个人看来都走累了，纪晓岚在前，和珅在后，乾隆压阵。

乾隆走累了：哎，哎，老纪、和二，老纪、和二，等等，等等。

纪晓岚：什么事啊？

乾隆：来，来，有事商量，有事商量。

和珅：哎，来了，来了，是不是累了？您先歇歇，您先歇歇。

纪晓岚无奈回来。

纪晓岚：三爷怎么了？

乾隆：累，累了，累了。……咱们是不是能雇辆车啊？

和珅：好，好，雇一辆，雇一辆。

纪晓岚：三爷，咱们是罪己流三百里，不是雇车游三百里。真要雇车，咱就回宫吧，您跟百官交代。

和珅：不可以通融通融吗？坐一段车，走一段路，走走坐坐嘛。

乾隆：对呀，谁知道走路这么累呀。

纪晓岚：这才十来里路就累了，当年万岁爷让臣流放时，左右一个拿水火棍的差官押着，一早上就走三十里，走慢了都不行。

和珅：老纪，这就是你的不是了，一个当臣子的怎么能记万岁爷的仇呢？你就不怕回去了万岁爷给你穿小鞋？

纪晓岚：怕！

和珅：对呀，怕就通融通融吧。

纪晓岚：回去再说回去的，现在不怕。虽无水火棍，我腰里可有这把扇子。

和珅：不劳，不劳您动手，您厉害，厉害。三爷咱走吧，不招他，忍忍，忍忍。谁让咱碰上个不知进退，不讲道理的了。来，我扶您一把。您也是，怎么就给了他这么把扇子啊？

乾隆没办法，站起来走。纪晓岚独自前行，二人跟着。

乾隆：和……和二啊。

和珅：您说。

乾隆：早知那把扇子不如给了你。

和珅：说得是啊，给他不如给我。

28

乾隆：当时你在乾清宫里怎么就没想起来呀？

和珅：怨我，我坏心眼没有大烟袋多。

乾隆：和二，你我现在的心情好有一比。

和珅：比作何来？

乾隆：老百姓的话叫"自己刨坑，自己埋"。

和珅：恰当，恰当，比得恰当。

乾隆：……这你就别夸我了。……老纪，我饿。

纪晓岚：饿了前边吃饭。

三人都累了，走。

刑房。

哗，一盆水泼在术士的脸上。术士一身是伤，一动不动了。中军挥手摸鼻息。

中军：老爷，没气了。

尚荣：看来他是真的不知道……中军。

中军：嗻。

尚荣：既然万岁爷与和大人都往南走了，一路安排下去吧，照顾好起居。

中军：嗻。

尚荣：还有，你打探一下那个参过本官的洪御史，是不是真就在曲阳。如消息准确，人……就地做了，此事连和大人也要瞒住。

中军：小的记住了。

尚荣：他的女儿不是在八大胡同里入了乐籍了吗？找出来，当个宝押上。听明白了？

中军：明白了。

尚荣：三桩事，不得与外人道。事关重大，多余的话我不说了。

中军：老爷您放心吧，请老爷一个示下，那纪大学士呢？

尚荣：一个整天抽烟袋的寒士，怕他干什么？

中军：小的不怕别的，怕关键时刻他若碍手……

尚荣：真要那样了，你看着办吧。

中军：嗻。

29

乡村小馆。

三人又渴又累又饿，终于坐下要吃要喝了，乾隆第一个高兴。

乾隆：小二，小二。

小二：客官，来了，来了。

乾隆：冰水。

小二：冰……水？什么天呀，没有。

乾隆：玫瑰香露。

小二：也没有。

乾隆：鲜榨藕汁。

小二：更没有了。

乾隆：你们有什么呀？

小二：这位爷，您不常出门吧？

乾隆：你怎么知道啊？

小二：您说的这路喝的，漫说我们这儿没有了，方圆百里都没有，紫禁城里有没有都两说。

乾隆：说的也是实话。

和珅：那我问你，有什么？

小二：渴了，想喝水，是不是？

乾隆：对呀。

小二：那不结了，有。

和珅：什么？

小二：井水。

和珅：井……爷，出门在外，也别讲究了，咱凑合着喝井水吧。小二，井水三碗。

纪晓岚一直看着，见怪不怪，口中吟出当年康熙帝的四行诗来："密林有意随心响，茂草无知井水清。偶尔喜吟今岁好"……

乾隆接上："漫将诗句入新题"，康熙爷的诗？

纪晓岚：《千叶莲池夜间滴之声》，康熙爷当年何等的文治武功，"茂草无知井水清"，圣祖当年也是喝过井水的。

乾隆：那咱们不能不喝，好，井水好，喝井水。

和珅对纪：就你能！喝井水都喝出依据来了，不就一口井水吗？还用搬出康熙爷的诗来。

小二：井水来了！……三碗您了。

碗一放下，乾隆看看，端起就喝。

乾隆：茂草无知井水……清。

此地井水因干旱有苦涩味。

乾隆一口下去，满脸苦涩相。

小二：客官，有点儿苦是不是？咱这儿旱了多少年了，缺水，乍喝不惯，久了就惯了。

和珅看着也难受：吐，吐，爷吐了吧。

乾隆强忍将水吞下。

乾隆：啊，没想到天下还有这么难喝的水。诗与现实终归……终归不同。和二你……你也请吧，请吧。

和珅强忍痛苦把一碗水喝下：您喝了我哪能不喝，我喝。

纪晓岚抽烟，不急着喝。

乾隆：老纪，烟放放，喝水，喝水。诗是你读的，水你怎可不喝？

纪晓岚：不急，不急，这路水碱大盐重，打上来先别喝，过一会儿它上边能结一层水皮。小二，拿根苇子秆儿来。

小二：哎，来了。

纪晓岚边说边做：待水皮结起了，用青苇子秆把水皮挑下去，那些怪味就少多了。然后将这苇秆吹通，探入水中，既防吸水底之渣，又可得青苇之天然草木气息，轻吸缓饮，倒能饮出别样的滋味。

自己如吃大餐一样，文雅地吸了两口，乾隆、和珅馋馋地看着。

纪晓岚：三爷，您这回尝尝？

乾隆迫不及待地接了过来，一吸，两吸，高兴。

乾隆：哎，真的不一样啊！有股草木的新鲜之气啊，好喝！和二你也尝尝。

和珅边打着嗝，边接过吸。

和珅：嗯，好，嗯，好喝。

纪晓岚得意抽烟。

乾隆：纪……老纪，我今天说句真心话，你……你其实是最不讨爷我喜欢的一个人。但你知道爷……啊我有时又特别地离不开你。知道为什么吗？

纪晓岚：愿闻其详。

乾隆：你呀，常可在人束手无策时，发奇思妙想……说句你爱听的话啊，叫化腐朽为神奇。所以你这人啊，讨厌归讨厌，但人却不可或缺。

纪晓岚：三爷过奖了，三爷过奖了。老纪为人若做到不可或缺真就不错了，让人喜欢终归不是为臣之道吧。

和珅：雕虫小技，哼，还当真了。行了，别谢了，不就一根苇秆吗？这……

和珅不高兴，纪晓岚一听还要气他。

纪晓岚：虽是小技，但不像某些阁老，每遇此时就会大喊大叫，"吐，吐了吧"。貌似关怀备至，其实乏术得很。苇秆虽小，可逢治国之时，它便是通统求变的根本啊。

和珅：哎，老纪，喝碗苦水还说起治国兴邦的事来了，酸且不自知，牵强得很……小二，上菜。

纪晓岚：虽是小技而见大道，你想牵还牵不出来呢。小二，上菜。

小二：哎，来了……上菜。

来了不知如何是好。

春满楼原洪霞屋内。

中军带了兵来。有兵横刀逼着老鸨和王八老刘上楼，进屋。

中军：……冯二娘，你实话说来，本官一件东西都不动你的，马上就走。要是有一句假话，春满楼抄了事小，让你片刻身首异处。

老鸨：军爷有什么事您问，您问。北京城内还就我们这种地方知道的事多，凡我知道的绝不隐瞒。您不用揪着我，您问。

中军：洪霞姑娘到底去了哪儿？

老鸨：跑了，就那扇窗户，里应外合，窗外搭个梯子跑了。

中军：你这春满楼岂是随便就能跑出人的地方？里应外合，里应是不是你？

老鸨：不是，不是！您想想呀，自古开窑子哪有鸨母帮着姐儿逃跑的，理不通啊！军爷，不信您问老刘，老刘你说说，那天是怎么追下去的，你说说呀，个闷葫芦……

老刘：军爷，您……您先让这位兄弟把刀挪挪。我说……那晚上我带着人追下去了三条街，眼看就要追上了，可平白闪出个人来。

中军：什么人？

老刘：纪学士，纪学士把我们拦下了。

中军：纪学士，哪个纪学士？

老刘：就是人称纪大烟袋的那个纪学士。

中军：认得真吗？

老刘：明白无误，大烟袋在手里拿着呢，不但拦了我们的人，还指了一条瞎路，生生地把人给放跑了。

尚荣书房。

中军已将去春满楼的事说过了。尚荣紧张。

尚荣：果然让纪晓岚算计了。……中军，南边的事？

中军：沿途的饭馆、旅店都派人去了。徐二一早走的，按爷的吩咐，尽量让万岁爷知道咱们处处尽心了呢。

尚荣：和大人的眼光就这么短。他以为三百里路咱给万岁爷照顾好了，就万事大吉了，他没想到纪晓岚有如此的心计，他真的盯上咱们了。事已至此，大不了鱼死网破。

乡村小馆。

乾隆看是饿急了，等急了，冲着厨下喊。

乾隆：和二不用多弄啊，有二十个菜就够了。

和珅从厨下出来，一手拿个萝卜，一手举个白菜：……三爷，三爷，二十个菜咱别想了，能凑出两个菜来。

乾隆：两个……那也勉强吧，有肉有鱼也就行。

和珅：那都没有。

乾隆：那我们吃什么？

和珅：两个菜，萝卜炒白菜，白菜炒萝卜。

乾隆：这也叫菜吗？

纪晓岚闭眼、抽烟：真正的菜，老百姓每天能吃上白菜萝卜，天下也

33

就太平了。

乾隆：老纪，这你有什么法子吗？

纪晓岚：没有，巧媳妇也难为无米之炊呀。

路上。

乾隆、和珅边走边打嗝。

纪晓岚抽着大烟袋在前边走。

乾隆：不出来真是不敢相信，朕治国这么辛苦，百姓们吃的只是萝卜白菜吗？和……二……

和珅：爷……您说，我听着呢。

乾隆小声：朕毕竟不是老百姓，这么吃下去，朕怕有点儿吃不消啊！哎呀，不行，说来就来了，朕要方便。

马上抚着肚子钻庄稼地。

和珅：您慢着，慢着。我陪您去，我陪您去。我这儿也闹起来了。

车内。

两个人下坡钻庄稼地的狼狈相，正被大道上过的一辆轿车中的洪霞与杏儿见了。

洪霞眼刚一收回，一下看见了在路上边抽烟边走的纪晓岚。

纪晓岚的那个拴在烟杆上的玉坠一闪而过。

洪霞惊，下意识地摸了下自己的脖子。

洪霞：杏儿。

杏儿：小姐怎么了？

洪霞：刚我好像看见那玉坠了。

杏儿：在哪儿啊？

洪霞：在……在那个抽烟人的烟杆上拴着呢。

杏儿伸头往外看：不会吧。也许你看走眼了，抽烟人烟杆上拴的都是烟荷包。

洪霞：是吗？……它可真像。

杏儿：小姐你太想亲人了。

洪霞：怎能不想啊！爹为了国家倒落个家破人亡，母亲就那么一下急

34

死了。……爹现在怎样还不知道呢。

庄稼地里。

乾隆与和珅两个人蹲在地里解手。

乾隆：嗯……和大人。

和珅：哎，万岁爷。嗯……

乾隆：要是老百姓过的都是这日子，朕忙着修园子，是不是真是种罪过？

和珅：万岁爷，您千万别往心里去。就这个巴掌大的地方穷，再往前就不穷了，富极了，有鱼有肉吃。

乾隆：你怎么知道的？嗯……

和珅：说出来您可别跟纪大烟袋说啊。直隶总督尚荣那小子有孝心，他原不知您呀往东啊往北，这会儿知道了，必定会好好安排。

乾隆：他知道了，那就好，那就好，只要别总吃萝卜白菜就行。不是怕苦，朕这肚子不习惯那些东西……

纪晓岚：三爷、和二，你们俩干吗去了，怎么还不出来呀？

和珅：来，来了！你别过来，远着点儿啊，臭！

庄稼地外路边。

纪晓岚：再不出来可赶不上住店了啊！听见没有……和二！再不出来，我……我要扇子伺候了。

说着话从套里抽扇子。拿出扇子一想不对，是假的，赶忙又装了回去：忘了，忘了，假的，不能露。

和珅系裤子出：老纪，拉屎你也管，可见你有把扇子了。

看纪慌乱装扇子，和珅有点儿疑：既拿出来就别装回去了，拿来我扇扇吧。

纪晓岚：你扇，我都舍不得扇。快走吧，天黑了，走！

和珅：看把你珍贵的。……不会是假的吧？

纪晓岚终归有点儿慌：假！是假的！假的才不给你呢。

和珅坏笑。

乡镇小店。

徐二带着一个胖厨子，担着一堆厨具，还有一个像男人的瘦厨娘进店。

徐二进店就坐下。

伙计：哟，客官来了。

徐二：伙计，把你们老板叫出来。

伙计：什么事呀，有话你跟我说是一样的。

徐二从怀里掏出一锭银子，摆在桌上。

伙计一看钱，眼直了。

徐二：去，叫出来。

伙计：哎！……老板，老板，钱……钱先生来了，不对，钱和先生来了，你出来下。

小店外院子。夜。

洪霞和杏儿下车，抱着琴，拿着包袱。

杏儿：老板儿啊，把牲口卸了住下吧，明儿一早再走。

老板：姑娘，咱要去哪儿啊？

杏儿：甭问，明早告诉你。小姐咱走。

小店内。

老板子诚惶诚恐地看着那锭银子，小心坐了下来。

徐二：老板贵姓？

老板：免贵姓王。

徐二：王老板，你这店一年有多少银子赚？

老板：哪挣得下钱啊，也就维持个吃喝，余不下个银子。

徐二：这是十两银子，你拿着。

老板刚要拿又觉烫手：这位爷，您先把事说清楚了吧。

徐二：没什么事，今明两天，这儿要住三位客人。

老板：女客？

徐二：男客。这三位客人到了，你别管。看见了吗？

说着一指胖厨子和厨娘：这是我带的厨子下人，一应吃住由我管。

老板：行，那也用不了……这么多。

徐二：拿着吧，拿呀！

老板：谢客官，我收了。

正说着话，杏儿、洪霞抱东西进。

杏儿：有人没有啊？

伙计：这不都是人吗？

杏儿：有人不招呼客人。你是伙计呀，过来，接东西，找那楼上顶干净的房子收拾一间啊，被褥得干净啊。茶水给我们送上来。

伙计：哎，是了。

杏儿说完话与徐二目光相对，两人各有提防。

杏儿扶小姐上楼。徐二一直看着。

徐二：是熟客？

老板：不认识，第一次来。

徐二：进也就进来了，再要来人不能再收了。

老板：哎，哎，不收了。

徐二对厨子、厨娘说：你们俩跟着老板去厨下做饭吧。

路上。夜。

三人正深一脚浅一脚地赶路。

纪晓岚在前，和珅与乾隆相扶着在后。

和珅：老纪……你带的什么路，天都这么黑了，还前不着村不着店的，爷，你看着点儿脚底下。

纪晓岚烟锅一闪一闪地往前走。

纪晓岚：谁让你们一路总是方便来方便去的，这晚了自然就不方便了。

乾隆：哎哟，什么路啊，和二。

和珅：哎。

乾隆：不瞒你说，这一天，把朕一辈子的罪都受了。老纪……还有多远啊？

纪晓岚：不远了，前边看见灯了。

37

店门外。夜。

纪晓岚敲门，和珅扶着累坏了的乾隆。

纪晓岚：店家开门。

伙计：住满了，别家吧。

和珅：怎么这么背运啊，开开！

纪晓岚：不管什么，有个马棚也行。

这里听里边人悄悄对话。

徐二：几个人？

伙计：像是三个。

徐二：快开，快开。

纪晓岚觉得奇怪，从门缝往里看。

门开，伙计一数真是三个人。

伙计：哟，三位男客，请，请！

纪晓岚：怎么在你这儿住店还要数人吗？

伙计：不数，不数。请，请。

纪晓岚看见徐二的影子一闪。

院内。夜。

和珅：不是说没地方了吗？

徐二从暗处出来。

徐二：哪能缺您的呀，三位男客，好歹也让您住下了。

随后凑近和珅，小声：和大人，小的是尚大人的手下。

和珅：看着眼熟。饭？

徐二：弄好了。

和珅：好。

总督府门口。夜。

尚荣一身便装，出门边走边谈。

尚荣：中军你们骑马先行，我随后就到。

中军：爷您……

尚荣：我不放心，同去看看吧。

38

尚荣坐上一辆骡轿车。

一队人马哗哗而过。

厨下。与大堂只有一帘之隔。夜。

徐二轻撩帘子对伙计吩咐着。帘子缝处能看见乾隆侧面，纪晓岚正面，和珅背面已就座了。

徐二对端着三碗不同的食物的伙计说：这大花碗给那个像爷的，记住了。这白碗给那个圆脸的。记住了吗？

伙计：记住了。

徐二：剩下一青碗给那个抽烟袋的，教你的话记住了吗？

伙计：记住了。

徐二：送去吧。

伙计撩帘子出：哎，几位爷等急了吧，饭来了。

乾隆看和珅：什么饭啊，不会还是萝卜白菜……

和珅：不会了，不会了。

纪晓岚：要是了又怎样？

乾隆：我……实在饿了，也能勉强吃两碗。

伙计：想吃萝卜白菜呀，还没有呢。天晚了，吃点儿剩的吧啊。别看饭是剩的，好东西，干净，干净的。

和珅对乾隆使眼色。

乾隆高兴：干净，干净就好，干净就好！

伙计：这碗给您。

乾隆：有个菜名吗？

伙计：有啊，这碗啊，叫"吃着明白"，您吃吧。

帘内徐二有些放心。

乾隆：好名字，好名字。

和珅高兴地等着自己的：吃着明白的东西最好。

两碗饭太像，伙计一时忘了，正想回头看徐二。

纪晓岚看和珅与乾隆眉来眼去的，猜出里边有鬼，防了一手。

伙计有些糊涂了：还有一碗叫"看着糊涂"，一碗叫"自己清楚"，您二位……

39

纪晓岚与和珅马上抬眼看。两碗面上都是糊糊，没什么区别。

纪晓岚：和二啊，你挑一碗吧。

纪晓岚正对厨房门帘，看见徐二给伙计使眼色，知道哪碗好吃了。

和珅也拿不定主意：我让您挑，您挑吧。

纪晓岚：和二啊，你从来是个爱装糊涂的人，这"看着糊涂"给你吧。

帘子里徐二松口气，没想到和珅以为纪晓岚要害他，坚辞不要。

和珅：老纪，你才爱装傻呢，你是看着糊涂，心里清，我不上你的当。我不吃这碗，我吃"自己清楚"。

纪晓岚：好，我糊涂我自己知道，我吃。伙计呀，你这菜饭名字起得好，不知东西如何，吃吧。

三人吃饭，乾隆小心拨开面糊，发现底下什么好吃的都有。

乾隆：嗯，好吃！……这块像……像鲜贝！伙计，你们这饭还蛮不错的。嗯，这块是猴头菇吧，好！呀，呀，还有鱼子。老纪你吃着什么了？

纪晓岚：……一塌糊涂，搞不清楚，填饱而已。

纪晓岚侧眼看和珅。和珅可惨了，一块糊糊下面是一堆牙碜的野菜，正吃得龇牙咧嘴。

乾隆吃着高兴，非要看纪晓岚的饭。

乾隆翻看纪晓岚的饭，见有小鹌鹑蛋，有排骨、鱼肉：呀，也不错嘛，你这是揣着明白装糊涂啊！好菜名，看着糊涂，不糊涂。

纪晓岚：三爷您看看和二的吧。

和珅苦水自己咽，边吃边有怪样：嗯，好吃，好吃，都差不多，不用看了，吃吧，吃吧。吃了，嗯，好睡觉。

乾隆：看你的样子，似不大可口吧，看看，看看。你这菜叫什么，"自己清楚"不能光自己清楚，也让我们尝尝呀。苦的吗？野菜啊！全都是野菜吗？和二，这好吃吗？

和珅快哭了：嗯，好……不好。

纪晓岚：好吃不好吃，他是自己清楚，自己清楚。

乾隆：哈，这菜名起得好！自己清楚，怎么偏偏轮到你了？

和珅：老纪，你……

纪晓岚：不怨我啊！你自己抢着要的，自己清楚。

帘子内厨房。夜。

徐二生气，啪给了伙计一嘴巴。伙计委屈。

伙计：您打我干吗？您要三碗都做好吃了不就行了。

徐二：那个拿烟袋的，不愿让人吃好饭，你懂不懂？这下可好，该吃的没吃上，不该吃的都吃了。

楼上洪霞屋内。夜。

洪霞与杏儿没脱衣裳，窗户开着，一轮明月在天上。两人也没点灯，对着月亮说话。

洪霞：杏儿你睡吧。

杏儿：我不困，小姐您睡吧。多好的夜景啊，不看过去了，多可惜。

洪霞：好大的圆月啊！不知爹爹他此时……

杏儿：老爷我已探明了，就在曲阳石场呢，到了那儿，咱救出他来就往南跑，再不回京城了。

楼下客房。夜。

三人一人在一堆稻草中铺了躺下。

乾隆左翻右翻。

和珅：三爷，您不舒服？

乾隆：不舒服？啊，像是不太舒服。

和珅：是不是底下草不够厚，我再给您垫点儿。

乾隆：不是，不是，草终归是草，垫了也没用。朕总觉缺了点儿什么。

纪晓岚眼都不开，吟两行诗：绝代有佳人，幽居在空谷。自云良家女，零落依草木。

和珅：缺什么呀？

乾隆：……算了，不说了。

和珅：老纪，老纪，老纪，三爷缺什么？你别光念酸诗啊，说说。

纪晓岚：良宵不得与君同……嗯！

和珅：啊，明白了……美人。三爷，奴才等不孝，这事今天实在办不

41

了了，您凑合着吧……

乾隆：不提，不提。只是爷我以往之日你们知道，总是夜夜不空的，后宫佳丽，应酬不过来，今天乍一独眠，感觉真有点儿……有点儿像孤家寡人了，孤家寡人，也好，清静，清静。

三人要睡。

静默时，突然听见一声一声的琴声传了过来。

洪霞屋内。夜。

杏儿打着盹。

洪霞满腹心事对着窗月静心弹琴。

楼下客房。夜。

三人眼睛都睁开了。

乾隆无限怀想：……清……妙……

和珅如在眼前：……优……雅……

纪晓岚翻身睡：……睡……觉……

三人又都闭眼。

琴声悠悠。

乾隆睡不着，翻了两个身，悄悄坐起，小心找鞋，要出门。

和珅小声：三爷，您……

乾隆：嘘，解手，我内急出去解个手，你们睡吧，睡吧。

乾隆悄悄出。和珅、纪晓岚躺着。

琴依旧在响。

和珅自语：客居孤馆，夜卧麦草，突闻琴声之妙。……雅，雅得很。老纪！老纪！老纪！

纪晓岚侧卧不理，鼾声响起。

和珅：三爷怎么解个手还不回来？我出去看看。

也悄悄出。

纪晓岚看屋中人没有了，起床点烟。

纪晓岚：不就是个琴声吗？又不是把小孩撒尿吹的哨，怎么一听着就都想尿了？……嗯，我也去看看！

二楼洪霞屋门口廊下。夜。

乾隆、和珅都伸头探脑地边听边想往门里看。

一大烟袋锅子伸过来了，一股烟味突起。乾隆、和珅两人赶快躲，拨拉烟袋。

纪晓岚：二位，琴是听的，不是看的，退后吧。

乾隆：扫兴。

和珅：煞风景。

纪晓岚：都别挤，向后，来，坐，坐，都坐下。没听说吗，偷听琴声会断弦。坐下。

乾隆：好，坐，坐下听。

琴声铮铮，三人都坐在护栏边上，一轮明月正从天井中照进来。

乾隆：有明月当空，有琴声曼妙……

和珅：有佳人她不知容貌。

乾隆：有十指勾动商羽。

和珅：带得这边厢心儿摇摇，意儿飘飘。

纪晓岚：把听琴谎说成去撒尿，把偷摸倒看成逍遥……

和珅：呸，纪……老纪你怎么一点儿风月也不懂啊！

乾隆：值此良辰美夜，说的话一点儿都不雅。

纪晓岚：是你们自己说要出来撒尿的。我是大大方方出来听琴的，你们倒雅，雅不可耐！

突然琴声停了。砰！门一把被推开。

杏儿虎着脸出来了。

三人呆坐着。

杏儿：什么人啊，大半夜在人家门口叽叽喳喳的，一点儿礼数都不懂。

三人赶快见礼。

三人：小姐请了。

杏儿：我叫杏儿，小姐可不那么好见的。干吗的？

乾隆：住店的。

杏儿：号下房子了吗？

43

乾隆：在楼下。

杏儿：那各自安歇吧。

和珅：哎，杏儿姑娘，杏儿姑娘，慢，慢。我们是飘摇中听见小姐的琴声来的。琴已听了，如果能够得见小姐芳容一面，那今夜便足慰平生，足慰平生了。

纪晓岚：好嘴！

杏儿看着抽烟的纪晓岚：白听了琴还要见人啊，天下哪有那么便宜的事，你们是干什么的？

纪晓岚：我们啊……都是戴罪之人，戴罪之人。

和珅指乾隆：也不是什么一般的人。看我们这位爷，是不是气宇不凡？

纪晓岚说着话抽烟，那个玉坠一晃一晃的。

杏儿：罪人？如今的罪人倒是多起来了……

突然看到玉坠，慌张起来：你们等等，我跟小姐回话去！

杏儿的反常纪晓岚看在眼里。

杏儿急急地关门进。

三人相互看。

三人：那我们可就在门口等着了。

三

洪霞屋内。夜。

杏儿慌张进来关门。

洪霞：杏儿怎么了？

杏儿小声：嘘，都在门口呢。

洪霞：什么人在门口？

杏儿：您先别问了……小姐，我看见了一样东西。

洪霞：是我的吗？

杏儿：就是您的，您丢的那个玉坠。

洪霞：在哪儿呢？

杏儿：真就拴在那个抽烟的大烟杆上边了。

44

洪霞：这么说，在路上我看得不错……杏儿，他们在门口干吗？

杏儿：听琴呢。

洪霞：快别胡说了。有几个人啊？

杏儿：三个。

洪霞：……杏儿，咱跑吧。

杏儿：干吗跑啊，又没说来抓咱。再说也没什么可跑的，他们也是罪人。

洪霞：罪人？

杏儿：他们自己说的。小姐，先把主母留下的那个玉坠弄回来再说吧。

洪霞：快把扇子找出来还他们。

杏儿：跟扇子没关系，您想个字谜，我先给他们支到大堂里去。不用怕，是坏人是好人还分不清呢，怕什么？

洪霞屋门外。夜。

杏儿开门出：几位先生。

三人：哎。

杏儿：都识字吗？

和珅：这话说的，满腹经纶。就我们两位的谈吐，还看不出来吗？这位虽表面啊粗俗些，字也还认得的。姑娘是要作诗吧？

杏儿：用不着。

纪晓岚：可惜了，多好的月亮。

杏儿：猜个字谜。

乾隆：猜字谜，有意思，猜出来怎样？

杏儿：谁猜出来了，我们小姐单独为他抚琴曲一首。

纪晓岚：要是猜不出来呢？

杏儿：三个人都没猜出来，身上的东西我一人挑下一件来，就算是你们认输了。

和珅：啊！好！好！在这永夜难消之时，既可听琴，又可猜字，佳话，实在是佳话。三爷、老纪，咱们下边等着吧！请，请。

三人下楼。

大路。夜。

尚荣的中军带着人打着火把正行。

尚荣坐在轿车中，徐二迎了上去。

中军：徐二。

徐二：爷，老爷可在？

中军：在后边呢。

徐二：下官有话。

中军：住轿，住轿。

徐二飞跑到了尚荣的车前。

徐二：给老爷请安。

尚荣：一切可好？

徐二：按老爷的吩咐办了，一切都好。只是有一事……

尚荣：什么事，快上来说。

徐二上车。

车内。

徐二：原本一切如老爷所想，谁知今夜那店中住了两个女子。

尚荣：女子，什么女子，可跟洪家有关系？

徐二：尚未探清，也许只是两个过路的。

尚荣：女子，她们能干什么？无非……

徐二：会弹琴，万岁爷性致颇高，现正在听琴。

尚荣：两个女子而已，又能怎样？徐二，你盯住了，就这样把他们三个每日行踪给我报来。

徐二：嗻。

尚荣：你走吧。洪家女儿不会这么大胆，但我不得不防。中军！

中军：在。

尚荣：从前镇绕过，马不停蹄，直奔曲阳。

中军：绕道快行，绕道快行！

众兵士从岔道飞快下道，跑。

尚荣：我赶在他们前边，看他们查谁去。

小店大堂内。夜。

纪晓岚等三人各占一桌，面前有纸，有笔。洪霞在一盏小灯的后边，身披斗篷轻声细语地说着。面前刚燃起一炷香。

洪霞：值此永夜，客居孤馆，既相逢，自有一份缘分。琴声不敢再扰几位清雅之趣，出个字谜，算个玩笑吧。

三人除纪晓岚外都抓耳挠腮说好。

洪霞：小女子谜底已写好了，放在那正中的桌上了。谜面一时难想出更为有趣的，就以今夜之情境，出一个"三先生听琴"吧。桌前这一炷香为限，若几位先生猜不出来，就算让我了。

和珅兴奋：打一什么？

洪霞：打一字。

纪晓岚装傻，想把谜底骗出来：……打一什么字……噢，对了，得猜，猜，猜吧，"三先生听琴"。

乾隆：谜面颇为合境，不知谜底是什么。

和珅："三先生听琴"打一字。……"三先生听琴"打一字。……三个先生……听琴。有了！小姐您太客气了吧，简单了些，我有了。二位承让了。

洪霞：请讲。

和珅下笔就写了一个"聶"字。

和珅：其实三个人中我最笨，倒让我先猜出来了。

洪霞：是这个字吗？怎么讲？

和珅：三先生听琴也，自然要有三个耳朵，三个耳朵听可不是个"聶"字吗。小姐，在下今夜要听你单独抚琴了。

洪霞：慢，这位先生，您说得许只有一分的道理，且所言所想都太过直白，太过浅显。对不住您，猜得不对。

杏儿：坐回去吧，要是这么容易，大晚上的用得着点灯费蜡的吗？太把我家小姐看轻了。还有两位，快猜吧，看着点儿香啊。

和珅灰溜溜回。

香已燃了一半。

乾隆想。

突然下笔，写了一个"弭"字。

乾隆：有了！猜谜嘛，说穿了就是个悟。和二，"三先生听琴"猜个"聶"字，哪儿有一点儿悟的境界，我这个字自有一番道理。

洪霞：请先生开示。

乾隆：小姐请看，是个"弭"字。

洪霞：怎么讲？

乾隆：弭也，从弓从耳。弓乃弦也，在此引申为琴，弹弦自然是抚琴了。一弦一耳自然是个"弭"字。

和珅：爷您忘了谜面了，是三先生听琴，不是一先生……

乾隆：问得好。窃以为，三先生也好，十先生百先生也好，听琴自然是一个人的事，一人弹一人听。有三人、百人、万人与我何干！所以说到头，听琴实乃一人之事。所谓知音者，不也就是一个人吗？

和珅：哇，爷就是爷，境界高，猜得好，猜得好！在下认输。小姐，这回可猜对了吧？精彩！啊精彩——说到头听琴乃一人之事，精妙！

洪霞：这位先生果然特立而高标，见解独到且境界高远。

乾隆：小姐过奖了，今夜当应了这个"弭"字吧，愿一人独享《金缕曲》。

洪霞：慢，先生境界是有的，但终归与谜面不合。

乾隆：没道理吗？

洪霞：话有道理，谜没猜对。先生，对不住得很，再猜吧。

杏儿：坐下，坐下吧。香可就剩下一小截了。哎！哎！拿烟袋的别睡了，别睡了。猜不出来说一声，我们可挑东西了，你们输了！

说话要拿纪的玉坠。纪晓岚一直瞌睡，此时醒。

纪晓岚：嗯，别动。猜出来了？

乾隆：就看你了。"弭"居然不对，哪儿还有更准的？

纪晓岚：你们都猜完了，猜了什么字？

和珅：一个"聶"字，一个"弭"字，都错了，你快猜吧，猜不出来咱们输人家东西。

纪晓岚：什么谜面来着？噢，三先生听琴，三先生听琴，那两个字都不对呀？

和珅：对了还用你吗？

纪晓岚：三先生听琴……有了。

随手写了个"犇"字，拿起来给大家看：是这个字吧？"犇"字，对不对？三个"牛"字念犇，该是个"犇"字。

洪霞一下没话了。

和珅：更不着调了，我和三爷好歹还有一个听琴的耳朵，你这连个耳都没有了，怎么叫听琴呢？……三爷，咱输了，给人家东西。

纪晓岚：等等，问了小姐再说。小姐，是不是"犇"字？

洪霞：……先生大才。

纪晓岚：还要对底吗？

洪霞：不用了，先生猜对了！

乾隆、和珅：对了？怎么讲？

和珅：蒙的，让他讲，讲得没理也不能算对！

纪晓岚：这还用讲吗？有句俗话，对牛弹琴，小姐对着我们三个根本不懂琴韵的人，岂不是对着三头牛弹琴吗，"三先生听琴"可不就是三个"牛"字？

和珅：老纪，你怎么能这么自污，我们真就是三头牛?!

纪晓岚：不是我自污，在小姐眼中咱们就是三头牛。

说着话把谜底打开，果然是"犇"字：我这儿不是在猜谜，是在猜小姐的心思呢。

杏儿：臭美。

和珅：穷酸。

纪晓岚：我记得猜对了要单独听琴了。

杏儿：小姐，咱上楼。

纪晓岚：好，上楼，上楼。二位承让了，我要去了，待会儿再听琴可就不是对牛弹了，是对知音一抚到天明。再见。

乾隆、和珅气坏了，站着看着他们上楼。

和珅：三爷，咱……咱怎么办？

乾隆：能怎么办，睡觉！

那炷香燃尽倒了。

洪霞屋内。夜。

49

洪霞坐于琴前，重整衣裙，再焚清香。纪晓岚闭目坐于对面，平心静气似要听琴。

洪霞将弹未弹时，对杏儿说：杏儿看茶！

杏儿：哎。

洪霞：请问先生想听什么？

纪晓岚：《高山流水》。

洪霞：请先生点别的吧，那样的曲子，只为知音而奏。

纪晓岚：小姐不把在下当知音看吗？

洪霞：天下之大，知音难求。

纪晓岚：那……那在下算是自作多情了。

刚说完要闭目，一把刀架在纪晓岚的脖子上了。

杏儿没端茶来，拿了一把刀来了。

杏儿：我看也是。

纪晓岚做大惊状：哎，哎，这是干什么？怎么听琴听出刀来了？我不听了，我走。

杏儿：别动！说清楚了再走。你们是什么人？

纪晓岚：说过了的……戴罪之人。

洪霞：官不像官，差不像差，哪儿像戴罪的。请先生说清楚了，咱各走各的路。

纪晓岚：最好，最好！让在下抽口烟如何，抽一口烟，姑娘刀放开些。

拿起烟管，玉坠晃着。

纪晓岚：我是谁，你们不知道，可你们是什么人，在下倒是猜出来了。

杏儿刀更逼下。

纪晓岚：姑娘，别急，刀拿开一点儿。等我把话说完了，你们看对不对再动手不迟。

洪霞：讲！

楼下客房。夜。

和珅气得把纪晓岚铺下的稻草抱到自己铺下，又抱到乾隆铺下。

和珅：个臭大烟袋，让他铺上没草睡不着。爷，我给你铺厚点儿，咱们好好睡一觉。

乾隆：……再厚也睡不着。

和珅：爷，区区小事别跟他置气了，不就是会猜个谜什么的吗，小人行径！臭烟袋，他从长相到气质哪儿点比得过我啊……就更别说是您了！他去听琴了，爷别生气。

乾隆：和二，不是我生气，是你在生气吧！输就输了，技不如人，见识不如人，输也就输了。人之一生，凡事不可小气，一定要大度，否则还有什么格局可言。

和珅：爷，您就是境界高，奴才铭记，铭记。行，那咱睡吧。

乾隆：……睡不着。

和珅：那是为什么呀？

乾隆：大度归大度，但细想想还是生气呀！你说说，读的都是一样的经史子集，他纪晓岚凭什么就显出聪明来了？他凭什么就猜对了，去听琴的是他不是朕……

和珅：爷，您也生气啊？

乾隆噗把灯吹了：不说了，睡吧！

洪霞屋内。夜。

纪晓岚拿着玉坠正说着。此时气氛和缓多了。

纪晓岚：杏儿姑娘，今夜你一盯着这个玉坠，我就把你们认定了。还记得吗，那夜你们抱着琴与在下相撞时有嗡的一声琴响。

洪霞：纪先生，那您怎知道我就是洪御史的女儿？

纪晓岚：春满楼的人追过来时说了。那时一是觉可惜失之交臂，二还有一可惜处……不说也罢。

洪霞：是不是丢了把扇子？

纪晓岚：哎，对呀，对呀，你们怎么知道的？

杏儿拿出扇子：玉坠你拾了，扇子在我们这儿。

纪晓岚：这可是丢了要命的东西……

刚要说觉门口似有人，站起来砰地把门推开，一个人没有。

门外空月一轮。

纪晓岚关门。

洪霞门口。夜。
徐二从隐蔽的屋檐上落了下来，轻轻下楼。

洪霞屋内。夜。
纪晓岚：这把扇子，还是你们带在身边。
洪霞：纪大人不可，您若没了御扇，如何节制万岁、和珅？
纪晓岚：不碍，我有……这把假的。
杏儿：那查实了不是要杀头？
纪晓岚：我这颗头倒也不太好杀，要好杀杏儿姑娘刚才不就给我砍下来了吗？
杏儿：纪大人，您这会儿还玩笑。
纪晓岚：洪小姐，据在下所想，尚荣因怕洪御史案再翻出来，一定是带人先奔了曲阳，此时你爹爹的性命倒是有危险。
洪霞：那怎么办？
纪晓岚：你们今夜就走吧，骑上快马去曲阳。把这扇子带上，这是御扇，尚荣也认得，关键时刻自有一用。我们也许随后就到了。
洪霞：纪大人，洪霞在此谢您搭救之恩。
纪晓岚：区区小事，何足挂齿。再说了，事还没成呢，等事成了那一天，我倒是要静下心来，好好地听洪小姐弹一曲了。
洪霞面有羞涩：救命之恩如再造父母，莫说一曲琴音了。倘若有幸，愿……侍奉左右。
纪晓岚：哎，不敢不敢。纪某人表面不羁，内心还是非常有节制的，腼腆，腼腆得很啊！
杏儿：哟，怎么着？还推三阻四的，以为我们小姐……
纪晓岚：杏儿姑娘差矣，若是非要说句不客气的话，那……那纪某人求之不得，求之不得。只是在此危难之时，私定这事……传出去，有点儿趁火打劫的意思……我倒没什么，怕坏了小姐的名声。
杏儿：哼！絮絮叨叨的，你可听好了，别以为你能说，今儿的话我可记着呢，别到时不认账。小姐，咱们走吧。

洪霞：纪先生，洪霞告辞了。

纪晓岚：这玉坠……

洪霞：扇子我们拿走了，玉坠留给先生做个纪念，琴也不带了，倘若……

纪晓岚：千万别多虑，必有那一天，理直气壮，理直气壮啊，不怕！咱们怕什么？

杏儿：纪先生，那您……

纪晓岚：我回去大概也没地方睡了，我操琴，在此操琴吧。

杏儿开窗。

洪霞：纪先生，告辞了。

纪晓岚：再见。

两人飞身出窗。

纪晓岚低头看那玉坠，十分欣喜。

纪晓岚：是你的就是你的，想都不用想，不是你的就不是你的，忙也没用。

坐下操琴。

楼下客房。夜。

乾隆睡了。和珅被琴声吵醒了。

和珅：怎么这会儿才弹啊！……味道怎么也变了？一点儿妩媚的味道都听不出来了，透着股狡猾。跟什么人学什么样，不听了，睡觉！

大路。

乾隆、和珅轻身快步在前边走。

这回纪晓岚倒是落下了，背着琴，拿着烟杆，一夜没睡好。

纪晓岚：哎！慢点儿，慢点儿。三人行，怎可落下我一个？

和珅回头嘲笑他。

和珅：老纪呀，你背的又不是个美人，怎么那么磨磨蹭蹭的？

乾隆：和二啊，咱们快走。

和珅：要甩了他？

乾隆：倒也不是，朕昨天想了，总比不过纪晓岚的原因是朕内心太善，从不与人斗机锋。今天呢朕倒想学着他斗斗心眼了。来，附耳。

和珅贴耳上来，乾隆一番话说得他高兴。

和珅：对，爷咱快走。

两人说着飞快地走起来。

纪晓岚落在后边擦汗，索性坐地上不动了。

洪霞屋内。

徐二敲门：小姐，开水来了，要开水吗？小姐，小姐。

嗵一脚把门踹开，人去屋空。

徐二飞快下楼。

小店院内。

昨天洪霞雇的那辆车，车老板拴好了车正等着呢。

徐二：你的车是两位姑娘雇的？

车把式：啊。

徐二：她们人呢？

车把式：我这不正等着呢吗？

徐二：别等了，早没了。

车把式：什么？车钱还没结清呢。

徐二：不碍的，你这车我要了。快出来，上车。

胖厨子、瘦厨娘拉东西出。

车把式：这是去哪儿啊，这是……

徐二不理老板，对着胖厨子说：跟着他们三个人走，就按说好的办，别让爷屈着。我有事先行了。

说着话自己从槽头拉出匹马，跨马飞奔而去。

大路。

乾隆、和珅快步走着，边走边回头看，一辆马车从他们身旁哗哗过去。两人再回头，根本看不见纪晓岚的影子了。

乾隆：看不见，看不见了。

正赶上胖厨子他们的车过来。

和珅：老板子停停，停停！三爷，快，快上车。他落远了什么也看不见了。

光光溜溜的大道上，没了纪晓岚的影，一个人也没有。

和珅与乾隆坐稳了，一看胖厨子、瘦厨娘。

和珅：你们看着眼熟啊。

胖厨子：回和大人，我们是尚大人府内的厨子。

和珅：怪不得了，是……嗯？

胖厨子：遵尚大人的示下，路上好给两位大人做饭呢！

和珅：啊，好，好。爷您听见了，是尚大人的一片孝心啊！

乾隆：我知道了，一片苦心。这回可让老纪吃苦了。

和珅：老板子，快点儿，前边庄子吃饭。

大路上。
徐二飞快地打马狂奔着，追尚荣。

饭馆外。
车停下来，和珅高兴地跳下车，伸手接乾隆。

和珅：爷下车吧，咱就在这儿吃吧，吃完了咱等大烟袋来了再走。

乾隆：好，好！

和珅：你们也下吧。后边快拾掇饭菜去啊！

和珅随乾隆进饭馆。

和珅：爷您请，您请。

饭馆内。
饭馆内人颇多，较为热闹。和珅、乾隆两人进，小二热情迎上。

小二：二位，是金三爷、和二爷吧？

和珅、乾隆：啊……你怎么知道的？

小二：有位爷定好了座等着您二位呢。

小二说着话时，和珅与乾隆已经看见了，角落里那纪晓岚正抽着大烟袋呢。

两人惊讶，怎么搞的？和珅低着头像是找什么一样，回头去找，想想不对又回来。

乾隆：真……真的神了，纪晓岚啊纪晓岚，你总是给朕出其不意。

纪晓岚假装刚看见乾隆、和珅，热情地迎上来。

纪晓岚：金爷、和爷，来了，来，来来，占下座儿了，占下座儿了。快来，快来！饿坏了吧，叫下菜了，来，坐。

乾隆：纪……老纪。

纪晓岚：在。

乾隆：你……你作弊。

纪晓岚：三爷，您怎么知道我作弊了？

乾隆：你……你不可能走这么快！

纪晓岚：为什么我就不能走这么快？

和珅：因为我们是坐着……嗯！

纪晓岚：爷，您坐什么我没看见，我坐什么您也没看见，来，吃饭，吃饭。真巧啊，这馆子也有味菜叫"心里明白"，我点了，点了，咱心里明白就是了，谁也别说谁了。

小二托着盘子喊："心里明白"三份。

纪晓岚：得，坐下吃吧，心里明白好！

乾隆又败了，看着饭不吃，心里不高兴。

乾隆：老纪、和二。

纪晓岚、和珅：爷您说。

乾隆：此番，爷……爷出门，有一深切体会。

纪晓岚：请爷讲。

乾隆：爷明白了，爷终归不是一个奸钻小人。

和珅：说得好！

纪晓岚：……说得好。爷，爷您是一国之君，犯不上当个奸钻小人。所以奸钻小人之行径大可不必去做啊，对不对？尤其是害人之心不可有啊！

乾隆：这后一句虽有讽喻之意，倒也说进爷心里了。好！吃饭，吃……心里明白。

和珅：老纪呀。

纪晓岚：啊，和二您说。

和珅：你他妈的完完全全的一个得便宜卖乖。你……你这种人真是要害得我说粗话了。

纪晓岚：说吧，我不当粗话听。

大路。

徐二快马大汗追着尚荣。

尚荣住的旅馆大门。

门口站了很多的兵。徐二飞马至，下了马飞快往里赶。

徐二：快请总督大人，有要事报。

旅馆中堂。

尚荣刚刚坐稳，徐二马上跪报。

徐二：报总督大人。

尚荣：讲。

徐二：查明了，那两女子果真是洪御史的女儿洪霞、丫鬟杏儿。

尚荣：果然如此？现二人何在？

徐二：依下官所探，那两女子夜晚以抚琴为由，已同纪大学士有了联络，现正在去曲阳的路上。

尚荣端茶喝水的手有些抖了，不喝了，砰地放下。

尚荣：纪学士是一心要害本官了。但他不想想这区区两个小女子，怎能与一个总督相抗？中军何在！

中军：嗻。

尚荣：立即起程，快马至曲阳，赶在两女子之前将洪御史拿下。

中军：得令。

尚荣说完话刚要起来，发现徐二还跪在那儿，觉得奇怪。

尚荣：徐二，还有话吗？

徐二：大人，有……

尚荣明白，屏退左右。

尚荣：此时没有外人了，讲吧。

徐二：大人，万岁爷出行前是否给了纪大学士一把扇子？

尚荣：不错，一把御扇，为令行禁止之凭证。别小看那把扇子，真要掏出来就如尚方宝剑一般，说什么万岁爷也要听的。你问这干吗？

徐二：这……这扇子，现也许在洪霞小姐手中。

尚荣：什么？这……这大烟袋是真的要置我于死地了，这下不……不好办了。

徐二：大人，依徐二之见也好办。

尚荣：讲！

徐二：若洪小姐拿走了御扇，那纪学士就没有御扇了。令不该行禁不能止尚且是小事，将圣上的御用之物随便赠人，难道不是欺君之罪吗？

尚荣：好，讲得好！把万岁爷的东西随便送人，怎么不是欺君。他让我死，我也不能让他活！徐二……还有什么好计策吗？

徐二：请大人附耳。

徐二上前，贴尚荣耳朵讲话。

饭馆。

已没有什么人了。三人吃过饭后边歇息边说话。

纪晓岚抽烟：人生一世，这天底下千人百态，三教九流，都要体会也难。三爷，这出来的日子可……

乾隆：有感想，不妨改句旧诗叫"世上方一日，宫中几十天"啊。爷在宫中无非就是天天读折子，见大臣。你们想想，就你们这些嘴脸，一张张地天天地晃来晃去，真是看得不要看了。那些折子也是想翻就有，哪儿翻得完啊？爷以为此次罪己诏下得好，三百里，三十里出来，这人世间与爷想象中的就不大一样，倘若三千里下去，这江山就不敢认了吧。

和二：三爷，您真大知大觉。

乾隆：别说好话，出来只一天，这江山尤其跟你们告诉爷的不一样，萝卜白菜，苦咸井水。

正此时有要饭的进来了，一老妇带小孩。小二冲上去就轰人。

小二：走，走！

和珅以为表现的机会到了，掏钱欲给：小二，小二！来，拿去给她们。

乾隆：和二，不用给，不用给！

和珅：爷，看着真可怜。

乾隆：是她可怜，还是我可怜？一个君主给一个乞丐行善，算什么善，一个君主要让普天之下再无乞丐才是大善吧？我不能给，给了爷我就更可怜了。

纪晓岚鼓掌。

纪晓岚：爷！讲得好！此一番话比在金殿上的一车话都讲得实在，透彻。……爷……这儿不太方便，要么就为您这一番话，我想行个大礼呢。先欠着？

乾隆得意：欠着吧。

纪晓岚：不过臣也听过古训，叫"莫以善小而不为，莫以恶小而为之"，善到底是不分大小的，君主也如此啊，见了善就行总不会错吧。窃以为今天和二他要给乞丐钱，给也就给了。

乾隆：你们给吧，爷我不给。

和珅：瞧我这钱掏的，倒是给是不给啊？……小二，你说我给是不给啊？

小二不屑：给就给了，不给就不给。几文钱的事，说了半天的话，你们当自己是什么人啊！哼，想给也给不成了，连要饭的都听烦了，走了。

和珅：得，我这钱还是自己用吧。

曲阳石料厂。

很多工人破衣烂衫地在打石料。中间夹着的是戴着镣铐的罪人。洪御史流放至此，此时正要搬一块大青石料，蹲下搬不动。两个工人看见了，马上过来帮忙，用撬杠撬着、抬着。

洪御史：劳驾了，劳驾了二位。真是百无一用是书生啊！

赵二：洪先生您可别这么说，我们一辈子就吃了不识字的苦了。

李三：洪先生，不识字有冤都无处诉啊！指着您给我们申冤呢。

洪御史：总有见青天之日。二位，把这些日子出料数、人工数给我报一下，我做个记录。

说着话，从一个石狮子座上起开块石头，从里面掏出一个本子、一支笔，用嘴舔了一下，准备写字。

赵二：三儿啊，挡着点儿，我跟洪先生说说话。

石料厂远处,有兵巡视着,一片斧凿之声。

赵二边说,洪御史边记,记完了飞快又把本子塞回石狮子座下。

旅店。

已经扮好了农妇装的杏儿,正忙着给洪霞扮农妇装,系头巾,别衣裳。

杏儿:小姐,咱到时拎着两筐馒头,什么也不说就往里走,备上两壶好酒,要是兵士们问起来,就把酒给他们喝了。

洪霞:杏儿,咱不是有扇子吗?

杏儿:小姐,杀鸡焉用牛刀啊。再说了给那帮子虾兵蟹将看扇子,他们也不认啊,那东西到了关键时候才能用呢。……行了,您自己看看像不像?

洪霞对镜:像不像三分样,我跟着你学吧。见了爹怎么个认法?

杏儿:见了老爷先别认,假装把别人引开了,瞅机会跟老爷说,咱晚上就接他逃出去。

曲阳石料厂。

工人们十分疲惫地打着石头。杏儿、洪霞各挎一篮子馒头,在找人。杏儿掀开一个人头上的毛巾,假装问。

杏儿:哟,谁啊?

赵二:我是赵二。

杏儿:瞧瞧一脸的石头末子,我都认不出来了。……饿不饿?

赵二:饿!

杏儿:来,吃个馒头吧。

那边洪霞正跟当兵的说话。

兵士:呀,看这小脸多水灵呀!看谁呀?

洪霞:看李三,军爷,这壶酒您留着喝吧。

兵士:哎,哎!知道我好酒不好色,真有心。李三在那边呢,去吧,去吧。

洪霞转身就走:哎。

兵士:回来!

洪霞：军爷。

兵士：跟你说，别瞎搭搁话啊，这里可有京城里的重犯。

洪霞：哎，就找李三。

杏儿这边跟赵二说话。

杏儿：吃吧，慢点儿吃，还有呢。赵二，跟你打听个人。

赵二：您说吧。

杏儿：京城里来的洪御史在吗？

赵二：在，在，刚还帮他搬石头呢。

杏儿：在哪儿呢？

赵二：那……那不是，用墨斗放线那个。

杏儿：呀！真认不出来了。李……李嫂，快过来，快过来。

洪霞远远听见了马上过来。

大路上。

尚荣的队伍飞跑地赶着路。尚荣从轿车中探出头来喊。

尚荣：中军听令。

中军飞快骑马赶回来：嘛。

尚荣：绕过曲阳城，直奔石料场。

中军：得令。

石料场。

洪霞、杏儿面对着衣衫褴褛的洪御史，悲从中来。

洪霞：爹，您受苦了。

洪御史：霞儿、杏儿，你们怎么找到这儿来了，这儿可到处是尚荣的人啊！爹挺好，你们快走，快走。

洪霞：爹，要走，咱们一起走。

洪御史：傻话，到处是兵，怎么走？给我留两个馒头，你们走吧。

杏儿：老爷，我和小姐就是来救您的。

有兵士往这边看，走过来。

洪霞：爹，来不及细说了，今天晚上天一黑，我们到工棚来救您，您警醒着点儿，以布谷三声为号，您就出来解手，我们自有办法。爹，晚了

61

就怕逃不过尚荣的毒手了。

洪御史：能行？

洪霞：能行。记住了吗？布谷三声为号。

洪御史：记住了。

兵士远远地喊，边喊边往这边走。

兵士：哎，那两个送馒头的，该走了，该走了，误了工谁也吃罪不起！走了，走吧！

洪霞：爹，我们走了。

杏儿：来了，来了，哎，来了。老爷，我们走了。

洪御史：走吧，走吧，快走！

集市里人来人往。纪晓岚、乾隆、和珅正走在市中。

乾隆：市上人还不少啊！以物易物，贸而易之，天下繁盛。纪……老纪，老纪，爷今天算是看到了一些光亮之色啊！

纪晓岚：好景象，好景象。

另一处和珅落了后了，正跟一人讨价还价。

和珅欲买一红兜肚：这东西有点儿意思，多少钱？

摊主：一百钱。

和珅：五十钱。

摊主：卖了。

和珅觉价开高了：四十钱。

摊主：哎，这位爷，您怎么这样，说出来的价又变。一个女人穿的兜肚，还值得为十文钱计较！

和珅原就是躲躲藏藏地买，一听喊怕了。

和珅：哎！别喊了，别喊，买了，买了。五十，五十。

掏钱，把红兜肚买下，卷巴卷巴塞怀里。

另外一处，乾隆正高兴地看着圈里人耍把式，跟着大家高兴，喊好。

无意间低头一看，一小偷正静静地偷解一人肩上背的包袱。

乾隆一看先以为是假的，揉眼再看不错，诧异得有点儿说不出话来。

乾隆：哎！哎！你……你偷人家东西。

小偷一听喊马上把手放了。小偷个子很高，突然理直气壮地问：谁偷东西了？啊！谁偷东西了？

乾隆：你呀！我亲眼看见的是你在解人家的包。

小偷：解谁的了，解谁的了？他？你问他是我偷了他的包了吗？问他！

把那人一抓脖子拉过来。

被偷人害怕：没偷……我……我不知道，不知道，别问我。

乾隆：哎！他明明把你包解开了。你看都解开了，你怎说不知道？你……你别走，你别走啊！光天化日你怕他干什么？

这时小偷身边来了几个无赖。

小偷：光天化日，我看你是瞎了眼了，到老子地盘上来搅局。弟兄们给他封眼！

话刚落，西红柿、冬瓜、白菜一起打了过来。

乾隆一身功夫，架不住人家只扔东西，不跟他打，一下子被东西扔在脸上。

乾隆：和二、老纪快！快来！和二、老纪！

集市一下就炸开了，人跑来跑去。纪晓岚、和珅往这儿来救驾，冒着烂瓜菜的弹雨冲进来。纪晓岚挥舞烟袋，终于拉住了满身瓜菜的乾隆往外冲。

那个小偷站在台阶上，边嗑瓜子，边高兴地看着。三人满脸菜叶子、西红柿地跑着。乾隆眼被封了，踩在烂瓜上摔倒了，纪晓岚、和珅扶他，三人同时摔倒。集市大散。已是晚上了，三人坐在一片狼藉中。

纪晓岚：爷……三爷，没伤着吧？

三人都从身上往下摘菜皮。

乾隆：没……没大事。哎，老纪，问你句话。

纪晓岚：爷您不问我，我还想问您呢。

乾隆：那你先问吧。

纪晓岚：现在心中还有光亮之色吗？

乾隆：哪里来的亮色。人心如此了吗？偷东西的猖狂，被偷的胆小，这种恶行不除，朕还当什么皇上！

纪晓岚：说得好！当除恶务尽！

和珅：杀尽天下小偷！

倒在烂菜中的三个人倒是发起慷慨之词了。

石料厂外工棚。夜。

工棚都是席子搭的，棚外有兵挑着火把看守。两个夜行人飞快地接近工棚，近看是洪霞和杏儿。两人找到一个隐蔽处。

洪霞学布谷之声：布谷，布谷，布谷。

两人急迫地等着洪御史的回应。

只是看着守兵的火把，没有什么动静。

又叫三声，还是没有什么动静。

洪霞：爹，您该听见了吧。

四

小路上。夜。

尚荣的兵士灯笼火把地飞跑着，赶着路。

石料厂工棚外。夜。

洪霞和杏儿依旧如前在学着三声布谷叫。

工棚内。夜。

洪御史终于听见了布谷的声音。

洪御史赶快爬起来。

赵二：洪先生，您干吗去？

洪御史：解手，解手。

赵二：洪先生您小心点儿，小心点儿。

洪御史：不碍的，不碍。

赶路的轿车中。

尚荣撩起帘子，着急，看路。中军骑马过。

尚荣：还有多远？

中军：转过山就到了。

尚荣：越快越好！

石料厂工棚。夜。

洪御史出来了，跟打着火把的兵士说话。

洪霞、杏儿远远地看着。

洪御史：军爷，我解个手。

兵士：事真多，出来吧，别远了。

洪御史转过山墙去解手，洪霞、杏儿看时机到了，冲了出来。

兵士刚要反应，杏儿一镖将他打倒。而后上去补了一刀，再把尸体拉向一边，稍加掩盖。

洪霞拉起洪御史就跑。

洪霞：爹，快走！

洪霞、杏儿扶着洪御史跑。

刚跑出一段路，洪御史突然想起那个记录了尚荣贪赃数字的本子没带。

洪御史：霞儿、杏儿先别跑，先别跑。等等，我落了件东西，等等。

三人停下。

洪霞：爹，来不及了，快走吧！

洪御史：不行！不行！这东西比我性命重要，记着尚荣的实据呢，一定要回去取！

杏儿：老爷，工棚现在回不去了。

洪御史：不在工棚，在石料厂。

洪霞：那快点儿吧，爹！

三人转身向石料厂飞奔而去。

石料厂工棚外。夜。

火把兵丁一下子把工棚围住了。尚荣下马。

尚荣：速速将洪德瑞拿下。

中军带人进工棚。

工棚内。夜。

65

所有的工人都坐起来了。

中军：洪德瑞出来！洪德瑞出来！

没人应。

冲到洪德瑞铺上看，空的。

中军哗地抽刀架在赵二脖子上。

中军：洪德瑞去哪儿了？

赵二：不知道。

中军哗地一刀把赵二杀了，转身向所有人。

中军：洪德瑞在哪儿？

某人：刚出去解手了。

中军转身冲出工棚。

工棚外。夜。

尚荣已发现了兵士的尸体，正在火把下用两指探尸体的体温。

尚荣：人刚死，没有走远。搜！

中军：搜！散开，散开，搜！

石料厂。夜。

洪霞等三人在石料厂摸黑飞快找着。

洪霞：爹，您记得准吗？

洪御史找方位：准，准，就在这儿啊！那狮子呢？……噢，看我老糊涂了，东边，在东边呢！

杏儿：老爷，小姐，快点儿吧，像是有人了呢！

洪霞：快！

三人飞快地在石料的暗影中向东飞快地跑过去。

石料厂外。夜。

兵士要把石料厂包围了。

石料厂内。夜。

终于找到了石狮子。

66

洪御史：找……找到了，霞儿、杏儿快快帮忙抬一下。

洪霞、杏儿都站着，看着火把、兵士围过来了。

洪霞：爹，别动了，他们来了。

三个人都站着。尚荣此时骑在马上，带兵把三人围住了。

尚荣在马上一抱拳：洪大人别来无恙。

洪御史：呸，我一堂堂御史，不与禽兽说话。

尚荣：还是那么嘴硬啊！好啊，我看你还能撑多久，来人呀！

中军：嘞。

尚荣：将三名京城要犯绑了！

中军：嘞。动手！

兵士往上冲。

洪霞突然变色，拿出扇子：慢，有当今圣上御扇在手，谁敢妄动！

哗地打开御扇。兵士全吓住了不敢动。

尚荣：哈哈，果然有种。洪御史，恭喜你呀！真有一个好女公子！霞姑娘，把那东西收起来吧，值此之时，御林军来了恐怕有用，一把御扇怎挡得了兵将刀枪！

洪霞：尚荣，你见御扇不退，罪犯大逆。

尚荣：哈哈，这等事怎吓得了我直隶总督。军士们别怕，她的扇子是假的，中军，将要犯快快拿下！

兵士冲上前去将三人绑了。

旅店大堂。夜。

乾隆、纪晓岚、和珅三人正在争论。

乾隆：爷现在哪儿也不去了！三百里流放，爷日后自然会补，不在此处把那些小偷毛贼抓尽，哪儿也不去。

和珅：爷，这话说进和……和二心里去了。所谓普天之下莫非王土，率土之滨莫非王臣，走到哪儿都是圣上自己家的事。天底下哪儿有遇见事躲过去的君主。何况今日在那集市之上，你纪……老纪不是也受了些菜皮、臭瓜之辱吗？大丈夫怎可坐视不理，更何况君主乎！不走了，抓毛贼！

纪晓岚：话都是不错，但老纪以为人生之事与下围棋一样，面临抉择无非是"大小多少"四个字。毛贼虽恶，终归是小。下个旨意让地方官办了，也就办了，地方官若办不了削官惩处。何劳一国之君去抓个贼，难道就为菜皮之辱吗？

乾隆：哈哈，老纪，你虽姓纪，但你一点儿记性也没有。前日你还跟爷说善不分大小，现在又来跟我理论什么大小多少了。好！说菜皮也好，说臭瓜也罢，爷今天别的不跟你论了，就是要在这儿抓贼，你说什么也没用！

和珅：理不能只在你一方吧，老纪，你以为你敢直言，有谋略，便是至理名言之化身吗？当年孔圣人还要讲三人行必有我师呢，何况你一个圣人门下的读书人，不至太不知进退吧！三爷，不管，哪儿也不去，住店，明天抓偷儿！

纪晓岚：不可。

和珅：纪大烟袋，你敢违圣旨吗？

纪晓岚放下烟袋把腰里的扇子解下来。

纪晓岚：正要请出圣旨来。此扇是圣上金殿所付，为的是令行禁止。臣一路上没拿出来用过，今天就算拿出来用一用吧！今天的事不管是谁，你们得听我纪大烟袋的！

乾隆：哎！哎！纪晓岚你总不能不讲理吧！

纪晓岚：理一定要讲。所谓窃国者侯，窃钩者盗，现在有偷了国家的大盗放着不管，而去抓那些鸡鸣狗盗之徒，实在有违轻重，有违得失。

和珅：老纪，你说清楚了，你要带着爷和我去哪儿？

乾隆：对啊！你总不能举出把扇子来就跟我们说去抓大盗，你得说清楚了，带我们去哪儿？

纪晓岚：直隶曲阳。

和珅一听有点儿明白。

乾隆：为什么去曲阳？

纪晓岚：万岁爷，到了那儿您就知道了。

乾隆：老纪，此次原本是爷我自己罪己，自我流放三百里，该不会是爷出门时，你已将一应的事安排完了的吧。讲！

纪晓岚：臣确实为想办一事而极力主张出京向南，此事臣知罪，待回京后请圣上严办。但臣之苦心苍天明鉴，如若此番曲阳之行无功而返，臣

68

愿听凭处分。

乾隆：你……你既慷慨激昂说了这么多，又有这把扇子，好，就听你一回，一切待事完之后再说。倘若你恃才而逞智，根本抓不到什么大盗，爷绝不姑息你。

纪晓岚：谢三爷，那咱们现在就动身吧。

乾隆：这么着急？现在可是半夜啊！

纪晓岚又拿起御扇，放在桌上：晚了怕来不及了。

乾隆：好，好！我是好人善人做到底了。和二，动身。

和珅：爷……这……这扇子一直放在套中从未拿出来过，您不验验？

乾隆：那倒不必，东西是我在金殿上交给他的，不会有错。

纪晓岚出汗，躲过一关。

纪晓岚：车已备好了，就在门外。

乾隆：这回也不走路了，坐车了，全听你的了。这几天我这爷当的，就跟照着人家的本子演戏似的。走吧。

山路。

囚车隆隆过。洪霞、杏儿、洪御史在囚车中站着。

尚荣将人带回曲阳大堂，想快快地把这三人审过后就处置了。

旅店大堂中。

徐二风尘仆仆地从外边进来了。进了大堂看到一个人也没有，觉得奇怪。咚咚上楼，还是没人，撩帘子进厨下。

厨下。夜。

胖厨子、瘦厨娘睡得香香的。

徐二一脚把胖厨子踹醒。

徐二：胡胖，醒醒，醒醒！

胖厨子：哎，哎！二爷您回来了，要做饭吗？

探头：我问你，那三个人呢？

胖厨子：刚……刚还在大堂里吵嘴呢！怎么？不见了？

徐二：他妈的就知道睡觉，人看丢了。快，收拾东西追！

大路上。夜。

纪晓岚亲自在外边驾着车。大烟袋锅子磕着马屁股，飞跑着。

车内。

和珅：爷，三爷……

乾隆正假寐，醒。

乾隆：讲。

和珅：您还……还就真信他呀？

乾隆：不信又该如何？

和珅：纪晓岚从来就喜欢捕风捉影，据奴才所看，他还是想咬着尚大人的事不放。

乾隆：你以为不该咬吗？

和珅：咬也没用，您忘了，那个洪御史参了尚大人多少本啊，最后还不是查无实据，您给判了个流放。

乾隆：这跟洪御史又有何关系？

和珅：据奴才所知，洪御史就被流放到曲阳了。

乾隆：哼，这事你知道得也不少嘛。

和珅：奴才也是偶然想起，偶然想起。

乾隆：偶然，爷倒是偶然想起一事来。……这回其实不是你们陪着爷我出来的，倒像是爷陪着你们出来的。

和珅：这怎么话说的？

乾隆：你们心里早装了别的事了！

曲阳大堂。夜。

火把灯笼，堂上肃静。曲阳县惊堂木一拍。

曲阳县：升堂！

众衙役：威武！

曲阳县：将要犯洪德瑞三人带上堂来。

洪御史、洪霞、杏儿被押了上来。

曲阳县：三犯上得堂来，为何不跪？

70

洪御史：我等原本无罪，为何要跪？

曲阳县：好，好，还嘴硬，你跪不跪本官不管了。请总督大人上堂！

衙役：请总督大人上堂。

尚荣官服出。

尚荣：曲阳县请了。

曲阳县：总督大人请，请。总督大人，堂给您升好了，您问案吧。

说完想走。

尚荣：曲阳县，你也坐吧。

曲阳县：总督大人在上，哪儿有下官坐的道理。您问吧，下官告退。

尚荣：哎！不要走。今日问的是要犯，万一有一天圣上问起了，你也好做个旁证。

曲阳县心里话：怕的就是做证。

曲阳县下座让师爷走，自己坐在那儿：既然如此，那……那下官就当个录供的吧。您请，您请。

尚荣一拍惊堂木：洪德瑞，你捕风捉影诬陷本官，在金殿之上已被圣上驳回，判了你流放曲阳。谁知你知恩不报，竟敢在服刑期间，勾结没入官妓的逃犯女儿洪霞要越刑而逃。洪德瑞你知罪吗？

洪御史：尚荣，可惜前回我在金殿之上没能抓住你的证据，加上你勾结阁老才有了今天的嚣张。

尚荣：还要嘴硬！大刑伺候！

曲阳县：慢，慢！总督大人，动刑了，"动刑"这两个字要不要记？

尚荣：你说呢？

曲阳县：记，记，记上。

尚荣：嗯？

曲阳县：不记，不记。本官画去，画去。动吧，动刑吧！

尚荣：给我打！

洪霞掏出扇子：有御扇在此，谁敢动手？

曲阳县：哎呀，有御扇啊！快，快呈上来。

尚荣：这我倒忘了。

曲阳县亲自下堂，打开看真有御笔、玉玺，惊。

曲阳县：啊，不得了，请借过一看！总督大人，果然有……

71

尚荣：拿上来。假的！曲阳县，一个春满楼的官妓哪儿来的御扇啊。你还有什么顾虑吗？给我打！

曲阳县心里话：这回难脱干系了。

曲阳县：行，打吧，打。

曲阳县衙门口。

纪晓岚赶着大车到了。

纪晓岚：吁！

车刚停下，纪晓岚飞快下车，冲上台阶，也来不及找鼓槌了，拿起手中的烟袋就打了起来。

门口的衙役都在睡觉，一听鼓响都吓醒了。

衙役：干什么，干什么？

乾隆、和珅也都下车，上台阶。

三人二话不说往大堂进。

曲阳县大堂。

曲阳县伏在公案上睡着了，听见鼓声头也不抬。

曲阳县：什么人在堂下……击鼓，惊了本官的好觉。

众衙役都坐在地上睡了。

乾隆一看生气。

乾隆大喊一声：升堂！

所有人惊醒。

曲阳县：谁在咆哮公堂，赶……赶了下去！

再一看觉不对。先看见纪晓岚的烟袋，再看见和珅，又看见乾隆。

曲阳县：哎哟妈呀！万……万岁爷，不知万岁爷驾临曲阳，臣罪该万死！

冲下来时，乾隆自然上台阶坐于公堂上。

曲阳县冲下台阶就磕头，众衙役也醒了，跟着磕头。

曲阳县、众衙役：吾皇万岁，万万岁！

乾隆身后纪晓岚、和珅站着。

乾隆：曲阳县。

曲阳县：臣在。

乾隆：你难道平日里就是这么办公的吗？

曲阳县：回万岁爷，下官一直勤恳公务，只因昨日总督大人审案一夜未眠，所以……

乾隆：总督大人，尚荣他果真在此吗？

曲阳县：来了一天了。

乾隆：他人现在何处？

曲阳县：押解犯人去刑场了。

乾隆：什么?! 犯人是谁？

曲阳县：洪御史及其女儿等三人。

乾隆：所判何罪？

曲阳县：斩立决……

问话之时，纪晓岚、和珅都紧张听。听完和珅高兴，不由装作惊讶叫出：哎呀，哎呀！人，人已杀了！

纪晓岚：……真的晚了吗？

刑场。

霍霍地磨刀。

曲阳县大堂。

乾隆：纪爱卿。

纪晓岚：臣在。

乾隆：你所说一点儿不差，尚荣果然在此，可天不遂愿，终归是晚了，人死了，死无对证了。

和珅：你……为什么不早一点儿把这事说出来呢，何必在路上磨磨蹭蹭走呢！你看看，晚了吧，就晚了一点儿！

曲阳县偷抬头看着三人。

曲阳县：万岁爷……

乾隆：讲。

曲阳县：依下官之见，人或许还没杀死。

乾隆：你怎知道？

73

曲阳县：下官曾嘱咐过刽子手，不到午时三刻不得行刑。

纪晓岚：现在几刻了？

曲阳县：午时一刻了。

纪晓岚：快快备马！

乾隆：快备三匹快马，快备马！

三人说着冲了出去。

刑场。

尚荣坐于华盖之下。太阳已高了。兵士环列两旁。

尚荣：中军何在？

中军：小的在。

尚荣：怎么还不行刑？

中军：大人，催过两次了，刽子手说一定要等到午时三刻才能行刑。

尚荣：有什么讲吗？

中军：刽子手说来时曲阳县交代了，说算命的说了，不在午时三刻杀人，必有血光之灾。

尚荣：还差多久？

中军：爷，就差一刻钟了。

尚荣抬头，阳光照得他晕眩，大汗下来，掏手巾擦汗。

尚荣：我……我怎么突然心慌起来了。

洪御史、洪霞、杏儿被绑着跪在刑台上。

洪霞：爹，女儿对不起你！

洪御史：千万别这么说，爹乃一介书生，虽有铁骨但无心智，弄得上未对国家有益，下而殃及子女，爹对不住你！

洪霞：爹别说了，女儿以爹爹为荣！

洪御史：霞儿这话说得爹心里好受些了，爹也是觉得为国为民死而无憾。

尚荣似有预感，摇晃着站起来。

尚荣：不等了！杀！杀！杀了！

中军：行刑。

三人闭眼准备受死。刽子手伸出个手指量太阳。

刽子手：不到时候，再等等。

尚荣不顾礼仪，从座位上冲了下来。

尚荣：杀！快杀！拿刀来，你不动手，爷亲自结果了他们。

抢过兵士一把刀上刑台，往上跑，刚跑上来，忽见三骑飞快赶来。

三人大喊：刀下留人，刀下留人！

尚荣听见喊声更着急了，举刀要砍洪御史。

尚荣：果然来了，果然来了！快杀！

突然刽子手的大环刀把尚荣的刀隔开了。

刽子手：老爷您没听见"刀下留人"吗？按规矩这时可不能动手！

三骑越来越近。

当啷！尚荣的刀落在地上。

他自己晕倒了。

此时，只听见满山的"吾皇万岁万万岁"的震地吼声。

石料厂。

那个石狮子被撬起，洪御史的账本拿了出来。

纪晓岚边吹着上边的灰，边对和珅说：和大人，看清了啊，地方一点儿没错，和洪御史说的一样。

和珅：让我看看，我看看。

纪晓岚：谁也别看，咱们收好了面君交差。

和珅：我偏要看。

纪晓岚把扇子拿了出来，哗地打开了扇子，威胁和珅：和大人你不觉得热吗？看你脸上都出汗了。

和珅没办法，有御扇在只有缩回手：热，热，实在热了。

京城街道。

尚荣被关在囚车里拉过。徐二和胖厨子、瘦厨娘也夹在人群里看着。

胖厨子：二爷，咱怎么办？还做"心里明白"吗？

徐二：做个屁，老爷都被抓了，再没明白日子了。

乾清宫。

乾隆正襟危坐，百官山呼万岁。

百官：吾皇万岁、万岁、万万岁。

乾隆：众位爱卿平身。

百官分列两班，纪晓岚、和珅各站一班。

乾隆：众位爱卿，朕几日之前曾为林园之事下过罪己诏，自罚流放三百里。没想到这三百里路走过去是里里长见识，里里有故事。一国之君主能知错改错，罪当自省是不错的，但明察秋毫，对尔等治国的官宦有所节制更为重要，尤其是对那些天天在朕身边的贪官。

百官紧张。

乾隆：带直隶总督尚荣上殿。

太监：带直隶总督尚荣上殿。

尚荣上，跪在中间。

乾隆：尚荣你知罪吗？

尚荣磕头如捣蒜：臣罪该万死。

乾隆拿出洪御史的账册：触目惊心呀！不看不知，你花钱如流水，表面上是为朕修园林，实际中饱私囊。一座座石狮子，果真就让你收了朕一个个银狮子的价。欺君贪赃，罪该万死，跪向一边去。……召洪御史一家上殿。

太监：洪御史一家上殿啊。

洪御史、洪霞、杏儿三人上。

乾隆：洪爱卿。

洪御史：臣在。

乾隆：朕以有你这样的忠臣而略感心安。

洪御史：万岁爷过奖了。

乾隆：朕前次误判了你，没想到你不但不记恨朕，反而与贪官勇斗，锲而不舍，此次几乎死在贪官刀下，朕当大大地褒奖。

洪家三人：谢万岁褒奖。

乾隆：朕该谢你才对。你生得一个好女儿，琴也好，人也聪慧，就留在升平署里教教琴曲如何？

纪晓岚一听，咳嗽一声，不以为然。

洪御史：小女过惯了闲云野鹤的日子，怕难当重任。

乾隆：是吗？那……那就随她吧，随她，不强求。

洪家三人：谢万岁！

乾隆：众位爱卿还有什么话吗？

尚荣一直看着纪晓岚腰间的扇套，想想没有纪晓岚自己也到不了这步，狠心临死咬一口吧。

尚荣：罪臣有话。

乾隆：将死之人还有什么可说的，讲！

尚荣：臣贪心不足，死有余辜，但有一事，不吐不快。那纪晓岚曾随便将圣上之物赠予他人，也犯欺君之大罪。

纪晓岚没想到他临死之时还咬一口。

乾隆：有何凭证？

尚荣从怀中掏出御扇：此扇当初是在洪霞姑娘身上。圣上请细看，是否为御用之物，是否为圣上赐予纪晓岚的？

乾隆：不用细看，正是朕的扇子！纪晓岚何在?!

纪晓岚：臣在。

乾隆：把你腰上的扇子拿上来给朕看看。

纪晓岚没辙了，解扇子给太监递上去了。

乾隆把扇子拿出来，一打开，一把破破烂烂、俗不可耐的扇子。

乾隆心里话：纪晓岚啊纪晓岚，你真是拿皇上我当猴耍啊！就这么一把破扇子，还要我令行禁止。

和珅：看清了吧，早让您验验，您总是信他，纪晓岚他什么时候安分过，治治他出口气吧！

纪晓岚也冒汗。

乾隆哈哈大笑：此事朕知道。尚荣你既知这是御扇，当初洪姑娘请了出来，你还要杀人灭口，现在看你是罪上加罪！

纪晓岚心里话：好，人没咬到，自己伤了。

乾隆：原朕只想杀你一人，现在看当灭你九族。来人呀，拉了下去。

上来人拉下去了。

乾隆：事已至此，朕索性把事都了了吧。纪爱卿，和爱卿。

纪、和：臣在。

两人跪。

乾隆：此回出门办事，多亏二位相伴，使朕见识不少，心里也明白不少，原该褒奖的。

纪晓岚、和珅：谢万岁！

乾隆：先别忙着谢，还有话没说完呢！但你二人，一个是恃才逞智，无论衣食住行，处处动心机耍聪明，以为朕都不知道，扇子的事只是一例。纪晓岚你知罪吗？

纪晓岚跪下：臣万死！

乾隆：和爱卿。

和珅：奴才在。

乾隆：朕不常出门，略有愚钝也就罢了，你一个大学士，处处滞后，处处迟钝，不但于朕无助，反连带朕也……啊受些欺辱。你知罪吗？

和珅：奴才万死！

乾隆：来人呀，将此二人也押入天牢，听候发落。

百官全跪：吾皇万岁、万岁、万万岁！

乾隆：别劝，谁劝朕也不听。退朝。

太监：退朝！

天牢内。

纪晓岚与和珅分关在两个牢内，一个在左边，一个在右边，隔栏可见。此时和珅正在找虱子，挤虱子。纪晓岚闭目抽烟。

和珅：哎！老纪，老纪！你长虱子了没有？……啊！长了没有？

纪晓岚不睁眼：不知道。

和珅：你啊，人就是粗糙，粗糙得很，不知痛痒。

纪晓岚：一个虱子关乎什么痛痒，我要知道它干吗？谁像你……呀，圣上眼神不对了，就问哎呀，是不是生气了，圣上笑了，又问是不是假笑呢。你一辈子关乎痛痒的事太多了。

和珅：嘿，嘿，一个虱子招你这么多的话，你这人就是不可理喻。我关乎痛痒怎么了？要是都像我这样地关乎痛痒，咱就不会出门伺候万岁，伺候了一圈，好好的还被关进这天牢里来了。……你总是摆出那种深明大义的样子，呀，兴邦救国啊，穷则独善其身，达则兼济天下啊，以为天下就你一人忧着呢，惦着呢。呸！智，我看你是最不智了。

纪晓岚：骂得好，借一个小虱子你能吐出胸中之块垒，也算和二你的一大本事。我忧国怎么了，忧民怎么了？亏你是读经史子集求的功名，连"家国天下"四个字都不知道，凡事以邀宠、谄媚为己任，一年三百六十天，我问你，你哪天是为自己活的？整天地看眼色，想对策，你又哪一时哪一分想过天底下的老百姓？除了皇上就是自己，你算个什么官，算个什么读书人！可怜那些虱子还会咬你，吃你的血也是脏血，吃了你的血虱子都会长出小人之相来！

和珅：哎！你会说，你会说。我谄媚，不错啊，你是真聪明啊，不谄媚，比万岁爷都聪明。抓阄骗万岁爷，吃饭骗万岁爷，坐车也骗万岁爷，弄把假扇子还骗万岁爷。你真有胆一点儿都不让着万岁爷。你聪明呀，你倒真应了一句话了，聪明反被聪明误。怎么样？进来了吧，你聪明得忘了一句话了，伴君如伴虎！

纪晓岚：君子坦荡荡，如此做人痛快，当然就这么做。再说了以一己之智杀了尚荣，救了洪家父女，替天下人讨回了公道，有此结局，已是圆满，我还有什么后悔的。不是说大话，你是燕雀哪知鸿鹄之志。再说了人不就是一死吗？早晚是死，纪晓岚死时唯有一憾！

和珅：愿闻其详。

纪晓岚：死了就是这口烟抽不上了。

和珅：呸！你现在还有心思耍我！牢头，牢头！

牢头：哎，和大人，和大人，你吩咐！

和珅：在我们中间拉个帘子，我可再不想见着他了。

洪霞闺房。

洪霞看着面前的琴发呆。

杏儿：小姐，想什么呢？

洪霞：杏儿，咱……咱就想不出办法去天牢里看看纪大人吗？

杏儿：小姐，那是天牢，咱哪儿进得去呀！

洪霞：杏儿，我原不是答应过了吗？事成之后，要当着纪大人单独弹一曲。

杏儿：是啊，那得等他出来呀！小姐您别急，老爷不是说了吗，万岁爷气是气，可充其量也就是杀杀他的锐气。您想啊，他可不是把万岁爷给逗急了。

南书房。

六部大员正回事。乾隆听完不高兴，砰一只茶杯摔下来。六部大员全跪下了。

乾隆：你……你们就不会说出一两句有真知灼见的话，整天的臣有罪、臣有罪，倒是拿个主意出来呀！养你们何用！

六部跪下：臣有罪！

乾隆：退下，退下吧。

天牢。

和珅舞着水袖唱小曲，纪晓岚在挖耳朵。

和珅：哎！哎！我怎么一唱昆腔你就挖耳朵呀？

纪晓岚：我把那些荒腔走板的音全挖出去。孔圣人闻韶乐三日不知肉味，我也三天不想吃肉了……恶心的。

和珅：哼！不知风月的家伙。

和珅又唱。

突然看见黄门卫士进。

太监：万岁爷驾临天牢！

和珅、纪晓岚一听，马上跪下迎接。

和珅、纪晓岚：罪臣叩见万岁。

乾隆：不是地方，起来吧。……老纪、和二呀，过得怎样？

和珅哭诉：回万岁爷，闭门思过，闭门思过。

乾隆：朕刚好像听见你在唱曲呀。

和珅：偶尔娱乐，偶尔娱乐而已。

乾隆：老纪呢？

纪晓岚：回万岁爷，终日抽烟。

乾隆：嗯，好大味儿！怎么总抽啊？

纪晓岚：怕万岁爷让臣一死，这口烟抽不着了。

乾隆：还是那么贫。……不说了，你们也起来吧。朕闲来无事，想起民间的四句话，说的乃是人生之四大幸事，你们听过没有？

纪、和：请万岁爷明示。

乾隆：是这么说的，"久旱逢甘霖，他乡遇故知，洞房花烛夜，金榜题名时"。想想还真就是人之四大幸事，一个老百姓有此等事也就知足了。但幸事有时也会弄出无趣来。比如，朕高高兴兴地罪己流放，本该是更为高兴地杀贪官、救清官，可朕此次出门就是被你们弄得不高兴。

和、纪：臣罪该万死。

乾隆：不说了，今天朕想考你二人，把本是大幸之事加两个字弄成大不幸。一算游戏，二为解朕心头之郁闷，三呢答出来了，有奖！这后两幸你们都经过了，不说也罢，只说久旱逢甘霖，他乡遇故知吧！点香，还是一炷香。

和珅、纪晓岚两人想。

和珅就是快：万岁爷，是加两个字吗？

乾隆：对，加两个字。

和珅：加在前边后边？

乾隆：随你。

和珅想，突然：奴才有了！

乾隆：真敏捷啊！说吧！

和珅：加两个字，将大幸变成不幸。

乾隆：对。

和珅：那奴才说是，百年久旱逢甘霖，万里他乡遇故知。

乾隆：怎么讲？

和珅：万岁爷，您想啊，一百年了已是大旱绝地，万物已死，就是来场大雨有什么用啊，还不是不幸？二一句，这走出一万里地，人都老了，麻木了，遇不遇故知也难认了，遇不遇又能怎样，所以说没什么可幸福的。

乾隆：差强人意吧，有些意思，算你对吧。老纪！

纪晓岚：臣在，请万岁爷准臣抽口烟。

乾隆：抽吧。

和珅：万岁，奴才已在前边加了两个字，他老纪就不准在前边加了，要加也只许在后边加，那才算本事。

纪晓岚抽烟：万万不可，这久旱逢甘霖话都说完了，后边还加什么？

81

不可，不可！

　　乾隆：老纪，你不是聪明吗？正因为后边不好加才让你加呢，你要加对了，朕重奖！

　　香已剩一点儿。

　　纪晓岚：和二你害人！哎呀，加后边两个字使大幸变成大不幸吗？

　　乾隆：对！

　　纪晓岚笑：有了！

　　乾隆：讲来。

　　纪晓岚：加后边是不是？听好，久旱逢甘霖——一滴。

　　众人一听大笑。

　　乾隆：大旱之日甘霖来了，就一滴雨，果然是大不幸，比久旱逢甘霖还不幸，好！好！还有呢？

　　纪晓岚：他乡遇故知，他乡遇故知——债主。

　　众人都笑着鼓掌了。

　　乾隆：不单是准，真是妙了，在他乡遇见了债主是大大不幸啊！纪晓岚，朕实在不忍心再关你了，开门，开门。

　　纪晓岚：万岁爷不是说还有奖呢吗？

　　乾隆：你真是得寸进尺。洪霞姑娘出来吧。

　　洪霞容色明艳，抱琴出。

　　乾隆：一是为了还洪霞姑娘单独为你奏琴之愿；二呢算朕做个顺水人情奖了你了。好，闲人退下吧。……和爱卿，咱们也走吧！

　　纪晓岚：哎！万岁爷慢走！慢走！洪霞姑娘为臣弹琴，您打一字！

　　乾隆："件"，"件"字。

　　纪晓岚：怎么讲？

　　乾隆：这回是一个人对一头牛了，可不就是个"件"字！

　　纪晓岚：不对，是个"弭"字，一个人弹一个耳朵听。

　　乾隆：纪晓岚，你真有一张好嘴。

元宝迷踪

一

长街。

两支长号被人抬着开路，呜呜长鸣。众多的灵旗，纸钱高飞。整排的喇嘛手执乐器念念有词。

大出殡，内务府堂郎中齐苏图家出殡。孝子贤孙过，八抬大杠的棺材跟着。街上很多人围观。力巴古大力飞快地退出人群，在人群后快走。

孝子群中，齐苏图戴着孝，眼睛沉沉地看着脚尖，没有悲伤，目光不时地扫着围观的群众。

刘婆：哎，李妈，李妈，怎么又是齐家呀？前些日子不是刚死了一位了吗？

李妈：我这儿也纳着闷儿呢！说是什么大姨又死了，也难怪，这家大业大的，人多自然死得就多。快看那棺材，多沉啊！

刘婆：可不是，抬杠的腿都较着劲呢！

抬棺人腿蹒跚着。

齐苏图的目光扫视着。

长街某胡同。

古大力喘着气把几个力巴样的后生招了过来。

古大力：……哥儿几个说话就到了。听好了，前边的执事仪仗都给他放过去，只要棺材一过这口，咱就动手。得了手后，还是这条胡同，往南在砖厂会齐了，记住了，事完就跑。

85

众人每人手里有半块砖头：记住了。

此时从这胡同口可以看见，出殡的队伍已经过来了。

音乐声，纸钱飞扬，喧闹无比。

齐苏图像是有预感似的，看着左右的人群。出殡的队伍过胡同口。齐苏图猛地看见了倚着墙满不在乎地看着出殡的古大力。两人目光迅疾对视。出殡的队伍平静往前。齐苏图下意识地回头看了看，那些抬棺的杠夫已是大汗淋漓。

杠夫们腿紧绷着。观看的人群中有小小的骚动，几位后生都挤到前边来了。出殡的队伍正常地走着，唱经一片。齐苏图目光傲视，略有不屑。

突然就听见后抬棺的大乱，扑通有人跪倒，棺材摇晃。

飞来的半块砖头分别打在了杠头们的腿上。

原本就吃力的杠头们，遭此打击，纷纷跪倒。那巨大的棺材一下从空中晃着坠落，砰地落在了地上。棺盖板震起，从那震开的棺材下，许多金银珠宝飞出。大元宝飞起，串珠飞起，散落在地上。

棺材在地上翻了，所有的人先是吓了一跳，然后静静地围看那口侧翻在地上的棺材，一下子很静。

棺材内并没有死人，只有撒了一地的元宝、珠串。一个叫厉小春的孩子突然大喊：棺材里没死人！

众人吓得往后退了半步，安静了一瞬，突然像商量好了一样，蜂拥而上去抢那些元宝。

齐苏图急了：快！快拦住人，拦住人！把棺材扶正了，扶正了！齐安，齐平，快！快拦人！

拦的抢的一下乱了起来。很多元宝被捡走。厉小春在人腿下趁机抢了两个元宝，又从人腿中往外爬着跑了。

齐苏图情急之下抢过一支幡来，在棺材四周哗哗地抢着，拦着抢宝的人。混乱的人群中，刘婆、李妈还在说闲话。

刘婆：哎！李妈，李妈！敢情里边没死人啊！

李妈：是啊，她婶，敢情蒙咱呢。怎么没死人啊？

众人：没死人，没死人！

齐苏图的家人已经把人群拦开了，一地的珠宝、元宝。齐苏图看着那空空的棺材，抢过把刀，突然把自己的老家人齐平拉了过来。

齐苏图：齐平。

齐平：主子。

齐苏图：多的话来不及说了，今天你死了，你一家十几口老爷我养他们三辈子。

话急着说完，一刀下去，齐平眼睛就直了。齐平看着齐苏图。

齐平：主子！我谢您了！

砰！口吐鲜血，瘫倒在地。

齐苏图注视了片刻，飞快撕下了一面正在眼前的灵旗，把那面旗盖在杀死的齐平身上。盖完之后镇静地对公众说话。众人被赶退。

齐苏图：歹徒闹事，致使我齐家先人暴尸街头！各位父老把这话传出去呀，告诉那歹徒，齐家人绝不与他甘休！

说完话一挥手，众人把刚被打死的齐平抬进棺材，元宝、珠串哗哗仓促装进。

胡同。

几个青年人飞快而有力地跑着，表情兴奋又紧张，边跑边往回看。

愣子：哎，大力哥呢？大力哥呢？

几个人喘着停了下来，没有看见古大力。

愣子：咱回去找吧。

良子：别找了，砖厂集合吧。

某胡同口。

古大力看着那送殡的队伍再从胡同口过，人群走过去了，跟过去了。刚才热闹的地方静下来。古大力在胡同口看着那队列过去后的满地纸钱。

古大力：……多少金银啊！这哪是埋人啊，是埋钱呢！

说完回头往胡同深处去。

空街上纸钱乱飞。

乾清宫。

乾隆：众位爱卿，有事早奏，无事退朝。

和珅看纪晓岚。纪晓岚刚要出班，和珅抢出。纪点火抽烟，不理他。

和珅：启奏万岁，奴才有事参奏。

乾隆：讲。

和珅：奴才参顺天府尹，治安不利。昨日京城有人家出殡而遭强人打劫，致使暴尸街头。想我京城天子脚下，首善之地，居然会有此种残暴行径，实在是骇人听闻，骇人听闻！

乾隆：噢，会有此等怪事！打劫出殡的，一个死人有什么好打劫的？

纪晓岚：是啊！

和珅：是啊，这伙强人连一个死人都不放过，何其可恶也……顺天府尹何等无能。

顺天府尹低头不语。

乾隆：打劫出殡，严办。

纪晓岚：回万岁。

乾隆：讲！

纪晓岚：万岁爷，一个死人怎么会在大街上遭劫？问得好。据臣所闻，原本棺中就没有死人。

大家惊。

乾隆：老纪，烟抽多了吧，又说胡话。没有死人出的什么殡，抬的什么棺材？

和珅：万岁明鉴！是啊，没有死人，人家出的什么殡，此事可问顺天府尹。

乾隆：顺天府尹。

顺天府尹：回……回万岁爷，确……确有暴尸街头一说。臣有罪。

大家看纪晓岚。

纪晓岚：暴尸也确实暴了，是后杀的。

大家又惊。纪晓岚镇定，边抽边说。

乾隆：老纪越说越没道理了！又不是吃鸡要现杀现做，这是出殡。

和珅抢着说：万岁爷，您听听，天下哪儿有先出殡后在当街杀人的，听着都新鲜。纪晓岚大白天说梦话！

乾隆：纪晓岚，此事你可亲见？

纪晓岚：回万岁，臣实话说吧，事没有亲见……

和珅：梦见过。

纪晓岚：听来的，说那棺材里没死人，可是有别的……

和珅赶快抢话：有殉葬之物是吧？

纪晓岚：和大人，您今天怎么总是抢话啊？是怕我把事说明了是吧？你是不是有点儿害怕？

和珅：我……我才不怕呢！我要是怕能在殿上向万岁爷参奏吗？

纪晓岚：万岁，臣听说棺材里没有死人，可有一堆金银珠宝。

众人惊，静。

乾隆听出有事，镇静：哈，这真是奇闻了，不埋死人埋珠宝。谁家在出殡?!

纪晓岚：回万岁爷，谁家呢，臣把街巷尾的童谣读给万岁听就知道了。"大出殡，出西门，执事的帽子盖脑门。棺材大，杠头小，压得脚底下快不了。哆嗦腿，哆嗦嘴，哆嗦的杠头缺口水。半头砖来打杠腿，棺材翻个开闸的水。大珍珠，大元宝，棺材里边可不少。左边看，右边瞧，就是那个死人找不着。找不着，干着急，杀个老头充大姨。内务府，齐家门，出殡的笑话乐死人！乐死人！"

纪晓岚唱时大家一直在笑。一说到内务府齐家门，百官加上原来听着还笑笑的乾隆都不笑了。百官看皇上。静。纪晓岚唱完了没人有反应，就他一人笑，看皇上。

乾隆：……你说的是内务府齐家？

纪晓岚：内务府堂郎中齐苏图，齐家。

乾隆：哼，纪晓岚，你居然连要饭唱的数来宝都学会了。也好，备不住就有那么一天呢。风闻言事，道听途说，轻慢浅薄，浅薄之极！

百官跪。

和珅高兴跪。

纪晓岚跪：万岁明鉴！

乾隆：纪晓岚，你在这讲经说道、合议国事的地方大唱市井俚曲，要不是你心存家国，朕一定罚你。

纪晓岚：臣……臣谨记。

乾隆：都起来吧。

和珅要出班说话被乾隆止住。

乾隆：不说这事了，谈点儿别的，此事不谈！

宫内银妃处。

银妃隔着纱帘子与齐苏图在说话。

银妃：舅，那事我听说了，不碍的，谁问起来咱也不怕，就是今天殿上说起来也不要紧！我心里有数。

齐苏图：多谢娘娘。

银妃：谢什么呀，没有您，哪儿有我今天啊。……如今万岁爷疼我，我知道，疼我到几分几厘我心里都清楚，您放心回去吧。

齐苏图：娘娘还有什么吩咐？

银妃：舅，您带了银票了吗？……甭嫌我张嘴啊，大有大难。别看在宫里，我短钱，在后宫来来往往地混人缘，第一少不了的就是钱。

齐苏图一张银票早拿出来了，放在茶几上：娘娘，这不算事，有您在，咱家的钱花不完。臣……告辞了。

银妃：您走吧，放心。

乾清宫。

乾隆：边事就说到这儿。朕近有所悟，自古都说生死事小，失节事大，和大人你以为呢？

和珅：奴才……奴才对此尚无心得。

乾隆：生死事小，我看没有谁把生死看小过。虽知终有一死，但谁不怕死啊。你们有谁不怕死，站出来朕看看。说不怕是假的，说不知倒是真的，死这事没有一个活的人能说清的。所以说句大胆的话，朕因不知死，所以朕不怕死，死有何惧。

纪晓岚：万岁爷襟怀广大，岂是我等凡夫俗子可比的。

和珅让纪晓岚抢了先不高兴：啊……你倒快啊。

乾隆：话说回来了，既不知死，对死而厚葬朕以为大可不必。刚才，刚才那件事啊，是谁家就不提了，以金银殉葬，于情来说尚可原谅，于理大可不必……

和珅：万岁爷所言极是，生死之事实在一生难参透。奴才……奴才就万岁今日之圣谕，偶然想起一偈语。

纪晓岚：这偶然也快了点儿。

90

乾隆：噢！有心得了，敏捷，说来听听！

和珅：浅薄得很，浅薄。抛砖引玉啊，抛砖引玉，心得心得。是这样的，所谓生死要看透啊，那正是"纵有千金铁门槛，终须一个土馒头"。

乾隆：噢！好，好，和大人您不妨细说说。

和珅：万岁爷，此话说的就是哪怕有千金铁门槛，又能怎样呢，你高高在上，成就卓越，功名一世，但……但最后还不是一个土馒头包了、埋了、葬了吗。土馒头就是坟头啊。看城外那一个一个的土馒头，死对人来说有什么不同，还不都是一样吗？终须一个土馒头。见笑见笑。

乾隆：啊！深刻啊，貌似白话，一语中的，很好啊！"终须一个土馒头"，很有悟性。……纪爱卿，你好像很不以为然啊？

纪晓岚：回万岁爷，臣深以为然。

乾隆：噢，你……你深以为然，可你那个样子好像很不屑嘛。有什么见教，不妨说出来听听。

纪晓岚：此话真有悟出生死、看破凡尘之感，土馒头很准确，好！好！倘若是别人说出，臣当顶礼膜拜，恭而敬之，但要是和大人说的，臣也想出一条相对之偈语。

乾隆：噢，有意思啊！不妨说说。

纪晓岚：和大人要听吗？

和珅：请讲。

纪晓岚：那……那我就直话直说了，和大人您啊……"看城外尽是土馒头，不知自己是馒头馅"。

刚一说完大家先愣后笑。乾隆也大笑。

乾隆：哈，老纪这怎么独独与和大人过不去啊！人家说了馒头你就说馒头馅。也对啊，到时咱们可不都是馅。和大人他当然知道。

纪晓岚：万岁爷，您看和大人说出话的那副得意的样子，小人得志的样子，四周围感谢的样子，他怎么会想到自己也是馒头馅，他只会以为旁人都是馒头馅，自己要超凡脱俗，永远当不了馒头馅呢。

和珅：纪晓岚，你穿凿附会，攻击一点不及其余！你……你也是馒头馅！

乾隆：好了！好了！纪晓岚，你……你果然一张好嘴，城外尽是土馒头，不知自己是馒头馅，不说了，怪朕，好好的说什么生死，既然都是馒

91

头馅，有些事就得过且过吧，那件事也先不说了。很好，退朝！

　　和府书房。
　　和珅气得要命，刘全给他头上敷毛巾。
　　和珅：嗯！嗯！气死我了！好好的一句话，正该我得意的时候，这老纪扯到什么馒头馅上去了！他才是馒头馅呢！他是馒头馅！
　　刘全：哎，老爷，他说他的，您别拿他当回事不就结了，有的人啊，您越拿他当回事，他就越是回事，您要是不拿他当回事……爷，怎么了？
　　和珅：说，说下去。
　　刘全：不拿他当回事，他就不……是个事……老爷，奴才说错了？
　　和珅：对，对，很对！这老纪就是不拿老爷我当事，所以他……他总占上风。……说得好！刘全，很好！以后我不拿他当事，看他怎样。刘全，晚上吃什么？
　　刘全：肉馒头。
　　和珅：不吃！怎么还肉馒头啊！
　　刘全：说走了嘴了，咱吃狮子头，狮子头。
　　和珅仰头躺着喘气，回过味儿来。
　　和珅：老纪你才是馒头馅。

　　厉家堂屋。晚。
　　一个肉馒头被一只小手掰开了。厉小春正在吃饭，边吃边看着忙忙碌碌进出的姐姐厉春梅。
　　厉春梅正在往一包袱皮里包馒头。
　　厉小春：姐，姐，您快吃吧，要不凉了。
　　厉春梅：你吃吧，姐出去有点儿事，回来再吃啊！你吃你的。
　　厉小春显然有事，用手不断地摸着腰里的东西：姐……
　　厉春梅正要出门，一听又站住了
　　厉春梅：吃完了在家待着啊，别出去闹了……怎么了？
　　厉小春：姐……我那天捡了两个元宝。
　　说着话，元宝拿出来摆在桌子上了。
　　哐当，厉春梅飞快把打开的门赶快关上了。

92

厉春梅：小春，你怎么不懂事啊！谁家的，你快给人送回去！……这元宝能捡吗？你可气死我了。

厉小春：……我不送。

厉春梅：你不送，你告我谁家的，我去送。

厉小春：不给。

厉春梅：给我。

厉小春：不给。那天送殡，棺材里掉出来的，又不是我一人捡的，好多人捡了，我不送。

厉春梅：你可气死我了，拿来我看看。

厉春梅拿过元宝，却发现元宝底下赫然印着"内务府库银"字样。

厉春梅：都是上好的官银啊！不送也行，姐给你收起来。跟你说，到外边千万别说出去，记住了吗？一句话也不能说。

厉小春：记住了！

和府中堂。夜。

齐苏图已经到了，和珅包着头出来，和珅头疼。

齐苏图：哎哟，和大人您不舒服啊？

和珅：不碍的，有什么事说……你来了，再不舒服也得见啊！

齐苏图说着话掏银票：哟！看您说的，和大人我可是来谢您的。

和珅：……金殿上的事听说了？

齐苏图：听说了，和大人您这算是冒死为的我们齐家啊！

和珅：冒死倒未必，受气是真的——老纪个馒头馅，他咒我。

齐苏图：他也就是痛快痛快嘴，您别跟他计较了。

和珅：我哪跟他计较啊！我不惹他，他招我……齐大人，您来就为这事？

齐苏图：和大人，那天棺材落地，满地的银元宝，被人捡去了不少。

和珅：那你就别心疼了，就当破财免灾吧。

齐苏图：财破点儿不当回事，就怕灾免不了。

和珅：怎么讲？

齐苏图：和大人，说出来您……您别怪我，那些银元宝都是上好的细丝库银，上边有内务府的火印。

和珅：什么?！都是库银吗？哎呀，这救不了你了。

齐苏图：……原想着不会出事。

和珅头更疼了：哎，刘全再给我换条手巾。齐大人，这……这可怎么好，人家要是拿上一个库银元宝就能告你啊，且一告一个准。头疼……我头疼！您问别人去吧，我头疼。

齐苏图：和大人，您别头疼，我们内务府齐家，从关外到关里深得几位皇上的喜欢，如今宫里有银妃，宫外有您和大人，该咱头疼的时候就不多。

和珅：有什么主意你说吧，我听着。

齐苏图：我想挨门挨户地把老百姓捡的库银换回来。

和珅：谁跟你换啊，那可是细丝官银，打了火印的。

齐苏图：我以二兑一多给一倍，难道还没人换吗？和大人，谁跟钱有仇啊！

和珅：倒也是，贪……贪心谁都有。二兑一行，行，你去办吧。……等等，这事你不能出面，让顺天府尹去办，那样才堂正啊。别大张旗鼓，别大张旗鼓，悄悄的，防着点儿。

齐苏图：防谁？

和珅：纪晓岚，防纪晓岚！还能防谁啊。你……你去吧，银妃那儿带个好！哎哟，头疼。你去吧。

银妃处花园。夜。

月华如水。银妃在哭，擦泪，优雅。

乾隆：……别哭了，看哭花了脸。

银妃：哭花了爷您给我擦。

乾隆：嗯，好，好，朕给你擦。银妃啊，别的妃子可不敢当朕这么大哭小泪地抹，唯有你。

银妃：她们……她们拿万岁爷当外人。

乾隆：哟，怎么讲？

银妃：万岁爷，您想啊，当着您的面哭不敢哭，笑不敢笑的，那是亲啊，还是疏啊？是真啊，还是假啊？

乾隆：是啊，有理，要么朕常上你这儿来呢！你最亲，不哭了。

银妃：万岁爷，奴婢心里没别人了，只有万岁爷您。您要再不给奴婢做主，那可不只有哭了。

乾隆：别，千万不可了，怎么会不给你做主啊！今天朝上，朕是大大地徇了回私情呢。现在想想害得老纪无端地吃了瘪，和二也没怎么好受，朕为你心里有愧了。

银妃听了高兴，拿了颗樱桃塞进乾隆嘴里：值不值？

乾隆：为了你，说什么值不值的，当然值。

说着要吻，银妃用手一挡：嘘，月亮在头上呢。

乾隆：这会儿它看不见。

长街。

挎刀的兵勇咚咚地敲门。一排街上好几家都在敲，一派紧张。

李三：开门，开门！

门开了，一老头出来。

李三拿出一只元宝做样：把你家捡的这路银子拿出来！别跪，不白要你的，二兑一，拿出来吧，你算发了财了。

老头从身上拿出一个元宝：军爷，这可不是抢的，是捡的。

李三：实话跟你说，抢的也没事。二兑一，来兜着。你可发了财了。跟街坊邻居都说说啊，有元宝拿来换啊，随来随换，二兑一绝不食言。我他妈的怎么没捡俩。

街两边都有敲门声。厉小春蹲在自家门口玩耍羊拐，扔沙包。几双皂靴站在了他眼前。

李三：小子，家里有大人吗？

厉小春：不在家。

李三：哎，问你这元宝见过吗？

厉小春：……见过。

李三：嗯，好孩子，快找出来大爷给你兑银子，二兑一。

厉小春转心眼：我家没有，是在李爷爷家见的。

指刚兑过的那家。

李青：小子，可不能骗人。

厉小春：把沙包还我，我不骗人。我姐……

李三：你姐不让你说是吧？

厉小春：我姐不在家，把沙包还我！

李青：走吧，别跟小孩子费工夫了，下一家。

沙包丢下。

纪府中堂。

纪晓岚正在专心地写书法，小月在画案前给他押着纸。纪晓岚是最后一笔了，正全神贯注。

纪晓岚：押慢点儿，押啊，小心！这笔得拖长一点儿，慢……

突然杏儿跑进来了。

杏儿：老爷，小月姐，新鲜事，新鲜事！

小月：什么新鲜事啊！啊?！

纪晓岚：小心，小心！

没想到小月把纸抬高了，一下笔把纸捅破了。

小月：什么新鲜……呀！先生破了。

纪晓岚：可不破了，光想着听新鲜事了。好好的一幅字，你赔。

小月：行，回头我写十幅赔您。

纪晓岚：饶了我吧，别糟践纸了。

小月：杏儿什么新鲜事啊，快说。

杏儿：小月姐，街上的大兵们挨户地敲门在找人家换元宝呢。

小月：大兵换元宝，是怪新鲜的，干吗呀？

杏儿：不知道，还不是一兑一地换，是二兑一。二十两碎银子换一个十两的大元宝。

纪晓岚正擦眼听了马上应话：什么？什么？二兑一？

杏儿：是啊，上赶着换，十两换二十两。

纪晓岚：有人换吗？

杏儿：说是不少人换了。

纪晓岚：哎，是新鲜……小月，那什么，这事好！这事可听着太值了，咱可不能落了空。这事……

小月抢白：先生，我没银子。

纪晓岚：别骗我，前些日子你不是拿散银子铸了一个元宝吗？

小月：嘿，先生你心里有账啊！

纪晓岚：账没有，偶尔看见了。那元宝在哪儿？借先生我一用。

小月：怎么还啊？

纪晓岚：十两重的元宝，还您十五两碎银子。

杏儿：人家换二十两。

小月：对呀，还有五两呢？

纪晓岚：先生我留着买烟抽。

小月：不行。

纪晓岚：留一两，就留一两买烟抽行了吧？

小月：不是我抠，男人身上不能有钱，有了钱就学坏。快去快回啊，等您吃饭！

纪晓岚拿了元宝就出门：哎，哎！

小月一眼看见烟袋：哎，先生，烟袋！

纪晓岚：不带了，没烟了！一会儿就回来。

杏儿：……瞧咱老爷当的，一口烟钱都没有。

小月：说出去人家都不信。装的。

长街。

兵丁们还在敲门，盘问行人换元宝。纪晓岚边走边看，真有当场就兑的。纪晓岚从街边穿过几组兵丁，别的路人都被问了，不知为什么人家没问他。他走了一路，就是把他隔了过去。纪晓岚走过去后，看明白了，又反身走回来，就站在李三身边看他在问一个过路人。

李三：哎！老头儿，站住，这样的元宝有没有？二兑一！有你可发了财了！换换！

老头：没有，身上一分钱也没有。

李三：那你算倒了霉了。哎，大姑娘来来来，问你句话啊！别害怕，这样的元宝有吗？二兑一。

厉春梅看了看：没，没有，见都没见过。

李三：哎，大婶……

李三问来问去时，纪晓岚就一直站在他身边，想让他看见，就是没人问他。

李三偶一回头，看着纪晓岚深情看着他，吓了一跳：哟，你干什么呀你！吓我一跳。

纪晓岚：我问你眼睛好不好。

李三：好啊，你这是什么意思？

纪晓岚：我看你是个二五眼。你问了那么多人，张三、李四、王二麻子，都问遍了，为什么不问我？

李三：这不是没看见您吗？看见了能不问？嗯，这位先生，元宝有没有？

纪晓岚：怎么兑？

李三：二兑一。您有？

纪晓岚：问对了，有，拿银子来兑！

李三：李青，给这位先生兑……几个元宝？

纪晓岚：元宝会有几个，我又不是贪官，就一个。

李三：好，兑一个元宝的银子，二十两……先生把元宝拿出来吧。

纪晓岚从怀里深处把一个成色不太好的元宝小心拿出：请过目。

李三一看就知不是，看着纪：怎么着？捣乱是不是？

纪晓岚：捣什么乱，拿元宝兑银子不是你说的吗？

李三掏出一个元宝：元宝不错，那要看什么元宝！我们要的是有内务府火印的库银，你那个不要，留着花吧。说我二五眼，你才是呢。

纪晓岚边说边走：非要内务府库银？内务府库银乃国库之银，怎么会跑到民间来了？

纪晓岚回头看那些兑银子的官兵，心里有疑了：二兑一，谁有这么大的手笔？

一低头，看见了正玩羊拐的厉小春。

纪晓岚蹲下：哎，小弟弟，伯伯问你件事。

厉小春光玩不理他：不知道。

纪晓岚：我还没问你呢，你怎么就不知道。伯伯就问你一件事。

厉小春：不知道。

纪晓岚：这条街前几天是不是过了棺材了？

厉小春：是啊，你怎么知道？

纪晓岚：棺材是不是翻了个了？

厉小春：对啊，你也看见了，翻出好多银元宝来。我……我可没捡……

纪晓岚：哈，这就对了！我说天下哪儿有这么便宜的事，二兑一。

说完站起来就往李三那儿去，边走边喊：你们是怕了。好，不换，不换还就不行了。嘿，别人的元宝能换，为什么我的不能换？今天要么你给我换了，要么跟你们没完。

说着话上手抓李三脖领子。

李三：哎，小子吃了豹子胆了，放手，放手！你想钱想疯了！放手！

纪晓岚：今天你换也得换，不换也得换！二兑一，官家不能偏心，官家偏心我不答应。要么你说清了为什么不换。你说，你说！

大喊大叫，人围过来。

李三：放手，放手！李青，叫弟兄们把这疯子锁了！快锁了！你先放手！

纪晓岚：不放！谁敢锁我！谁敢！不换银子没完！不换……没……

冲进几个兵丁，拿绳子从纪晓岚后脖子一勒，纪晓岚半句话噎住了。当兵的上手麻利地把纪晓岚给五花大绑了。

李三摸着自己被掐疼的脖子：他妈的，想钱想疯了，二兑一，带走！你那是什么元宝，还想二兑一。

推纪晓岚走，纪晓岚说是不去，跟着走了。

纪府中堂。

饭菜摆了一桌，都凉了。小月、杏儿伏在桌上睡着了。小月突然醒了。

小月：杏儿，醒醒，都什么时辰了，先生怎么还没回来？

杏儿：早过午时了，该回来了。

小月：不会出事吧？

杏儿：不会吧，咱们老爷好歹也是个大人物，谁能拿他怎样？

小月：也对啊……可不该给他钱。

杏儿：为什么？

小月：谁知他拿了钱干吗去了，男人有钱了没好事！杏儿不等了，咱吃。

牢内。

纪晓岚假装不愿进牢，往后退。众兵丁往里推他。

纪晓岚：这里我不来，这是牢房，关犯人的我不进，别推我！我不进去！我不进！

李三：不进？想不进都不成了。你不是想二兑一吗？你不是要问清楚吗？你给我进去吧！

猛一推，纪晓岚算是进了大牢了。一进大牢，纪晓岚暗自高兴。

纪晓岚：好，好，这可是你们要给我抓进来的啊。好小子们，胆子不小，敢抓朝廷命官了。不就是为内务府齐家齐苏图办的事吗？小子，去把他给我叫来！

一语既出，众兵丁还是有些震惊，愣愣看纪。

李三：齐苏图？口气还挺大，你……你是什么人？

纪晓岚：别问，把人叫来了，自然就知道！牢头啊，爷我要净手了，打水！

齐府中堂。夜。

一只一只的元宝摆在一张大画案上，齐苏图与和珅看着。

齐苏图拿起一只元宝，翻底看：和大人，天底下的人没有不爱财的，东西都换回来了。二兑一，一个一个乖乖地拿出来了。

和珅：都在这儿了吗？

齐苏图问管事：差多少？

管事：回爷，就差两只了。

和珅：一只也不能差，快找！东西找齐了，事就算了结了，谁咬咱也不怕了。

正说着话时，一个仆人急急进来，与齐苏图耳语。

齐苏图一下变色：不……不会吧！那么巧？

和珅：怎么了？

齐苏图：和大人，看来……咱……咱得上牢里去一趟了。

和珅：怎么了，出……出什么事了？

齐苏图：还……还说不准。

和珅：是什么事？你倒是说啊。

齐也上来耳语，和珅惊。

齐苏图：可还说不准啊。

和珅：这不是自己找乱子吗！什么准不准的，先去看看吧。

牢内。夜。

犯人都睡了，齐苏图、和珅探头探脑地悄悄地往前看，看不清。和珅一推打着灯笼的牢头，让他往前去把关着纪晓岚的那个笼子照亮，然后大家又探头。牢头前去，打着灯笼照，照见了安稳地卧在草堆上睡觉的纪晓岚。

齐、和两人生怕看错了，齐齐地悄悄向前看。正赶上纪晓岚翻过身来，两人看个一清二楚。

看清后两人风一样地转身往外走。

牢内公事房。夜。

和珅、齐苏图急急地赶了进来。

和珅：这……这是怎么弄的啊，左遮右拦地想躲他还躲不过来呢！怎么……是你们把他给抓进来的?!

齐苏图：谁抓的，出来回话。

李三无奈出来：回……回爷话，人是小的让抓进来的。

和珅：干吗抓他？

李三：回大人话，他……他拿了一个成色不好的土元宝，非要跟小的兑银子，小的不给他兑，他……他就掐小的脖子。小的一时气不过，就把他抓了。

和珅：苦肉计！激将法！反间计！围魏救赵！他……他纪晓岚什么人，他会心甘情愿地让人抓他？抓的时候是不是假装害怕来着，假装不情愿来着？

李三：送他进来，他死活不进来，跟爷说的一样。可一进来了……

和珅：看，怎么样，我猜对了吧！……他是纪晓岚，是纪大烟袋。他这一进来，可就不好办了。

齐苏图：为什么？

和珅：这还不明白吗？真要进来了，他轻易就不会出去了。

齐苏图：不……不会吧？好歹他是个朝廷大员啊，他会赖在牢里不走？天下有这样的人？

和珅：有这样的人吗？你哪儿知道老纪啊！不会吧?! 你要能现在让他出了牢，我"和"字倒着写。……你们哪儿跟他处过事啊！纪晓岚你个馒头馅，咬不烂的馒头馅！

齐苏图：和大人，该怎么办您拿主意啊，别这么总转啊！

和珅：当初，他要换银子干吗不给他？啊？二兑一，十兑一也给他啊！这可好，这是越怕上天，天上越雷催，怎么办，怎……这……这么着吧！刚才是谁抓的他，是你吧？拿四十两银子，去跟他把钱兑了，兑完后放他出去。快去，快去！但愿他只是为了贪小利。只有这样先试试了。

牢内。夜。

一群人，和珅、齐苏图在前，其他人在后，悄悄地涌进牢房，远远都站下了。和珅推了李三让上前。李三哆哆嗦嗦地往纪晓岚的牢笼去，众人看着。

李三说话都哆嗦了：哎，哎，先生啊！哎，这位爷，这位爷！

纪晓岚：……叫我呢？

李三：先生，哎，爷，您还没睡啊？

纪晓岚：你们给我关这破草窝子里了，我能睡着吗？

李三：没……没睡着更……更好！您那只元宝拿出来吧，没给您兑了是我看错了，你那只好，应该多给您。

纪晓岚：我可就一只元宝。

李三：就要您那只好元宝。

纪晓岚：不嫌成色不好了？

李三：好东西，成色好着呢！这四十两银子给您准备好了，咱兑了吧。

纪晓岚：不是二兑一吗？怎么变四兑一了？

李三：您那东西好，多给您一倍，您快兑了吧。

纪晓岚：这回我可赚了。

纪晓岚把元宝交给李三，把四十两碎银子收了。远处和珅等紧张地看着，松了一口气。

李三开笼门：哟，可谢谢您了！得，您请回吧，我送您出去，给您叫车去。

纪晓岚：回哪儿啊？

李三：回家啊。您这钱也有了，出去喝酒耍钱我们不管了，您横是不想待在这儿吧？

纪晓岚：回家？爷我哪儿也不去了。

李三：哎，爷您不能不讲理呀！银子您兑了，这是牢房，您不能赖着不走啊！

纪晓岚：讲理！爷我就想听你讲讲理。我问问你，为什么二兑一地换元宝？为什么先不给爷兑现在又来给爷兑了？为什么这会儿又四兑一地来兑爷这只土元宝来了，还急着让爷出去？为什么？是不是有人说话了？

一句话一逼把李三逼出牢笼。

纪晓岚砰把门关上了：你不讲清楚了，爷怎么会出去！

远处看的人心都凉了。

纪晓岚：跟你们说啊，这叫请神容易送神难啊。爷我可不是为一点儿小利就能退让的人，爷我活得有准则。四十两银子我收了，牢我不出去。你把理给爷讲清了，爷不用你叫车，自己走回家去。

牢内公事房。夜。

和珅：馒头馅，嚼不烂的馒头馅。这回真是请神容易送神难了。看看，一点儿想不到都出事，明天上朝要是万岁爷问起来，可怎么办？说关了，为什么？说为了换元宝，那……那还不是全露了底了。

齐苏图：这可不好了，这可不好。

李三：爷……您没……没认错人吧？他纪大烟袋可没有烟袋啊！

和珅：认错人？天底下我爹妈能认错了，他认不错。我记得最清楚的就是他！……你刚才说什么？没烟袋，他没带烟袋？

牢头：打进来就没有！可能没带，要不哪儿能不想想啊。

和珅：没带烟，没……哈！好！好了，好！天无绝人之路，行了，咱不逼他出去了，让烟逼他出去。他是大烟袋，他瘾有多大啊，他忍不住。好，好，可有一点，千万别让那杜小月知道，别让人给他送烟来。谁也不

103

能给他烟抽，憋着他，逼他自己出去。好啊，老纪，你个馒头馅，这回可给你加了作料了！就这样。

香满楼大门。夜。

杜小月、杏儿一身短打，杀气腾腾地往里闯。

叉杆：哎，二位姑娘，这可是老爷们儿玩的地方，您二位不能进！回避，回避吧。

杏儿上来一把推开一个叉杆。

杜小月一手抓过来一个：问你，可看见有个好抽烟的老爷在里边？

叉杆：有，有好几位呢！

听完话杜小月一松手，昂然而进。

香满楼大堂。夜。

歌舞升平。妓女跳着，唱着，调笑着。

杜小月看见一位背影很像纪晓岚正抽着烟袋的男人，怀里坐了个女人正在调笑。杜小月生气，上前一拍肩膀，一拉，那人惊讶回头，一张庸俗的嫖客的脸。

嫖客：哟，干吗呀？……呀！你可真俊啊！花名叫什么呀？

杜小月一看不是：叫你奶奶！

啪一掌打倒在地。杏儿那边也把人打倒了。大堂乱起来。

老鸨子惊出。

老鸨塞银子：哟，两位，两位有什么到不到的冲我了，冲我了！两位大侠，多了没有，回去买花儿戴啊，买朵花儿戴！

杏儿：什么脏钱，拿开！

小月拉过老鸨，对着耳朵小声问话。

老鸨：哟，他哪儿能来这种地方啊！那么大的人物，没有！二位小姐放心啊！他可没来过，没来！

街上。夜。

小月和杏儿漫无目的地找着人。

杏儿：小月姐，青楼、赌场都找过了，老爷能去哪儿啊？总不会去了牢里了吧?

小月:什么?牢里?是啊,要真去了那种地方咱可省心了。

二

牢里。

纪晓岚烟瘾犯了,很难受。李三故意在他面前抽烟,边抽边香得不行的样子,把那牢门打开了,也不看纪晓岚。

纪晓岚烟瘾犯得站起来又坐下,要走到牢门口,又回来。

纪晓岚:……我抽的那是小兰花,关东的烟叶子,肥厚,阴干了切丝不燥,拌的时候兑上些切成末的烟梗子更有劲。再兑上枣花蜜、细冰糖,点上几滴老窖曲酒,最重要的啊要点上三两滴香油,乍开未开的兰花两朵切碎这么一拌,嚯,烟锅子里似松似不松地这么一塞,啪,打着了火一抽,头一口,那叫香……真香啊!

边说边闭眼陶醉,以为李三会搭个话。李三不理他,接着吐烟。纪晓岚有些没面子,还得搭话。

纪晓岚:哎,我说得对不对?啊,你那口烟是小兰花吧?

李三:是又怎么样,不是又怎样?

纪晓岚:我要是猜错了,你让我抽一口我再猜啊。

李三:没错,就是小兰花。

纪晓岚:看,看猜对了吧!猜对了有什么奖?

李三:听您的,您说吧。

纪晓岚:问你要多了,你也没有。行,就这么着吧,你给我装锅小兰花抽。

李三:这也太轻了吧,不行。换一个吧,也算奖您一回。

纪晓岚:我不嫌轻,拿过来吧,我抽一口。

李三:不给。爷,这儿可没人拦着您,您出去吧,街上买了想怎么抽怎么抽,在这里头,我这就不让您了!

纪晓岚:小气!俗话烟酒不分家。看你那小气样……要不这么着吧,这块银子够你抽一年的,拿着让我抽一袋。

李三看了看银子:真不少!不换!纪大人,这门可给您开着呢,您有钱，又有官职的，干吗非在这儿待着啊！您要走，我出门给您叫车，送您回家去，行吗？啊？

纪晓岚：不行！纪某人在大是大非上从不让步！小子别费心了，我就是让烟瘾憋死了，我也不出去！我等着家里人来找我，家里人找不着了，万岁爷还能找不着吗？小子你立功的机会错过了。

关上牢门倒头便睡。

街上。

杜小月和杏儿找了一夜人了，没找着。两人从一家烟铺出来，急急在街上走，小月心中焦急，走得快。杏儿在后跟着，突然一拉她的衣裳，拉着她去一座牌坊后边去躲了起来。

杏儿：小月姐，有人跟着咱。

小月：谁啊？在哪儿呢？

杏儿：您回头看，那胡同口藏着呢。

小月回头，看见刘全在探头探脑：和大人家的刘全吧，对了，我怎么没想着去他那儿闹啊！杏儿不怕，走！人丢了，不能让他消停了！

两人从牌坊后大大方方出，向刘全方向去。

刘全看见了，飞快跑。

和府大门口。

杜小月、杏儿风风火火地来了，不搭话就要往里闯。

管事：哟，这不是小月姑娘吗？真是稀客啊！有事吗？

小月：没事谁上你们这儿来！传一下，杜小月求见。

管事：哟，真是不巧，不巧得很，老爷出门了，不在家。

小月：不在家我进去等。

说着话硬要闯。

管事赶快拦住：不行，小月姑娘，府里有女眷，您进去了，怕不方便，怕起误会！

小月：呸，谁跟你们老爷起误会啊！好，他不见我也行！烦你跟你家老爷回一句，就说我家先生找不见了，人要是再找不着，杜小月就上金殿问我干哥哥去了，到时可别怪我没告诉你们。

管事：哟，你干哥哥是谁啊？

小月：甭问，告诉他就行。杏儿，咱走。

齐府中堂。

和珅急得不行：……齐大人，跟您说咱可没多少时间啊，他老纪再不出去，早晚露了馅，只要有人在殿上把事一捅开，这就算是纸包不住火了。玉石俱焚，玉石俱焚啊，到时什么妃也不管事了。

齐苏图：他要是出去了，那事不是露得更快吗？他知道咱换元宝的事。

和珅：哎……也……也是啊，他……他知道了，是啊他……他出去了也不好……依着你怎么办？

齐苏图：和大人，我齐苏图说句大胆的话啊！说得对了，就不说了，万一说得不对，您就当没听见。

和珅：说吧，说吧。

齐苏图：咱不会让他成了馒头馅？

和珅：什么，没听见，没听见！齐大人您的胆儿也太大了吧！纪晓岚，纪大学士，当朝一品，随随便便包了馒头了？没听见，我可没听见。齐大人，您别看万岁爷有时候表面上不待见他，其实万岁爷离不开他。让他傻了、疯了、不知事了，这都行！让他死了，要能让他死，还会轮到齐大人你下手啊，他早就死了！不行！

齐苏图：那就让他疯了！和大人，这可是您刚说的。

和珅：就没别的办法了？

齐苏图：没有了。和大人，内务府齐家，多少年来说句实话，算是皇恩浩荡，日子过得越来越大了。咱不能有半点儿差池，说句泄气的话，咱可栽不起这跟头。

和珅：可好好的人，哪就那么容易疯了啊？让老纪疯那就会疯吗？

齐苏图：和大人，您不用费心，这事我来办。

和珅：让……让他疯了？齐大人，这也是个要命的主意，这个底要是露了，咱可不得好死。

齐苏图：情势所迫，只有如此了。和大人，说句见外的话，真露了底也没您的事！

107

和珅：嘿，看你说的，我……我和某人是那种不讲信义、贪生怕死的人吗？是江是海我和某人手牵手地跟你们一起跳！齐大人，不是我不放心，这事，您可是要亲自去办啊！我是担心你的手下人。

齐苏图：放心，我自己去办。

天人大药店。

药店忙乱，坐堂大夫洪仁正在手持医书看着，齐安进来了。

齐安：请问哪位是洪大夫啊？

洪仁：在下洪仁。

齐安：洪大夫，小的请您出诊。

洪仁：去哪儿？

齐安：不远，对面茶楼。

说着话一只元宝放在了桌上。

洪仁：对面茶楼？……在这儿有什么不方便吗？

齐安：您说对了。烦您走一趟，诊费另付。

洪仁：好，前边带路。

茶楼雅间。

几件茶点，凝重的空气。洪大夫拿出纸笔的手有些抖。

齐苏图穿了一件黑斗篷，帽子兜下，脸也遮住了：洪大夫，现在屋里只有你我二人了。我是谁你也不必问了。一句话，烦你开个使人致疯的方子。

说着一推桌上的一盘银子：开过后，这些银子你收下，咱们各奔东西，再不来往。

洪仁推回银子：这位先生，洪……洪某只……只会治病，治疯病会，让人发疯洪某不会。谢……谢了。

齐苏图慢慢又从怀里掏出一把刀子来：听说你……你最近老来得子啊，你们洪家有后了……我真恭喜你了。

说罢轻轻把刀放在桌上。

洪仁吓着了，看着银子和刀：害……害人发疯，终归不是……害……害人性命，洪……洪某那就开……开个方子吧。请……请问那人是男是女？

　　齐苏图：是个男的。

　　洪仁：多大年龄？

　　齐苏图：知天命之年。

　　洪仁哆哆嗦嗦地展纸，写药方。

　　齐苏图看着，把方子揣在怀里。

　　牢内。

　　一个托盘，托盘中一碗汤，旁有两个窝头，一碟咸菜。李三托盘子快步走到纪晓岚笼前。

　　李三：先生，先生，爷，爷，醒醒，醒醒，饭来了。

　　纪晓岚：啊，又到吃饭点儿了！还不饿呢！烟……烟有没有……对了，你不给我烟抽，爷我不抽，抽烟害人，我不抽！

　　李三：就是怕您吃不下饭，给你烧了个汤呢。

　　纪晓岚：是啊！嗯，闻着了，好香！你人还不错嘛！

　　李三飞快地把托盘递了进去：爷，趁热吃吧，实话说，这份饭不多不少小的还往里搭了二十大枚呢。

　　此时甬道头上，齐苏图披着黑衣，偷偷看着。

　　纪晓岚：是啊！想让爷我给你银子是不？

　　掏出两小块白银子，给李三一块，其实是想要拿另一块试试汤：来，接着，给你。

　　李三伸手接，纪晓岚给了一块，说话分散他的注意力：这可够给我烧一年的好汤的啊！拿着吧，揣起来，揣起来。

　　趁李三走神，把那一小块扔进了汤里，就看汤一下有了反应。李三没注意，纪晓岚看清了，先惊，然后眼光一移，隐隐地看见了甬道那头的齐苏图黑影。

　　纪晓岚端起碗：嗯，好汤，别凉了，我喝，我喝了啊。

　　端起来他咕咚咕咚地全喝进去了，喝完再吸引李三的注意力，张大了嘴让李三看。手下把那块已变得乌黑的银子悄悄从碗中收了起来。

　　纪晓岚：好汤，好汤，真鲜！好汤，真好！

　　甬道那头，齐苏图放心退。

李三看着也高兴：嗯，您爱喝每天给您烧啊。您吃着，我也上外边吃饭去了，吃完了叫我，好收家伙。

纪晓岚：好，你走吧，我吃了！

李三匆匆退出。

牢内公事房。

桌上堆了一堆包好的草药包，一捆鸡。齐苏图把帽兜摘下了，李三急进。

李三：爷，您都看见了，喝了，全喝了！

齐苏图：看见了。每顿饭给他炖一包药，一只鸡。不管什么时候，只要他一耍疯病就快告我！白天黑夜给爷我盯好了，一疯就报！记住，要真疯了！

李三：爷，您放心吧，奴才看着他，白天黑夜地看着他，您放心吧！

牢内。

纪晓岚香喷喷地把所有的饭菜都吃光了。

纪晓岚：牢头！牢头！收家伙，烧壶茶来！……这汤怎么烧得慌啊？牢头，快，茶！

李三：哎，哎，来了！

宫内银妃处。

花园之中，一棵树下，已是秋天，花期将尾，树叶泛黄。银妃正与乾隆在下象棋。棋枰之上银妃的红棋要胜，乾隆一头是汗地看着。

乾隆：银……银妃，稍一走神你又占了先手了，看来朕和你下起来还怪费劲的！这着棋……

银妃：爷，要么您悔一着？

乾隆：不，不，落地生根，哪儿能悔棋呀！那岂不是输棋又输人了吗？

银妃：万岁爷，您这是让着我呢，别着急，不就是跟您赌一瓶玫瑰露吗？奴婢要真输了，给您两瓶。

乾隆：又说便宜话了，你这棋怎么会输呢！打扇。

银妃此时趁机给宫女常儿使了个眼色。常儿一挥手，一个宫女端了碗参汤上来，故意没放稳，洒了。

宫女：奴婢该死，奴婢该死。

乾隆：怎么这么不小心啊，下去！

宫女快擦桌子，常儿趁机猛地一撞棋盘旁的那棵树。棋枰上一下就落了三两张黄叶。

银妃：棋罢不知人换世，转眼都是深秋了，想不到这些落叶也来搅局。

假装捡落叶，趁机把自己的一个马拿掉了。

乾隆等那些宫女忙完了，看棋盘：哎，银妃刚才好像你这儿有个棋子儿啊！

银妃：是吗，您看错了吧，刚才的是落叶。

乾隆：是吗？如果这儿没子，那……那朕就不客气了，将！

银妃：哟，没看见，这还有将呢！万岁爷不带这么玩的，明明要赢了，还说自己要输了。这棋……这棋还真就没有解了呢！万岁爷，奴婢输给您了。

乾隆：嗯，好，银妃啊，你让朕呢吧？

银妃：没有啊，实在是棋力不逮，输了，心服口服。

乾隆与宫女一起收棋。

乾隆：银妃呀，你让朕，朕知道，你把你那只手张开，让朕看看。

银妃见被识破了，笑了：万岁爷，真是什么也逃不过您的眼睛。

说罢张开手，手中有一个棋子。

乾隆把棋子拿来放到盒子里：银妃，朕不高兴，你干吗要让朕？

银妃：万岁爷，不问也罢，下棋与国事相比毕竟乃小机巧而已，输啊赢的于奴婢来说没什么关系。

乾隆：难道于朕就有关了吗？你把朕看得太小了吧。

银妃：不是这话，算了不说了，您……

乾隆：不，说来听听。要是说得在理呢，朕要奖你；说得不在理，朕可要罚你了！

银妃：那……那奴婢就直话直说了。

乾隆：说吧。

银妃：万岁爷，下棋虽是机巧，但输赢对人之心情颇有作用，您一会儿就要上朝了，倘因输棋不悦而错断国事，奴婢岂不是青史之罪人了吗？所以才有方才之行径。

乾隆：是啊！这么说你让棋让得有大道理了，深明大义。银妃啊，朕就喜欢你这男儿样的胸襟，好，让得有理！来，来，坐过来！朕虽是棋输了，但要赏你，一定要赏你！赏你什么呢？

银妃：万岁，您什么也不用赏，就刚才那句话就够了。奴婢有句话要说。

乾隆：讲吧。

银妃：万岁爷，奴婢出自齐家，齐家是包衣出身，但从来忠心不贰。近来听说有对齐家不利之谣传。为亲人说情实在不敢，只望万岁爷能够兼听，以家国利益为重。倘若真有其事，奴婢当带头大义灭亲；倘若没有，也该有个交代，那样奴婢便欢悦无比了。

乾隆：是啊，看你这局棋让的，国事、家事都说出来了，朕赢你这局棋不值。银妃啊，放心吧，这算什么事吗？自家的事而已。好了，朕上朝去了，还没想起该赏你什么，回头再说吧。

乾清宫。

乾隆边说边看着和珅旁边纪晓岚的空缺。和珅和远处的齐苏图貌似平静但都很紧张。

乾隆：……为治以安民为本，安民以教养为本，二者相为表里而不可偏废，务求实效而不务虚名。

乾隆说着话，有些走神：此事当谨记。诸位爱卿……

样子是老想说什么又没说，和珅、齐苏图紧张。

乾隆：……好，今天到此……朕……似还有件事……一时想不起来了，退朝。

百官：吾皇万岁、万岁、万万岁！

宫内夹道。

和珅边走边等齐苏图，等齐苏图到了跟前，假装大声说：齐大人，您家的饽饽听说做得地道啊！改天可要请教一两味啊！

接下来又小声道：万岁他今天是忘了，还是怎么着，没问？

齐苏图小声：和大人您放心吧，有银妃在这儿，事出不大了。里边传出话来了。

和珅小声：哎，馒头馅怎么样了？老纪，纪晓岚？

齐苏图：调了五香粉，快出味儿了。

和珅高兴，大声：嗯，回见，等着您的馒头啊。

齐苏图：是饽饽。

和珅：啊对，饽饽，饽饽。

牢内。

李三在纪晓岚的笼子外打着瞌睡，显然是天天夜夜地盯着纪晓岚，累了。纪晓岚在笼中假寐着。一个牢头大大咧咧地过来了。

牢头：哎，李爷，李爷，怎么总在这儿睡呀，回屋睡去呀。李爷，哎，桌子底下的鸡我吃一只啊，再不吃可快死了。

李三刚醒还没反应过来：啊，啊？什么，什么？……鸡，什么鸡？那你可不能动，不能动。

纪晓岚假寐，竖起耳朵。

牢头：怎么了？你见天地给他炖鸡吃，我吃一只还不行，他是你爹呀？

李三赶快起来拉牢头往一边去说：你不知道，比我爹还亲呢……

说罢低声和牢头咬耳朵。

牢头声大：什么，那草药吃完就疯？我怎么没看他疯啊。

李三赶快捂嘴。

牢头：放手，你可别蒙我啊！跟你说，你还欠我两顿酒呢。一只鸡都舍不得，什么他妈的好兄弟！

李三：得，得，一定补上，一定补上，您先忙去吧，您先忙去。

打着哈欠回来，看纪晓岚还在睡。

笼内纪晓岚背对着李三，嘴角一丝丝的笑。悄悄地从怀中拿出几块黑了的银子块，在眼前摆着。

李三小声试探：纪大人，纪大人！爷，醒了吗？醒了吗？

没动静。李三坐下，刚要瞌睡。

突然纪晓岚猛地坐起，梗着脖子笑，这就疯了。纪晓岚先笑，自己笑，然后假装特别高兴的表情，出了几下声，把李三的目光引来了。然后说了一句不着调的话，倒下又睡。

纪晓岚：你别去了，别去！你也追不上，追不上！……那就叫娘吧，啊！娘哎！

李三看傻了，纪晓岚说完了倒头便睡。

李三：哎，纪先生，纪先生，纪爷……您醒醒，您醒醒！您再说两句话。

纪晓岚腾地坐起来，像是在表演两个人的对白：唱个歌！唱个歌！哎！你唱个歌！不唱！不唱！不唱！你不唱我可不跟你好了！

李三看着真高兴：那就唱吧！纪先生，没外人，唱吧！

纪晓岚还是不理李三，自己演戏：我不会唱歌，我唱曲，昆曲，我会唱曲，昆唱曲，曲唱昆。

李三：也行，唱。

纪晓岚边拍手边唱：黄……黄……黄毛丫头去赶集，买个萝卜当鸭梨。咬一口，怪辣的，谁叫你黄毛丫头挑大的。你挑大的，你挑大的。

一边唱着一边用手指李三。

李三：哎呀，我挑大的，我挑大的。嘿，你别说这药……还真灵……真灵，好好的一个人，他妈的转眼傻了……好药！这我该报信去喽！你唱，你唱啊。

纪晓岚自己击掌自己念：剃头师傅手艺高，不用剪子不用刀。一根儿一根儿往下薅，薅得脑袋起大包，你说糟糕不糟糕。

看着李三高兴跑了：……我要喝汤，我要喝汤！

不料一说"汤"字就有反应，干呕起来，痛苦无比。蹲坐在那儿，看窗外斜阳：我要……喝汤。我要抽烟。我要……剃头。

齐府中堂。

齐苏图正在一张大禅凳上练着静气功，管事冲了进来，看见齐苏图在练功，想退下吧，又觉不妥，退了两步又跑回来，无奈等着。

齐苏图做个动作收功。

齐苏图：什么事，这么慌慌张张的？

管事：回爷，牢里的李三求见。

齐苏图一听也急了，赶快下地，整衣：快，快请！

和府大门。

还是那个女里女气的管事，在拦着杜小月和杏儿。

管事：哟，你可不能这么往里走！跟您说了，老爷不在，您怎么就不信啊！

小月：信，我信你是个骗子，左一趟不在，右一趟不在，难道说你家老爷也丢了？杏儿，谁拦打谁，今天我非要见着和大人不可。

杏儿一剑鞘把管事的打倒在地上。两人昂然闯和府。

管事：哟，一个女儿家家的，怎么跟个野男人似的，说动手就动手了！真不像话。看我摔得这一脸泥。

齐府中堂。

齐苏图：坐下说，看茶！

李三：老爷在上，奴才不敢坐。

齐苏图：那就说吧，怎么样了？

为掩饰紧张，端起杯来挡自己的脸，但手抖。

李三：回爷，他疯了。

齐苏图：疯了？

李三：疯了。

齐苏图：怎么个疯法，讲讲！

李三：说……说话不搭调，唱黄毛丫头去赶集，两眼发直，总想喝汤。

齐苏图：好，好，疯了好！疯了好！

先是一阵高兴，紧接着变脸：李三。

李三：嗻。

齐苏图：你们家还有什么人？

李三：有娘，有媳妇有孩子。老爷您问这干吗？

齐苏图：问清楚了，给你送终。李三！

李三：爷，爷！

齐苏图：你身为牢头，监守之时，将朝廷大员关疯了，你知罪吗？

李三：老爷，这事可是您……

齐苏图：放肆！来人啊，将李三拉出去！……李三，你们家就放心吧，爷我亏待不了。

李三：爷……爷这可不干我的事啊！爷，爷您可不能这样啊，过河拆桥您这是……

齐苏图：刘管事。

管事：嗻。

齐苏图：火速派人去和府，面见和大人就传一句话，馒头馅变味儿了。快去快回！

管事：嗻。

和府中堂。

和珅正假装热情地招待小月和杏儿。

和珅：哟，我说小月啊，你可是稀客，该常来，该常来啊！咱们好赖不济还在西边一起监过军啊，南边去过曲阳啊，一起共过事的，论起来也该算个至爱亲朋那一堆儿里的是吧。

小月：来了三回都没进来！今天我和杏儿不是连打带冲啊，还见不着您呢！和大人，我可不是您那一堆儿的，非要按卖菜论呢，您是蛮菁疙瘩那一堆儿里的，我们是白菜那堆儿里的，不一类！

和珅：蛮菁疙瘩，哟，我怎么是那堆儿里的？

小月：和大人，闲话不说了，来找您有事。

和珅：啊，有事好啊，咱们常在一起呀！也不能光叙旧情，平时呢多处处事，处的事越多，情不就是越深吗？有什么事说吧。

小月：我家大人丢了。

和珅装傻：什么？谁丢了？

小月：我家先生，纪先生！

和珅：纪……老纪他丢了?!呀，一个大活人怎么会丢啊？小月，玩笑吧？

小月：丢了三天了。

和珅：你们怎么办的事？一个朝廷大员怎么会丢呢？再说丢了为什么

116

不早来找我？老纪丢了，老纪丢了这可怎么好！为什么事丢了，还是……

小月：三天中天天来找您，您躲着不见。

和珅：一定是那些可恶的下人，来人啊！把门口的管事给我换了！男不男女不女的早想换他，误事。小月，别急，我换了衣裳跟你去找人啊！

此时刘全有事要报，给和珅打着手势。

小月：和大人，找人不烦您了，小月今天一来算是正式报官了，二来再找不着人，小月我闯宫要去见圣上了。

和珅：哎哟，先不急吧，不急，人怎么会找不着，他出门带钱了吗？

小月：带了一个元宝。

和珅：哎！怎么给他那么多钱啊！你不知道啊，男人身上带了钱，可不就容易丢人吗！……不是，说差了，是人容易丢，哎，那些个地方都找了吗？

小月：找了，没有。和大人，我们先生不去那种地方。此事您必须要管，否则小月马上闯宫去面圣！

和珅：不急，不急，千万不急，我来找，我来找，不用急，这事还是不进宫好。老纪他能去哪儿呢？

那刘全总跟和珅使眼色，和珅生气了：什么事？没看爷在见客吗？小月你看看，这些下人一个懂事的都没有，我先去问问什么事啊。

和珅出大堂，走到廊下。

廊下刘全跟他嘀咕：馒头馅变味儿了。

和珅喜形于色，马上收敛变严肃了。

和珅回来，心里有了底了，再没有刚才的笑脸：小月啊，人呢你们还继续找吧。真要找不着，非要面圣，我也不拦着你们了。

小月：和大人，你这话什么意思?!

和珅：你还不明白吗？事过了三天你才来找我，就真是该和某人管的事，我怕也管不了了，万一有个差池，这责任小月你可别往我这儿推！我知道了也就知道了，我不知道更好。

小月：和大人您……您可是中堂大人，这事你当管。

和珅：管是要管的，可小月你要觉着面圣方便，你不妨面圣，和某不拦着啊。来呀，送客！

小月：和大人……

和珅：请，请，常来啊！我忙，就不留你们了。

杜小月、杏儿愤愤走。和珅给她们送到门口后，转脸喜形于色回。

和珅：馒头馅变味儿了！好，馒头馅变味儿了！老纪呀，真想现在去看看你什么样！

牢内。

纪晓岚爬栏杆，爬得高高的在上边唱童谣，彻底疯了。

纪晓岚：……小胖哥，玩意儿多，扳不倒，婆婆车，风刮燕儿，一大串，冰糖葫芦儿是果馅……小胖哥……

几个牢头拿竿子在底下捅，想让他下来。

牢头甲：下来！哎，下来！

牢头乙：门开着呢，要疯出去疯去，好好的怎么说疯就疯了。

牢头甲：哎，沈头儿可别这么说啊。上边有话了，让说进来之前就疯了。

牢头乙：嚯，看我这嘴，天生来的，就会说实话。进来前就疯了，你个疯子，下来！

街边茶铺。

杜小月与杏儿对坐着，杏儿劝她。

杏儿：小月姐，您别伤心了，您……您别跟他们置气啊。

小月：我……我怎么会跟和大人置气，他是什么人我还不知道吗！我……我是生先生的气，他走了，跑了，私奔了，就算平时毫无情义可言，可我小月就是当丫鬟做老妈，服侍了他这么多年，一个招呼总得打吧！他……他就这么走了。拿情不当情还有的说，他也太拿人不当人了！我……我不气，我不生气！跟他气不着！

正在气头，后边一只手拍在她肩上。

乾隆：跟谁气不着啊？

手一搭，小月话根本就没听，正气不打一处来，哗抽剑回身就挥。杏儿也使出了家伙。一把扇子将两柄剑震开，后退一步。

乾隆：呀，好大的杀气，这是怎么了？

小月正一腔冤屈没地方诉，一看乾隆，啪，剑掉落在地上，哇地大声哭出来了：哇，哥，可看见您了！

说着跑过来伏在乾隆肩上哭。

乾隆：不哭，不哭，坐，坐。是不是臭老纪又欺负你了？

小月：他……他要欺负我，我还巴不得呢！

乾隆：哟，这话怎么讲啊？

小月一说又大哭：他……他丢了！

乾隆：什么，老纪丢了？丢了？他会丢？我……我说怎么昨天上朝像缺了点儿什么似的。

小月哭：先生丢了三天了。

乾隆回头看看，已有几个人围过来看热闹：不哭，不哭，妹子，这儿不方便，咱换个地方说话，咱换个地方。

小月：杏儿，你付了茶钱，先回家吧。哥，正想找您去呢。

杏儿：看什么看，有什么好看的，去，走！

郊野松树下茶棚。

显然已经说了一段时间了，小月擦泪。

乾隆：这么说，丢了整三天了？

小月：三天整。

乾隆：和大人知道了？

小月：知道了！和大人阴阳怪气的，不知他是不是早知道了。

乾隆：朝廷大员会一时丢了，小月别急，你是哪儿都找了吗？

小月：就差牢里没去了！

乾隆：牢里？！不会在牢里吧？

小月：那能去哪儿啊！他连烟袋都没带！这要不是关起来了，还不早回家了？万岁爷，这事您可不能不管。

乾隆：此事朕怎能不管，他会关在牢里吗？这倒有些意思了。来，喝茶。

南府。

和珅高兴地听台上的昆腔清唱，闭眼击节。

台上女角：……满地白云，东风吹散，却遮了一半山。

和珅：错了，遮不能唱遮，北方没有入声，这个字要唱 ze，入声。最动人之处就是这些入声字，哎，唱错了，重来一遍。

台上又唱复击节。

齐苏图显然不爱听，又怕扫了和珅的兴，想说话又不说。

旁边柱子后，小太监顺喜化了装，躲在柱子边瞄着。台上又唱了一遍。

和珅：对了，对了，这回对了！

齐苏图一看机会来了，小声：和大人，我想起来了，还差两个元宝没收回来呢！

和珅正兴头上，一说这事，有点儿不高兴：什么元宝呀？听戏，听戏！馒头馅都变味儿了，有几个元宝漂在外边算什么？齐大人，办事别太瞻前顾后好不好！要大刀阔斧。你要是不愿听你先回吧，我再听会儿。

齐苏图：我……我是怕事了结得不圆满。

和珅理都不理：来！唱一段《惊梦》吧，唱段《惊梦》。

齐苏图：和大人，那我先告辞了。

和珅：行，您请吧，我听会儿也回了。来，起板，来。

街上。

刘全在前，和珅轿子在后。穿了便装的顺喜在街上人群中跑着向前报信去。

胡同口。

顺喜跑进胡同口，乾隆正在一书摊前翻书。

顺喜：爷，轿子快来了。

乾隆：是啊，这沓书付了账拿回去。

顺喜：嗻。

乾隆说完向街上走去，出了街拐弯就走。

街上。

乾隆像是偶然地在街上大步而行，后边轿子在走。

突然和珅从轿内看见了正在轿子侧前方大步流星的乾隆，一看呆了，

120

再一看更愣了。和珅连比画带小声地叫刘全住轿。

刘全：住轿。老爷什么事？

和珅：没……没事，抬着轿子回府吧，别等我了。

边说边看前边的乾隆，追了过去。

茶楼二楼雅间。

和珅正给乾隆倒茶。

和珅：三爷，您出门怎么也不带个下人啊？下回您要再出来不愿带人叫我一声，我陪着您。

乾隆一边看着窗外，一边应着：好啊，听说这京城中好玩儿的地方你都知道。

和珅：没有的事，没有的事，奴才整天在家闭门思过呢。

乾隆：是啊，今天就算放假吧……

此时乾隆从窗口看见了顺喜带小月来了，指了指楼上。

楼下小月抬头正与楼上乾隆对视。

乾隆：哎，今天是怎么了，总能看见熟人啊。和二啊，你看那不是小月吗？

和珅伸头看：呀，可不是……爷，咱喝咱的茶，喝茶，喝。

乾隆：碰上了不能不打个招呼啊，小月，小月！

楼下小月答应。

乾隆：来，上楼来，上楼来。

和珅想了想，探话：真……真巧啊，巧得都像安排好了的。

乾隆：是啊，你说怎么那么巧，朕先是遇见了你，再往外一眼就看见了她，巧上加巧。

和珅觉事不好办了。

街上。

乾隆、和珅、小月在街上走。

乾隆：哎，和二啊，茶也喝了，饭也吃了，还有好玩的地方没有？

和珅：爷……我说天快黑了，咱们散了吧！

乾隆：小月，你想去哪儿？

小月：想去牢里。

乾隆：牢里？你说的是监牢？哎，好主意啊，朕活了一辈子，牢里还没去过呢。和大人好啊，你带我们去牢里看看。

和珅：不好，不好！爷您可是九五之尊，那不是你去玩儿的地方！不能去！

乾隆：一定要去，还不能普普通通地去。和二也不用你带了，咱们三个人，这么办啊，一个人犯个错，正正经经地让人给抓进去才行，看谁先被抓进去有赏。和二、小月听旨。

和二、小月：嗻。

乾隆：嗯，就这么办！三个人谁先进去，朕有赏，朕倒要看看京城的吏治如何！现在开始，散了吧！

和珅：万岁爷，这……这荒唐了吧？

乾隆：不得违旨！牢里见。

街上。

和珅边走边想：一定是知道了，知道老纪在牢里呢。这是假装做游戏，逼我呢。这可怎么好？我……我来不及了，得先进去，我不能让他们赶了先，我先进去好安排。

说完，和珅正好看见两个差人在前边走。

和珅冲过去，当着两个差官的面把一个人水果摊哗给掀了。刚一掀完，两个差官脸转过去看那边。

和珅又冲到那边去，哗地又掀了个瓷器摊，稀里哗啦碎了一地。两个差官正好又看另一边，装没看见。

和珅急了，连着掀了几个，差官就是假装看不见。

和珅冲到两个差官面前：妈的，瞎了眼了？哎，没看见我掀人家摊子啊，还不快把我抓起来！

乙差：哥别理他，一个疯子，抓了也没地方收。

甲差：早看出来了，咱躲他远点儿。

和珅：嘿，还不拿我，快拿啊！快拿！你们俩当的什么差？

乙差：去，远着点儿，有本事都掀了。

和珅：求您了，快点儿拿，要不这帮摊主追上来，还杀了我！

甲差：活该。

此时摊主已冲过来，要找和珅算账，乱往他头上扔菜。

和珅头上身上中了烂菜：快着点儿，二位爷，大爷求求二位了，快点儿，得，我这可有份人心。

和珅掏出银子一人一锭。

乙差：哟，您是真想进去啊！这话怎么说的。别扔了，这人抓了。

和珅：快点儿，护着我点儿。

甲差：兄弟，锁了！全都住手，这人扰乱集市，抓了送监！

和珅：谢了，谢了！

乙差：老哥，真要去啊？要不找个僻静地儿给您放了？

和珅：别放，别放！进牢，越快越好！快进牢，晚了怕出事。

甲差：得了，快走吧。

两人锁了和珅在街上飞快走。

街上。

两官差正在街上走。人来人往，很寻常的情景。突然斜刺里披头散发的小月冲了出来，出来就又蹦又跳。

小月奔着两位官差去：啊杀人了，杀人了！救命啊！杀人了，杀人了！杀人了，杀人了！

乾隆手拿一把菜刀追杀小月，样子做得很像。小月围着官差转，乾隆胡乱围着追。

小月：杀人了，杀人了，救命，救命！

丙差：去，要杀一边杀去！

丁差：这不是老虎嘴里拔牙吗？去，远着点儿，别让我们看见，爱怎么杀怎么杀。

乾隆：差爷，我这是要杀人了，我要杀人，我要杀人！

丙差：杀就杀吧，远点儿杀去。

乾隆：你不管啊？

丁差：该下差了，不管，要杀远着。

乾隆：好个狗差人，拿着大清国的俸禄看见杀人了不管，我……我砍了你！

123

丙差：冯哥，这小子疯了，作死呢，上手锁了。

丁差：锁了！

乾隆小月两人一起被锁。

乾隆：好啊，还真不易。杀人你不管，你是干什么吃的？

三

牢外。夜。

两官差押着和珅正办入监手续。

书记差：犯的什么事啊？

甲差：扰乱集市，掀人摊子。

书记差：疯吗？

乙差：说不上，看着有点儿傻。

和珅看看身后，怕乾隆他们也到了。

书记差：里边有个疯子，要是疯就关一块儿了。

这话被和珅听见了：我疯，我疯，关一块儿，关一块儿。

刚说到这儿，乾隆、小月也被押了来了。

小月被绑着还十分高兴：哎，那不是和……和二爷吗？黄三爷看，咱们前后脚！和二爷！

乾隆：和二啊，你倒快一步啊。

和珅：别给我们关一块儿，别让他们见那疯子。

书记差：什么乱七八糟的？你们都认识？

和珅：啊，啊，认识，认识。

书记差：行了，到这扎堆聚齐来了，关一起。你们俩什么事？

乾隆、小月：杀人。

书记差：哎哟，妈哟，今儿个这是怎么了，怎么要收监了还跟过节似的，怎么看见这么高兴啊？开门，来，跟我走。

牢内。夜。

和珅、小月、乾隆被锁了鱼贯而入。在两边笼门的甬道中，三人都睁大了眼睛找纪晓岚。

三人一直走到顶头也没看见纪晓岚。

三人都疑惑地左看右看，突然关纪晓岚的那个笼子里的顶上发出声音。三人同时往上看，大惊。

纪晓岚像猴子一样爬在栏杆上：叮当，叮当，海螺烧香，精米，细米，放屁是你！哈，放屁是你！是你！

乾隆、和珅：老……纪！

小月：先……生！

乾隆、和珅：老纪，老纪！

小月要哭：先生！

乾隆：你……你……你怎么也在这儿？老纪，哎，是我黄三爷。

牢头甲：李青，那个疯子又上去了，拿竿子来捅。

乾隆：和……和二，这是老纪没错吧？

和珅：人没错，可是人怎么变了猴了？这要不是您在身边，打死我也不敢认。

小月：和大人，你还有心思玩笑！

和珅：哎，他可不是变成个猴样了吗？爷，您瞧，这不能怪我呀！

纪晓岚：猴，猴，嘴里夹个球，猴笑了，球掉了！猴，猴！

乾隆：老纪，下来，下来！这……这哪还像当朝一品啊！

小月：先生您快下来！怎么这样了？快下来，快下来！

纪晓岚：球掉了，猴笑了！

两牢头拿了竿子来。

牢头甲：来了，来了，让开。别喊，别喊，喊也没有用，一个疯子，不捅他不下来。

两人上手就伸竿子捅，一下捅在纪的屁股上，此时最先生气的是和珅。

和珅：放手，我看你们谁敢再捅！

甲牢：小子你算喝哪壶醋的，来，李青捅。

竿子刚举起来，小月一脚给竿子踏断。

小月：反了天了！小子们，不给你们点儿颜色，你们更不知天高地厚了。先生快下来。

乙牢：哈，要反啊你们。冯爷，逼到这份儿了，动手吧。

125

两人从腰里拉出鞭子就抽，长长的鞭子扫了过来。三个人都带着刑具，不好躲，和珅英勇护驾。三人又挡又躲。

和珅：三爷您……您躲我后边！看我……

"我"字刚出，啪，脸上一道鞭痕。

纪晓岚：哈，哈！人生不满百，常怀千岁忧。人生不满百，常怀千岁忧！老鸡骂小鸡，你是个笨东西。教你咯咯咯，你偏叽叽叽！

正乱时狱官带人冲进。

此时乾隆、小月已将俩牢头制服。

狱官：大胆刁犯，找死！小的们上手！

和珅冲上前来：谁敢！

狱官一下震住了，接过一个火把，照，看清和珅，乾隆躲在后边：哟，妈呀，这……这不是和中堂吗？奴才给和中堂请安！

和珅真是有点儿气了，脸上鞭痕还在：免了，你是这儿的头儿啊？

狱官：小的狱长。

乾隆在和珅身后遥控：问他，为什么把纪大人抓了？

和珅：你是狱长，我问你，为什么把纪大人抓了？

此时纪晓岚早已下来，像在草堆上睡着了，打呼噜。

狱官：纪……纪大人，那……那谁也不知他是纪大人啊！他自己要进来的，让他出去他不出去。

和珅：胡说，他……他难道疯了吗，自己要进这种地方？

狱官：啊，啊，回爷，您说对了，他就是疯着进来的！

和珅回头看乾隆，乾隆生气，脸上是无奈的表情。

乾隆：看我干吗？开锁将人带出。

小月在草堆上从纪晓岚头上摘草棍。

乾清宫。

大员们跪着。乾隆极为生气地坐在宝座上就是不说平身，看着这些大臣。

乾隆：朕……今日上朝，十分震怒！京城吏治深负朕望，来人！将顺天府尹顶戴去了，流放宁古塔永不得入关。

顺天府尹被去了顶戴拉走。

126

顺天府尹被拉起来还喊：谢主隆恩，谢主隆恩！

乾隆：谢我？我该好好谢谢你！谢你调教的那些个好差官，该抓的不抓，不该抓的抓了一堆。

齐苏图、和珅颇平静，一副以为转移了目标的表情。

乾隆：当朝一品大员说丢就丢了！三天不见人，朕再见时还怎么敢认！……朕说这话绝不是无的放矢，请纪大人。

太监：请纪大人！

乾隆：你们平身吧。

大臣们起身，两边分开。纪晓岚歪戴着帽子，疯癫地过来了。

纪晓岚边舞边念：小姑娘，会做饭，拿小瓢，舀白面。舀了白面做啥饭？擀了面条打鸡蛋……

走到齐苏图面前：齐……齐大人，是齐大人吧？内务府齐家，好，好，好人家，银妃娘娘好吗？我知道你们家……死过人，出过殡。高粱叶儿，哗啦啦，小孩睡觉找他妈。搂搂抱抱快睡觉，马猴来了我打他。

乱拿手指，指来指去指到和珅的脸上了，和珅脸上那道鞭痕还在。纪晓岚上来，细看鞭痕，和珅躲。纪晓岚用嘴吹伤。

纪晓岚：哟，疼吗？为谁啊？

和珅：为你。

纪晓岚：为我，不值。

纪晓岚说着说着，突然表现出凛然正气：为臣之道，当以家国天下计，官不能贪，士不可圆，人生不满百，常怀千岁忧。留得五湖明月在，不愁无处下金钩。家国天下，长远广大，不可为一个人而受伤，为我不值。

说完慷而慨之地旁若无人回身又走出殿：大元宝，跑不了，齐家的棺材翻个了，一个一个大元宝，二兑一你亏不了。

众大臣都看傻了，跟着他身影看，又回过头来偷看乾隆。

乾隆沮丧至极，一句话也不说，低着头，等了好一会儿：……退朝。

和府书房。

和珅正对着镜子照自己脸上的鞭痕。

和珅：不值，可不是不值吗！为万岁爷挡一鞭还说得过去，为老纪，

127

就是不值。齐大人，您想什么呢？

齐苏图：和大人，老纪是真疯还是假疯？

和珅：哎，这得问你呀！你不是说他疯了吗？这会又觉着他没疯了是吧？

齐苏图：他要是没疯，那也装得太像了；他要是疯了，干吗上了殿别人不找就冲咱们俩来了？还专提了银妃娘娘的事，说我家死过人出过殡。

和珅看镜子，也动心眼了：你在哪个药房配的药？

齐苏图：天人大药房，找洪大夫配的。他说是江湖的秘方，三天必疯。

和珅心定下来了：是啊，那老纪就该真疯了。齐大人，他真疯假疯你光在这儿想能知道吗？

天人大药房门口。

人来人往。刘全看了看进去。街对面和珅的轿子停着。

天人大药房内。

洪仁正把一位病人送走。

洪仁：抓两只蛐蛐做药引子啊，两剂见效。

那人走了，洪仁抬头看见刘全。

刘全：您是洪大夫吧？

洪仁：在下洪仁。

刘全掏出锭银子，放桌上了：家里有个病人，请你出个诊。

洪仁一看又想起上次了，哆嗦：我这坐着堂呢，不方便。

刘全：轿子叫好了，一会儿给您送回来！

说着话抢着诊箱就往外走，洪仁没辙，跟出。

和府中堂。

和珅满脸堆笑：洪大夫的医术早有耳闻，这张方子是出自您的手吧？

洪仁拿起一看，正是那张致人发疯的方子：这……这……和大人，这方子怎么在您手里……

和珅：别慌，别慌，在谁手里也没在我手里妥当。请问大夫，这药真

128

就那么灵吗？

洪仁：江湖秘方，百试不爽。难道用方之人没……没有疯？

和珅：那倒也不是，疯是疯了，只不过不知他是真疯还是假疯了，看着似疯似不疯的。

洪仁：只要吃了药，该是真疯了。

和珅：洪大夫，今天请您来，没别的事，就为了验验这个方子。

洪仁：方子没错，和大人您放心吧，那……那洪仁告辞了。

和珅：慢，既然方子没错，还是要验验效。你听懂了吗？来人，给洪大夫的药拿上来。

刘全把早已煎好的药端上来。

洪仁：和大人，您这是要干什么？

和珅：不干什么，你开的方子，你喝下去。你们大夫该悬壶济世，救人于生死之间的是吧，可你开出这种方子来害人也是自作自受。现在让你喝，这叫以其人之方还治其人之身。我要看看你的方子灵不灵。

洪仁：我不喝，我不喝！

和珅：灌下。

两个人摁，一人撕嘴，刘全灌药。和珅不看，走了。

和珅：三天你要没疯，可就大事不好了。

纪府侧室。

桌上摆了一溜毒黑了的银块。床边小月边给纪晓岚擦汗，边给自己擦泪。

小月：这才出去三天，怎么人就变成这样了？

杏儿：备不住回了家就好了。小月姐，趁老爷睡着了，您吃点儿东西吧。

小月：吃不下。等他醒了，我要问他。

杏儿：问什么？

小月：问他整块的元宝，怎么都变成碎银子了，一定是出了什么事了。杏儿，一定是出了事了。

杏儿：现在他这样，您想问也问不出来呀。

小月：先生是一个绝顶聪明的人，怎么会变傻了呢?！

刚说到这儿，纪晓岚突然坐了起来。

纪晓岚：大元宝，跑不了，齐家的棺材翻个了，一个一个满地跑，二兑一你亏不了。

小月：这事一定跟齐家有关系。……先生，不唱了，咱吃饭吧，吃饭。

把汤端过来。

纪晓岚拿起一块白银子扔进汤里，看没有变化：好汤……好汤……我喝。

小月一看，明白了，赶快把桌上那几块黑银子收了起来。

小月：杏儿，这东西不能丢了，怕是将来有用，必定跟银子有关系。你看他喝汤还往里边扔银子呢。

杏儿：小月姐，你说得不错。

小月：我去面圣。

杏儿：那没用。

小月：他总不至于袒护真凶吧。

杏儿：小月姐您忘了，真凶是他媳妇的娘家人，他不袒护谁袒护。我看这事老爷管得多余了，要么哪儿能这样啊。

纪晓岚：黄毛丫头去赶集，买个萝卜当鸭梨，咬一口怪辣的，谁叫你黄毛丫头挑大的……

太后屋内。

乾隆请完安了，正说闲话。

乾隆：皇额娘，这是南边送来的小竹笋，记着您去苏杭的时候爱吃，那边给您捎过来了。

太后：瞧你国事那么忙还总惦记着我，吃不动了，老了，牙不争气了。哎，闻闻味儿也能想起江南那些日子，可惜人老了，跟你出门该碍事了。

乾隆：煮烂了吃，吃的是个味儿吧。

太后：算是吃了你一片孝心了，留下吧。……皇儿啊，这会儿你不忙吧，问你件事。

乾隆：皇额娘，您说。

太后：外边传说银妃家人出了事了。

乾隆：没有啊，自己媳妇家人，能出什么事啊。就是出了事，还叫事吗？

太后：没出最好，出了事你也不用瞒我。挺好的一个媳妇，额娘也喜欢，别因为点儿小事，弄生分了。家国天下，家呀国的咱就别分那么清了吧。

乾隆：额娘，您放心吧，孩儿谨记了。

太后：你忙，我也不留你了。

乾隆：那您歇息吧，孩儿回了。

待乾隆走了一会儿，太后边拿水喝边向内间说话。

太后：出来吧，都听见了吧，话也给你问了，事呢也没什么大事，别心里不痛快了。

说着话，银妃从内间出来了：多谢皇额娘，媳妇心里这块石头算落了地了。

太后：多余。别人不知道，咱们皇上的心我还不清楚吗？除了惦记我这个额娘呀，再就是你了。一点儿小钱的事，他会跟你计较？

银妃：那……那就是媳妇多想了。皇额娘，媳妇给您添乱了……听说舅家来了客了。

太后：哎，我就是娘家人多，不管又不行。我也是真烦了，可话说回来了，还能管多少天啊，能管一天是一天吧。

银妃：皇额娘，媳妇在宫里出门不便，凑个份子算一份心吧。

说着拿出一张银票。太后接了一看。

太后：哟，这么多呀！这可不能要，太多了，用不着这么多，意思意思就行。

银妃：那您就瞧不起我这媳妇了，现在有机会尽点儿孝心是做小辈的福分。

太后：看，那我不收着还不成了。说呢，是皇上他娘，外边人要说像是有花不完的金山银山似的，其实呢能动的钱没几个，这两年可是得了你的便宜了。

银妃：皇额娘说这话就见外了，无论何时，只要有媳妇的，就有您的。

131

太后：我就喜欢你这个知疼知冷的劲儿。得，我乏了，跪安吧。

银妃：您歇着吧，媳妇跪安了。

宫内回廊。

空空的回廊里顺喜来回走着，像在等什么。一个宫女跑过来跟等在那儿的顺喜耳语了一句，顺喜听完后顺回廊跑。

南书房。

乾隆正站着，看似心中甚是不平静。

顺喜悄悄进来，跪：启奏万岁。

乾隆：起来，讲。

顺喜：万岁爷，银妃娘娘刚才是从太后屋里出来的。

乾隆：知道了……顺喜。

顺喜：嗻。

乾隆：约下小月姑娘。

顺喜：奴才领旨。

银妃处。

银妃与齐苏图隔着道纱。

银妃：舅，什么事也没有，您别操心了。

齐苏图：谢娘娘费心。

银妃：不过我有一句话问你，那天在街口闹事的是什么人？

齐苏图：畅春园工地的工匠，带头的叫古大力。

银妃：因为什么？

齐苏图：短他们工钱。

银妃：胆子也太大了，这些人不除，你能安生？

齐苏图：明白了，这事好办。

银妃：那你回吧，我不留你了。

齐苏图：娘娘安康，臣退下了。

厉家堂屋。

古大力来到春梅家，与厉小春坐在八仙桌旁，等着吃饭。

古大力摸小春的头：还惹不惹你姐生气？

厉小春：惹我姐生气的是你。

厉春梅端着面出来：别胡说，大力哥什么时候惹姐生气了？

厉小春：还没生气，一提起大力哥，就坐在窗户底下这样叹气。

厉春梅：臭小春，胡说！大力哥吃饭了，可别听他的！

古大力：小春啊，赶明儿哥挣着钱了，让你上学读两年书去，要么什么都误了。

厉小春：我有钱。

古大力：吹吧，你小小年纪，见没见过钱还是一回事儿呢，你有钱。

厉小春：不信我给你拿去。

厉春梅：哪儿去？给我把饭吃了。

厉小春：我拿了给大力哥看看。

古大力：有钱了好。哥不看，留着吧。

厉春梅：咳，大力哥，不是想瞒你，是福是祸还不知道呢。

古大力：怎么了？

厉春梅：前些日子小春从出殡的棺材里捡了两个元宝，隔天就有人二兑一地收。我没换，怕换出事来。

古大力：出殡的银子，齐家的……别跟他们换，留着吧，就当是咱自己的，该花就花了它。

说着话从怀里掏出个镯子来：春梅，没……没什么送你的，前些日子过珠市口，看着这镯子好看，跟着人去口外赶了趟脚，买下了，别嫌弃，戴上吧。

厉小春：别嫌弃，戴上吧，姐。

厉春梅看着镯子，又高兴，又害羞：去，就你话多。你也是，我一个干活的手，戴上它怕碍事呢。

古大力：那就收着吧，我是看东西怪好看的。

厉春梅还是忍不住戴上了：干吗花这多余的钱？

古大力：钱总能挣，只要你喜欢就……就好。

厉小春：姐，你什么时候当娘？

厉春梅：去，臭孩子，我可不是给你又当姐又当娘的。

厉小春：李奶奶说你要生个孩子当娘了，我就是舅了。姐，我想当舅。

厉春梅：臭小春，你净胡说，快吃饭吧。吃好了出去玩去，越说越不着调了。大力哥，你吃啊，别听他的。快，快吃啊。

厉小春：我不出去，等大力哥走了我再出去。大力哥，你快吃啊。

厉春梅：吃吧，锅里还有呢。

古大力：春梅，你……你一块儿吃吧。

工地。

一队力巴在排着队荐工，有被留下的，有被推出不要的。穿了短打的乾隆、扮成男装的小月跟着一队力巴在排队领干活儿的签子。

一张桌子前一人边问边发签子。

工头：会干什么呀？

大力巴：木匠。

工头：东边破料去。会干什么呀？

中力巴：瓦匠。

工头：西边砌墙去。

轮到小月了。

工头：会干什么呀？

小月：什么也……也不会。

工头：去，这么瘦不要，走走，什么人都想来混口食吃，走，不要。

小月：我……我会搬砖，我会搬砖，挣一半钱还不成？

工头：挣一半？你，那成，等等啊。哎，大个子，你会什么？

乾隆：我也会搬……搬砖。

工头：这么大的个子就会搬砖，废物！拿着，俩人一根签，南边搬砖去。

乾隆、小月：哎。

料场。

小月、乾隆找到料场，一看都是旧砖旧料。有人忙忙地抬木头，抬砖。古大力和几个朋友在用抬杠抬砖。

乾隆：哎，朋友，不是说盖新房吗，怎么都是旧砖啊？

古大力放下砖担：新来的？

乾隆：第一回。

古大力：怪不得大惊小怪。别看料是旧的，问皇上要的钱可是新料的银子。

乾隆：什么，就这破砖烂瓦？这些料都是哪儿来的？

古大力：告诉您又是钱了，拆的城砖。

小月拿起一大块砖，上边有"大明赣州府造"的字样：黄三哥，你瞧，可不是城砖吗！还是前朝的，有一二百年了。

乾隆：这拆了城砖，城不是又要修吗？

古大力：说对了。那还怕修吗，城墙一修不是还得问皇上再要银子吗。这叫拆墙盖房，盖完房再修墙，修墙时再拆房，这么罗圈似的一转，工程不断，那管内务府的齐家的银子也不断。就是咱皇上的口袋空了，咱们这些力巴也白受苦。

乾隆：你怎么知道的？

小力巴：这算新鲜事啊！这位大……大哥，你是爪哇国出来的吧？

古大力：爪哇国出来的也不怕，在这儿干两天活儿你也知道了。

说完抬砖走。

乾隆看着一地的破砖：他……他们就是这么糊弄朕的，小月你信吗？

小月：没看见不信，看见了，不得不信。

工头远处喊：站着干吗？快干活，快干活。

两人只得蹲下搬砖。

乾隆：拆砖盖房，盖房修墙。怪不得朕觉得每年内务府的银子跟流水似的出去了呢！来，起呀，还蛮重的。

和府中堂。

和珅边把药往一个纱罩上倒边念念有词。

和珅："小柴胡汤和解功，半夏人参甘草从。更入黄芩姜大枣，少阳为病此方宗。"《汤头歌》，出自何处？

齐苏图：不知道。

和珅：《伤寒论》。齐大人啊，学可以无术，但不可不博，学而不博，就是没见识。当朝的一品，站在万岁爷的眼前，没见识，说吃不知道，说喝不晓得，大概站不了三天，咱们爷就得给您找个地方发配了，那就叫眼不见心不烦。

齐苏图：那是，那是，棋琴书画都得知道了，咱们皇上好这些个。

和珅：那是必须的，除了这些，诗词歌赋、昆腔乱弹，甚至是蛐蛐葫芦、走狗斗鸡、弓马骑射，什么都得懂点儿，不见得会，但必须懂，要么皇上一说药，你答不上来，那风头还不全被那纪大烟袋抢光了。宠臣，一朝的宠臣是好当的吗？得博闻强记！纪大烟袋活到今天不容易，我也不容易！好你个馒头馅！

齐苏图：和大人您总提老纪干吗？您……

和珅：你不是总怕他没疯吗？我让你看看，让你放放心。

齐苏图：哟，他……他在您这儿？

和珅：他不在，他的魂在。

走到东阁帘子前，哗一拉帘子。帘子内洪大夫已经彻底地疯了。一大老爷们儿穿了一小花坎肩，抹得脸上有红脸蛋儿，拿着一个绣花绷子正学女儿刺绣呢。

齐苏图：呀，呀，这……这不是洪大夫吗？

和珅：这会儿快成洪二妞了。

洪大夫边绣边唱《茉莉花》。

洪大夫：好一朵茉莉花，好一朵茉莉花……

齐苏图：和大人他……他怎么这样了？

和珅：自己的方子，自己吃了，说是三天疯，这才两天半，疯了，是真疯了，我看了，白天黑夜连梦里都是疯的。齐大人，老纪那儿可以放心了。

齐苏图：老纪也是真疯？

和珅：除非他没喝药。

齐苏图：药是喝了，我见过，每次牢头都看着喝的。和大人，他是真疯那就不怕了。还有一件事，我只要了了，就万事皆休了。

和珅：什么事啊？

齐苏图：工地上有几个闹事的工人，该办了。两个元宝倒不是大事。

和珅：那你去吧。齐大人，看见的事知道就行了，不足与外人道。

齐苏图：明白。

纪府院中。

杏儿一个人一边看着纪晓岚，一边一会儿厨房一会儿屋里地忙着做饭。纪晓岚拿个垫子出来坐在台阶上。

杏儿：老爷，对了，坐那儿啊，饭一会儿就得。您饿了吧？等会儿啊，一会儿饭得了，给您炒菜，油豆腐炒白菜，还有个炖鱼头。饭得了我喂您吃啊！别急！

出来进去地边说边忙着。

纪晓岚像是什么事也没有地坐在台阶的垫子上闭眼看太阳，摇头。

杏儿：我小月姐出门办事去了，我陪着您，您可不能淘气。昨天就不好，昨天您尿炕了，害得刚洗的被子还得拆，您现在有病，我们知道，可您也得体谅我们啊。对了，该喝水了，沏的茶都忘了给您倒了。

此时刚才纪晓岚坐的那地方已经空了，只有个垫子，杏儿没觉出来，边说边往屋里走，走着说着。

杏儿：小月姐不在我是一样的，我们都疼您……

突然，杏儿觉得有些不对，又从上房退回来，疑惑地看着那个空垫子。

杏儿：老爷，老爷，您在哪儿？

飞快跑进上房。喊着，没有，又飞快地跑了出来。喊着跑进厨房，没有。

杏儿：老爷，您别藏了，快出来，您躲哪儿了？

杏儿叫着喊着，各房跑遍了，一眼看见大街门开着。杏儿推门一看，街上人来人往，哪儿有纪晓岚的影子。

杏儿：老爷！老爷！老爷您可不能丢啊，老爷！

工地。

工匠们正被逼着干活儿，一个扛木头被压垮了的老者被人用鞭子抽。

古大力：第一回干活儿，别装太多，别累着了，日子还长呢。

小月：谢了，您贵姓？

古大力：哪敢用"贵"这个字啊，贱都没人要，我叫古大力，名字起

137

坏了，天生出力的。这位老哥肩膀疼了吧，来，我这褂子穿不上，你先垫上。看着你身子板不弱，干活儿可不行。

乾隆：啊，啊，没想到干活儿还……还真累啊！

正说着话，前边山坡上，齐苏图领着一队兵出现了，有三五骑。

古大力赶快蹲下，遮阳往那儿看。

古大力：不好，齐家人来了，怕是有事。二愣、老鸢，快，快放下手里活，能躲就躲躲！怕是找咱来了，快！

乾隆看见齐苏图，与小月赶快趁机往脸上抹了把灰：小月，别让人认出来。哎，大力怎么了？

古大力：抓我们来了！……待会儿乱起来了，你们找地方躲起来，千万别多事。

骑兵已下来，在料场飞奔着，全都有甲胄。

正说着，坡上的步兵队也跑下来了。

马上的军人在破砖垛中追人。工匠们左跑右躲着。

当兵的有用枪的，有用绳索的，骑马追，步兵堵很快，把古大力等人抓了，摁住了就捆。

乾隆与小月一直躲在一堆砖中前后左右地看着。

骑兵跑来跑去。

小月：黄三爷，怎么办？

乾隆：这是干吗呢？抓人该刑部、顺天府管啊，也轮不到齐家啊。

小月：这还不明白，抓了人好灭口呢。

乾隆：是啊，要是这样那可不能不管了。

说着话乾隆哗哗抽出腰间软剑，小月拿出镖来，两人冲出砖垛，小月一镖将一骑马的军士打下马来，飞身上马。

乾隆舞着软剑冲出去，杀死一兵，夺过长枪，哗哗地长枪乱扫，把兵都打倒了。

齐苏图起来大喊：什么人胆敢劫皇家钦犯？什么人？

乾隆不管，一枪刺下一个军士，夺了马，飞身上马，杜小月在前，乾隆在后，古大力等人在中间飞快地跑了。

烟尘大起。

齐苏图想追，那些兵士都畏惧乾隆的长枪不敢追。

138

齐苏图：给我追，抓回来有赏。

长街。傍晚。

纪晓岚跑丢了一只鞋，边念念有词，边在街上一拐一拐走着。

纪晓岚：小公鸡，两条腿，大黄牛，四条腿，蜻蜓会飞六条腿，螃蟹横行八条腿，小小蚂蚁十条腿。

正说着数着，搜人的马队嗒嗒而过，一匹马咚地把纪晓岚冲撞在地。纪晓岚被撞出去，趴在地上，还张着手指头数。

撞完了马队跑过。

纪晓岚正摔在厉春梅的家门口。

纪晓岚满脸是土，还是没忘了数指头：十条腿，十条腿。蚯蚓泥鳅没……没有腿，没有腿。

正数到这儿，头对的街门吱地开了，一盏小灯笼出来。厉小春出门，看见了还掰着手指头的纪晓岚，两人对视，都觉有趣。

纪晓岚一边看着厉小春一边坐起来，脸擦破了，流血了，还在数数儿：蜻蜓会飞六条腿，螃蟹横行八条腿，小小蚂蚁十条腿。

厉小春看了会儿，回去喊姐。

厉小春：姐，姐，门口有个傻子被撞伤了。

纪晓岚一听喊傻子，有一丝自嘲地乐了。

厉春梅飞快地跟着弟弟跑了出来。

厉春梅：哟……你这是怎么了？……瞧，脸上撞出血了。能站起来吗？站，站，站站，知道家在哪儿吗？知道家吗？我给你送回去。家在哪儿，告我，要不给你家里人送个信，让他们来接你！

纪晓岚：蚯蚓泥鳅没有腿。嘿，嘿！

厉春梅：坏了！真是个傻子，这可怎么办？小春，要不咱别管了，备不住他家人会来找他呢！咱回家，咱回家。现在乱，多一事不如少一事！来，跟姐回家。

小春有点儿不乐意，还是被姐姐拉进去了，街门关了。

纪晓岚有一点点儿失意，又开始数指头。

纪晓岚：一只公鸡两条腿，蜻蜓会飞六条腿……

突然那门又开了，小灯笼出来，厉小春出来，出来后拉着纪晓岚的手

139

进门了。

厉春梅：给他顿饭吃，就让他走啊。不是姐心不好，咱家不能留个大男人。

小春拉着纪晓岚进门，街门关了。

郊外荒院。夜。

高墙大院，上房灯亮着，这是个好久没住人的地方了，什么家具也没有，是个荒院子。

荒院正房里，小月、乾隆正忙着给古大力、二愣、董三儿、大驴子、李四儿、老蔫解绳子疗伤。

小月：三哥，您带着棒伤药呢吗？

乾隆拿出一个华丽的百宝囊，从囊里取出个玉瓶子：有，上好的白药，吃、抹都行。

被绑了手的古大力还喘着气，看着那个华丽的囊。

小月忙着上药。

五个人看着忙活着的乾隆、小月，都喘着气，身上土，脸上土，他们有种陌生感。

小月：饿了吧，待会儿咱们做饭吃。

五个人解了绳子后在地上坐成一圈，背靠着背。

乾隆：怎么了，怎么不说话了？跑累了，歇会儿。

小月：是不是吓着了？

那五个人看古大力。

古大力：这位爷，您……您不是个力巴？

乾隆：哎，你怎么知道？

古大力：您不是力巴，她也不是个小子。

乾隆：你说对了，但这会儿说这个要紧吗？救你们出来了，我可还没得个"谢"字呢。

古大力：爷、小姐，您救了我们，我们谢二位了。

五个人齐刷刷地跪下了磕头。

乾隆：举手之劳，何足道哉。起来吧，起来吧。

古大力：有一句话，说完了，我们再起来。

乾隆：讲吧。

古大力：爷、小姐，我们都是良善之民，多谢两位搭救之恩，但我这几位兄弟都是有家有娘的苦人儿，二位若非要拉我们上山落草，我们应不了，请二位见谅。

乾隆：落草？落……哈，你把我们想成什么人了？落草，小月咱成了山大王了，这可真是天大的笑话了。

小月：古哥，你怎么那么想啊，我们像山上的强盗吗？

古大力：二位从官兵手中把我们抢下来了，不是官可不就是盗吗？

乾隆：我们既非官，也非盗。

古大力：那二位是……

乾隆：起来吧，朕……真话说啊，我们救你们啊是既不让你们入监，也不让你们落草，就在这院子里住着吧。小月，这院子里没人家吧？

小月：没有，说是爱闹鬼，谁也不敢住了，荒院子。

乾隆：你们住下吧，可话说回来了，想住就住，不想住门开着，几位随时走。但我有一句话说在前头，出了门许就不那么太平了，想现在那京城可都在抓你们呢，放心在院子里住吧，有你们的吃喝。不是恨内务府吗？或许有那么一天让你们出气呢。

众人：他们欠我们工钱。

古大力：再问一句，二位是什么人？

小月：别问了，问了也没法告你，怕你不信。来两个人帮着做饭吧。哥，你也饿了吧？

乾隆：可不是，抬了一天的砖呢。快做饭吧，饿的滋味可真不好。

厉家堂屋。夜。

纪晓岚正吃饭。

厉春梅：十往上会数吗？

纪晓岚想了想，脱鞋掰脚指头：会。

厉春梅：呀，行了，行了，吃着饭呢，怪臭的。看着不是天生来的傻，是后添的。

小春放下碗，跑到一架子上拿下一本书来，拿过来后摊开了给纪晓岚看。

141

纪晓岚读起来：赵钱孙李，周吴郑王，冯陈褚卫，蒋沈韩杨，朱秦尤许，何吕施张。

厉春梅：呀，你还认识字呢！会写吗？

纪晓岚边念边在桌上画：孔曹严华，金魏陶姜。

厉小春：我叫厉小春，有没有"厉"字？

纪晓岚翻页找，找到了。

纪晓岚指那个"厉"字：宁仇栾暴，甘钭厉戎。

厉小春：这个是"厉"字啊，那你姓什么？

纪晓岚翻书，翻到最后。

纪晓岚：没有，没有我，我不在。

厉春梅：还是糊涂，哪有《百家姓》上没有的？你姓什么？

纪晓岚想了一会儿：不告诉你。

厉春梅：不告就不告吧，吃了饭你回家去啊。

纪晓岚：……

厉小春：姐，我……我不让他走。

厉春梅：不行，一个疯傻子，留着干吗？

厉小春：让他教我认字……

这话一出厉春梅愣了：……可怜，姐没出息，上个学都供不起你。不行，他不会教……他是个疯子……

纪晓岚指着字念：赵钱孙李。

厉小春：赵钱孙李。

纪晓岚：周吴郑王。

厉小春：周吴郑王。

厉春梅远远地看着两人认真地读字，落泪了，拿了碗反身往厨下去了。读字的声延续。

厉春梅：可怜的孩子，想上学也想疯了。

街上。夜。

两骑嗒嗒而来——乾隆和小月。

小月：哥，我快到了，分手吧。

乾隆：小月，今天的事想想跟做梦似的。

小月：不好玩儿？

乾隆：好玩，偶然可以，但不能玩儿大了。小月，这事不能跟老纪说。

小月：哥，说也没用，他不知道事了。

乾隆：呀，对了，瞧我忘了，你……你费心多照顾他吧！

说完话两人把马全松了，一拍马屁股，两匹马在黑夜的街上跑起来。

小月：哥，那我走了。

乾隆：再见。

纪府院中。夜。

所有的灯都开着。杏儿坐在院子里抱着个垫子哭。门开了，兴冲冲的小月进门。一看一院子的灯，晃眼。再一看杏儿抱着垫子在哭，以为……

小月：杏儿，杏儿怎么了？怎么了，你哭什么？先生欺负你了，啊？先生，先生！哪儿呢，哪儿呢？先生你是真不明白还是假不明白呀，你现在会欺负人了。

杏儿一脸泪抬起脸来。

杏儿：小月姐，别找了。

小月：怎么了，杏儿，先生在哪儿？

杏儿哭腔：老爷他又丢了！

小月：什么，先生丢了?! 到底怎么回事，你跟我说说。

杏儿：我正做着饭，老爷他原先就坐在这垫子上，眨眼的工夫，街门开了，老爷不见了。

小月：他又丢了……杏儿，这可是出了大事了。

四

和府中堂。

东阁的帘子拉开着。洪仁疯厉害了，大声唱着。

洪仁：好一朵茉莉花，好一朵茉莉花。

和珅静静地看着，想着。

和珅：刘全。

刘全：老爷吩咐。

和珅：不行，太闹了，不能留了。

刘全：那给他送回去？

和珅像是无意做了个吹灰的动作：送回去，往哪儿送啊？……跟你说，去哪儿老爷不管，可不能让人再见着他了。

刘全：爷，明白了，您交给我了。

和珅出门。

南书房外。

六部大员都等着叫起。半天万岁没来，众人在闲聊。

官甲：和中堂，再没见老纪呀，听说疯了。

和珅：不知道。

官乙：听说已经成了馒头馅了。

官甲：自己说话自己应了。那天我就觉着不吉利。和大人您说是不是？

和珅：是不是都让你说了，我不知道。

和珅觉得这么晚了，万岁爷还不叫起有问题，根本不听几个官的话，动心眼，一眼看见顺喜，马上从人群中出来。

和珅：哟，喜公公，气色可真好哎！当夜差呢？

顺喜：和大人，白天黑夜都闲不住。

和珅：万岁爷，今天起……晚了？

顺喜耳语：昨夜出了宫了。

和珅有点儿惊：几个人啊？

顺喜：就一人。

和珅：喜公公，有……有什么缘由吗？

顺喜：那可就不知道了。

南书房门口出来个太监。

太监：诸位阁老们，万岁爷旨下了，今儿叫起免了，几位回吧。

和珅一听就更觉没底了，发愣。

顺喜：得，回了。和大人您走好。

和珅：啊，啊！喜公公，下回给您带丹药啊。

144

顺喜：谢您了。

和珅觉着怪，想事，愣了神走。突然有位大臣拍了他一下后肩，吓了一跳。

官甲：和大人，什么时候见了老纪给我带个好啊。

和珅：不管，想他自己去。

官甲：嘿，他这是怎么了？

官乙：不知道，八成有什么事了。

齐府中堂。

小月的那支镖被放在桌上。

齐苏图：和大人，出了事了。

和珅：出了什么事，你倒是说啊？出了事了，出了事了，把我叫来就这四个字吗？我早知道要出事。

齐苏图：和大人，你别来回这么走行不行，我眼晕。

和珅：我走你晕，你这四个字弄得我头疼死了。好，你说吧，天有多高地有多厚我不知道，可这大清朝有多少事可出，我和某跟明镜似的。出什么事了，你说吧。

齐苏图：你这一催我，倒说不上来了。和大人，那几个带头闹事的工匠被人救跑了。

和珅：……没抓着？

齐苏图：当时人都抓着了，绑好了，突然冲出两个人来，劫了我的两匹马把人劫走了。

和珅：就这事吗？

齐苏图：就这事。

和珅：这算什么大事，两个毛贼劫了几名工匠，这事会让你慌成这样？劫就劫走了，天下游侠、浪子不是时时都有吗？劫去落草最好啊，此事就算到此为止了。……齐大人，什么叫泰山崩于前而面不改色，啊，记住凡事不可大惊小怪。我走了。

齐苏图：和大人等等，那游侠浪子可不像，其中还有个女子，很像纪家的那个杜小月。

和珅：什么?!

说着手一扶桌子，看见了那支镖。

齐苏图：这支镖，就是她打出来的……

和珅：杜小月……这镖真是她的。还有个男子吗？是老纪？

齐苏图：……那不知道。和大人，老纪是真疯假疯了？

和珅：你……你怎么又来问我了，大夫是你找的，药是你熬的，灵不灵你……你也见过了。疯没疯你不会自己去看看吗？

齐苏图：和大人，我不是没您去看方便吗。

和珅：我方便，我哪儿方便？那些人……你为什么不就地灭口了呢？

齐苏图：和大人，事都出了，说这话有什么用？

和珅：杜小月本官不怕，怕的是那个……那个男子，他要不是老纪，那……那就坏了。

街上。

杜小月、杏儿在街上跑来跑去地找人。杜小月、杏儿看一个似老纪的人追，一看不是。杜小月大着胆掀开一个盖街倒儿的破席子，看不是，茫然地在街上站着，不知所措，流泪。

杏儿看着街上刘全赶着车疾行，听见车里边有疯子唱念。

洪仁：高高山上一头牛，两个犄角一个头。四个蹄子分八瓣，尾巴长在腚后头……

杏儿拉杜小月，杜小月看。

杏儿：小月姐，你看那车。

杜小月：那……那是谁家的车？

杏儿：车上坐着和大人家的刘管事。

杜小月：是刘全吗？里边拉的什么人？

杏儿：听着像个疯子。

杜小月：疯子？是先生吗？

杏儿：听不出来。

杜小月：杏儿，追。

两人都持剑追了下去。

树林。

146

杜小月和杏儿飞快地喘着气追进树林。

小月：杏儿，看清了，车是进了这条道吗？

杏儿：没错。

两人站在道中间看着，隐隐听见马车的声音，两人赶快躲闪。

前边刘全的那辆车哗哗从树林中出来，上了道。小月、杏儿在后边追车。

小月追上车，扒住了撩帘子往里看。车厢里一个人没有，小月跳下。车哗哗地远去了。

小月：杏儿，杏儿，人没有了。

杏儿：小月姐您听。

树林里传来了闷闷的喊叫的声音。两人又飞跑，跑到一个空地上，又站下听，又跑，听，找。终于听清了，那声音好像就在小月的脚下，真是吓人。两人推倒一棵树桩子。

被活埋了的洪仁露出一颗泥土头，又喊大叫。

小月上手擦抹洪仁脸上的泥土，边擦抹边喊。洪仁惊恐异常。

洪仁：啊，啊，茉莉花，茉莉花！

小月：先生，先生，别怕，别怕，您受惊了，先生……不是先生，杏儿这……这不是先生。

杏儿：小月姐，这不是天人大药房的洪大夫吗？你仔细看看。

小月：真是洪大夫。怎么洪大夫也疯了？杏儿，不管是谁，救人吧。快，快挖。

两人奋力用手挖土。

厉家堂屋。

厉小春教纪晓岚在桌子上玩耍羊拐，纪晓岚不会，扔了包接不着，那沙包砸在头上。厉小春耐心把包捡回来，接着教纪晓岚怎么玩。

纪晓岚边玩边念：赵钱孙李。

厉小春：赵钱孙李。

纪晓岚：周吴郑王。

厉小春：周吴郑王。

纪晓岚：冯陈褚卫。

厉小春：冯陈褚卫。

纪晓岚：蒋沈韩杨。

厉小春：蒋沈韩杨。

两人一边念一边玩。突然纪晓岚熟练地耍起羊拐来了，扔包接包很利索。

厉小春：……你不傻。

纪晓岚：不傻，疯。

厉小春：你是装的？

纪晓岚笑：就你机灵。小小诸葛亮，独坐中军帐。摆开八卦阵，专捉飞来将。是什么？

厉小春：蜘蛛网。

纪晓岚：对了。

厉小春：再说一个。

纪晓岚：你的元宝呢，拿出来我看看就说。

厉小春：等等啊。

厉小春飞快地搬椅子开箱子，把两个元宝拿了出来：你看看，我是不是有钱？

纪晓岚接过后看到真有内务府的字样。

纪晓岚：有，有，这可是好钱呢。红公鸡，绿尾巴，一头栽到地底下。

刚说完听外边街门响。

厉小春慌忙把元宝放回去：我姐来了，别跟她说啊。

纪晓岚刚把厉小春抱下来，厉春梅就风风火火地进屋门了。进了屋谁也不招呼，抹着泪就进里屋了。

两个人看见了哭了的厉春梅，有点儿发愣，跟过去看春梅在屋里翻柜子。

厉小春：我姐哭了。

纪晓岚：下雨了，冒泡了，王八秃子戴草帽了。

厉春梅在内屋什么也没翻到，又冲到外屋：小春……

厉小春：姐。

厉春梅：……你……你大力哥被抓了，不见了。你身上有钱没有？姐

148

求人找大力哥呢，缺钱。

厉小春把口袋里的几个铜子掏出来放在桌上了：姐，给。

厉春梅看了看犹豫：算了，你留着吧。

纪晓岚：人之初，性本善，性相近，习相远。

厉春梅：你在家待着别出门啊，中午我回来做饭。

两人看着厉春梅急着出去了。

纪晓岚：人之初，性本善……大力哥是谁？

厉小春又坐回桌子翻书：我以后的姐夫。你有钱没有？看我姐都急哭了……

纪晓岚：我有钱，出门急，没带。

纪府院中。

杜小月、杏儿把洪大夫救了回来，正给他洗脸，换衣，突然传来敲院门声。

小月：杏儿，快去看看，是不是先生回来了。是生人先别开门。

杏儿放下手中活到门缝去看，一眼看见是和珅，马上跑回来：小月姐，是和大人。

小月：什么？

杏儿：和珅和大人？

小月：他怎么来了？快，快，地上收拾了。

和珅：有人吗？有人吗？小月，小月姑娘。

小月：快快，把洪大夫藏蚊帐里啊，千万别让他看见，也不能让他知道先生丢了。快，快！

小月：来了，来了。

和珅：小月姑娘呀，干什么呢？该不是在练功夫吧。

小月：呀，和大人啊，开玩笑吧，家里有病人，忙都忙不过来了呢，哪有时间练功夫啊。

和珅：哎呀，你看看，不是我当着面说啊，小月，你可真命苦，大好的青春都……不说了，不说了，心照不宣了，心照不宣了。可有句话我先说在这儿啊，什么时候你觉得不痛快了，到我那儿去，想嫁人我给你找。

小月：和大人，看您说的，好像小月嫁不出去了似的。

和珅：不是那话，不是那话，关心，我和某人总是怜香惜玉的。来呀，把东西抬进来。

刘全抬了食盒进来。

小月：和大人，您来就来了，还带什么东西呀。

和珅：探病，探病，不容易，老纪病一场不容易，我得尽尽心。好点儿没有啊？

小月：您问谁？

和珅：当然是纪大人了。他不在？

小月：在……在里屋呢。

和珅往屋里走，突然回身诈小月：小月啊，前天晚上出门了？

小月：谁出门了？

和珅：你呀。我看见了，和谁出去的？

小月有点儿慌，但镇静：和大人，您真见了？

和珅：啊……对啊，对啊，恍惚是看见了。

小月：和一个男人？

和珅：啊，对，对。一个男人，两人都骑了马。对不对？是你吧？

小月：和一个男人骑着马？

和珅：我没看错吧？

小月变脸：这种梦都快十年没做了，那不是我。

和珅：怎么会？

小月：和大人，您想啊，我家先生病了，忙得我觉都没的睡，哪儿有工夫出门啊？还和一个男子骑马，您一定是看错了。

和珅：是……是吗？那快快地一闪……许是看错了，错了。就当玩笑吧，好，咱看看老纪。

小月：请。

和珅：请，请。

纪府里屋。

和珅想进又怕，鬼鬼祟祟地可以看到屋里的帐子。

和珅用手比画：睡……睡了？

小月心里也发毛，不知把人藏得如何了：怕……怕是睡了吧。

150

和珅大着胆子往里走，又犹豫：睡……睡了一会儿了？

小月不想让看：刚睡，要么别……别看了。

和珅：要看，要看，来就是探病的嘛，要看。老纪，老纪，我看你来了，本中堂来探病来了。

突然听帐子里啊的一声长号，吓死人了。

洪仁：啊……天塌了，地陷了，啊，小花狗不见了！

吓得和珅刚要往回退，又不喊了。

和珅：哎呀妈呀，看这样还……还不太好啊。

小月：尤其怕见人，要么别看了。

和珅：看一眼，也算来探了，就看一眼。

手刚搭在帘子上，突然破靴子、烂裤衩、脏袜子通通飞了出来。一只破靴子正打和珅头上。

洪仁：天塌了，地陷了，小花狗不见了！

破茶壶、瓷瓶子一股脑儿地飞了出来，小月趁机拉和珅跑出。

和珅：还是真没好啊，好像比原来还厉害了。别扔了，不看你了。

纪府中堂。

小月引着和珅从侧房进来。和珅边胡噜头，边吐着嘴里的脏东西。

和珅：呸，呸，哪儿来的破靴子、烂袜子，真……真够臭的。

小月：和大人，您这算好的，幸亏躲得快。要是瓷器出来，就该砸破头了。

和珅下意识摸头：小月，怎……怎么一点儿也没好啊？找个大夫看看啊。

小月：多谢和大人惦记，大夫找了，药也吃了，不见好。

和珅总觉别扭，从脖子里摸出只臭袜子：哎哟，我说什么呢，怎么还有泥啊？人疯了就是让人讨厌。

小月赶快抢了过来：不知道穿鞋，就是光脚在地上跑。和大人，害您跟着受罪了。

和珅：晦气。得，我走了。晦气。小月呀，还是那句话，这纪府啊我看你待不下去了，早打主意啊。……哎，这会儿好像又喊了。

话音刚落，里边又喊：天塌了，地陷了，小花狗不见了！

纪府院中。

小月：和大人，谢您费心了，您走好，走好。

小月把门关上，往里屋跑，三步就到了帐子跟前。

此时帐子已开，洪仁被绑在了床架上，嘴上有毛巾，拉出毛巾就大喊大叫，塞上不叫。扔东西全是杏儿代劳。

路上。

和珅在轿中一激灵，用手摸摸脸又闻闻。

和珅：怎么一点儿烟味儿也没有啊？刘全，刘全。

刘全：嗻。

和珅：那个洪大夫你怎么处理了？

刘全：爷，遵你的吩咐，埋了。

和珅：你……你亲自见的？

刘全：回爷，小的亲自下手埋的。

和珅：那……那就对……对了。可听着声音像啊，许是疯了后都变成一个音了。

厉家堂屋。

纪晓岚玩累了，伏在桌子上睡了。桌上一堆羊拐及小孩玩的玩意儿。

厉小春：赵钱孙李，周吴郑王，冯陈褚卫，蒋沈韩杨。

一边念着，一边站在椅子上打开箱子拿元宝，拿出两个看了看，又把一个放了回去。

厉小春边念着，边出了屋。

纪晓岚一直睡着了。

长街上厉家门口。

厉小春从门里出来，看看街上，回身熟练地把街门关了，摸摸怀里的元宝，往街上而去。

荒院。

152

荒院中没人，上房有些烟冒出。

荒院上房。

二愣子正狼吞虎咽地吃饭。古大力等蹲着，看着，听他说。

二愣子：……出了院子，刚到胡同口就被堵回来了，一个兵追我，我怕往这儿带，就翻院子跑了。大力哥，外边不能去，可不能去。

屋内草垛上，那五个人听着有点儿泄气。

古大力：愣子，你看会不会是那两个救咱的人故意让人把着胡同口不让咱出去呀？

老蔫：大力，你怎么这么想？

古大力：那两人猜不透。要是真救咱，怎么二愣子刚出门就被堵回来了？要是不救咱，干吗不把咱带牢里去？愣子，你从哪儿回来的？

二愣边吃边说：我怕露了底，从后院墙翻回来的。

古大力：后院没有？

二愣：没有。

古大力：这就更不对了。老蔫，以后白天做饭不能起火，快把火灭了。冬子，这院子里有铁器吗？

冬子：找着把锹头。

古大力：够用了。愣子，这院后身是什么地方？

二愣：是片菜园子。

古大力：行了，人家救了咱，按理说不该疑人家，可……可咱们是草民，是个人想捏一捏就死的草民，从今晚上起，咱五个人分工从这西屋的后墙挖个洞，万一前面出不去了，从后边跑。

说着古大力拎了锹头往里屋去，老蔫拖了个铁皮箱子跟过来，众人跟上。

街上洪泰钱庄门口。

厉小春人小鬼大地看了看洪泰钱庄的字号，往里走。街上这边一个，对街两个齐家便衣，在盯着钱庄。但是小孩子进去没人在意。

洪泰钱庄内。

伙计们正忙着给人兑银子，忙来忙去，很热闹。

厉小春进来后站下看看。

一个伙计看见了他。

伙计甲：哎，小孩子来干什么？去，去，出去玩去。出去啊！

厉小春：我兑银子。

伙计甲：兑银子？叫你家大人来。

厉小春：家里大人不在。

伙计甲：你兑多少啊？家里偷的钱我们可不兑啊。

厉小春从怀里把那个元宝掏出来了：不是偷的，我自己的。

伙计甲一看元宝，拿过来细看一下，就明白了，先支应着，但跟另个伙计使眼色：哟，还是个大元宝呢。闫青，买串糖葫芦去，给这位少爷嚼零嘴。小少爷你等会儿啊。

闫青：好了您哪。

厉小春大大方方地坐在了一把太师椅上。

伙计甲：怎么兑呀，小少爷？

厉小春：都换成碎银子，这元宝是二兑一吧？

伙计甲：咳，你还真明白，没错，二兑一，二兑一。您坐着，我给您称银子去。

刚说完话，就看街上便装的两个兵丁风风火火地进来了。先进来的手里拿串糖葫芦，找了一圈一眼看见厉小春。

便衣甲：谁的糖葫芦啊？小少爷您的吧？来，快吃吧，怕黏了。

厉小春坐在太师椅上人小鬼大地接过吃起来。

便衣甲：这么点儿小孩真能干。就一个啊？多好的元宝，要有两个就更值钱了。家里还有吗？

厉小春不理，只吃糖葫芦。

便衣甲：跟叔说，家里还有吗？是不是还有一个？

厉小春：不知道，没有了。

便衣甲：你家在哪儿啊？

厉小春：把银子给我吧。

银子兑好了，伙计拿了过来，便衣甲使眼色让给。一个小皮口袋装了兑的银子。

伙计甲：小少爷，银子兑好了，二兑一，您拿好了。用不用送您啊？

厉小春：不用。

便衣甲与便衣乙交换了下眼色。

便衣甲：跟上，看是哪家的。

厉家堂屋。

纪晓岚还睡着，厉春梅进来了。

厉春梅：小春，小春，怎么不关街门啊？小春，小春。

这一叫纪晓岚醒了。

纪晓岚：赵钱孙李，周吴郑王……

厉春梅放下东西找小春：小春，小春。……别赵钱孙李、周吴郑王了，小春呢？

纪晓岚发愣摇头：景段富巫，乌焦巴弓。

厉春梅：问也白问，怕是出去玩了。

边说着话边从里屋拿出一堆刀枪棍棒来，哗啦扔在地上。

纪晓岚一看刀枪吓坏了，马上改念：人之初，性本善，性相近，习相远。

厉春梅：别怕啊，跟你没关系，家里短钱了，我和小春得出门卖几天艺去。你要愿意呢，你跟着，你要不愿意，你要不愿意怎么办？啊，你说你愿不愿意？

纪晓岚：戚谢邹喻，戚谢邹喻。

厉春梅：听不懂，算了，不带着你了，丢了也不好交代。

纪晓岚：裴陆荣翁，裴陆荣翁。

厉春梅：赔不起，你连个真名都不告诉我们，哪儿赔得起你呀。说不定是个大人物呢。

正说到这儿有人敲门。

厉春梅：回来了。

厉家院子。

厉春梅手执一把刀把门开开了。厉小春拎了个小皮袋子进门。

厉春梅：不让你出去，又出去玩了，连门都不关，再不听话揍你。

155

厉小春不回头：姐，你看看我身后有人吗？

厉春梅拎刀出门看街，正好那便衣都跟着，看见一拎刀出来的人，都背过身去，或假装买东西或冲墙撒尿：呸，什么人啊？没有。你个小屁孩，还有人跟着你呀？

厉小春人小鬼大地进屋。

厉家堂屋。

厉小春走进屋，迈过那些刀枪，砰地把钱袋子扔在桌上了。有银子露了出来，纪晓岚拿起块银子看。

厉春梅：小春，你哪儿来的那么多钱？哎，这孩子……

厉小春：拿元宝换的。

纪晓岚：司徒司空，司徒司空了。元宝，元宝！

厉春梅：你人小胆子倒不小，不是不让你换吗？

厉小春：没都换，还留了一个呢。

纪晓岚一听松了口气：人之初，性本善，性相近……

厉春梅：要是换出事来怎么办？姐姐短钱还用你操心啊，咱们又不是没本事。

厉小春：……我不出去卖艺。

厉春梅：你……你胆子越来越大了。你不卖艺，你想干什么？你说。

厉小春：我跟着先生读书认字。

纪晓岚高兴：天地元黄，宇宙洪荒，日月盈昃，辰宿列张……

厉春梅：你……你……他是先生？他个人事不知的疯子，你跟他能学出什么字来。

厉小春：他不疯，他装的。

厉春梅惊看纪晓岚：你……你是不疯吗？你是装的？你……你真是装的，我问你，到我们家干吗来了？

纪晓岚假装吓得够呛，嘴里念念有词：人之初，性本善，性相近，习相远。苟不教，性乃迁，教之道，贵以专。

正读着院门大响。

厉春梅：谁啊？今天怎么这么乱，谁？

厉小春飞快地抢起桌上的银袋子。

156

纪晓岚边念边给厉小春指箱子，意为那个元宝。厉小春麻利地搬椅子开箱，把那个元宝找了出来。站在椅子上一扔，纪晓岚接个正着，马上揣进怀里。

砰，屋门推开，厉春梅进。

厉春梅：不好了，小春，外边被官兵围严了。这到底是怎么回事？

三个人大惊。

纪晓岚：人之初，性本善，换元宝，换出事。

厉春梅：你怎么知道的，你到底真疯假疯？

纪晓岚：性相近，习相远。快想辙，这别管。

街上。夜。

兵把两头的街口都围住了，不让过人。灯笼火把打了一片。刚抓了药的杏儿想过街回家不让过，被官兵拦下了。一群看热闹的百姓站在外圈，杏儿问他们。

杏儿：大妈，这是怎么了？

大妈甲：说不清楚，这家原是个卖艺的，就一个姐姐带个小弟弟，不该有事啊？

大妈乙：听说前些日子收了个识字的疯子。

杏儿一听疯子：是吗？是男的还是女的？

大妈乙：是一大老爷们儿。你瞧瞧，姑娘家家的招个大老爷们儿进屋，她能不出事吗。

杏儿想了想，转身就跑，药撒了也不捡了。

嗵嗵，兵士们在砸门。

纪府中堂。夜。

杏儿拎着空了的药包子冲了进来。

杏儿：小月姐，小月姐快着点儿，老爷有信了。

小月正给洪仁喂饭：什么，在哪儿？

杏儿：官兵围了。快，说不上是不是，但都说了，是个男疯子，还认识字。

小月：那不是他是谁？走，看看去。

157

两人刚要走，洪仁大叫。

洪仁：茉莉花，茉莉花。

小月：忘了，还有一个人呢。

杏儿：怎么办？

小月：委屈他了，快绑起来。

两人麻利地绑了洪大夫，洪仁喊，小月飞快把个围裙折巴折巴给洪仁塞嘴上了：没法子，要不你乱喊乱叫，人家以为这家出了人命呢，委屈你了啊。

厉家大门口街上。夜。

几个当兵的抱着大门杠从远处往门上撞。

哐当，门开了。

门一开，所有的人往外退。兵士们先不上前，门开着。

先只看一支长枪头伸出，慢慢再伸，突然快捷。大枪舞出。厉小春哗哗舞着开了片地方。兵士全都整齐退下，有弯弓的，有搭箭的，围着。

厉小春把人打开后立枪收功站在一旁，百姓叫好。

忽见门内哗哗在喷火，一道一道，围观百姓叫好。

厉春梅喷着火出来了，单刀翻舞，也立在一边了。

过了半天，从门洞里钻出个很高的穿了长衫的人，脸上戴了个喜剧面具，踩着高跷，耍着三个圆球出来了。众人又欢呼。

三人出来站住了。

厉春梅单刀抱拳：众位街坊四邻，官军大人们，我们厉家久居于此，靠卖艺为生，今天不知什么原因，犯了哪家的王法，惊动这么多人来拿我们。说清楚了，我们跟着走；说不清楚，对不起，鱼死网破。

纪晓岚、厉小春高喊：鱼死网破！

齐苏图骑马到。

齐苏图：大胆刁民，官兵拿你自有拿你的道理。军士们！

众兵士：有。

齐苏图：给爷拿下。

哗，官兵围着上前。厉小春、厉春梅哗哗地抵挡。纪晓岚不会功夫，拿了个流星锤乱挥。

百姓堆中人挤来挤去，小月、杏儿在里边。

杏儿：小月姐，出手吗？

小月：那……那个踩高跷的不像是先生吧，咱先生什么时候会耍把式了。等等吧。

刚说完等等，情势危急，那边纪晓岚被挤下了高跷，面具也背到头后边去了。

三人被打得围得很小了。

齐苏图：给爷拿下。

杏儿看清了：小月姐，可不是老爷吗！

话音刚落，小月已经飞起，呼啦啦只听一阵衣袂之声。小月、杏儿穿过人头落在厉家门口，两把宝剑左挥右舞将官军打退。

小月面朝官军，背对纪扎着架势：先生，您好快活啊。

纪晓岚傻笑：人之初，性本善，人之初性本善啊。

齐苏图：什么人，胆敢劫持皇家钦犯？

小月：齐大人别来无恙，小月这边有礼了。请问齐大人，什么皇家钦犯啊？这是我家先生，我家先生你难道不认识了吗？

说着话把纪晓岚的面具解下扔了。

众人一看是老纪，都放下兵器。

有人喊：是纪大学士！

另外一条街。夜。

刘全骑着马，和珅的轿子紧跟。

轿内和珅：快点儿，快点儿，晚了赶不上抓人了。

厉家门口街上。夜。

齐苏图：你家先生？你家先生不是疯了吗？谁知是真是假，抓走再说。军士们，拿人！

小月：谁敢上前，必让他人头落地。

纪晓岚：玉不琢，不成器。人不学，不知义。好，好，看你们谁敢动。

齐苏图：杜小月你干扰公事。

159

小月：对不起，这公事还就要干扰了。杏儿，带人回家。

杏儿仗剑欲带人冲开官兵。

突然一声喊。

刘全：等等。

刘全引着和珅的轿子进来了。

刘全：和中堂到！

哗，官兵跪下。

和珅原不知小月、老纪都在，以为来捡个便宜呢，从轿中出来，牛得很。火把一下照着他，他还看不清远处，眯眼。

和珅：怎么回事呀？官兵拿贼，这在天子脚下，还要拒捕吗？你跑能跑到哪儿去，索性束手就擒吧，还算明智啊，也算是个识时务的。

小月：和大人，您来得正好。

和珅一听像是小月，赶快接过火把：谁啊？谁啊？哟，这不是小月姑娘吗？你怎么也在这儿？

小月：不单有我，我们先生也在呢。

和珅：什么？老纪也在呢？我看看，我看看。

纪晓岚一看和珅来了又装傻：跟我玩儿，打火镰儿，火镰花，卖酱瓜……

和珅：行了，行了，散了，散了啊。还好赶上我路过，以为什么大不了的事呢。散了。

齐苏图：等等。和大人，既然您发了话了，纪大人、小月走，本官放行，那厉家的姐弟不能走。

纪晓岚拉小月袖子：人之初，一块儿走，性本善，不能丢。

小月：要走一起走，厉家姐弟是……是我家先生的亲戚。和大人、齐大人，人跑不了，我们就在纪府住，万一有什么事，家里找去，真犯了王法，谁也拦不住。

和珅：那是，那是，好，都走吧。

齐苏图：和大人？

和珅：齐大人，你就听我的吧。好，都走。散了。

兵士散开，小月带人走了。齐苏图十分不高兴。

纪府。夜。

大家说说笑笑进到院中，小月、杏儿一个劲儿地请、让。

一行人走进中堂。老纪本还高兴，一眼看见了绑在椅子上的洪大夫。洪大夫拧来扭去，要喊，喊不出来。纪晓岚看家中绑了个男人可不高兴了。

纪晓岚走上前，先从洪大夫口中把破围裙拉了出来。

洪仁马上大喊：天塌了，地陷了，小花狗不见了！

纪晓岚大惊：哎，怎么绑了个男人啊？他是不是也疯啊？怎么我这才出去三天，家里就有男人了？养不教，父之过。小月，你怎么让个大男人进家里来了？

纪晓岚又问洪仁：哎，你是谁？

洪仁大喊：茉莉花，茉莉花。

纪晓岚：哈，比……比我还疯呢。小……小月，这人……

小月：先生您别进门就挑理，没这人，和大人来探病时，早就穿了帮了。

纪晓岚：那……那家里也不能留个男人啊，家里怎么能有两个疯子。

小月：现在就一个了。

纪晓岚：怎么讲？

小月：先生，您压根儿就没疯。

纪晓岚知道露了底了，又装：人之初，性本善，先生……先生我是时好时坏。见了喜欢的人、好人不疯，见了不喜欢的人一下子就犯。小月，这……这人得挪走。见了他，我……我会疯得更厉害。

小月：这大晚上的挪哪儿去？

纪晓岚：我……我一个男人在这屋里住惯了，有两个男人我不习惯。

杏儿：老爷，你可真是有病了，丢了这么些天，小月姐姐这边得千方百计搪塞，那边又天上地上地找您，您什么都不问，回来就挑理。以为我们真愿招个男疯子回来呢。老爷，问您，那您跑人家大姑娘家去住三天，我们说什么了吗？

纪晓岚：哎，爷……你……我有事要办，我是有公事的。

厉春梅一听这话也挂不住了：呀，这说我呢，看来我们救人也是救错了。小春咱走。

161

拉小春要走。

纪晓岚：哎，哎，不能走，不能走，可不能走。现在天底下就这儿能躲，出了这门就一定抓你们。

小月：这位姐姐千万别走，都是话赶话说到这儿了，你要一走，反而当真了。杏儿不是冲您，是冲我们先生，杏儿你……你先做饭去。今天谁也不能走，你要出了我这门，就有人拿你，他们巴不得呢。都听我的。这位姐姐你怎么称呼？

厉春梅：厉春梅。

小月：春梅姐，一会儿你和小春住我那屋，我和杏儿挤着睡。先生，你就跟疯大夫一起睡，您不是嫌人疯吗，我们还嫌您疯呢。

纪晓岚又装疯：我……我不，我不。人之初，性本善，性相近……

小月：没什么善不善的，要疯你们一块儿疯吧。

洪仁大喊：天塌了，地陷了，小花狗不见了！

纪晓岚大喊：我不干！

两人闹。

五

和府中堂。夜。

火烛高照。

和珅气得坐在那儿闭目养神，齐苏图走来走去。

齐苏图：和大人，您总是说我，您早不到晚不到，我都快拿了人了您到了。

和珅：你拿了人又怎么样，一个草民，你至于派那么多兵去吗？还急急地招我，说拿了要犯，要犯在哪儿？啊？事没办成，动静都造出去了。收元宝，收元宝该偷偷摸摸地收，你偏要大张旗鼓，生怕万岁他不知道是不是？

齐苏图蒙了：那……那依着您呢？

和珅：我不正在想吗？你走来走去的让人心烦。

齐苏图一听马上站住不敢走了。

和珅：走吧，走吧。你不走，我……我更烦。……来人。

刘全：爷，您吩咐。

和珅：夜宵。

刘全：爷，备下了。夜宵。

仆人端夜宵上。

和珅：齐大人别站着了，坐下吃，吃……事已出了，咱就不能指望万岁不知道，知道了索性就让他知道个透。就像这味……"自来白"似的，咸也好，甜也罢，就让它透出了皮了。明天殿上看我的吧……嗯，味道怎么样？

齐苏图：吃不出来了。和大人你有主意了？

乾清宫。

班早站好了，乾隆喝茶。

太监：有事早奏，无事退朝。

和珅出班：启奏万岁。

乾隆：和爱卿，有事请讲吧。

和珅：昨日京西妙仙观大现祥瑞，傍晚时分四方百姓看见数朵红云状似莲花落入观中，流连良久，而后飘飞而去。百姓们望而叩首，齐赞国泰而民安，丰衣而足食。

乾隆：噢，妙仙观朕还没有去过呢，在什么地方？

和珅：万岁暂时不去也罢。

乾隆：此话怎讲？

和珅：妙仙观乃是隋朝所建，经年失修，观宇破败，奴才启奏万岁拨款修建，以安神祇，以赞祥瑞。修建好了再去不迟。

乾隆：好啊，修观好事。此事着……工部还是内务府？

和珅：奴才以为着内务府的工部修建即可了。

此话一出，乾隆脸上有一丝警觉，但马上放松。

乾隆：内务府？谁呢？齐爱卿？

和珅、齐苏图的目的是试探皇上对齐家事知道几分，一听叫齐爱卿，两人全都放心了。

齐苏图：臣在。

和珅有两分得意。

163

乾隆：妙仙观修建之事就交给你了。既然要修就别怕花银子，当然也不可乱花，修好之后，朕可要择日亲往，顶礼膜拜哟。齐大人。

齐苏图：臣在。

乾隆：你齐家祖辈包衣，朕还是颇为放心的，放心大胆去做吧。好，退朝。

顺喜：退朝。

和珅、齐苏图很高兴，放心了。两人相视而笑。

和珅这笑正在脸上时，正看见下了宝座的乾隆正在看着他。他这浅薄之笑不知该怎么变了，顿时成个哭不哭、笑不笑的样了。

乾隆看着他那个样：和大人，你……

和珅：奴才……奴才在。

乾隆：留步，留步，朕有话问你。这老纪最近可好？

和珅：万岁爷，奴才已代您去过了，还是不太好，疯。万岁爷，您想他了？

乾隆：那倒也不是……哪天去看看他吧。

和珅：最好。万岁爷，奴才候您旨下。

乾隆：好，你……你走吧。

纪府院中。

纪晓岚正送绑了的洪大夫出来：小月，这……这一晚上他疯得先生哪儿有工夫睡觉啊。嘴塞上了吧，他……他拿脖子唱歌。小月，这洪大夫是怎么了，咱干吗非得……

小月一看厉春梅从厨下出来，赶快摇手，上前耳语：先生，您别操心了，跟您说，他的病跟和府有关系，备不住您疯跟他也有关呢，留着做个证人。

纪晓岚：噢，明白了，我……我……好，好，做证人，好，那也得送走。

正说着话，杏儿从院外进来了。

杏儿：小月姐，车雇好了。

小月：行了，您别操心了，我送走。

纪晓岚：送哪儿去啊？

小月：送哪儿去您就别操心了。是篷车吧？

杏儿：篷车。

小月：快，快送走吧。到那儿把话给人说明了啊，回头我送饭过去。快把人带走吧，咱家可留不住两个疯子。

说着话，帮杏儿把洪大夫送出大门，关好门，马上要进厨房做饭。看见纪晓岚看着春梅抱柴火，目光亲切，小月不高兴了，又不能表现出来。

小月：先生，你回屋睡觉吧，饭得了叫您啊。

纪晓岚：哎，我回屋。

小月转身进厨房。

厨房。

厉春梅正在灶前烧火。蒸气腾腾，火膛温暖，一派温馨景象。

小月看着坐下了：春梅姐，我来吧，您来这儿好歹是个客，倒让您跟着忙活了。

厉春梅：可别那么客气，劳动惯了，真让我待着，还难受呢。

两人坐着边烧火边说话：春梅姐……我家先生在您那儿，可添了不少的乱吧？

厉春梅心有所思，想古大力：啊，也没有什么。你们先生知书识礼，真到我家就没怎么疯，还怪会讨好人的。

小月醋意十足：啊，是吗？他……他在家可不这样……对我他可从来不会讨好。

厉春梅：嗯，可会了。

小月：怎么个讨好法啊？跟你说疯话了？

厉春梅：疯话倒是见天地说，可也不那么吓人。

小月：呀，还见天说啊！这个臭先生！

厉春梅：……我的好倒不怎么讨得上，小春跟他处得像……像爷儿俩似的。

小月：什么？还爷……爷儿俩？噢，爷儿俩，爷儿俩就好……好，要是哥儿俩就……

厉春梅：……教小春认字、读书，你们先生可是个好人。

小月：嗯，他好，他的好处你还没受过呢。……春梅姐，你家就两个

165

人吗？

厉春梅：爹妈早丧，就我们姐弟两个了。

小月：那……那就没想着……那什么……找一个……

厉春梅：你说找婆家是吗？找下了。

小月：春梅姐，您真是快人快语，是啊，你有婆家了？

厉春梅：有了，可这几天人又不见了。

小月：怎么人会不见了，好好找找。

厉春梅哭：我命苦，大力哥疼我，说句姑娘家不该说的话，我……我也喜欢他，可……可人突然不见了。

小月：不会的，你想啊，我们先生不也丢了几天吗？总会找回来的。问句话啊，你家大力是做什么的？

厉春梅：盖房的工匠。

小月：是吗？盖房的工匠啊？叫……叫什么？

厉春梅：古大力。

小月：古大力，是吗？你放心吧，回头我给你打听着。

厉春梅打开大锅一看做了那么多饭：小月妹子，咱家几口人啊，用做这么多饭吗？

小月：不多，咱家现在可不止这一院子的人。

厉春梅：哪儿还有人啊？

小月：回头我带你去啊，备不住能给你个惊喜呢。

和府中堂。

齐安正带着人往里抬银箱子。齐安手中拿着一封信。

和珅看着银箱抬进来了，像是不高兴：东西放下，齐安留下，其他人退下吧。

刘全等一使眼色，都退下了。

和珅：你们老爷没来？

齐安：老爷说了亲自来怕不方便，修妙仙观的银子呢已提出来了，这是您的一份。

和珅：岂有此理？本官又不修观，给我银子干吗？以为爷没见过钱吗？搭回去。

166

门外刘全等站着，假装没反应。

齐安：爷，您别发火啊。观您是不修，但老爷说了，那天朝上没您的一番话，这修观的活儿也落不到我们老爷手里呀，您不修观，但这修观可跟您大有关系呢。

和珅：这是你们老爷教你说的话啊？

齐安：是老爷吩咐的。老爷知道您为官清正，怕您拒绝，说了实在不行，暂存您这儿。

和珅：这还像句话，好了你回吧。

刘全外边急报。

刘全：报。

和珅：什么事？

刘全赶快进来，对和珅耳语。和珅一听，着急了。

和珅：快换衣裳。箱子锁好了收书房里，我这就去。快点儿，人在哪儿？看准了？

刘全：看准了。

街上。

乾隆一人出宫，原想约了和珅去看老纪，这时买了一大堆东西，可临要付钱了，没钱，跟摊主吵起来了，想脱身脱不开了。

摊主：哎，这位爷您不能走。这一大早上的，您这不是拿我们开涮吗？

乾隆：我哪有心思涮你，我这要去看病人可不就要买东西吗？

摊主：是啊，我不管你干什么，这一早上光打包，我就打了一头汗。临了你又说不要了，说没带钱。大伙评评理，你们看看他穿得这么讲究，身上会没钱吗？这不是涮人是干什么？你不能走。

乾隆：我……我就是没带钱，我从来出门不带钱。

摊主：不带钱你买什么东西啊？你这更是涮人了，不能走。

甲众：可不是嘛，穿这么好没带钱。

乙众：吹什么牛啊，出门从不带钱，皇上出门才不带钱呢，你算老几。

众人：给钱，给钱。

乾隆：好，好，我说不清，可我就是没带钱。要么这么着吧，我押这把扇子，回头让人拿钱来赎。

摊主凑近了看：六如居士，晋昌唐寅。唐伯虎的扇子？

乾隆：难道不值这些点心果子吗？

摊主：值。真唐伯虎，值这一条街上的点心，假唐伯虎不值。你没钱，会有唐伯虎的扇子？谁信啊？打算拿把假扇子蒙我的货是不是？

甲众：一定是假的，不值钱。

摊主：话这么说吧，今儿个不给钱，别想走。

众人：给钱，给钱。

此时和珅在外边跳脚看，着急。看清了，一拨拉众人挤进来了。

和珅：让让，让让。……喊什么喊？起哄啊！去！刁民无赖，整日不思劳作，就会赶热闹。去，散了！

众人不知底细，纷纷后退。

和珅上手把摊主拿着的扇子抢了过来。

和珅：没钱？我们这样穿戴的人，会没钱吗？就是没钱难道没有朋友吗？狗眼看人低！三爷，跟这帮人啊，不用客气，想买就买，不想买就不买。怎么着，你还想强买强卖呀？

摊主一下子被震住了：……这位爷，您……您这插一杠子，我这买卖怎么做啊？明明是他没理呀。

乾隆：啊，和……和二啊，你来得正好，帮爷把钱付了吧。实在尴尬，实在尴尬。

和珅：爷您别急。多少钱？

摊主：三钱银子。

和珅掏出一锭：没钱？让你看看。找。

摊主：爷，爷，这……这么大的银子，小的小本小利。

和珅：这什么这，小什么小，这会儿又小本小利了，你先说说你是不是狗眼！啊，这就算大银子啊，见过什么呀你！这么大的银子，原还想打点儿红利给你，就你这狗眼，一厘也不能少，找！

摊主：哎，我找给您，找给您。

甲众：啊，有钱，有钱就是横。我说吧，这路客人哪儿能没钱啊！有钱。

168

乙众：我说也是呢，没钱？不能够。瞧见没有，出钱的还得管他叫爷呢。得，散了吧。

众人散了。

街上。

和珅大包小包拎着东西，乾隆跟着。

和珅：爷，扇子还给您。

乾隆：算了，你救驾有功，送你了。

和珅：爷，那我可赚了。以后出门啊对这帮子做买卖的不用客气，他们都是势利小人。

乾隆：哎，爷算长学问了。

和珅：倒不是咱非得摆个谱，他们实在太势利。车，车，爷咱坐车吧。

乾隆：好，好，坐车吧，要不你也拿不动了。

纪府中堂。

和珅大包小包拎着，乾隆空手进，小月跟进。

乾隆：小月，你家先生呢？

小月：我给您叫去啊。

正说着纪晓岚出来了，抽着烟表面上不疯了，其实装疯。

纪晓岚：哎，来了，两位……坐，坐。

乾隆：哎，和二啊，不错，好多了啊。老纪还记事吗，朕可看你好多了。

和珅：是啊，不唱了，不跳了，好多了。

小月：你们坐，我收拾饭去啊。

纪晓岚还装：两位点菜啊，坐，坐……

突然站起来，学店小二高喊：来了您哪。酥鱼一碟，四喜丸子一份，外带炸臭干啦。

站起学着甩毛巾要往外走。

和珅站起来拦住了：哪儿去？哪儿去？这不是饭馆，是你们家。爷，不行，还糊涂。别张罗了，你坐下吧。

纪晓岚：家？这是你们家？笑话。

和珅：不是我，是你。我是和……和二。

纪晓岚：啊，和二啊……还杀猪吗？

和珅：呸，你才杀猪呢，我是和二，和中堂。

纪晓岚：猪肠？不要，有好下水给我留一副。这位爷……

乾隆：记得我吧，黄三爷，我啊，黄三爷。

纪晓岚：噢，记得记得，测字的黄三。还测字呢？我不测，我自己会。

乾隆：不行，脑子还乱。我是黄三爷，不测字，我是黄三爷。你认错人了。

纪晓岚：测不准吧，早知你测得不准，我给你测。你不是黄三啊，你写个字，我猜猜你是谁，写个字我猜。

乾隆：和二啊，不行还糊涂。

和珅：爷，顺着他写一个吧，他说不准了就当没说。一个疯子不能跟他计较，就当您陪着他玩了。

乾隆：行，就当哄小孩了。

拿笔在纸上写了个方方正正的"因"字：行，写好了，你猜我是谁？猜准了啊。猜准了爷有赏，猜不准啊……也没办法。和二啊，老纪多聪明的一人，也是上天罚他，一时就傻了。

和珅：皎皎者易污，皎皎者易污。也不新鲜，怪他自己太逞强。

纪晓岚拿起"因"字，不听他们说话，看，翻过来倒过去地看。忽然把纸放在桌上倒头便拜。

纪晓岚：万岁爷在上，受臣一拜。不知万岁爷亲临，有失远迎，臣有罪。

乾隆：呀，怎么一时又清楚了，快起，快起。和二啊，他怎么不认人，认字啊？老纪你到底疯不疯，装的吧？快起来吧。

和珅：老纪，这个"因"字你要说不出道理来，必是装的。又想要我们是不是？

纪晓岚：哎哟，可不真是皇上。你还装测字的黄三儿呢，一写字就露了馅了。

乾隆：朕什么时候装测字的了，是你说的。老纪，怎么一个"因"字

170

便是朕，说说，朕也长长见识。

纪晓岚：万岁爷，你看啊，这是个"因"字对不对，一个国框，一个"大"，"大"字解开就是"一人"，大框乃是"国"字草书，那这"因"字解开了不就是"国中一人"吗？国中一人可不就是皇上您吗？您还非得装什么测字的。

乾隆：哈，国中一人，可不就是个"因"字吗？我怎么单写这个字啊？倒也有理。国中一人可不就是朕，老纪你不糊涂。

和珅：一点儿不疯。老纪你装疯卖傻，现在看出来了你拿我们开玩笑呢。三爷，他从头就是装的。

纪晓岚：哎，我想起来了，你不是和二，你是馒头馅。

和珅：呸，你才是馒头馅呢。

纪晓岚：你也写个字让我猜吧，要不然你就是个馒头馅。

和珅：怎么变得像个无赖了，不写。

乾隆：和二啊，写就写一个，就当无稽之谈。咱们君臣在一起很多时候没这么乐和了，写，写一个。

和珅：三爷，我不是不想写，我怕他老纪编派我，我不写。

乾隆：他要说得没理，就姑妄听之吧。你不是说了吗，就当没说。要不他馒头馅馒头馅地叫你也不好听。

和珅：那就让他测一个？

乾隆：测一个吧。

和珅看了看纸笔，还是怕老纪编派。

和珅：……不行，我……我还是怕他，他不疯时就不讲理，他这会儿装疯卖傻了就更不讲理了，回头和二我干吃哑巴亏。要不咱们这样，万岁爷，我可不是僭越啊，咱们难难他，还就这个"因"字，老纪你再测一遍。但……但我不用你测我是谁，你测测我的时运吧。

说着话扇子在"因"字上一指。扇子正好像一竖，竖在"因"字中间。

乾隆：这太难为人家了，和二你不能指望他说什么了。好了，还是这个"因"字，老纪你给他说说，这回不能再说是国中一人了吧？

纪晓岚一直看和珅动作：和大人你再指一遍。

和二的扇子又指了一下。

纪晓岚故意紧张：人家无心，你是有意。无心必是天成，你有意已成困象。

和二：更没道理了，同一个字，怎么到我这儿就变了？穿凿附会。

纪晓岚把和珅的扇子抽出。

纪晓岚：你刚才是这么指的吧？这是什么字？

和珅：还是"因"啊？

纪晓岚：这扇子算一竖呢？

和珅：那就是"困"……

乾隆：哈，"困"，和二啊，你可不是这么指的吗。就是个"困"字，解得好。和大人，你做了什么瞒着朕的事了吧？否则怎么成了困象了，哈哈，老纪你没疯。

和珅汗都出来了：万岁，他……他疯老纪说疯话，您可不能当真。奴才对万岁忠心不贰，哪儿来的困象。老纪他冤枉我。说了不能让他测。

纪晓岚：忠心不贰乎，已成困象也。

正高兴时，突然春梅、小春、杏儿喊着进来了。

小春：小月姐。

春梅：小月姐、先生，饭送到了，他们都好着呢。

三人进屋，一看生人，知道说漏嘴了，三人又都退下了。

纪晓岚遮掩：噢，都送到了，好，下去吧。家里来亲戚了，看看乱的，也不知叫个人。人之初，性本善……

和珅：老纪，你这儿好热闹啊，还有什么地方要送饭呢？万岁爷，依奴才之见，老纪不单装疯，他才有事瞒着您呢。

乾隆：啊……是啊，老纪你有什么事瞒着朕吧？

纪晓岚：有。

乾隆：哈，朕不想知道。小月呀，饭收拾好了没有，朕饿了。和二，你快去厨下催催。

和珅不愿走，又没办法：啊，是，是，奴才去看看。

乾隆与老纪小声说笑。小月看准机会进来了。

小月：万岁爷，那些在院子里的证人……

乾隆赶快给小月拉到一边去，小声：小月，放心吧，朕再说通一人，这事就办了。

172

小月：那小月等哥哥的消息了。

纪晓岚：人之初，性本善。性相近，习相远。

和府中堂。夜。

和珅满头是汗地封那只箱子。刘全在旁边拿着封条。

刘全：老爷，我来吧。

和珅：我来，我来。哎，对了，那封信，那封齐大人写的信，一起封里边。这要是没事呢，它就还是银子，是钱，要出了事这可就是炸药。炸药知道吧？老爷我……我不能坐在炸药上。我把它封了，万一有个事，刘全啊，你算个证人，爷我可是准备交公的。这样一来这炸药就算是个受了潮的炸药了，到时炸不了我。叫人搭床下边去。

刘全：来人。

仆人来搭东西。

和珅边往书房走，边叫刘全：刘全你别走。

刘全：爷，您还有事吩咐？

和珅：过来，爷有话跟你说。

街上。夜。

刘全带了几个黑衣人都拿了家伙在街上飞跑。

纪府大门口。夜。

刘全在街对面把人聚齐了吩咐。

刘全：过来，过来，都听好了，日夜不分地盯住了这扇门，只要有人出去就跟住了，到哪儿去干什么都给我记住了。

众人散，街霎时安静。

银妃处。夜。

银妃正与乾隆下棋。

乾隆：哎，银妃啊，你怎么又把朕给赢了？算了不玩了，你现在不让朕了。银妃啊，咱到园子里吹吹风如何？

银妃看出皇上有话说：好啊，万岁爷等奴婢穿件衣裳吧。

173

说完站起。这一站起许是快了，许是装的，要晕了。乾隆赶快上前扶住。

　　乾隆：怎么了这是？又犯头晕了，来人，快把进贡的丹药拿来。算了，算了，哪儿也不去了。

　　银妃：万岁爷，奴婢弱不禁风，您刚说要去吹风，奴婢一听到"风"字便被吹倒了。奴婢有失检点，煞了万岁爷的风景，还望万岁爷多多原谅。

　　乾隆：银妃啊，后宫之内，朕是最为疼爱你的，这你知道。但……但是……

　　银妃知道他要说，想阻止，用手指挡在乾隆唇边：没有但是，我只听前边的话，后边的话奴婢不想听……万岁，奴婢怕禁不住。

　　乾隆：银妃，也没那么严重，无非是想讲讲国家社稷之事。所谓国家，于朕来说只有国没有家。朕有时为了天下子民，这小家亲朋一是照顾不全，二是反而要管得严一些，否则怎可服众？

　　银妃：万岁爷，您这话必定不是平白说出的吧？

　　乾隆：你当闲话听也行。

　　银妃：万岁爷，您说的又是奴婢娘家的事吗？

　　乾隆：银妃，这两天一直想说说，朕先问你，是又怎样，不是又怎样？

　　银妃：万岁爷，您还是不相信奴婢。倘若要真有其事，您大可不必这样吞吞吐吐；倘若不是，也望万岁爷明鉴。

　　乾隆：要在是与不是之间呢？

　　银妃：万岁爷，您尽管办，奴婢绝无半点儿袒护之心。此事您多虑了，天下事哪儿有那么多顺心的，您看窗外那些摇曳的竹影，倒使奴婢想起一个上联来。

　　乾隆：噢，银妃没想到你是这般深明大义。到了这时候文思还如此敏捷，好，说说。

　　银妃：万岁爷您看那竹枝摇摇，真是"竹本无心外生多少枝节"呀，万岁爷您赏光对个下联吧。

　　乾隆：银妃，可不带这么玩的，棋你已赢了朕了，这文才又要压朕一头，我这夫君做得零落得很啊。

银妃看似无意，其实取了片桌上的糖藕吃。

乾隆：银妃，你再说遍上联。

银妃：竹本无心外生多少枝节。

乾隆也取了片藕拿起：朕对……藕虽有孔内中不染污泥。

银妃：真好。谢万岁体恤奴婢，奴婢这边有礼了。

乾隆：哎，不必，不必。银妃啊，"竹本无心外生多少枝节"，你的心朕明白了。"藕虽有孔内中不染污泥"，朕的意思你也清楚了吧？

银妃：君心我心两两相照，奴婢岂是那不知理的人？

乾隆：好，那朕就放心了。多余的话呢朕也不说了，你先歇息吧，朕到南书房看过折子，再来陪你。

银妃此时已有几分沮丧，但压着：万岁爷，您尽管去，奴婢不送了。

乾隆：不送，不送，你先歇了吧。

南书房。夜。

乾隆正读奏章。

乾隆：顺喜，茶。

顺喜赶快上来换茶：嗻。

银妃处院中。夜。

一切似乎平静。突然看西隔扇，窗上剪影——银妃往梁上拴绳，一头钻入，椅子一踢，吊上了。

吊的人在晃。

南书房。夜。

乾隆边喝茶边在圣旨上写着三院一司查办齐家事。

乾隆中气很足，看似下了决心要办了。"着三院一司查办内务府、齐苏图。"

顺喜：急报！急报！

乾隆：什么事这么急？

顺喜：回万岁爷，后宫急报。

乾隆：怎么了？

顺喜：银妃娘娘自缢了。

乾隆：什么？刚还好好的，这……这是……快，快，排驾兰馨院。

站起来刚要走，又怕人看见那张圣旨，抓起来无奈哗哗撕了。

银妃处。

人已救下，乾隆抱着。

乾隆：银妃，银妃！快叫御医，快叫御医！你……你怎可如此轻生，银妃……

银妃慢慢睁眼：万岁，奴婢知万岁爷疼我，但实在不愿因奴婢而碍万岁爷治国的手脚，所以效法古人，以断您牵挂之后路。万岁爷，您不该救我。

乾隆：银妃你……你真狠心，就这样离朕而去。你若去了，朕将如何度日……朕没想到你竟有如此之刚烈，为国家社稷而甘愿一死。银妃，你的心朕明白了，那件事再不提了，绝不再提了。

有一丝笑掠过银妃脸上：万岁爷，千万别为奴婢而出此下策，凡事当以国家为重。

乾隆：不提了，不提了。来人，快请御医，快去！

太后处。

太后边吃着果品边训着乾隆：儿啊，不是额娘说你，跟你说句卖老的话，别看你是皇上，你要是伤了这个媳妇，额娘我可不答应。

乾隆：皇额娘所言极是，孩儿哪敢啊。来，孩儿给皇额娘剥个桂圆。

太后：听说是你要查齐家人，银妃怕碍了你的手脚才上的吊？

乾隆：没有的事，没有的事，银妃误会了，误会了。

太后：都是自家人，谁家钱多了，谁家钱少了，还不是在一个锅里搅，干吗那么认真啊？

乾隆：皇额娘所言，孩儿谨记，谨记。

太后：你忙，我就不耽误你了。我说这些话也就算个家里的闲话吧，不算干预朝政啊。

乾隆：孩儿记住了。

太后：你忙去吧。

纪府大门口。

有辆车停在门口。春梅、小春、杏儿等搭了饭装上去要去送饭，纪晓岚也冲了出来要跟着去。

杏儿：老爷您还没好呢，您就别去了。

纪晓岚：散心，散心。我路上还教小春识字呢，我去。

几个人说说笑笑地上了车。

小月：早点儿回来啊。

车动，走了。小月把门关上了。

对面街上和府的便衣看得一清二楚，纷纷出胡同，跟上车。

车在街上哗哗而行，几个人在后边紧紧追赶。

荒院。

大门开，车赶进来了。众人高兴帮着搭饭卸车。大街门开着。

有人正高兴时，疯子洪大夫悄悄往外溜了。

二愣子对春梅说：哟，嫂子，今儿个给我们大力哥做了什么好吃的？

厉春梅：去，别动手，有筷子、碗。……就给他做好吃的，馋死你。

二愣子：嫂子，你不给他做好吃的我都馋。

厉春梅：去，就你会说。

古大力笑着帮忙抬东西，一眼看见街门没关：哟，街门怎么没关？愣子，别贫了，快关街门去。看有人出去了吗？

老蔫：洪大夫，洪大夫不在了。

古大力：可不能丢了人，快找找。

几个人飞快地去街门外看。

荒院大门外。

几个人冲出街门，左右一看并没有人，洪大夫踪影全无。二愣子飞快往西跑，老蔫飞快往东跑。

杏儿：大力哥别找了，一个疯子丢就丢了，千万别再丢了人，快回来。

古大力：回来吧，不找了。二愣子回来。

二愣子顺着一溜墙走，其实他再往前走一点儿就能看见，但听到后边叫，无奈回。

一个拐弯处，刘全正死命地捂着洪大夫的嘴，洪大夫挣扎着。刘全探头看，古大力等都退回了街门。刘全一松手，洪大夫摔在地上。刘全的手被咬破了流血。

洪仁：天塌了，地陷了，小花狗不见了！

刘全：青子，看好了门，我回府报信。

青子：二爷，这人咱不是埋过了吗？

刘全：谁知道他怎么活了？我要带人快快回府，门你盯着点儿。

荒院正屋。

纪晓岚趁着乱，自己悄悄跑到上房屋里来看来了。纪晓岚发现了一小溜新土的痕迹。

纪晓岚顺着新土走到西房，看到一个大大的铁箱子，纪晓岚把铁箱子盖费力地打开。他发现了这是个没底的箱子，箱子下边是一个挖好的地洞。纪晓岚正要仔细看洞时被小春突然的问话吓了一跳。

小春：纪先生，你在找什么？

纪晓岚：啊，没有，人之初，性本善，没找什么，我看有没有好玩的东西。

小春：羊拐在我这儿呢，来，咱们出去玩吧。

正说着话，外院以为纪晓岚也丢了，杏儿大喊。

杏儿：老爷，老爷，您在哪儿？您在哪儿？你可不能丢了。

小春：来了，来了。

纪晓岚：我怎么会丢？

荒院院中。

众人都拿着饭准备吃了，一看小春拉着纪晓岚从正房出来了。

杏儿：老爷，不让您来，您偏跟着。这不，疯大夫跑丢了，您要是再不见了，我可担待不起。……几位先慢吃一口，见过我家老爷。

众人马上放下手中的碗，磕头：见过老爷。

纪晓岚：赵钱孙李，周吴郑王，快起，快起。

杏儿：起来吧，我家老爷脑子不清楚了，时好时坏，原来可不这样。

厉春梅：小春，快来吃饭。

小春：我不饿，我要跟先生读书。

纪晓岚：对，对，读书。回头我教你个歌谣啊，教你歌谣。

小春：那咱先玩羊拐吧。

纪晓岚：好，玩，玩。

两人坐在台阶上耍拐。

众人躲下去吃饭。风吹着，一切似平静。

和府中堂。

洪大夫被绑了，困了，低着脑袋瞌睡。和珅拿把扇子把他的头挑起了，仔细看。

和珅：这……这确是洪大夫没错啊。

刘全：老爷，他要是洪大夫，那怎么又活了？

和珅：嘿，这正要问你呢。刘全，是不是你到了郊外没有埋，把人放了？从实讲来。

刘全：老爷，天地良心，不信您问问青子，我们挖了个坑，还用树桩子把他罩起来了呢。

和珅：你放人爷倒不怪你了，现在看来……纪晓岚呀纪晓岚，你装疯卖傻，没想你倒是一直反盯着我呢，我埋人你都知道了。刘全，问问他那院子里的都是什么人。

刘全：老爷问谁？

和珅：还有谁，洪大夫啊。

刘全：他疯了，哪儿问得出来呀。

和珅：废物，问不出真话，还问不出假话吗？

和珅：饿不饿？

洪仁点了下头。

和珅：瞧，有明白的时候。谁把你救了？啊，谁救的你？

洪仁：小花狗。

和珅：胡说，是不是纪晓岚？爷问你，他院子里藏的什么人？

洪仁：证人。

和珅：听见没有？明白了，是证人，我早知如此。哈，那是些证人，是齐大人那儿跑了的人。问你，是什么证人？

洪仁：和珅害人的证人，和珅害人，和珅害人。

和珅一听大惊，上去就捂洪大夫的嘴。没想到洪仁早张着嘴等着了，一口咬住。

和珅：哎哟，哎哟，刘全快！

刘全慌乱中，拿起一只壶砗地砸在洪仁头上。洪仁头破松口。

和珅：哎呀，咬死我了，我害人，我害人，你身为大夫，以疯药方子致人于病，你才是害人害己呢。

刘全：爷，这人怎么办？

和珅：等等，让我想想，让我想想。棋到了关键了，只要错一步就满盘输了。……刘全，快去齐府透个风，让他们去看那个院子吧，那是证人。咱们把人都撤回来，千万别让任何人知道咱盯了纪府的梢，事到如今，爷……爷我不得不留后路了。快去，快去。我害人，这话要传实了还了得。

荒院。

纪晓岚边玩要拐，边教着小春念自编的歌谣：齐家门，笑死人，棺材里边没死人。藏的元宝满地跑，齐家门里慌了神，你说逗人不逗人。

荒院外街上。

小春在跟几个小孩玩羊拐，边玩边唱。

小春：齐家门，笑死人，棺材里边没死人。藏的元宝满地跑，齐家门里慌了神，你说逗人不逗人。

小孩边玩边唱。

下学的小学童，排队唱着歌谣。

蓝天白云，歌哨声声，歌谣响成一片。

南书房。夜。

乾隆看折子，在打瞌睡了。突然惊醒，看见顺喜已经在自己前边等着回事了，正看着他呢。

乾隆：呀，稍一松懈就梦见周公了。顺喜，你叫朕了？

顺喜：没有，奴才等着万岁爷回盹呢。

乾隆：有事吗？

顺喜：书房外，小月姑娘求见。

乾隆：什么，她怎么来了，宣。

小月嗵嗵进来了。

小月：万岁爷在上，民女小月祝万岁万岁万万岁……

乾隆：免礼，免礼。小月，这么晚了，你怎么来了？

小月吞吞吐吐：万岁爷，小月有……有事要问。

乾隆看看左右，小声：小月你看看，从这往出数有多少耳朵听着咱们呢。别看宫里是朕的家，可朕的一言一行全被人瞄着看着呢。明天，还是那个茶馆，朕等你。

小月小声：不行，就得今晚上。

乾隆小声：这么急？

小月小声：您再不拿主意，就要出大事了。

乾隆小声：那咱们换个地方说话。顺喜，我们出去走走，你们自便吧。

六

天人大药房对面街。夜。

洪大夫疯疯癫癫地举着一支火把在走。

洪大夫边走边念：我要回家。我饿了，我回家。

几个黑影在天人大药房门口，用瓦罐浇着火油，浇完后全跑了。

洪大夫举着火把在找自己的家门，这个照照，那个照照。

天人大药房对面胡同，停好的一顶轿子，轿子外穿黑衣的刘全在说话。

刘全：爷，夜深了，您回吧……

和珅：哼，我回，上次埋人就没埋死，我怎能放心？刘全，事……

刘全：都妥了，你看，这不过来了。

洪仁举着火把，边走边念：我要回家，我饿了。

偏偏自己家没用火把照，走过去了。

刘全：坏了，过了。

和珅：他到底疯是不疯？快点儿叫回来。

刘全：别急，爷，他又回来了。

只见洪仁走过自家铺子后又退着回来了，站了一会儿认出家了。

洪仁：回家，回家，我要回家。

举着火把去敲门，火星落地，突然引着了刚刚浇的火油，洪仁不管，大火熊熊。

洪仁：回家，开门，我……我回来了。我……是我。开门，着火了，着火了，让我进去。

对面胡同，火光映红，轿子和刘全都看着。

洪仁：是我啊，我是洪大夫，让我进去，我不害人了，我不害人了。

火越烧越大。

和珅：起轿。

大火映红一条胡同。

乾清宫。夜。

大门被推开了，一盏"大清乾隆"的宫灯挑了进来。乾隆带着杜小月上乾清宫来了。只有两人，乾隆挑灯。

乾隆：小月啊，这就是朕每天上朝的地方。在这儿，这儿百官列好之后，朕上宝座，执事太监喊"万岁爷上殿了"，百官跪，山呼万岁万岁万万岁，三跪九叩。然后起，分列两班等着回事。一人坐而百人跪呼，那种感觉真是不一样啊，十分地难言。

小月抬头看那个匾：万岁爷，那是块什么？

乾隆：是块匾……

小月：上面有字。

乾隆：有，上面写的是"正大光明"。这你都不知道吗？

小月看着乾清宫：听说过。……这里可真大啊。

两人坐在宝座台阶上。

乾隆：百官议事，国家的事都在这里商量，当然要大。

小月：万岁爷，齐家的事您还管不管？

乾隆被问得突然，正打腰眼上：嗯，你不说朕……朕倒是忘了。小月，那事好像并没有咱们想……想的那么大、那么重吧？

小月：万岁爷，事大事小我一个民女说不清楚，但事对事错杜小月知道。

乾隆：小月，你……你这话说得有些道理，但……但家国天下，有时是很复杂的，看似一件天底下最简单的事，有时办起来，便……便左右为难。

小月：因为什么？

乾隆：投鼠忌器，千丝万缕，顾此失彼，等等，等等，不那么容易。

小月：听说银妃是……是齐家出来的女子？

乾隆：也……也不全是，因为这……这事……这事跟谁家的女儿不是要紧的。

小月：那什么要紧？那些证人怎么办？咱们那天看的事都不作数了？

乾隆：噢，看……我把那些人还忘了，小月，那些人，就……放……放了吧。

小月：放了，往哪儿放，他们出了大门一步许就活不成了。

乾隆：不会吧，朕的江山不至如此吧……

小月：万岁，您又不是没看见，那天可不是梦。

乾隆：不管怎么说，这事朕有难处，到此为止，不再说了。

小月拿起灯来，照那块匾。

小月：正大光明，这块匾要有光的话，大概照不出五步之外去。

说完话，举着灯往门外走：万岁爷，我走了，您不用送了。

说完吱的一声开门走了。

乾隆一人留在黑暗的乾清宫里。

乾隆气得来回走：……照不出五步？那你们让朕怎么办？一个是媳妇要上吊，一个是朕的亲娘要袒护，朕该怎么办？让朕六亲不认吗？朕做不到。朕也是人，朕做不到。顺喜，顺喜，来人，点灯回宫。

这一番话是说给太监耳目听的。

银妃处院中窗下。夜。

有太监对窗回话。

银妃：知道了，你去吧。

乾清宫。

太监：跪。

百官：吾皇万岁、万岁、万万岁。

乾隆心绪不佳：平身吧。

太监：有事早奏，无事退朝。

和珅：启奏万岁，京城之治越来越差。奴才早朝听说昨日南城最大的药房天人大药房起火了，烧死了一个坐堂大夫。奴才以为……

乾隆：鸡毛蒜皮，鸡毛蒜皮。想我大清国山海相连，幅员广阔，州、府、县，何止千百，哪天没有大事？烧了个药房还要上朝来议吗？鸡毛蒜皮，顺天府办了。

和珅觉乾隆正好中计。

和珅：奴才……奴才有失检点，奴才知罪，奴才知罪。

乾隆：还有哪位爱卿有事要奏？

和珅吃了瘪，谁还敢张嘴，一片沉默。

纪晓岚故意点不着烟。

纪晓岚像是自语，像是双关：烟路不通，烟路不通了。

乾隆：纪晓岚，你说什么？你是说朕言路不通吗？你那病……

纪晓岚：时好时坏。万岁爷，臣岂敢，岂敢。万岁爷，纪晓岚抽烟，嘬不着火，臣说的是烟路不通，抽烟的烟路，烟路不通，不是发言的言路，您听差了。

乾隆：朕不管你烟路言路，好，你今天是开口了，朕要是不听你说出个子丑寅卯来，人家下去必有的可说。朕先要开你的言路，讲。

纪晓岚：万岁爷，臣没什么可说的。臣以为和大人那么明理的人上来说个药房子着火，必有其可要说的事，备不住那药房子是他点的，人是他要烧死的，今天上朝来说说，一是探您的口风，二是日后好堵您的嘴呢，您就不妨让他把话说尽了。

和珅大惊：纪……老纪，你……你又说疯话。

纪晓岚：哈，看急了吧，这就是说准了。

和珅：纪晓岚你望文生义。

纪晓岚：万岁爷，不怕说话，语多必失，语多必失吧。

乾隆：朕偏要让你说，先把烟杆放下。

和珅：万岁，纪晓岚从来是深文周纳，旁敲侧击，暗喻双关，以讥讽为能事，这会儿他越不想说时，其实越是有话要说。万岁爷千万不要上当，省得等会儿他话一出口说是您让他说的。

乾隆：朕难道怕他说话吗？说吧，烟路不通，说。

纪晓岚：万岁爷，知我者和大人也。和大人您真是我的……

和珅：知己？

纪晓岚：蛔虫。

和珅：你……你真不雅。

纪晓岚：那万岁爷臣可就说了。

乾隆：说吧。

纪晓岚：哎，等等，但……但臣如真说了话禀了事，那岂不让和大人刚才的话言中了吗？

和珅：你以为呢？

纪晓岚：臣实在不愿看见和大人那一副小人得志的样子。臣读个歌谣，以娱大家就算说了，可不可以？

乾隆：也好……也好啊。

齐苏图紧张。

纪晓岚：此歌谣乃京城小童传唱，颇有意思，臣读了。

齐苏图：万岁。

乾隆：有话听了歌谣再奏。

纪晓岚：听好了啊，京城小童这么唱："齐家门，笑死人，棺材里边没死人。藏的元宝满地跑，齐家门里慌了神，你说逗人不逗人。"

乾隆大不悦，众臣惊，看皇上态度。

乾隆颜色大变：风闻言事，道听途说，哼，纪晓岚，这路歌谣你是疯时也唱，不疯时也唱。几次三番在朝上唱来唱去，这哪儿是唱给朕听啊，实在是唱给全天下的人听的。朕……朕要治你的罪。

纪晓岚：万岁爷，臣今天原不想说话，是您非让臣说的。

和珅：万岁爷，怎么样，在这儿等您呢吧？

乾隆：好，纪晓岚，朕念你有病在身，不与你计较。退朝。

185

太监：退朝。

百官大惊，仓皇跪。

百官：吾皇万岁、万岁、万万岁。

和府中堂。

齐苏图更加神经质了，走来走去地说。

齐苏图：和大人，这……这纪晓岚他……他也太张扬了，肆无忌惮，我看他是肆无忌惮。此人不除，齐某枉为人。

和珅：我可没听见啊。这话您心里愿意怎么想都行，说出来，不单害你，还害听你说话的人，我没听见。

齐苏图：怕什么？你没看见万岁爷听完之后不是龙颜大怒吗？万岁爷毕竟是向着自家人。

和珅：我没看出来。齐大人，我不是驳你啊，倘若万岁爷真是龙颜大怒了，他纪晓岚早成馒头馅了。齐大人，我也不是怕啊，本官奉劝你一句，凡事得看清点儿，这事还没见分晓呢，可别高兴太早了。

齐苏图：和大人，说句不恭敬的话，不是下官低看你，你办事也太优柔寡断了。话不妨放在这儿，万岁爷今天是不便让老纪死，但万岁爷不见得不愿让他死。所以，此事齐某必办。……和大人您不知吧？下官的下人找到了纪晓岚藏证人的院子了。

和珅：是吗？你的下人很能干嘛，很好，很好。

齐苏图：下官就要决断了。当断不断反受其乱，一定决断。

和珅：本官不听，本官一概不知，您好自为之吧。

齐苏图：好，和大人您静候佳音，告辞。

和珅：不送。

和珅看着齐苏图出门了：……找死吧。你以为万岁爷龙颜大怒是为你呢啊，他不让你放心了，你会去……杀人？你不杀人万岁爷他怎么……不说了，天机……老纪，你今晚难逃一劫……刘全。

刘全：老爷吩咐。

和珅：派人去那个院子看看，真出了人命，快回来报一声。

刘全：嗻。

和珅：老纪呀，谁让你争着当馒头馅的呢，这回看你自己的了。

186

纪府院中。夜。

馒头出锅，小月、杏儿、春梅都忙着给大力他们送饭。

纪晓岚背着手走来走去地在中堂背书。小春学着他在背。

纪晓岚：世间第一好事，莫若救难怜贫。人若不遭天祸，舍施能费几文。蜂蛾也害饥寒，蝼蚁都知疼痛。谁不怕死求活，休要杀害生命。

小春跟着读。

小月她们做好了饭都抬出来了。

小月：杏儿，你跟着春梅姐去吧，别让先生和小春去了。

杏儿：行，我们俩去就行了。

小月：先生，开饭了，等会儿读吧。先生，开饭了。

纪晓岚从中堂出来：哎，不是要送饭去吗？先生要去送饭，跟大家一起吃，那样吃得香。

小月：先生，你不能去了，杏儿、春梅姐去就成了，你在家吧。

纪晓岚：先生要去，自当散心了。

小月拉纪晓岚去中堂：先生，你过来，我有话跟你说。

纪晓岚：什么事啊，非得去屋里说？

小月：先生，你过来啊，就说一句话。

胡同里。夜。

一排排的柴草车。所有人静静站着。

齐苏图骑在马上：齐安，人怎么还没到？

齐安：老爷，快了。

齐苏图：纪晓岚？

齐安：每夜都来。

齐苏图：好，一个人都不能放过。

纪府中堂。夜。

只有小月和纪晓岚在说话。

小月：……先生，这事万岁爷不管了，大力他们命在旦夕。听说今天殿上您一提齐家，万岁爷就震怒了。你今夜不能去了。

187

纪晓岚：小月，不怕，他们怎敢杀先生我，我死期还不到呢。小时有个和尚给我算过命……

小月：先生，您听我说，今夜您不能去。您要是真有三长两短，那……那……

纪晓岚：小月，你是不是怕我死？

小月伤心：先生，您问这话真多余。

纪晓岚：小月，要是先生真死了，你哭不哭？

小月：呸，乌鸦嘴！不哭。

纪晓岚：假话，现在就流泪了，放心，先生可不那么好死。先生不想死，先生死了听不见你数落我，该多寂寞呀。小月，记住先生的话，先生可不那么容易死。

小月：先生，您非得去，小月不拦您，小月跟您一起去。

纪晓岚：不用，你在家看着小春吧。放心，我这是为万岁爷点炮去呢。

小月：为万岁爷点什么炮？

银妃处。夜。

银妃显然是知道万岁昨夜和今天在朝上的事，所以特别高兴，又有几分轻狂。正在为乾隆轻歌曼舞，唱昆曲。

银妃边舞边唱：太平天子，等闲游戏，山河千里。柳如丝，偎倚绿波春水，长淮风不起……

乾隆鼓掌：不承想银妃你还能歌善舞呢。

银妃：等闲不与人看。万岁爷，您是全天下第一个看奴婢歌舞的人。

乾隆：那朕是受宠若惊，受宠若惊啊。

银妃确有点儿忘形：来人，传夜宵。万岁爷，奴婢闲来无事，做了几样小点心，请您尝尝。

乾隆：呀，银妃啊，今日之夜，倒像是个双份的良宵啊，有歌有舞，还有点心，朕快慰之至，快慰之至。

银妃：万岁爷，您对奴婢好，奴婢记在心里了。奴婢愿长相守到永远。万岁请饮。

乾隆：朕……何尝不是此心，来，干了它。

188

荒院前街。夜。

一辆车拉着吃食来了。一盏灯引路，到了荒院门口，纪晓岚像是为了暴露似的，下车敲门。

纪晓岚大声：大力，大力开门啊！送饭来了，送饭来了！

杏儿：老爷，小点儿声。

纪晓岚：哎，我是怕他们听不见。大力开门啊！

对街黑暗的胡同中，在黑暗中的草车一辆挨一辆。齐苏图骑在马上一动不动，看着荒院的大门。

此时那大门打开了，饭车赶了进去。

古大力：纪先生，您来了。

纪晓岚：人之初，性本善，来了，来了。准备吃饭啊，吃饭。

车进去，门关上了。静夜。

胡同这边，齐安慢慢把一盏灯捻亮。

齐安：老爷，看见了？

齐苏图：看见了。把正门留下，让他们往外跑。柴草把院子东西北边全都围上，头更点火。若有人从正门出，格杀勿论。

齐安带兵往外推柴草，一车车柴草推了出去。黑暗中，那些兵士沿墙根堆柴草，浇火油。

荒院的正门一点儿动静都没有。

齐苏图骑在马上看着。他有面临大事难下决断的犹豫。马打着盘旋。

兵士们围好了草，毫无声息但密密地围住了正门。

第一层兵士都蹲下拉开了弓。

荒院对面街。夜。

围墙上露出两个脑袋，刘全和冯青。

刘全：青子。

冯青：哎，二爷。

刘全：看清了吗？纪大人进院子了？

冯青：进了。

189

刘全：这是要灭口了，一院子烧死拉倒。

冯青：二爷，咱管吗？

刘全：不管，咱们老爷让坐山观景。

荒院门前街。夜。

兵士们剑拔弩张地对着。

齐苏图单骑在盘旋，突然，齐苏图像下定了决心，一夹马，马起步，齐苏图抢过一支火把，向那些柴堆而去，把柴堆都点了。

院中人声大喊：着火了，着火了！纪先生快跑，春梅快跑，着火了！

兵士盯住了大院门。

院门刚一开，一些带火的箭全都飞了过去。

门砰地关上，火箭钉在门上，门也着了，大火起。

院中人有哭的有叫的。霎时间大火熊熊，前院也着了。

齐苏图骑在马上看着。

墙头刘全、冯青脸被映红了。

刘全：这回烧死了，估计连个蟑螂都逃不出去了。走吧，回去报信。

大火熊熊。

可以听见院子里有人大喊。

南书房。夜。

乾隆两手支头正瞌睡，闭着眼睛问顺喜。

乾隆：几更了？

顺喜：回万岁，三更了。

乾隆：有事吗？

顺喜：有，小月姑娘在门口候着呢，不拦着就冲进来了。

乾隆：宣。

话刚落音，小月冲进来了：民女杜小月，叩见万岁。

乾隆：小月，什么事你又夜闯宫禁？

小月：万岁，出……出事了，那个关证人的院子着火了。

乾隆：什么，着火了？那人呢？

小月：全无下落。

190

乾隆：没有跑出来的吗？

小月：没有。

乾隆：京城之治怎么这样？小月，此事明天朕上朝会问，好在死的人并不是要紧的，你回吧……

小月：万岁，我家先生也在其中。

乾隆这下惊了：什么？老纪也在院子里吗？他去干吗？

小月：送饭。

乾隆：人怎样？

小月哭了：音信全无。万岁，小月早说了要出大事啊。

乾隆：这……这个老纪，这不是去赶死吗？……小月，你去看过了？

小月：看过了，一片废墟。

乾隆：烧得也真快。老纪，老纪，你……小月，你要节哀顺变。老纪要真死了，那就是他的命。

小月：万……万岁，这……这就是你说的话？

乾隆：他一定要死，朕有什么办法，就像他一定要疯，朕无奈一样。明天上朝让人查就是了。好了，朕知道了，你退下吧。

小月：万岁。

乾隆：顺喜，排驾兰馨院。顺便把小月姑娘的腰牌收了。

小月解下腰牌，双手捂脸大哭。

和府中堂。夜。

和珅头上敷着冷毛巾。

刘全：爷，四更了，歇歇吧。

和珅：不……不歇了，该上朝了……真……真烧死了？

刘全：奴才亲见。

和珅一下极不自在：想想怕……怕人，朝廷大员就这么烧死了，烧死了。老纪，你的阴魂可别来找我啊，这事跟我没关系。

乾清宫。

上朝前，大臣们似听说了什么，都在嘀咕。和珅在看着老纪不在空着的位置。太监出，让排班。齐苏图镇定。

太监：各位站好了吧，皇上驾到了。

和珅的左手是个空位。百官赶快站好。

顺喜：万岁爷驾临乾清宫啊。

百官跪，乾隆上宝座。

百官：吾皇万岁、万岁、万万岁。

乾隆：诸位爱卿平身。

顺喜：有事早奏，无事退朝。

没人说话。

乾隆：没事吗？诸位爱卿，朕看你们一张张脸上都写着事呢，怎么不张嘴？好，你们没事奏，朕来说件事……朕听说昨天京城一座宅院又着火了，顺天府？

顺天府：回万岁爷，臣……臣不知。

乾隆：理藩院？

理藩院：回万岁，臣……臣亦不知。

乾隆：刑部。

刑部郎中：回万岁爷，臣实在不知。

乾隆：好，这真是一问三不知了，好啊，好，不知者不罪吧。哈哈，咬住了牙，就说不知道，你皇上万岁又奈我何？好，很好。"不知道"三个字是你们做官的法宝吧？

三位官跪：臣等万死。

乾隆：哈，假话，嘴上说万死时心里说的是我就是不死，臣等不死，对不对？咬不动嚼不烂的铜豌豆，看你怎么着！好好，都不知道……和大人，你也不知道吗？

和珅极为镇静：回万岁爷，奴才知道。

乾隆：噢，好，总有一个知道的。和大人你知道但为什么不奏？

和珅：回万岁爷，前日朝上奴才因小误大奏报京城药房失火一事，有误朝政，所以今日上朝不敢妄奏，奴才有罪。

乾隆：说得对，看来是朕的不是了，一个小小的院子起火不该大惊小怪是吧？好，朕先不问了，顺天府、理藩院、刑部你们三位不是不知道吗？就着你们去查，不查清了朕就以不知之罪严惩你们，起来吧。

齐苏图有点流汗。

192

三人谢恩。

乾隆喝茶：讲国家大事吧。朕自登基以来西平准噶尔及大小金川，南定台湾、缅甸、安南，年年有战，年年花钱。打仗花钱天经地义，可钱不禁花啊……

荒院废墟。

小月拉着小春在废墟翻砖，小月边翻边伤心。

小春：小月姐姐。

小月：小春不哭，不哭啊。咱再找找，咱好好扒扒。只要没见到死人就……就不哭。

小春：小月姐姐，我没哭。小月姐姐，纪先生他们烧不死。

小月：什么？你怎么知道？

小春指了指那只大铁皮箱子：只要那只箱子在，他们就烧不死。

小月看了看箱子：傻孩子，那箱子也装不下那么多的人啊。房都坍了，会烧不死？

小春拉着小月，让她走到箱子前：姐，您开开看看。

小月有点儿害怕，但还是掀开看了：这……这里是个地洞？……小春，真的没死啊？他们跑到那儿去了呢？他们怎么不给我个信？啊，他们怎么不给个信儿？

乾清宫。

乾隆：卫国保土，乃是当朝一等大事。朕要再定安南，缺银百万余两，诸位有什么办法？难道又没有一人可以为朕分忧吗？看来这是朕自忧了，好，你们还是不知道，那就退……

"朝"字还没说出，突然纪晓岚的话音传来。

纪晓岚：钱有，有钱，看万岁爷您愿不愿拿。

声音发自两班的最尾部，两班大臣加乾隆都往声音处看。只见纪晓岚的衣衫破损，满脸烟灰，拎一根长烟袋上朝来了。

齐苏图大惊。

和珅：纪……纪大烟袋他怎么这样就上朝来了？

乾隆：老纪，你怎么这样就上朝来了，太失仪了吧？你难道又疯了

193

不成？

纪晓岚：回万岁爷，那倒没有，不疯了，烧明白了，大火熊熊，没给臣烧死，臣明白了，臣怕晚来了，给万岁爷您分不了忧，所以不免狼狈。万岁爷您不怪罪吧？

乾隆：不怪，见怪不怪了。站下吧……纪爱卿你刚才说有钱，在哪儿？

纪晓岚：回万岁爷，钱有，不知您愿不愿拿？

某官：无稽之谈！万岁，纪晓岚灰头土脸，上朝先是失仪，此时又言语含糊，绕来绕去，实在该治他的罪。

乾隆：方大人说得极是，方大人您可有百万两银子为朕解忧吗？

某官：回万岁，臣没有。

乾隆：那你的话朕就不听了，国家要紧之时，纪爱卿你接着说，钱在哪儿？

纪晓岚：在……在万岁爷您亲戚的家里。

乾隆生气，像真的但是假的：大胆！纪晓岚你今天上得朝来，失仪失语，念你以家国天下为重，朕……朕不治你的罪。现在是国家缺钱，你怎么又说到私家上来了？如再这样言语无遮拦，朕不想治你也不行了。

纪晓岚：万岁，臣说的那些钱原都是国家的。

乾隆演戏：纪晓岚，朕看你真是在哗众取宠，国家的钱怎会跑到私人家去？除非他贪赃。……朕的亲戚，你说的是哪一家？

纪晓岚：内务府齐苏图。

齐苏图：万岁，臣冤枉。

乾隆：齐大人请起。纪晓岚，你有何凭据？

纪晓岚：万岁，臣若拿出凭据，您当如何？

和珅见缝插针：万岁，纪晓岚此话有要挟之意，属大不敬。

乾隆：纪晓岚，你……你这是在逼朕啊，朕……

纪晓岚：臣只想求句话而已。为国为私，为公为情，万岁爷，哪头轻哪头重您还掂不清吗？臣若拿出了凭据，您当如何？是办还是不办，求您一句话而已。

乾隆：好，纪晓岚，今日朝上当着百官，朕不妨就说一句话，朕当然一如既往，倘若查出真凭实据，不论是谁，严加惩治。

齐苏图发抖了。

纪晓岚啪一拍手，顺喜把古大力等人全带上来了。上来的人跪，磕头山呼万岁。

乾隆：免了，免了。

纪晓岚：回万岁，这是内务府招募的工匠，齐苏图如何巧立名目，偷工减料，大吃历年工程之资，问他们便知。这些是人证。还有物证。

说着从怀里掏出个银元宝来：万岁爷，此乃国库之银，是齐家假装出殡妄图藏匿的，为此元宝，臣等昨夜儿被烧死，还有荒院废墟为证。

乾隆假意：是吗？真有这事吗？齐苏图，你有何话说？

齐苏图筛糠了：万……万岁，他……他……臣……臣没有……

乾隆：你最好没有。齐苏图，你家几代包衣，从伺候圣祖到如今是忠心不贰，几代人死的死伤的伤，满门的忠烈啊。朕也受你齐家门的服侍多年，朕十分感念。但今天之事，若确有其事，朕……朕金口玉言，刚才说的话你也都听见了，想护着你也护不成了。

齐苏图：万岁，看在祖宗的分儿上，请饶过齐家一门吧。

乾隆：朕本心想饶你，但话已出口，不能反悔了。来人，摘去齐苏图的顶戴花翎，着吏部、刑部、内务府两部一府查办。齐府财产等查清后封存，罚没。

乾隆：纪晓岚，话可说回来了，此事查了若没有，朕也要办你。退朝。

顺喜：退朝。

宫内夹道。

百官低头疾走，全都沉沉走，不想谈话。

甲官：刘大人，等等，等等，吓人啊。

乙官：想不明白，今儿这出像是挥泪斩马谡啊。

甲官：可别说明了。和大人来了，和大人，今天这……这真是话赶话把万岁爷逼到这份儿的，还是……

乙官：还是早商量好了，故意演给我们看的？

和珅：你这么说不错，他那么想也可以。总之……

甲、乙官：伴君如伴虎，吓人，吓人啊。

195

和珅：这是你们说的，我没听见。

银妃处。

银妃披头散发，再无往日风光。

宫女急急跑进：娘娘，万岁爷来了。

银妃起身向里屋而去。

乾隆：银妃啊，什么事这么慌慌张张的，非要我现在来？

刚一进门，看银妃拿出一条白绫子从横梁上搭了下来。

乾隆：银妃，你这是要干什么？

银妃：万岁爷，奴婢再死一次给您看。

乾隆：千万不可，取下来。

银妃：等等，万岁爷，奴婢出自齐家，若没有齐家，奴婢生不如死。

乾隆：银妃，开什么玩笑。你们……你们怎么都学会逼朕了？朕在金殿之上，被那老纪话赶话逼得没办法才应下的。你怎么也学会使小性儿了？来快摘了，朕……朕办齐家万般无奈。

银妃：好，无奈，你一国之君都有无奈，那奴婢就不求您了。

说着站凳上要伸头。

乾隆生气了：银妃，你当着朕的面能死吗？

银妃：那要看万岁愿不愿奴婢死。

乾隆：朕乃一国之君，凡事以国家社稷为重。事已至此，朕不多说了。要么你下来，你若有罪便与娘家一道认罪。你要真不顾及十几年来的夫妻情分，一意孤行，那朕听你自便。

银妃：万岁，万岁，你……你好狠心啊！

喊完上吊。宫女大哭大叫。

乾隆头也不回地走了。

乾隆：朕……实属无奈。银妃，你先走吧，朕只有以家国为重了。

齐府大门。

风雨交加，齐家满门被轰了出来，兵勇押着，众人哭着。齐府一箱箱金银抬出。

齐府被封。

196

坟地。

齐家棺木被起出。开棺，一箱箱的珠宝。

纪府。夜。

杜小月忙里忙外地在做饭，纪晓岚屁颠屁颠地跟着说话。

纪晓岚：小月，你猜的可没错，那天晚上先生我也觉出来了。是……是有点儿不稳当，但……但我不怕啊。来，来，我给你端吧。

小月：用不着。

纪晓岚：说哪儿了，对，我才不怕呢。你知怎么着，我第一回去那院子呀，就看见了。哎，吃饭了，吃饭了。……就看见了大力他们在那个没底的箱子里挖个洞，挺长的一个洞通外边的……哎，别动，头上有根草。

小月不理，纪晓岚跟着摘，还讨好地跟着说。

纪晓岚：……那天我看的时候，小春还吓了我一跳，自找到那个洞后，我就放心了。他们害我，想害也害不成……是不是？那天大火烧起来，嚯，可真猛啊。说句心里话，好看。那景象四围轰轰烈烈的，黑夜如白昼，我知道怎么烧也烧不死我，所以一边乱喊救命啊，一边看着火真美。这儿着了，那儿着了，都冲了天了，那情景你要在也一准儿地高兴。

小月把筷子拍在桌上，哭了：你别说了行不行？好看，大火，轰轰烈烈，大火怎么不烧死你啊！

纪晓岚：我这不是为你说话解闷儿呢吗？

小月：解闷儿？你知道死不了，干吗不告诉我？你……你知道出了事的两天，别人是多急呀。解闷儿，谁用你解闷儿。

小春：纪先生，您看小月姐为了去砖头里扒你们，把手指头都扒破了。

纪晓岚：哟，我看看，我看看。哟，疼死了，疼死了，十指连心，十指连心。

小月：连的不是你的心。

纪晓岚：连的可不就是先生我的心啊！

小月：呸！你要知道心疼人啊，你逃出来，回家报个平安也行啊，害得我还闯了回宫，挨了万岁的冷言冷语，我……

纪晓岚：那……那不是回来怕齐家人再跟过来连累你吗？

小月：先生，你把小月想成什么人了？小月是那种贪生怕死，怕连累的小人吗？啊，先生？

纪晓岚：先生错了，先生害小月伤心着急了，先生认错还不行吗？

小月：不行。

拿起碗，自己端出去吃了。

杏儿也拿碗走了：对，不行。

春梅也走了：我看也不行。

就剩小春了。

小春：纪先生，人之初，性本善，你这样，是不行。

端起碗也走了。

饭桌上只剩下纪晓岚一人。

纪晓岚：怎么一到这时候，总是先生我一个人的错啊？不行，不行都不行了，不行就不行吧，我自己吃。哟，坏了，忘了件大事，坏了。小月备车，爷要出门了，快备车。

放下筷子，快往外跑。

郊外亭子。

纪晓岚举了个灯笼在路上照来照去。

纪晓岚：说的是在这儿的，怎么不见人啊？人呢？

远处亭子突然灯亮，乾隆、和珅已经在了。

乾隆：老纪，说好了，你又来晚了，罚你。

和珅：对，该罚，再不罚不长记性。

纪晓岚：罚，罚，我喝酒，我喝。今天我算是没看皇历，里外不是人。罚吃菜不吃，我吃过了。

乾隆：等等，罚你喝酒，美得你，罚……和二，罚他什么？

和珅赶快给他附耳，乾隆听了高兴。

乾隆：好，好。罚你把那装疯的样儿再装一遍。

纪晓岚：疯，在哪儿疯啊？

和珅：在牢里啊。

纪晓岚：在牢里我什么样？

乾隆：你忘得倒快，和二给他演演。

和珅站上亭子栏杆上，学纪晓岚：叮当，叮当，海螺，烧香……什么来着？

乾隆：精米细米。

和珅：噢，对了，精米细米，放屁是你。

纪晓岚喝酒，不理，那两人大笑。

乾隆：哎，老纪快再装一遍，罚你呀。

纪晓岚：三爷，和大人学得比我像，他代我了。我什么时候那样过，早忘了。

乾隆：蒙谁啊。老纪你不装就不装，反正是你那丑态我们也见过了。爷问你，都说吃药就疯，你是怎么躲过去的？装得跟真的一样。

纪晓岚：像吗，那就不是装的。

乾隆：骗鬼吧。

和珅：他不说，再罚他。

纪晓岚：不罚，不罚。这事说也无妨。

从怀里掏出那些黑了的银子：爷，这些东西认得吗？

乾隆、和珅上前看。

乾隆：不知道。

纪晓岚：这些是毒黑了的银子。看，这是白酒啊。

纪晓岚把块银子扔进去，白酒黑了，银子白了，直冒泡：看清了吗，一块白银子，纪某关起来时，就是用这些银子验的毒，吸的毒，那汤照喝。

乾隆：哎，你干什么？还想疯啊？

纪晓岚：喝完了咽下去再吐出来。和大人，看着像是把药吃了吧，其实吐了。和大人，有时人也不那么好加害。

乾隆：也……也够难为你的。

和珅：老纪，没人想害你，只是从今以后再没人敢信你了，装疯卖傻都装得那么像。

纪晓岚：老纪装得不像，万岁爷装得像。

乾隆：嘿，怎么说起我来了？

纪晓岚：万岁爷，您前日大金殿上好好地演了一出……

199

和珅嘴急说了：借刀杀人……哎，不是我的意思，顺着老纪说的啊。是不是老纪？

乾隆：朕怎么借刀杀人了？朕怎么会借刀杀人？

纪晓岚：万岁，您别急，听我说。您心里想办齐家人，又……

和珅：又碍着亲情的面子。

纪晓岚：不办吧又不甘心。您非要把事闹大了，才好出面……

和珅：烧就烧吧，闹就闹吧，您知道他们闹得越大，您越好下手。

纪晓岚：假装是话赶话被老纪逼到那个份儿上了……

和珅：其实是挥泪斩马谡，借老纪这把刀齐家人。

纪晓岚：伤心啊落泪啊，要杀自家人了舍不得啊，您……

和珅：其实一箭三雕。

纪晓岚：一是把齐家人给办了……

和珅：二是打仗的钱也有了……

纪晓岚：三这事不是您情愿办的，太后那边也有话说……

和珅：说什么呢，这是老纪这馒头馅给逼的，要怨怨老纪去。

纪晓岚：到了到了，老纪再聪明再鬼诈……

和珅：最多也就会个装疯卖傻。

纪晓岚：万岁爷您圣明。

和珅：您借老纪这把刀把齐家门办干净了……

纪晓岚：自己在后宫还不落埋怨，万岁爷，您圣明。

和珅：您圣明，给您磕头。

乾隆：瞧你们俩说的，把朕当成什么人了？朕从来正大光明，不干那偷鸡摸狗的事。

纪晓岚喝酒：算我没说。

和珅也喝酒：下回照旧。

乾隆：以小人之心度君子之腹，小人，小人。

纪晓岚有醉意，拍起手板来：叮当叮当，海螺烧香。

三个人一起拍：精米细米，放屁是你。

三个人都指别人，和珅指纪晓岚，纪晓岚指乾隆，乾隆指和珅，三人大笑。

乾隆：谁也不是。

和珅：谁都是。

200

纪晓岚：我不是，你们是……

太后处。

一箱银子打开了，放着。原是齐苏图贿赂和珅的那箱银子。

乾隆在听着太后说话。

太后：事呢，额娘也听说了，都是那纪晓岚装疯卖傻，给你逼的，额娘不怨你。

乾隆：皇额娘知道孩儿不易了。

太后：为了国家，这后宫一个妃子比起来当然是小事了，你做得对。你瞧瞧朝上朝下的，那么多的事，都想照顾也顾不过来啊。看看，你还总想着我。额娘不缺钱花，额娘能缺钱吗？

乾隆：以后皇额娘缺钱尽管跟孩儿说。再说这箱银子是和珅孝敬的。

太后：哟，别人的钱，更不能要了。

乾隆：皇额娘您尽管用吧，也不是他的钱，是人家送他，他交出来的。

太后：好，这和大人还挺清白的呢。

乾隆：清白倒未必，懂事。

太后：好，懂事就好，那额娘收下了。额娘这儿你不用操心了，这可够额娘花一阵子的。

乾隆：皇额娘，那孩儿告辞了。

太后：你去吧，我也该歇了。

纪府中堂。

满院子喜庆，春梅和古大力结婚，人来人往。

司仪：一拜天地，二拜高堂，夫妻对拜……

小月看着，突然神伤往外走。

纪晓岚看见了跟出，在院子里拉住小月，看人伤心自己也先哭：小月……小月。

小月：干吗？

纪晓岚哭腔：小月，先生我看见别人结婚就伤心。

小月：我这儿还没怎么样呢，你为什么啊？

纪晓岚：还用问吗？先生我什么时候才洞房花烛夜啊？

小月：你呀，等着吧。

情债风流

一

乾清宫。

百官：吾皇万岁、万岁、万万岁。

乾隆看似心绪颇佳：众爱卿平身。好天气啊，诸位爱卿，天气好，心情自然就佳，讲个闲话啊。朕昨天过南苑时，忽然想起小时候跟着庄亲王学火器的事来了。火器大家知道吧？

百官：臣等知道。

乾隆：朕平生的第一枪就是在南苑放的。那天，圣祖康熙爷命人在百步之外绑了一只活羊，朕举枪砰的一下子，居然给打中了。那时朕才八岁。圣祖看了高兴，转到行宫竖了块靶子，还让朕打。庄亲王填药时，怕朕人小，震坏了虎口，药填少了。我这一枪再打出去，还是砰地一响。枪子打出去了，靶子中没中我先不说，众位爱卿你们猜猜。

和珅：回万岁，火器一路奴才也摆弄过，洋人的东西，不怕技不精，就怕那个……药少，药少了，有再精的技艺那……那也打不中。万岁爷恕奴才直言，您那一枪自然就没打中。

某官：臣也以为没中。

乾隆：是啊，药少了就不好打中……纪爱卿你以为呢？

纪晓岚：打不中？打不中才怪呢！打中了。万岁爷您怎么会打不中呢？

和珅生气小声：谄媚，假话，溜须，拍马。

乾隆：噢，有意思，纪大学士，你不会是在奉承朕吧？道理何在？

纪晓岚：万岁爷，没道理的话臣不说，您想啊，这么一大早上您一上朝就先说天气，后来又说是讲闲话，这一提就提到火器了。火器一路我跟和大人不一样，我没摆弄过，我是文官，没弄过枪也不寒碜。不像和大人，他什么都懂。

和珅：有话说话，别拖泥带水的。

纪晓岚：虽没弄过火器，但讲故事说闲话，臣倒有些心得。既是故事，自然就该有些传奇志异才能醒人耳目。这要是装药少了，就打不中靶子，那叫什么闲话故事啊？万岁爷您贵为天子，哪儿能当着我们这帮子人说个不温不火的白话啊。万岁爷，您说的事一定会出人意料。所谓出人意料者就是药少也打中了。和大人您听听，我这话有没有理？

和珅：无稽之谈。没想到你老纪说假话也有这么多的道理。

乾隆：纪爱卿你倒是颇……颇有心得啊。……不错，众位爱卿，打中了，一枪中的。药是少了，扳机子一扣，铅弹飞出去不远就落了地了，离靶子还有个七八尺呢，那时谁都觉得这枪空了。没想到落了地的铅弹，恰恰就打在了一块青砖上，啪地复又弹起。弹起的弹丸，砰，正中靶心。你们说绝不绝？

和珅：万岁，太绝了，天意，实在是天意，非人力可为，实在是天意啊。

乾隆：是啊。当时旁边的庄亲王最高兴了，圣祖也高兴，但朕以为……朕的先不说，纪爱卿你意下如何？

纪晓岚：回万岁，说天意也成，说巧合也许，但臣以为，是蒙的。

和珅：放肆！万岁爷，纪晓岚太放肆，竟视天意而不见，说是蒙的。百姓可以蒙，天子怎么可能蒙？万岁爷，奴才以为当治纪晓岚，以惩其不敬之罪。

乾隆：等等，等等，不至于，说闲话也治人，朕成什么了？放肆是有些放肆，但也不失为一句真话。实话跟你们说了吧，朕从那天到现在也认为是蒙的。你们想啊，一个八岁的孩子，第一次放枪，闭眼睛放吧，打中打不中全在自己。蒙，可不就是蒙的。

和珅：万岁真是品德高古，品德高古，太过谦了，过谦了。

纪晓岚：和大人，你怎么什么话都有的说啊。过谦了，我看你是过分了。

乾隆：只是蒙得有些太巧了，似也有些命定之数在其中。不说了，好，纪爱卿说了蒙，"蒙"这个字很有意思，在这儿怎么讲啊？

和珅：做无意、偶然而讲。像似神来之笔，神来之笔。

乾隆：这算一层，用在放枪这事上不错。蒙还有一种意思就是隐瞒、欺骗吧？老百姓说的蒙人也是这个字吧？《左传》中不是有"上下相蒙"一词吗？

众臣开始流汗了。

某臣小声：和大人，皇上哪儿是扯闲篇儿啊，话在这儿等着呢。

乾隆：什么叫"上下相蒙"呢？打个比方啊，就拿你们这些大臣来说，上下相蒙就是上边骗朕，下边蒙老百姓，这就叫"上下相蒙"吧？啊？

百官：臣等万死，万万死。

乾隆：没关系，没关系，朕只是打个比方，打个小比方啊。众位爱卿平身，朕没什么实指啊，没什么实指，说闲篇嘛，话赶话就从"蒙"这个字说远了，啊，哈哈扯远了。不过，"蒙"这个字实在是不好，蒙得了上，蒙不了下，蒙来蒙去总有蒙不过去的时候。好，退朝。

太监：退朝。

百官大汗淋漓，身如筛糠：吾皇万岁、万岁、万万岁。

宫内夹道。

百官匆匆，脚步慌乱，有追上和珅的，喘着气问。

某官甲：和大人，这……这是说谁啊？

某官乙：是啊，这是……

和珅正紧张，一听就炸，突然站下：你们问我干吗？啊，我怎么会知道？

看纪晓岚也过来了，更来劲儿：身正不怕影子歪，再说了，万岁爷不是说了吗，打个比方，打个比方。比方懂不懂？就是也许说的是纪大人，说他上下相蒙，欺骗圣上。

纪晓岚理也不理，边抽烟边走，没听见，过去了。和珅颇尴尬，转头，指某官甲：也许说的是你们。

某官甲：和大人，您别冲着我来啊。

207

和大人：我冲着你？我哪儿有心思冲你……

街上。

和珅在轿子里擦汗。刘全撩轿帘说话。

刘全：大人，卢大人的轿子前边街口等着呢。

街口有一顶官轿，几名武士。

和珅内心恐慌：绕道，绕道。……回来。让他从后门进府。都什么时候了，还这么明目张胆的。"上下相蒙"，这能蒙谁啊？让他们进后门。

纪府。

纪晓岚搓手看着桌上的饭。

纪晓岚：小月，哎，小月，这是马兰头吧？马兰头，少见，好吃，让我想起跟着万岁爷去南方来了，西湖莼菜马兰头，好吃。小月，哎，小月你们家不是南方吗？这马兰头……常吃……吃吧？

看小月伤心，知触动乡思了：哟，想家了？

小月：不想。

纪晓岚：骗先生呢，想就想了呗，其实呢，有家想也是种福气啊。不像先生，想来想去没什么想的，心内空……空落，空落得很。

小月：蒙人，什么心空落啊，您是肚子空。先生您吃吧，不吃就更空了。……就会嘴甜。

纪晓岚：对，对，不吃肚子空。……小月，趁着先生吃饭呢，你把昨天的故事接着给先生讲完了啊。

小月：什么故事？表姐的事啊？不是讲完了吗？后来呀，我那个姐夫终于开了窍了，托人说媒下礼。两人结婚入了洞房，恩爱一辈子，现在过得还好好的呢。

纪晓岚：这叫什么故事啊，没头没尾的，告诉你啊，不给钱。

小月：赖账，说好了一个故事十大枚的，先生您可不能赖账。杏儿可以做证。杏儿。

杏儿：老爷不能赖。

纪晓岚：你这叫什么故事啊？故事要有头有尾，有人物，有情节，卖关子抖机灵，你以为故事那么好讲呢，你这不算，非得要钱啊，就值两枚，我还该着你的。

小月：先生你又赖，真是的，什么也听不明白。

杏儿：小月姐别急，讲多了就明白了。

纪晓岚：小月啊，待会儿我还去秋声轩收故事，你要愿意呀，就跟着听去。

小月：怕……怕不方便。

纪晓岚：有什么不方便的，你化个装，变个男的不就得了。再说了，你那性格扮个男的，没人不信。

小月生气：我……我不去。

和府。

和珅下轿急急进府。

和珅：把府门关了，凡有来客一律不见。

刘全：嗻。

和府书房。

和珅急急忙忙地进来。浙江巡抚卢焯已经提前到了。

和珅：还是后门子快啊。

卢焯：给和大人请安。

和珅：免了。卢大人，今天我有句话挑明了……卢大人，不是本官说你，怎么能在街口上等我呢？你来我往，结党营私的事，万岁爷不是没有办过啊。和亲王，那是万岁爷的亲弟弟，还不是该办就办了吗？何况你我。

卢焯：……和大人，是这事啊，下官谨记，下官谨记。……和大人，朝上是不是万岁说了什么了？

和珅：……说……说是说了，都拿万岁爷当傻子蒙呢，哪知道他闲话里说出把刀子来了。

卢焯：哟，万岁爷说什么了？

和珅：没说明……这上边的话不怕不说也不怕明说，就怕不说明了。他就说了一句"上下相蒙"。

卢焯：万岁爷说您"上下相蒙"？

209

和珅：哎，不是说我，万岁爷怎么会说我呢？再说了，我怎么会"上下相蒙"呢？卢大人我可这么跟你说啊，人你不妨当，事你也不妨做，但这种坏词坏语的你怎么会先往自己身上安呢？这安来安去的不真成了坏人了？我不管你时时想的是什么，但是这忠啊、义啊、仁啊、爱啊，嘴上是不能离的。有些事刀架在脖子上都不能认，何况自己说自己……你那儿出事了？

卢焯：大人，您猜对了，卢平路上被人杀了。

和珅：什么？去浙江送信的家丁被人杀了？谁这么大胆？

卢焯：查不出来，同去的伙计就在他身上捡了这么一张纸。

和珅接过纸去看，纸上文字：朝阳上东山，墙上红牡丹。卧看天欲明，山色正出烟。

和珅：什么句子，不合个四六嘛。必定是他路上不检点得罪了江湖上的人，卢大人，你怎么会派这种人去呢？

卢焯：大人，您再品品……

和珅："卧看天欲明，山色正出烟"……晓，晓……岚，晓岚！

卢焯：是纪晓岚。

和珅：啊呀，纪晓岚？老纪他……他会有这么傻？杀了个人再丢个条子说人是我杀的？他……他会这样吗？他不会拿我当傻子，反其道而行之吧？

卢焯：故弄玄虚。

和珅：那……那可真要防他一手了……那信丢了？

卢焯：没有，在伙计身上呢。

和珅：那就没事了，你把心放在肚里，只要东西没丢，什么事都没有，杀个把人不足虑。放心，放心，咱都不紧张，都不紧张，你别看着我心情不好，也跟着，啊，别紧张，别紧张……

卢焯：说是不紧张，毕竟做了让人不放松的事了。

秋声轩。

纪晓岚抽着烟袋，在收故事。

一个长衫中年人很动情地在他的对面唱着大鼓《剑阁闻铃》。茶馆中茶客很多。

纪晓岚立着一个幌子，上写着"如是我闻"四个大字，下面还有一排小字。

纪晓岚：打住，打住。《剑阁闻铃》唐明皇的故事，不用唱了，您没看见我这儿写着呢吗？列朝之史，诸子之书，百氏之集，稗言小说，凡成文字成曲词者一概不收。我就收未成文的逸闻趣事、人间悲欢。

中年唱曲者：收这些个干吗？

纪晓岚：如是我闻啊，自然是著书。

中年唱曲者：无聊。

纪晓岚：说得好。天底下最难的事是把无聊做有聊了，化腐朽为神奇。我不跟你计较，下一个。

小月此时领着丫鬟杏儿进来了，偷偷找人。

杏儿：小月姐，老爷在那儿呢。

小月：快别让他看见了，坐下，坐下，躲起来听啊。

街上。

和珅的轿子急急在路上走。和珅闭目养神，心事重重。

正过秋声轩时，感觉一股烟进来，随手而挥。

和珅：刘全。

刘全：老爷吩咐。

和珅：快着点儿。

刘全：嘁，走快。

轿子一下子快起来。

和珅放下轿帘，突然回过味儿来。

和珅：刘全。

刘全：老爷吩咐。

和珅：那冒烟的窗口？

刘全：回老爷，是个茶馆。

和珅：这烟味儿？

刘全忙忙地回老爷：是小兰花的味儿。

和珅：小兰花，纪晓岚？快，压轿。

刘全：压轿？老爷，咱不去南府了？

和珅：先上茶馆看看。

秋声轩。

某讲故事人：您猜怎么着，打到了百只兔子后，有一天，又遇到一只，人一样地立着，目光炯炯如火。这老安啊，一扣扳机子，那可真是没有的事，兔子看着他一动不动。砰，枪响了，您猜怎么着，兔子一动不动还看着他，再看这老安啊，两只手没了。枪子没出去，炸了膛了。他老安杀得太多，报应了。

纪晓岚一直用笔记着。听完了拍手鼓掌，掏钱。

纪晓岚：嗯，好，好故事，有教化，有教化。好故事，你想哪能这么杀兔子呢，好故事，还有吗？

秋声轩外。
和珅想进又怕碰上。
和珅小声：刘全，你先看看在不在，要是在找个僻静的座位。快去。

秋声轩内。
纪晓岚正面对着一个上来什么也不说就先哭的苦人儿。

苦人儿哭得涕泪横流：……嗯……嗯，也……也不知……我这算不算……故事啊……讲……讲完了您不给钱都……都成，让我讲出来就成。

纪晓岚：别着急，慢慢讲，慢慢讲。小二，茶。您说吧。

旁边桌上小月看着人哭，自己也流泪了。

大门和珅让刘全先进，刘全一点头，和珅打开把扇子遮遮掩掩地进来了。

苦人儿：……我……我三岁死了爹，十岁死了娘……我这好容易活到四十岁了，我媳妇又跑了……啊。我那孩子的亲妈哎！我这苦命的孩子哎！

纪晓岚：好，好，先不哭，先不哭，讲实情，讲实情，娘怎么死的，爹怎么死的，媳妇怎么跑的。不哭，说故事，说故事。

苦人儿：我三岁死了爹，十岁死了娘，我四十岁媳妇又……又跑了，我……

212

纪晓岚：哎，别哭，别哭，说故事，说故事。

这个还没劝住，那些人看着苦人哭得伤心，也都扬起袖子哭起来。

纪晓岚：不哭，不哭，喝茶，喝茶。讲故事，都不哭啊，听完了再哭。听完了，先听，先听。

进来的和珅扇子遮着脸坐在门口，一把拉住也在流泪的小二。

和珅小声：小二，小二，这么多人哭哭啼啼的，干吗呢？

小二伤心哭：惨啊……那位拿烟袋的先生花钱收故事呢。

和珅：花钱收故事？他搞的什么鬼啊？

那边纪晓岚劝不过来了，索性不劝了，坐着抽烟。

苦人儿哭着，看纪晓岚不哭：先生，您……您怎么不哭啊？我难道不惨吗？

纪晓岚：惨是惨，三岁死了爹，十岁死了娘，惨是惨，但您这不是故事啊！您细说说，细说说……我为的是收故事呀。

苦人儿：我这不算故事吗？先生您可够狠心的。

纪晓岚：不哭了，不哭了，行，是好故事，好故事，我给钱，我给钱，咱们听下一个的。

苦人儿理直气壮：钱不钱的，我可不在乎。您说是来收故事的，可我讲得跟个泪人似的，你纸上连一个字都没落，你倒是来听故事的还是找乐子啊？今天这事，您要么当着我的面哭一场，要么把我这故事记下来，两样您选吧。

纪晓岚哭也不是，不哭也不是。

纪晓岚：行，我写，我写。三岁死了爹，十岁死了娘。您叫什么呀？

苦人儿：张幸福。

小月和杏儿哭着出去了。

和珅赶紧躲。

和珅：这大烟袋，葫芦里卖的什么药啊，该不是又在这找本官的短儿呢吧。

南府。

台上正唱昆曲《惊梦》。乾隆闭目听戏，像是很投入。

乾隆用余光看见来晚了的和珅，台上戏刚好完了，乾隆让赏。

乾隆：赏下了。文场那支曲笛吹得不错，重赏。

和珅也跟着笑。

乾隆起来，众臣起立。

乾隆：和大人，您没赶上《惊梦》啊。

和珅：回万岁爷，听了个尾儿，好戏错过了。

乾隆：东暖阁咱们坐坐。

和珅：遵旨。

东暖阁。

乾隆坐在榻上，放下茶杯问话。

乾隆：看座。和大人，坐……朕问你浙江巡抚卢焯，此人……

和珅：卢焯？……此人，不太清楚……没有什么来往，不敢妄议，万岁您……

乾隆：朕一直以为他人不错，所言不多，但是事……没少做啊。

和珅：万岁明鉴，但奴才觉他颇有些……平……平庸。

乾隆：噢，是吗？那你想不想去浙江看看，看看他到底是平庸呢还是不平庸？

和珅：奴才……奴才……

乾隆：你要是觉得不便，举荐个人。

和珅动心思，试探：奴才以为……纪晓岚怎么样？

乾隆：你觉他合适吗？

和珅：似比奴才……

乾隆：和大人不必只说一半话，你要觉他合适，朕就派他去了。

和珅：万岁明鉴，万岁明鉴。

乾隆：你再想想，过些日子朝上再议。

乾隆走了。

和珅：这下要坏了，纪晓岚要真去了，那不是死路一条吗？我……我这不是自己挖坑埋自己吗？我……这可怎么办好？

光想事，忘起了，有太监叫他：和大人，和大人。

和珅：啊？

太监：万岁爷回了。

214

和珅：啊？万岁爷回了？

太监：回了。

和珅：那我也走。

从袖子里掏出一件小玉件，给了太监。

太监：哟，您瞧瞧，和大人，您总是想着我们。

和珅：小玩意儿，拿着玩儿吧。

街上。

和珅没了主意，垂头丧气地走着，不坐轿了，轿子在后边跟着。

和珅：这可怎么好？皇上他是越来越精了，他……他是试探我呢，还是真的……不管怎样，不能让纪晓岚去。

刘全：爷，您上轿吧。

和珅：不坐，走着。

看见前边一堆人围着，看恶媒婆阮妈在骂大街。

阮妈指着一家人的大门骂：哟，瞧瞧，瞧瞧啊，街坊四邻，老少爷们儿，你们都听着啊。这是一定二聘三彩礼都收了人家的了，怎么着，又嫌人家的哥儿糊涂了。

拉过一个傻子：大家伙看看，看看这三少爷傻吗？

三少爷对眼，流口水笑。大伙乐了，阮妈继续道：啊，不就是不那么太机灵吗？可话说回来了，不机灵好啊，过日子还不都听你们的。得了便宜卖乖，我说刘家你们可听好了，我阮妈眼睛里可从来没揉过沙子。今儿这事，你们不出来个人应对我，我是王八吃秤砣铁了心了，我就坐你们家门口，骂个三天三夜不重样。三少爷别哭，你媳妇包在阮妈身上了，阮妈我一定给你找啊。一个小门小户的草芥小民，还拿自己当金枝玉叶了。跟你说啊，想退彩礼没门，不嫁姑娘不行。还敢怨我没说清，我还说你没看清呢。我是干吗的？你们以为我闲着没事讲故事呢。

和珅愣愣地看着，入神。一听讲故事，来了坏心思了。

和珅：讲故事，好口才啊，对，好。

刘全以为和珅生气了。上去要轰人。

刘全：让开，让开。

和珅：慢！去，把这恶婆子给我叫进府里来。

刘全：老爷您叫她？

和珅：对，叫她。……客气点儿啊。

刘全分开众人，上去拦正骂人的阮妈。

刘全：婆子，别骂了。

阮妈：告诉你们刘家，今儿头道菜是素的，明儿个可就上荤席了……干吗呀你这是？告诉你们，我阮妈妈这才是开锣戏，还没上正出呢。

拿起块砖头给三少爷：三少爷，别怕，别怕，拿这砸他们的门，砸。

三少爷拿着砖头哭了。

阮妈：别哭，别哭。砸他们，砸……

刘全拉她，她火了：你干什么呀？你这是挡横怎么着？

刘全：婆子别骂了，我们和大人有请。

阮妈：搬兵来了？什么河大人海大人的，我不怵。刘家他能有什么靠山我还不知道？

刘全一拉，小声在耳边说，只见阮妈表情一下子变得妩媚了。

阮妈：哟，是和中堂啊。这……这话怎么说的？哟，要见我啊？看，看我这一身，没来得及换……英子，你头上的花借我戴戴。和大人怎么看上我了……这位军爷咱走。

纪府院中。晚。

纪晓岚夹着幌子，拿着烟袋，拎着纸笔墨砚的篮子回来了。

纪晓岚：哎，小月，小月我回来了。帮把手，帮把手啊。小月。

小月恹恹地出来，看着还在伤心。

纪晓岚：哟，这是怎么了？哭了？杏儿，你小月姐怎么了？杏儿？

出来一个杏儿也是恹恹地伤着心。

纪晓岚：这到底是怎么了，怎么都动了感情了？

小月：先生，您铁石心肠。

纪晓岚：我怎么铁石心肠了？来，进来说，进来说。

纪府书房。

纪晓岚边点灯边说：嗐，我说呢，还是忍不住去听故事了。人生啊，喜怒哀乐，生老病死，八个字一个字也跑不了，看透了无非是我来此世上

216

走一遭之体验也，没什么大不了的。惨是惨点儿，躲不了，还得受着。

小月：铁石心肠。

纪晓岚：哎，不是那个话。

小月：喜怒哀乐，生老病死，除了这八个字就没别的了？难道没有一个"爱"字吗？仁爱，慈爱，情……爱？

纪晓岚：有倒是有，不是一个理，再说了我这把年纪，情……

小月：铁石心肠。

纪晓岚：好，好，咱先不说这个，心肠铁石不铁石先不管，我这肚肠可是肉做的，先生我饿了，先吃饭。

小月：没做。

纪晓岚：哎，小月，咱们可不能把情啊爱的当饭吧？咱们先吃了饭再说那些个字行不行？

小月：没心情。

纪晓岚：嘿，杏儿，你小月姐她是冲我啊？

杏儿：不冲您冲谁啊？

纪晓岚：先生我可没招她啊。

杏儿：您连招她没招她都不知道，您这一辈子啊，喜怒哀乐没了，就剩生老病死了。

纪晓岚：哎，这是怎么话说的，我不就是没说一个"爱"字吗，就这么不招人待见啊？我也想爱，我爱谁去啊？

和府。晚。

和珅隔着一个花格子屏风，在与阮妈说话。阮妈面前桌上一锭银子，阮妈看着银子笑得合不上嘴。

和珅：都记住了？

阮妈：大人，您放心吧，都记住了，记住了。婆子我打小就爱听故事，听完了就能说，别的不会，添枝加叶是我的本行。

和珅：用不着你添枝加叶，如实说了就行，事完了还有一锭银子。刘全。

刘全：老爷吩咐。

和珅：送客。

刘全：嘛。

阮妈：爷，您……您真的是和中堂啊？我……

刘全：少打听，到了外边胡说，可没你的好。

阮妈：呀，还不让说啊。

秋声轩。

里三层外三层地围着听故事，卖故事。

茶馆里的小二挤着忙着，端茶递水。这回纪晓岚已不坐犄角了，坐到原说书的土台子上去了，忙忙地在纸上记着。

一个男旦正极富女态地讲着故事：……虽说我们是个唱戏的，吃开口饭的下九流，可也不能由着性的任人欺负啊。瞧戏的喜欢你的戏，非要带家唱去，一不去，二不去，三不去就说了，你要再不去啊，捶死你。回家跟我们内当家的说了。内当家的那天搭上脾气不好，又多喝了一口，您猜怎么着，她指着我的鼻子骂啊……小子，你要敢不去，我也捶烂你的狗头。您说说，您说说……这位先生，您别光记呀，您评评理，我们不去是死，去也是死，里外都是死。今儿个我是想好了，既然都是死，我不如先就死了，我……

突然一根白绫子抛出来，带着舞步的身段，就要悬梁。纪晓岚吓得扔了笔就抢。

纪晓岚：哎，别，别，讲故事，讲故事。别在这儿死啊，这可不能死，不能死，不能死啊。

男旦：哟，别这么抱啊，不能死啊？

纪晓岚：不能死，可别在这儿死，不能死。

男旦：那我今天的饭钱还没着落呢。

纪晓岚：有，有，我这就给您钱。千万可不能死，我这收点儿故事容易吗？家里头说我铁石心肠，这儿又要寻死觅活的。给钱，给钱，我给钱。

街上。

和珅跟着便装的乾隆在街上走。和珅以淘换古董为由把乾隆诓出来了。

218

乾隆：和二啊。

和珅：哎，哎，三爷。

乾隆：哪家呀？今儿个这汝窑的玩意儿要是见不着，爷我可不答应啊。

和珅：见得着，见得着，一定见得着。黄三爷，跟您说句体己的话啊，是我和二的心得：这玩意儿整天地在宫里等着人献啊贡的没意思，得自己淘换，玩家的行话——淘换，就是得在这真真假假的东西里找秀气，捡漏。这汝窑的玩意儿……

说到这儿假装惊讶地发现了秋声轩门口很多人，有趴窗听的，有在门口跷脚的，和珅不说了，假意看着。

乾隆目光也被吸引了：和二啊，那是干吗呢？

和珅：不知道，三爷，不知道，咱们……走吧。

乾隆：像是一个茶馆嘛。这么多人，怪热闹的，走，咱看看去。

和珅：爷，那什么汝窑呢？

乾隆：先看热闹。

和珅：啊……那也行。您走前。

说完了回身一使眼色。躲在小胡同里的刘全领会了，身后的阮妈花里胡哨地戴着花儿就出来了，也端了根烟袋。

秋声轩内。

男旦还不下台子：哟，就这么点儿啊？我这寻死觅活的都快赶上一整出戏了，连着身段带舞袖，您好歹……

纪晓岚指指幌子：写着呢，写着呢，一段十大枚，童叟无欺，童叟无欺。好嘛，今儿个您这要死要活的，急出我一身汗来，您请吧，请。好故事，好故事，如是我闻。

和珅、乾隆进来。

乾隆大声：和二啊，那不是纪大烟袋。

和珅捂他嘴：小声点儿，爷，可别让他看见了。咱坐下来，看他干什么呢。

两人遮着挡着，悄悄找一角落的桌子坐下。

乾隆小声：和二啊，我说怎么这么热闹啊，敢情朕的大学士跑这儿说

219

相声来了。

和珅小声：爷，不是，不是，您看有幌子，八成是说书。

乾隆：如是我闻，不是说书，是花钱收故事呢。这大烟袋也就他能想得出来。……哎，小二，刚有人卖了故事了？

小二：有，有，刚……刚什么故事来着？……对，寻死觅活，寻死觅活。

乾隆：好听吗？

小二：好听，您瞧我这茶馆，都快赶上百官上朝了。

和珅：啊呸，百官上朝就这样啊？

小二：我是说热闹。

乾隆：说得对，果然热闹，果然热闹。

正说着热闹，砰，门开了，一个花老太太——阮妈进来了，进来就不一样。

阮妈先咳嗽：嗯哼！哎呀，这儿谁支应客人啊？

小二：哎，来了，来了。大妈您……

阮妈：别叫妈，叫嫂子。叫妈，我可不认你这个儿。

小二：大……大嫂您……

阮妈：听说你们这儿有摆摊收故事的，他在哪儿呢？把他给我叫来。

小二：叫不来您的，大嫂，您往上看，这边，这边台上，台上。

阮妈：知会他一声啊，告诉他准备好钱，今儿个起，场子我包了。

小二：您有那么多故事吗？

阮妈：有吗？您先把那"吗"字去了，我阮韩氏别的没有，是大段子三百六，小段子赛牛毛，我咳嗽往外唾段子。别扶我，我自己上去。

和珅假意：哎呀，真俗气。爷，咱走吧。

乾隆：哎，等等，多生动啊！好看，比南府的戏还热闹呢，这个老纪呀会找乐子。听听，听听。

纪府院中。

小月忙着洗菜，择菜。杏儿在旁边看着。

杏儿：小月姐，小月姐。

小月：啊？

杏儿：您这是干吗呀？

小月：做饭，做饭啊。

杏儿：咱不饿着他了？

小月：饿谁呀？

杏儿：老爷啊。

小月：都两顿没做了，不饿他了。

杏儿：再饿他两顿就明白了。

小月：明白什么呀？

杏儿：小月姐你的心啊。

小月：别瞎说，我一辈子不嫁人。

杏儿：这我知道，您呀是不嫁别人。

小月：臭杏儿，别瞎说了，快搭把手吧。

秋声轩内。台上。

阮妈：我要说的这姑娘可苦，那可是苦瓜地里种黄连是苦上加苦啊。她不是咱们北方人，海那边的台湾人，台湾知道吧？

纪晓岚边抽烟边记笔记：知道。

乾隆、和珅听着。

阮妈讲的其实是和珅告诉她的小月的故事，倒是绘声绘色。

阮妈：我说的这个姑娘不是本地人，从小生在台湾的，三岁就被人贩子从台湾拐到泉州。学什么呀？歌仔戏。什么叫歌仔戏呀？说白了，就是咱常听的蹦蹦，莲花落子。戏班子谁不知道啊，那戏哪是学出来的，实在是打出来的，可怜小小年纪，哭爹爹不应，喊娘娘不灵，打得遍体是伤。

乾隆、和珅听着。

阮妈：后来戏学成了，各处地走码头。小时候还好，也不过是挨打受饿，大了就一边唱戏，一边受欺负，要不是碰到了好人，现在还不知怎样了呢……

阮妈：嘿，按常理这是遇见贵人了吧，救了一命不说，又随着他走南闯北的，经风历险，拿自己的命不当命。西北监军，江南护主，白天端茶做饭，晚上铺床打更。

乾隆：和二，和二。

和珅假装听得很入神：哎，爷，您说。

乾隆：说的这人，爷怎么像是认识啊？

和珅：是吗？谁啊？

纪晓岚也不记了，听着。

乾隆：你不会是装傻吧，你再听听。

　　阮妈站起来冲着纪晓岚：你们说说，这叫什么东西啊？啊，一个黄花的大姑娘跟了您这么长时间了，婚不婚、嫁不嫁，主不主、仆不仆的，狗揽八泡屎似的占着，您倒是娶过来呀，要么嫁出去。怕人说闲话是不是？老牛吃嫩草，这么大的岁数娶个小姑娘不合适，嫁出去又舍不得，就这么耗着、占着。不娶不嫁，不主不仆的，这叫什么事呀。

　　纪晓岚被人说到痛处了，发呆。

　　阮妈：哎，您怎么了，怎么不写了啊？写啊！好听吗？听迷了吧？

　　乾隆：和二啊，有意思，这人你还想不起来？

　　和珅：这会儿我听出来点儿影子了，小月，杜小月。三爷，这叫什么事呀？一个民妇她敢编派朝廷大员，三爷，我……我叫人抓她。

　　乾隆：哎，哎，人家也没讲错啊。哎，她说的好些细节我还不清楚呢，有意思。

　　阮妈：……哎，别愣着了，我这故事你倒是买不买呀？

　　纪晓岚：买，买。

　　阮妈：不记了。

　　纪晓岚：不用记。

　　阮妈：听着是不是耳熟啊？

　　纪晓岚有点儿失神：熟……啊，熟。

　　阮妈：可不是熟吗，都不用我讲了是不是？

　　纪晓岚：也不全对，中间许过人，一个叫君豪的。

　　阮妈：那人不是个短命吗？没嫁就死了，还不定是怎么死的呢。

　　纪晓岚：病死的。

　　阮妈：哟，您怎么知道得这么清楚啊？各位啊，刚我说的那故事啊，那里边的那位要吃嫩草的老牛跟咱这位爷有点儿像，我不是说别的啊，是

222

那口嗜好。抽烟，也好抽口烟。他用的也是这么大的烟袋。

纪晓岚尴尬之极，行礼，收幌子。

阮妈：先生，怎么着？吃了心了？别走啊，别走啊。要走也行，说句话再走。

纪晓岚不想说，众人起哄。

纪晓岚无奈，收了幌子，问阮妈：这位大婶，三姑六婆您是哪一行啊？

阮妈：哟，怎么着，还起了范儿了，叫起板来了？算你有眼力，告诉你啊，我乃是走东家串西家，说婚事讲男女，世上怎可缺我的……不说了，你猜吧。

纪晓岚：不用猜，早看出来了，你是那个蒙老李骗老王，白变黑绿变黄，死人也能说活的媒婆吧？对不对？

众人大笑。阮妈怒。

阮妈：哎，你怎么编对子骂人啊你。哎，你别走啊。你还没给钱呢，给钱！

街上。

乾隆十分高兴：有意思，和二，有意思，纪大烟袋要不是凭着后面编的那句对子，他可算是面子丢尽了。

和珅内心得意，表面收敛：奴才以为一个民妇对朝廷大员太有所不敬了，再有纪晓岚也是的，没事在家读读圣贤书不是很好吗？偏要搞什么"如是我闻"笔记小说，不入流。

乾隆：爷倒觉得时时在民间听听，看看颇有益处。不过和……和二啊。

和珅：爷，您吩咐。

乾隆：那天你推荐老纪的事，缓议吧。

和珅：什么事啊，三爷？

乾隆：你荐纪晓岚去浙江，不太妥。……爷原以为你们两人有……有很深的芥蒂，现在看你还颇大度的啊，能够任人唯贤啊。

和珅：三爷，奴才以为国家事怎可逞一时之意气，和某从来以江山社稷为重啊，从来如此。再说……

乾隆：和二，不说这事了，汝窑？

和珅：……什么？

乾隆：你忘了，带爷淘换汝窑。

和珅：啊，还记着呢？啊，怕是晚了，那人走了吧。

乾隆：爷不管，那你欠爷一件玩意儿。哎，你该不是故意地让爷来这儿听故事的吧？

和珅：哪儿能呢？

乾隆：我想也不是，要真是你经意的，那你得花多少心思啊，那该有多累啊！

和珅：爷，您别这么说啊。

纪府内。夜。

一桌子好菜摆下了，纪晓岚生气，光抽烟不吃东西。

杏儿：老爷，您……您吃一口吧。

纪晓岚：不吃。小月，杜小月呢？

杏儿：老爷，小月姐她给您做饭做累了，熏着了，头疼了。

纪晓岚：她……她头疼？我还头疼呢。快，快把她给爷叫来。

杏儿：老爷，什么事啊，发这么大的火？不就有两顿饭没给您做吗？现在这一桌子菜，还不够赔您的？

纪晓岚：两顿饭，二十顿饭不做也没事，从今以后她杜小月想为爷做饭，还做不成了呢。

喊到这儿回头一看，杜小月一副倦容，秋雨莲花般地站在他的面前。纪晓岚倒声音收了。

纪晓岚：……来……来了，你要是头疼，你就歇着去吧。

小月：先生，您这么高声大嗓的，别说人想歇着了，是根死木头梁想歇都歇不了。先生。

纪晓岚：有话说。

小月：先生，小月有两顿饭怄气没给您做，是小月的不是，小月这会儿给您认错了。可您刚才说再不要小月做饭了……

纪晓岚：啊，先生……先生我不是那意思。

小月：可话您是那么说出来了。小月不是那种不知进退的人。小月明

224

天就走。小月……小月现在就走。

说完哭着走。

纪晓岚：哎，小月不是那话，你先听我把话说完。……杏儿，快拦住了，拦一下啊。

杏儿甩手走：我不管。

纪晓岚：哎，都别走啊，都别走啊，听我把话说完了……

转眼剩下纪晓岚一人，坐下看着一桌子菜。

纪晓岚：今儿出门没看皇历。命犯桃花，命犯桃花。一点儿没错，今年我是要犯在女人手里了。

二

和府书房内。

和珅边哼着昆腔，边舞着身段，边欣赏着擦拭着两只一模一样的汝窑豆。哼着唱着，两只比较着，有一只有一道璺。他突然拿起一只好的，砰地摔在了地上，看都不看一眼，继续哼着曲将另一只装入锦盒中。

刘全：老爷，您这是干什么呀？一万两银子，好说歹说匀过来的，您这……

和珅：什么这那的呀，你懂个……算了，我不说脏话，大早上的说脏话晦气。……两只一万两是吧，现在就一只了值两万两，懂吗？再说了，这是要送给万岁爷的，送一只，留一只，将来查出来万岁爷有的东西，你也敢有，要杀头的。不懂事的奴才，朽木不可雕也，快把东西扫了，分两堆埋后花园里，千万别倒出府去。

刘全：破都破了，还分两堆干吗？

和珅：笨蛋，大清早的你非得逼我说脏话，碎，碎了怎么着，碎了粘起来不一样卖钱？你……用你这样的下人真是累死我了。

中军进门：大人，卢大人求见。

和珅：哼，来得可真是时候，快，把地上的东西收了。

刘全想把那件汝窑豆也收了，和珅：那件别动，摆显眼的地方。好，请。

纪府小月屋门外。

纪晓岚坐在太师椅上看着门，像是看了一夜了。瞌睡，醒。很累。

纪晓岚：小月，小月，嗯，这一夜闹的。小月，醒了没有？要醒了，消消气啊，就当昨天做了个噩梦，做了个噩梦啊。

屋内小月穿戴整齐坐在床边上，旁边有一只包袱。

小月：岂止是昨天，这几年做的都是噩梦，先生，您开门让我走。

纪晓岚：小月，话不能这么说啊，先生说话不检点，先生我认错还不行？可先生我昨天在茶轩里也是很受一番气的呀。你想想，人家说我留着你是老牛吃……嫩草，说我狗揽八泡屎，弄得人家黄花大闺女主不主仆不仆，到现在还嫁不出去。你说说，在那么个大庭广众下，我一个大学士脸往哪儿搁啊。

小月：嫁不出去？谁说我要嫁了？谁说我要嫁了？先生，这些话是谁跟外人说的，我找她去。

纪晓岚小声：就这么点儿事，咱俩我不说，你还……

小月：您以为是我说的对吧？先生，跟您说，小月可没那么贱。先生，您开门，我现在就找她去。

纪晓岚：不找，不找。越描越黑，咱不找她。话不是你说的我就放心了。咱谁也不找，不找……这是谁这么想让先生我出丑呢？和……珅？

和府书房。

卢焯求见，和珅架子端得很足。

和珅：卢大人，坐呀。

卢焯：和大人，下官……

和珅：坐，坐。来，看茶……又听见什么风声了？

卢焯：下官听说万岁爷要点纪晓岚的钦差了。

和珅：去哪儿啊？

卢焯：去浙江。

和珅：哼，没想到你们这些大员消息还蛮快的。

卢焯：有这回事吗，和大人？

和珅：有，人是我荐的。

卢焯：和大人，您不是玩笑吧？……和大人，要是点了纪晓岚，下官就难有对策了。

　　和珅：对策，要等你的对策，到今天就剩下咱俩的一双对眼了。

　　卢焯：和大人，纪晓岚他真被万岁爷点了？

　　和珅：点？免了。

　　卢焯：因为什么？

　　和珅：还是因为我。这叫成也萧何，败也萧何。

　　卢焯：和大人，您……您圣明。我这儿谢您了……

　　掏出了一张银票，跪。和珅扶他时顺手把银票接过袖起来了：瞧，你别客气啊，千万别客气，不都是一家人了吗？

　　卢焯：不客气，带着有，有。实在是来谢您了。

　　和珅：别谢我，要谢，谢万岁爷，这不，我备了一份厚礼。

　　一指汝窑洗子：四千两银子一只的汝窑，贵吗？

　　卢焯：不贵，只要他万岁爷要的，一万两也不贵，我们这样的有一万两还送不上去呢。

　　和珅：算你懂事。他万岁爷点着要的，您说我能不给吗？卢大人，不是跟您诉苦啊，您说我容易吗？不错，钱，和某是花出去过一些，但，不花钱这事谁给你办？卢大人，别的我就不说了，相知一笑，相知一笑吧。来，喝茶，喝茶。

　　小月屋中。

　　纪晓岚端着食盘子给杜小月送饭。

　　纪晓岚：小月，杏儿特意地为你新熬的紫米粥，南铺子里的酱菜，荷叶的包子，来吃，吃啊……要不，我可喂你了啊……

　　小月有些缓过来了：谁要你喂啊？

　　纪晓岚：小月，吃啊，你吃着，听我说看行不行。我想好了，这事啊现在最要紧的不是找他们算账，我谁也不找，要紧的是堵他们的嘴。我想好了，这嘴啊，怎么堵才合适啊，就是……你吃，你吃，就是给你找个绝好的人家，堂堂正正，大张旗鼓，轰动四九城地先生我给你嫁出去，那些个谣传呀闲话呀就不攻自破。你看看怎么样？

　　没发现小月早已变色了。

　　小月：先生，您请，您出去，您出去。

227

纪晓岚：哎，怎么了，怎么了？这不好好的吗？

小月：先生，您非让我嫁出去，也行，我别的不求您，好人家坏人家我也不挑，金银财宝的我也不要，我小月就求一件事。

纪晓岚：什么事，说。

小月：我要求一宗大媒。

纪晓岚：好说啊。你说要多大的媒，先生我给你请去。就冲我这面子，没有请不来的。

小月：好，那我就说了。我杜小月好歹是太后的干女儿，万岁爷呢是我的干哥哥，我这媒呀，说小不能小了，说大呢也是大在理上的，我请我干哥哥给我做回媒。

纪晓岚：干……万岁爷呀？让皇上做媒，这……这媒也太大了吧。小月，小月换一个成不成？再说那个君豪不给你做了一回了吗？可怜那小子没福气，命短。这回让先生我求万岁怕求不下来。

杜小月：那我就不嫁。

纪晓岚：小月，你这不是难为我吗？咱们换一个，换一个，小月……

南书房。夜。

乾隆正夜读奏章，突然太监上前耳语。

乾隆：宣。

太监飞快带一黑衣人至，黑衣人跪呼万岁。

乾隆：事办了？

黑衣人：回万岁，人死了……东西未见，是奴才无能。

乾隆：那条偈子呢？

黑衣人：放下了。

乾隆：知道了……你近前来。

乾隆与其耳语。

南府院中。夜。

刘全在与和珅耳语，院子里正唱着戏，官宦子弟听得入迷。和珅变色，左右一顾，站起退出。

228

街上。夜。

和珅抱着那只汝窑豆的锦盒，心事重重地看着外边。

纪晓岚正从一胡同出来，一眼看见和珅的轿子，纪晓岚退回。

刘全：快点儿，快着点儿。

宫内南书房外。夜。

和珅抱着锦盒边走边笑着跟值更太监套近乎。

和珅：张公公啊，气色好哎，喝酒了？

张公公：和大人，当值哪敢啊？

和珅小声：上回给您的丹可用了？脸色可真精神。

张公公：用了，还没谢您呢。

和珅：我说呢，看着面色红红的了，不碍的，勤用着啊，用完了我给您续上。

张公公：谢和大人。这么晚了，您这是……

和珅：也没什么大事……睡下了？

张公公：没有。

和珅：那还是不晚……万岁爷要的玩意儿，刚淘换着，不敢隔夜，实在话啊，好东西怕丢了。您受累给传唤一声。

张公公：啊，好，您先在这儿等等，我后边知会一声去啊。

和珅：您请，您请。

街上。夜。

纪晓岚喝高了，正荒腔野板地唱着曲，端着烟袋在街上走。

纪晓岚：正月个里呀，正月正，正月十五挂红灯。

唱完红灯，看见一大红灯门口，有个酒摊，又坐下要酒。

纪晓岚：小二，来半斤烧刀子、两个鸭头。

小二：来了，半斤烧刀，鸭头两个。

把酒放下，纪晓岚刚要端杯喝，一只涂了红指甲的纤纤细手把纪晓岚的手抓住了。

妓女：光吃鸭头啊？鸡吃不吃？

纪晓岚醒了一半，睁眼看见一个很丑的妓女：哎呀妈呀，吓死我了。

你……你这是要干什么？

妓女：明知故问。风寒夜冷，永夜难消，值此良辰美景，你一个风流才子，怎可独自虚度。

纪晓岚：我风流？我风流吗？我现在可风流怕了。去，去。

妓女：去哪里呀？啊？去哪里？若没有猜错，您是纪昀纪大学士吧？

纪晓岚：你怎么知道？

妓女：京城里谁不认得您这支烟袋啊？既然猜对了，自是有缘，既是有缘，今夜你不可负我。

纪晓岚：你不走，我走。小二，打包。

妓女：打包，好，好，打包，纪大人，那你把我打在哪里呀？

纪晓岚：我……我把你打在冷风里。……跟你说啊，漫说你认出我来了，就是你不认识我这事也不能做。我纪昀乃一清贫道德君子。

妓女：假道学，伪善。

纪晓岚：假……我不跟你争，我走，我躲得起。

妓女：躲？哼，你躲得出人间吗？市井中谁不知道，你将一黄花闺女养在府中，不婚不嫁，非仆非主，害人姑娘青春。你还道德君子呢？你还不风流？你是风流阵里的急先锋。

纪晓岚：我……我……害人青春，我是风流阵里的急先锋……你放开手，你别拉着我，我喝多了，我可不知道，我打了。

又上来三个妓女，连扯带拽，闹了起来。小二赶快劝，桌子也翻了，把个烟杆啪弄折了。

小二：哎，别打别打。放手，都放手。

砰，那盏灯也被打灭了，一片漆黑。

杜小月房中。夜。

小月边唱边绣花。杏儿在旁边看着。

杏儿：小月姐，老爷还没回来呢。

小月：没事，他这会儿心情不好，指定去喝酒了。

杏儿：小月姐，我看您倒是……蛮高兴的。

小月：是吗？

杏儿：您是给老爷出了难题了。

小月：难吗？他身上哪儿有过难事，没准真能求下来呢。到那时啊，我……我就真高高兴兴地嫁了。

杏儿：小月姐您可别说气话。

小月：……我才不气呢。

南书房。夜。

纪晓岚喝多了进南书房。和珅一看不好。

和珅：哎，老纪，你怎么也来了？

纪晓岚打着酒嗝：我……我还没问你呢。

和珅抱着盒子看着喝多了拿着折了的烟杆衣冠不整的纪晓岚。

和珅：纪……纪大人，你胆子可真大啊，看看，看看你这衣裳也扯破了，烟杆也折了，一身的酒气，就这样你也敢来面圣啊。你不怕万岁爷判你个失仪，大不敬，革职啊。……听我的，我这可不是害你啊，趁着天黑快走，快回家去，现在走不晚。

纪晓岚：是啊，可我有事啊。和大人，你这么晚了在这儿干什么？该不是有什么事要瞒我吧，那我可不走了。

和珅：我有什么事瞒你……

纪晓岚：你怀里抱的什么？

和珅：你……你管不着。

纪晓岚：又是托门子、走关系的东西，让我看看，让我看看，要不我可不走。

太监：万岁爷驾临南书房了。

此时想走也来不及了。两人赶快跪见。

乾隆风风火火而至。

乾隆：平身，平身。

乾隆：这么晚了，朕正想找个人说话呢，没想到你们两位就真来了。知朕者，和珅、纪晓岚二臣是也。来，看座……

和珅、纪晓岚：谢万岁褒奖。

乾隆：坐，坐。两位爱卿，自圣祖康熙爷始至今，倡廉反贪如年年农事一样，从没有懈怠过，可为什么到了当朝依旧为官者冒死而贪，贪且必巨？难道是朕之尺度过松了吗？

和珅：回万岁，与万岁无关，实在是一些小人，利欲熏心，见利忘义，铤而走险，乃是某个人之原因，与万岁爷无关。历朝历代都如此，不足为怪。

乾隆：话是不错，像这样该怎么办？

和珅：绝不姑息，杀头，查一个，杀一个。

乾隆：杀了贪，贪了杀，什么时候有个头啊？

纪晓岚打嗝：没头。

乾隆：难道就治不了了吗？

纪晓岚：也能治，什么时候官怕百姓了，贪也就没了。

和珅：信口雌黄，官怎么会怕百姓？

乾隆这时看见纪晓岚的破衣服和折了的烟杆。

乾隆：纪……纪爱卿。

纪晓岚：臣在。

乾隆：你……你从什么地方来？

纪晓岚：街……街上。

乾隆：街上？不对吧，朕怎么看你像一个被打败的兵啊。

纪晓岚：万岁爷圣明，看得清楚。臣……臣确实败落，沮丧得很。

乾隆：为什么？

纪晓岚：不是大事……不谈也罢。

乾隆：嘿，你倒拿捏起来了，这么晚来了，又不想谈，这不是卖关子吗？到底什么事？说。

纪晓岚：不是大事，是家事。

和珅：万岁明鉴，值此夜深之时，奴才等正与万岁爷畅谈国家之大事，他……他纪晓岚衣衫不整，酒气冲天，目光呆滞，已然是失仪不敬，且张嘴就说家事，实在有违为臣之道。

乾隆：和大人话有理。不过家国天下，没有家事哪来的天下事，说家事也无妨啊。说说吧，就咱们三个人，什么家事把你弄成这样？

纪晓岚：臣……臣有点儿说不出口。

乾隆：哎，你这衣不衣冠不冠的，溜溜地来了，说了一半又不说，再不说，朕可就不管了啊。

纪晓岚：万岁爷，这事您不管，别人还管不了。

232

乾隆：是吗？什么事，说吧。

纪晓岚：……做媒。

和珅：呀，你……你竟然敢说出口，这种事也敢求圣上……做媒？我看你是要倒霉了。

乾隆：好啊，朕早该看出来，你一个鳏寡独夫，深夜漫游于街市，衣冠不整，又正是春宵一刻之时，自然是要说婚事了。好，纪晓岚啊，不就是给你做回媒吗？包在朕身上了。

纪晓岚：不是给我做。

乾隆：那是给谁做？一般二般的你可别张嘴，到时别说我驳你的面子。

纪晓岚拿半截烟杆抽烟：……也不是外人，是万岁爷您的干妹妹。

和珅：杜小月？

纪晓岚：对，杜小月。

和珅：放肆，这种事怎么张得开口！万岁，纪晓岚他目无君主。

乾隆：慢，杜小月不是为她说过人家了吗？

纪晓岚：君豪那人命薄，小月还没嫁呢，他就死了。

和珅：万岁此事万不可再应了。

乾隆：和大人，没那么严重吧，杜小月是我干妹妹，干哥哥给干妹妹做媒，也不为过啊。纪爱卿，你干吗这么急着嫁小月呀？是不是……有人说了什么了？

纪晓岚：万岁爷，您也听说了？

乾隆：朕只是这么一猜，朕上哪儿听去。

纪晓岚：也对。此事臣真是一言难尽。人言可畏，这事就托给您了，谢万岁。

乾隆：先别谢，这事我应你，但你……也要应朕一件事才行。

纪晓岚：臣……臣万死不辞，请万岁爷明示。

和珅一看，马上警觉。

乾隆刚要张嘴，故意看了眼和珅，不说了：……事呢，朕还没想好，算个千金之诺吧，待朕想好了，再与你说，你欠着朕的。

和珅更冒汗了，身上抖，抖得旁边的盒子都响了。

乾隆看着和珅：和大人，你好像带了东西来了。

233

和珅猛然想起：回万岁，奴才将汝窑淘换到了，特意地……

乾隆：啊，是吗？很贵吧？

和珅：坊间捡的漏，不贵，才……才十两。

纪晓岚：坊间，坊间又不是养傻子的地方。

乾隆：啊，是啊，快呈上来，呈上来。……和大人你可真会办事。以后有这么便宜的东西，多给朕找点儿。

和珅更流汗了：哎。

纪晓岚小声对和：你咬住了牙说吧，这种东西会是十两？看一眼都值十两。和大人，您也给我老纪找两个吧。

和珅：啊……哎。

宫内。夜。

纪晓岚、和珅出宫路上。

纪晓岚高兴吟诗：月明星稀，乌鹊南飞……

和珅：去……去。

纪晓岚：和大人，汝窑，哪怕是破的给纪某找一件啊。

和珅：休想，花钱收故事换骂去吧你。沮丧，该你沮丧了。

纪晓岚：哎，和大人，你怎么知道纪某在花钱收故事啊？……啊，你是不是花银子把故事卖给人家骂我呢？是吧？

和珅：无聊，我和某哪有心思骂你。

纪晓岚：你骂得好，骂出一段佳话来。和大人，要没你呀，万岁爷还应不下做媒呢。没你编派我，这事还就成不了。谢谢你啊，和大人，回头请你喝喜酒。好夜色啊，月明星稀，乌鹊南飞。

和珅干生气，看着纪晓岚舞着走了。

和珅：刘全。

刘全：爷吩咐。

和珅：轿子怎么还没来？

刘全：爷，这不是一直跟着您呢吗？

和珅：跟着不早说，顺轿。

刘全：嗻，顺轿。

卢府。书房外花园。夜。

一个黑衣人从书房内冲出，唰地飞起上房。

花园中火把一支支呼呼地举起，锣声一片紧急。

家丁：有贼，有贼！书房失盗了，书房失盗了！

卢府卧室。夜。

卢焯猛地爬了起来，窗外已是一片火把。

卢焯：卢安。

卢安：嗏。

卢焯：怎么了？

卢安：书房失盗。

卢焯边穿衣服边问：贼抓了？

卢安：让他跑了。

卢焯：快，快把书房把好了，闲人不得入内。

穿衣裳冲出。

街上。夜。

和珅的轿子正过卢府，看见大门突然开了，院内火把队伍冲出，锣声一片。

和珅：哎，这不是卢大人家吗？刘全，这是怎么了？

刘全：爷，听着喊，像是失了盗了。

话刚说完，一排的家丁举着火把冲出院子，分列两旁。

卢安：一队西街，一队东街，快，快给我追。

和珅一看，马上反应：刘全，传话让他们全给我退回府去。

刘全：站住。

卢安：何人放肆？

刘全站出，左右有一个和府的灯笼挑出：卢安，是我。

卢安：哟，刘爷，和大人驾到了，有失远迎。

刘全：先别迎了。和大人传话，让人都退回去。

卢安：是啊？退，退，快退。

刘全赶快到轿口请示。

刘全：老爷，人都退进府了。

和珅：起轿，进府见见卢大人。

刘全：快，起轿。

轿子起，飞快抬进府里去了。

大门关上。

卢焯的书房内。夜。

卢焯与和珅已分宾主坐下了。

卢焯：看茶。

和珅：不必，夜茶伤神。茶不要了，有奶酪饽饽热两件吧。

边说边与卢焯使眼色，卢焯会意。

卢焯：都下去吧。热两件奶酪饽饽。

人都退了。两人中间的烛火蹿着，显出一股紧张气氛。

和珅：丢了东西了？

卢焯：丢了。

和珅：要紧的？

卢焯：看似要紧，其实不当紧。

和珅：此话怎讲？

卢焯：是下官巡浙江的账。

和珅：这难道还不重要吗？你怎么能把这么要紧的东西不当心呢？你看看你这人，这么要紧的东西丢了，还要大张旗鼓地找。

卢焯下座位，悄悄在和珅耳边说着：和大人……大人，借耳一用。

和珅面目渐松：哈，是啊，没想到你还备了本……假的。那还等什么，你快派家丁四九城地追吧。早知这样就不怕了，怎么闹都行，越闹越好。卢大人，没想到你还真留了一手啊。我走了，你们追吧。

卢焯：和大人，追不追的已没什么大用，下官现在最担心的不在此。

和珅：担心什么？

卢焯：不知此人是谁派出来的，倘若是纪……

和珅：纪晓岚？不会吧，他……他最近像是什么也顾不上了。

卢焯：那您说是谁呢？

236

纪府大门口。夜。

纪晓岚在敲门。

纪晓岚：小月、杏儿，我回来了，开门，快开门吧。

纪府大门内。夜。

小月、杏儿掌着灯来开门。

杏儿：来了，来了，老爷您去哪儿了，这么晚才回来？

小月急，门一开，看着扯破衣裳、半截烟杆的纪晓岚，惊讶。

小月：先生，您这是去哪儿了，半夜回来，衣裳还扯破了。

纪晓岚：别提了，街上的艳女，见我非拉着我去那种地方，你们看这不衣裳也扯破了。

两个女子又惊又气。

杏儿：老爷，您去那种地方了？

小月：你……

砰，摔了灯笼，两人回头就走。

纪晓岚：哎，没说完呢，路过，我是路过，人家拉我，我不去，人家非要拉我，我非不去，你们看要么怎么会把衣裳都扯破了，哎，我……我一清贫高古的人怎么会去那种地方啊？小月，小月。

捡起灯笼来追进去了。

卢府书房。夜。

卢焯：如若不是纪大烟袋，那就是……

和珅：万岁爷？

卢焯：下官内心，真是有些怕。

和珅：倘若真是万岁爷，这倒是件大大的好事。

卢焯：和大人，此话怎讲？

和珅：一时说不清楚，但你放心，是与不是两天中立见答案。

南书房。夜。

乾隆专注地在看一份文件，看着看着问。

乾隆：贵喜啊，几更天了？

贵喜：回万岁爷，四更已过了。

乾隆：该歇息了。

看见和珅给的那只洗子，把玩：天底下的官没有一个能让朕睡上安稳觉的。朕睡不好觉，又岂能让你们睡踏实了。贵喜啊。

贵喜：嗻。

乾隆：把这件东西拿琉璃厂去卖了，少两万两银子别出手。卖完了放出话去，就说宫里丢了东西了。

贵喜：嗻。

街上。夜。

和珅在轿子中睡着了，惊醒。

和珅：刘全，几更了？

刘全：回爷，四更天了。

和珅：四更了，觉还没睡呢，当个官容易吗？

纪府书房内。夜。

纪晓岚边吃夜宵边兴奋地说着，小月、杏儿听着。

纪晓岚：以后啊，这种事最好验证了，像先生我这样的衣裳破着、烟杆折了的一定是从脂粉锦绣堆里冲出来的高古之士。那种身上有香粉味儿啊，脸上一堆春色的人，才可怀疑。

小月：谁信啊，您不招人家，会扯到后半夜了？谁扯谁的还不知道呢。

杏儿：怎么扯的就更不知道了。

纪晓岚：哎，疑得好，疑得好。对了，扯衣裳也不可能扯这么长的时间，以后你们有家了，凡是晚回来的都要问问，不可放松了。……我先吃口菜。

小月：不能吃，先说清楚了。

纪晓岚：为什么扯了这么晚是不是？先生……先生我一生气就进宫里去了，跟万岁爷扯闲篇去了。

小月：吹牛，好像宫里是您家似的。

纪晓岚：不信是吧，先生我还碰上了和二了呢。

238

小月：先生，您进宫去干吗呀？您……您就……就穿着这一身？

纪晓岚：全凭这一身了，倘若没这一身，事可能还办不成呢。

小月：什么事啊？

纪晓岚：还有什么事啊，你的事呗。

小月：我……

纪晓岚：万岁爷啊，就你那干哥哥啊，先一听这事先还不甚高兴，后来看我这副潦倒的模样，知道我是被你害苦了，就一口答应了。

杏儿：应了什么呀？

纪晓岚：做媒，给你小月姐做媒。

纪晓岚说得高兴，没想到小月哗哗把桌上的菜全都撤进一食盒了。

小月倒也不气了。

小月：先生，您就这么急着把我小月嫁出去呀？

纪晓岚：我怎能不急啊。这能怪我吗？今天连那些娼门中人都说了，说先生我是害人青春，误人一生，是个风流阵里的急先锋。你听听，急先锋，还是风流阵里的。

小月：真是冤死你了。

纪晓岚：是啊，先生我冤枉不冤枉，小月你最清楚了。

小月：您哪儿懂得风流啊，您是风流阵里的榆木头疙瘩还差不多。杏儿，走，咱睡觉去。

纪晓岚：哎，我还没吃呢。哎，还有话说呢。小月，你让我吃一口啊。

小月：先生，从今天起，您就当把我嫁出去了，衣食洗涮的您就自己来吧。就从现在起，想吃自己做去，街上买去，馆子里叫去。

纪晓岚：……那怎么成，那怎么成。小月，小月……

两人走，纪晓岚自己回过神来：对啊，小月真嫁了，我……我吃什么呀？

乾清宫。

百官朝贺。

乾隆：众位爱卿平身。顺天府尹何在？

顺天府：臣在。

239

乾隆：顺天府尹，朕问你，最近市面是否承平？百姓是否安康？

顺天府：回万岁爷，近日来京都首善之地，实在是托万岁爷的福了，很是太平。

乾隆：是啊，托朕的福。朕可没那么大的福荫庇得天下连个偷儿都没有了。话不妨明说了，朕昨夜失了盗了。

顺天府尹：臣……臣罪该万死。

乾隆：你先别死，据朕所知，失盗者还不止朕一人。听说，浙江巡抚卢大人家也失了盗了。卢大人是不是啊，丢了什么东西吗？

卢焯竭力镇静：万岁爷圣明，臣家中前日确实失盗。但，没有丢什么重要的东西。

乾隆：报案了吗？

卢焯：因确无所失，所以没有报案。

乾隆：哈，好，你比朕境界高，东西丢了不惊动四邻，朕当向你学啊。

卢焯：臣万死，实在是怕有扰邻里，所以没有报案。

乾隆：嗯，好，好，卢焯，你办案大概也如此吧？

卢焯：臣……臣……有罪，臣……臣谢主隆恩。

和珅：万岁，奴才以为卢大人实在有古人之温良敦厚之风范。

乾隆：是啊，温良敦厚。

纪晓岚：万岁，臣以为不妥。

乾隆：噢，有什么不妥，讲啊。

纪晓岚：似这样被盗而不报，有百害而无一利。

乾隆：害在何处？

纪晓岚：万岁爷，您想啊，被盗了不喊，最高兴的是什么人？

乾隆：大概是贼偷吧。

纪晓岚：不错，做贼偷儿之高兴的事，那不就是姑息养奸吗？明明被盗而三缄其口，那些贼不是极为自得吗？恕臣说句市井的话，偷王八蛋的，偷完了他，他连喊都不敢喊，不偷他偷谁？被偷的不喊，见偷的不喊，长此以往，那光天化日之下，盗者昂首挺胸而过，百姓左右防范而不作声，那这世界不是就成了贼盗的世界了吗？天下不是只有盗贼的公理了吗？

240

乾隆：话说得远了吧。

纪晓岚：远则不远，不好听而已。臣之故乡，有一民俗，凡一家一户哪怕丢了一鸡一蛋，老妪都要坐在村头，手执菜刀狠剁砧板大骂三天，十八代祖宗骂遍了，使那窃者，鸡吃不下，蛋煮不香，要想再做此事，心惊而胆战。此举虽粗俗，但实在是对偷窃者的一种心之重压。所以臣以为像卢大人这么清白的人，东西丢了，当敲锣打鼓地上街喊叫，以儆效尤。被盗而悄不作声，除非，除非是……

乾隆：除非怎样？

纪晓岚：除非丢的东西，有其不好公开、不可言说之苦。

卢焯砰地跪下了。

和珅：深文周纳，穿凿附会。万岁，纪晓岚逞嘴之高强，着意引申，实在是不顾实情的胡言乱语不讲道理，此风当杜绝。

乾隆：理嘛，也不是一点儿道理没有，不过呢，也确有牵强之处。纪晓岚，你不能在朕刚刚褒奖过卢大人之后，又说这么个清官会有什么不可言说之苦吧。好，此事不说了，顺天府尹。

顺天府尹：臣在。

乾隆：说了半天人家，倒把你忘了，明明是天天有盗，日日有贼，你还当着朕之面，说些冠冕堂皇的话，粉饰太平。朕虽贵为天子，但是抓小毛贼，朕是有劲使不上，可你要是抓不着，你这个官，朕就不让你做了。来人，摘去顺天府尹顶戴花翎，交吏部议处。退朝。

太监：退朝啊。

和珅、卢焯、纪晓岚全都一头是汗。

卢焯书房。

和珅来拜会卢焯，坐下还是那句话。

和坤：卢大人，茶不喝了，奶酪饽饽热两件。

说完也不看卢焯。卢焯会意，手下人也会意了。

卢焯：你们下去吧。

和珅表情非常矛盾，把原来卢焯给的银票掏出来了：卢……卢大人，今天圣上当着文武百官褒扬你了，可贺可贺，这票银子……您收回吧。

卢焯：和大人，千万不可。和大人，值此之时，您这不是落井下石，

241

撒手不管吗？和大人，今儿殿上这哪是褒奖啊，我卢焯可不是不明事理的人，今天圣上实在像是敲山震虎啊。和大人您这是要不管下官了。和大人，下官现在心如乱鼓，您可不能再破鼓乱捶啊。下官不是那不识进退的人，和大人，下官这里又备了两万两，请和大人一并笑纳。

和珅一看卢焯明理，就想把戏做足：不可，不可。无功不受禄，不可，不可。

卢焯跪下：和大人，您要是不收，下官就死在您眼前。

和珅：看……这话怎么说的，快起，快起。倘若本官不收，倒像拂了你的一片真心了，那本官先代你保管。好……起来坐吧。卢大人，今天这殿上……

卢焯：和大人，说句心里话，下官是更不清楚了。万岁爷他怎么会……会褒奖我？加上纪大烟袋的一通搅，下官实在如坐针毡，如芒在背，不知此次是凶是吉。

和珅：别怕，别怕，万岁爷说的也未准就不是真话，那浙江的折子也不是没有，本官通了关节，都"留"了，万岁没看见。

卢焯：可纪晓岚今天的一席话实在是让下官下不了台啊。那偷盗之人会不会是他派的？若是他，早晚要坏事。和大人您不是说他顾不过来吗？下官看他还是锋芒毕露啊。

和珅：有机会，有机会。卢大人你不必太过担心，他在明处，自然有机会。倒是你现在的一席话我很放心啊。在万岁爷手下做事，犹如夹缝里做文章，螺蛳壳里做道场，不可做大，也不可不做，一点儿不做，便被夹死了。你很明白，明理，这我就放心了……好，我收下了，怕你放不下来，看看，不必多虑，放心，放心。他有一枪，我们还有一刀呢，谁怕谁啊？

纪府书房。

纪晓岚正在写字，抬头看见窗外杜小月换了很淑女的衣裳，手执一柄团扇，再握一册诗书，迈着婀婀娜娜的小步边吟诗边走了过去，很有情调很雅。纪晓岚眨眨眼，又看杜小月吟着诗晃了回来——就是晃给他看的。

纪晓岚：小……小月，小月，是小月吗？

小月半张樱唇，轻轻地文雅地应了一声。

小月：哎，小月在此，先生有何吩咐？

纪晓岚：小月，真……真的是你呀？

小月：先生在上，下人小月这厢有礼了。

说着话像唱戏一样地道着万福。说话全是小嘴，半音。

纪晓岚：开……开什么玩笑？爷以为来了客人了呢。小月，你看的什么书？

小月：《花间集》。先生，日已过午，不知先生是否已觉饥饿，欲用膳食否？

纪晓岚：啊，否。你……你先变回去，你先变回去，你这么说话我不习惯。怎么还学会之乎者也了？快变回去。

小月：若要用膳，是吃浆水汤面，还是炸酱捞面？

纪晓岚：不吃，什么也不吃。你这副样子，使我坐在这儿发冷，哪里还有心思吃饭啊。

小月：既无心思用饭，那我们不妨读些诗书以增雅趣……

纪晓岚：呀，行了，行了，你哪儿学的这样子啊，快变回去吧，我都起了三层鸡皮疙瘩了。哎，不信你过来摸摸。

小月不演了：你不是喜欢这样的吗？静女其淑……

纪晓岚：打住，喜欢是喜欢，那样的女子是读诗时脑子里跳出来的，大千世界中没有的，闭上眼睛看得见，睁开眼就没有了。小月，咱别闹了行不行？吃饭，吃饭，天底下吃饭第一，睡觉第二，其他可有可无。

小月：那你就闭上眼睛吧，再睁开，看我，看我。

小月拿了东西走：索然无味，不懂风月，了无情趣。"画屏重叠巫山翠，楚神尚有行云意"……

纪晓岚：什么情趣啊，到后来都成了无趣了。

街上。卦摊。

算命先生看着和珅说奉承话：呀，这位先生，命相真好哎，目似莲花，耳如锤……

和珅：打住，我不算。

算命：这么好的相，怎可不算？送您一卦。

和珅：用不着，求你算另一个人。

243

算命：什么人，是敌是友？

和珅：先不告你，此人巧舌如簧，眼小嘴阔，为人有一最大的嗜好，好抽口烟。

算命的边听边摇竹筒，啪地打出一支，再找卦辞。

算命：算他什么？

和珅：流年。

算命看了一会儿：有了，他今年命犯桃花。

和珅：有点儿意思。再问你，他是我的友是我的敌？

算命：什么都不是。

和珅：怎么讲？

算命：这位大爷，您别怨我说得不好听啊，他是您的克星。

和珅：……是啊，那我也克他吧？嗯？

算命：啊，互克。

和珅：哈，还算有道理。记住了，是互克，我也克他。刘全，给银子。

三

南府。

台上正在排戏，新坤角张了了，扮相好，身段好，正在台上舞袖，眼波似水，正唱《散花》。和珅在台下击节而和，十分陶醉。

一个班头正拎水过，和珅叫住：哎，洪老板，洪老板。

洪老板倒水：和大人，有事您吩咐，给您添点儿水，他们有唱得不对的地方，您给说说。

和珅：没有，很好。洪老板，这可是个新角啊。

洪老板：啊，新的，南班里找来的，年轻，还没唱出神来呢。

和珅：有神，有神。叫什么？

洪老板：没来得及改名呢，叫个张了了。

和珅：什么？了了，了了……了犹未了，了犹难了，乃了了是也。了了，好名字，没完没了，别改了，好名字。

与老板耳语，洪老板点头，再耳语，再点头。

和珅：……回头少不了您的。

洪老板：和大人您这话说的，我们还不得指着您吃饭啊。放心吧，事一定给您办了。

和珅看着台上的张了了，内心话语：怎么这么寸啊，想什么就来什么。

古董铺内。

纪晓岚正在看一件汝窑小豆。

纪晓岚看着有些眼熟：这东西……

掌柜：纪大人，单给您留的，绝好的玩意儿，送个礼啊什么的再好不过了。

纪晓岚：什么人值得我送这么大的礼。……这东西我像是哪儿见过啊！

掌柜：不会吧，这么好的东西，见不到三个人，一准儿就没了。

纪晓岚：这东西谁卖给你的？

掌柜：一个说话尖尖的山西客。

纪晓岚：多少钱？

掌柜：不敢蒙您，两……两万。

纪晓岚：这就对了，你知道我在哪儿见过吗？说出来可……

掌柜哆嗦：纪大人您别吓我……纪大人，这……这该……该不是宫……宫里的吧？

纪晓岚：你说得可真准，猜对了。在宫里见的，就前些日子，没几天的事……我说万岁爷怎么吵吵着宫里丢了东西了。

掌柜：什么？纪……纪……纪大人，您可不能吓我们。

纪晓岚：听着像吓唬你，其实没有一句是假话，全是真的。不信你就摆明面上，看有没有人来抓你。

掌柜：纪大人，这玩意儿，您要喜欢拿家玩去吧。这话怎么说的，还真收了宫里的赃了。……当时我见着那山西客就像个公公。纪大人，您……您……得，给您了。

纪晓岚：我买不起，不要。

掌柜：什么买不买的，拿家玩去，算我孝敬您了。

245

纪晓岚：有人见过吗？

掌柜：您是第一个。

纪晓岚：那收着吧，别给人看了。

掌柜：纪大人，您要不先帮我收着。您快拿走吧，现在我摸着都烫手了。

纪晓岚：没那么可怕，收好了，回头我不让你亏了就是啊。

掌柜：哎，哎。

民居。

一块大屏风。张了了孤独地坐在屏风前，一个婆子远远地坐着。屏风后，刘全在交代事。张了了无奈而仔细地听着。

刘全：你身上有功夫吗？

张了了：小女子学过。

刘全：轻易别露，身世故事都在这张纸上写着呢，你看完了按计而行。这是银子，置顶小轿，做些衣裳。这儿还有对玉玦，你拿一半，关键时见那一半按令行事。

张了了：……了了只是个戏子，其他……不会。

刘全：你看着办，你那柳哥哥还在绍兴大狱里等着你救他呢。这档子事，你要是给办成了，你那个柳哥还有救；你要是非得拿着性子说不办，话说在前头，我们可不求人，你看着办。

张了了无奈地将一只玉玦拿在了手中，攥紧，眼泪滴在了纸上。

张了了：这……这不是强人所难吗？

刘全：哎，这你可说明白了。明白了就好。拿着。

街上。

街上人来人往，热闹无比。秋声茶轩门口，小二忙来忙去地张眼看人。

纪晓岚边抽着烟边在街上走着。过秋声轩时，突然小二加上老板都从茶馆里冲了出来。

老板：纪大人，纪大人，您……您这几天怎么不来了？您瞅瞅您不收故事了，我这茶馆里连人都没有了，您好歹来看看啊。

纪晓岚：不看，不看。收故事收得人家编派起我了，我不来了。

小二：纪大人，您进来喝杯茶，有事，有事。

纪晓岚：你有事，我还有事呢，不去了。

老板：纪大人，你事再大也得进来瞅瞅，进来瞅瞅。

纪晓岚：有什么好瞅的，别拉我，你们开茶馆的也学会拉客了。

小二小声：纪大人，纪大人，有位小姐见天地来，等了您三天了。

纪晓岚：小姐？干什么的？

老板：大老远地听说您这儿收故事，赶着来了，说是想把自己的身世讲给您听。那小姐可是个苦人儿样，怪可怜见的，您快来吧。

纪晓岚：小姐？小姐也不去，爷我现在够乱的了。

老板：你好歹进去看看，给人个交代，听不听的再说。

秋声轩雅间。

纪晓岚一看如花似玉的张了了，先就不自在了。

张了了：久仰先生大名，今生得以相见，不胜荣幸之至。

纪晓岚赶快地烟先灭了，还礼：不敢，不敢，纪某浮于宦海，浪得虚名，其实是个俗人，俗得很。敢问小姐芳名。

张了了：小女子寻常的名字真怕污了大人的视听。……小女子姓张，艺名了了。

纪晓岚：哪个"了"，请写给纪某看吧。

张了了不好意思地在桌上写了个"了"字。

纪晓岚：哎呀，张了了，新颖，新颖。声音也好啊，平仄仄，好。啊，坐，请坐吧。小二看茶，看茶。小姐，听店伙说你在等……纪某？

张了了：听市井传言，先生在此坐堂而广收天下悲欢故事。

纪晓岚：啊，有，有，浮浅得很，浮浅得很。以资谈笑，以资谈笑。

张了了：了了原不会讲故事，但自家的身世，想想只有比那戏台上的故事更为……凄怆。原就无人可与交谈，想先生大才，又要记些笔墨，想想讲出来也许算是以小女子身世告慰天下苦痛人之心吧，也不枉受了那么多的苦。

纪晓岚一看流泪，自己也要哭，忍着：说得好。你……你这一哭倒是把我的泪也勾出来了。小二，笔墨伺候。

纪府。

小月在背古诗，杏儿拿着书在跟她对。

小月：感时花溅泪，恨别鸟惊心。烽火……连三月……烽火连……三月……连三月……

杏儿：家书抵万金。

小月：对，对，家书抵万金。我知道，我知道。再背一首。

杏儿：小月姐，我看别背了。

小月：为什么？不行，背。

杏儿：我觉得背诗没什么用。

小月：那什么有用啊？

杏儿：急了就……就哭，背诗那么辛苦，可能还没哭管用呢。女人嘛，哭是很当紧的，女人这么一哭啊，要是个好男人，他准受不了。

小月：他要受得了呢？

杏儿：那指定了不是个好男人，理不理的就没多大意思了。

小月：哭？哭？也对啊，我学学。

想装哭装不出来：我天生不会哭，怎么办？

杏儿：想伤心的事吧，怎么惨怎么想，没有哭不出来的。

小月：……还是哭不出来。

秋声轩雅室。

纪晓岚边记边流泪，拿着丝巾擦泪，擤鼻子。哭着记着，旁边一堆丝巾了。

张了了入神地讲着：我那可怜的妹妹，突逢家变，父亲坐牢，母亲病丧。我为葬母无奈自卖自身进了戏班子，妹妹没家了，亲人没有亲人，整日风餐露宿，得好心人一口饭吃，哪里还有书读啊，没有多久便病倒街头。

纪晓岚：人间悲欢，人间悲欢，嗯，好惨。

纪府。

小月照着镜子挤眼泪，脸都变了形了，还是哭不出来。杏儿在旁边着急。

杏儿：想你委屈的事，想委屈。

小月：……想……想也没用，不行，当着人我哭不出来，我天生就不是那种哭哭啼啼的女孩子，我不哭。杏儿，你个小孩怎么知道那么多事啊？

杏儿：我哪儿知道什么呀？不说你知道得少。

秋声轩雅间。

张了了故事讲完了，轻轻地用绢子擦泪，看对面纪晓岚已经哭得伏在桌上了。

张了了轻轻站起：大人，小女子真是不该，惹得大人跟着伤心。了了这厢告辞了。

纪晓岚也不顾及了，伸手拉住：你去哪儿？

不经意两人手就拉在了一起。

张了了：回南府。

纪晓岚：不去，再不去了。你该回南方去找你妹妹。

张了了：了了怎敢？了了此生苦已受尽，能将身世讲出已是幸事，谢大人，了了走了。

纪晓岚：了了，南府那地方不能再去了。

张了了：不去南府去哪里？……再说赎身要很多的银子。大人，你能陪我流泪已不敢当，其他再不敢想了。

纪晓岚：小姐放心，纪某……纪某人当全力相帮，全力相帮。

纪府书房。

纪晓岚情绪不高，一看便知伤过心了，还愣着神。

小月小声对杏儿：杏儿，我这哭还没学会呢，他倒像是哭过了。……先生。

纪晓岚：哎，哎。

小月：您是不是伤了心了？

纪晓岚又要哭：哎，岂止是伤心啊，我……我心痛。

小月：先生，您可千万别，我们受不了什么事啊，为什么伤心啊，说

249

出来让小月听听。

纪晓岚：说……说不出来。小月……求你件事。

小月：先生，有什么事，您就说吧，小月当不起个"求"字。

纪晓岚欲说还休：……真说不出口。

小月：先生，你说吧，凡小月能办到的。

纪晓岚：小月，能不能借先生点儿钱？哎呀真说不出口。

小月：说都说出来了，还说说不出口。我以为什么大事呢，借钱啊？
十两，给您，拿着使吧。

纪晓岚：……不够。

小月：不够？您要干吗呀？我可就这么点儿体己钱，旁的没了。

纪晓岚：那你拿回去吧，不够，先生我再想辙。

小月：十两还不够，先生您要干吗呀？买人啊？

纪晓岚：哎，你猜对了。

小月：买什么人？

纪晓岚：……更说不出口了，是个女的。

小月：我说怎么又流泪又借钱的呢，你买去吧。

纪晓岚：我指着什么买啊？就这点儿钱啊。

街上。

纪晓岚正走，和珅的轿子跟上了。

和珅：老纪，老纪。

纪晓岚：干吗呀？

和珅：你可真够省的，连个轿子都不坐，省钱干吗呀，买媳妇呀？

纪晓岚：啊？对……对了，我乐意。

和珅：这能省出什么来呀？真是的。跟你说缺钱不怕啊，找我啊……
只要你求我，我就借你。

纪晓岚：冻死迎风站，饿死挺肚行，我求你？我……

和珅：啊，对，只要你说句话我就借给你。

纪晓岚：……是啊，到时还备不住我真得求你呢。

和珅：求我？是啊，得看你怎么求了。快走，快。

纪晓岚：嘿，什么东西，咱走着瞧。

看着轿子走远，突然想出个主意：哈，我非让你和二求我不可。

南书房。

乾隆正在给内阁、六部训话。

乾隆：……自圣主入主中原之后，噶尔丹一直未平，好好坏坏，三年来朝，五年反叛。此次朕决心已下，不彻底平息，上对不起列祖列宗，下对不起连年征战的士兵百姓。阿爱卿。

阿图：臣在。

乾隆：朕封你为平西招讨大将军，即日起程。

阿图：谢主隆恩。

乾隆：诸位爱卿，还有事吗？

这话说完，和珅先看纪晓岚，纪晓岚一动不动。和珅也不动。纪晓岚看和珅不动，突然咳嗽。

乾隆：纪爱卿，有事吗？

纪晓岚：……没什么大事。

乾隆：各位爱卿退朝吧，纪爱卿留下。

和珅一听就紧张，但没办法，跟着退。

纪晓岚等百官退了后，假装神秘：万岁爷，臣当着百官不好说。

乾隆也觉神秘，马上探过身来：什么事啊？

纪晓岚：也不是什么大事，您干妹妹，就是小月啊，让我给您带双鞋垫。

乾隆：嘻，好，好，谢谢她，改日我请她听戏啊。就这事？

纪晓岚：就这事了。

乾隆：好了，好了，你退下吧，我也累了。

宫内夹道。

纪晓岚断定了自己晚出来和珅心里有鬼，一定会等着探口信。果然和珅假意从夹道中出来碰上了。

和珅：呀，纪大人，纪大人，老纪。

纪晓岚：干吗？该不是要请我吃饭吧？

和珅：吃饭，吃饭，你猜得可真准，就想请你吃饭。咱们吃山东馆子去吧？

纪晓岚：我没工夫。

和珅：那咱吃江苏馆子去？

纪晓岚：太甜，不去。

和珅：那随你选啊，随你还不成吗？纪……老纪，老纪，等等，等等啊。万岁爷说了什么话，跟我说说。我们都是做臣下的，不能这样相互攻讦，也不该遮遮掩掩，要互通信息，相互掩盖才是啊。老纪说说，万岁爷说了什么？

纪晓岚：哎，你这会儿求我来了？

和珅：也别说谁求谁了，相互提携，相互提携。

纪晓岚：万岁爷丢了东西，你知道不知道？

和珅：丢东西知道，丢了什么不知道。

纪晓岚：丢了什么你会不知道？

和珅：骗人是……是小狗。

纪晓岚：那你可要倒霉。

和珅：怕……老纪，怕你了，怕你了，这丢东西跟我有什么关系啊？我只有送东西来，哪儿有偷东西的理儿啊？

纪晓岚：说对了，你是不是送给万岁一个汝窑小豆？

和珅：是啊，哎，那天你也看见了的。

纪晓岚：我是看见了，所以万岁爷才问我的。

和珅：问……问什么？

纪晓岚：问……问……

和珅：老纪，纪老，呀，这可关乎性命，你快说啊。我求你了行不行？这可是急死我了。

纪晓岚：万岁爷问我……那玩意儿，和爱卿说是十两银子买来的，要真是十两的玩意儿还值得一丢吗？我这宫里的人也太不开眼了。

和珅：哟，我能说多少钱啊？老纪，东西是我送的不假，但丢了万岁爷不该疑我啊。

纪晓岚：万岁爷也没疑你，只是觉得一个十两银子的玩意儿，怎么刚看了两眼就丢了，万岁爷有点儿不信。万岁爷想把那小偷抓着，东西找回来，问清多少价。万岁爷说了，不是小偷不开眼，就是你撒了个大谎。

和珅：是啊？就这事？

纪晓岚：这事还小吗？

和珅：小是不小，可本老爷我不怕了。

纪晓岚：不怕，你胆可够大的，也不求我了？

和珅：想求都求不着了。

纪晓岚：说说道理。

和珅：老纪，你别想吓唬我，我和某要是那么不禁吓，早被你吓死了。想听道理呀？告诉你，那东西既然丢了就一定是找不着了，所以我不怕。

纪晓岚：是啊，可不是这个理吗？找不着了，没个对证还怕什么。可要是找得着呢？

和珅：找，谁能找着？

纪晓岚：我，在下，本人。老纪我能找着，我看见了。

和珅此时真是前倨后恭：哎呀，看怎么话说的？老……老纪，老纪，旁的不说了，咱先吃饭，咱先吃饭。

饭馆。

纪晓岚吃着，和珅在边上陪着。

纪晓岚：小二，来来，你们这儿有一味菜叫"看着糊涂"吗？

小二：老爷，那是什么菜啊？没有。

纪晓岚：吃着明白呢？

小二：也没有，这都是什么菜啊？

纪晓岚：没有呀？什么馆子呀？你下去吧。

和珅：老纪，您又玩笑了，那是咱去曲阳吃的菜，这儿怎么会有呢？

纪晓岚：哈，你还记着呢。好了，吃得也差不多了。

和珅：老纪，您刚才说，那东西您看见了？

纪晓岚：我看见了，太贵没买。……价太高了。

和珅：老纪，我不嫌贵，你告诉我，我去买。

纪晓岚：别人去了，他还不敢卖。

和珅：为什么？

纪晓岚：我实话跟他说了，那是宫里丢的东西，查出来杀头。

和珅：老纪，你这不是害我吗？

纪晓岚：哎，把那个盘子给我挪过来。

和珅赶快挪：请请，老纪，咱不怕花钱，咱把它买下来。

纪晓岚：……那得我去。

和珅：那一定得您去啊。

纪晓岚：算你求了我了？

和珅：我太求您了。

纪晓岚：行，银票……

和珅掏衣服：多……多少？

纪晓岚：两万五千。

和珅：这么多？

纪晓岚：嫌多呀？你不要，明儿个我买了送皇上。

和珅数银票给纪晓岚：要，要。钱我不怕花，这东西我可得真见着了。纪……老。

纪晓岚：你放心，晚上给你送家去。

和珅：那好，我等……等着您。

和府书房。夜。

和珅仔细地看着那只汝窑小豆。

和珅：刘全……

刘全：爷您吩咐。

和珅：谁送来的？

刘全：纪府的下人。

和珅看见了那道璺：确实是那只，这不是有道璺吗。……这老纪还……还真的有一套。刘全，把门关严了。

刘全把门关死了。

和珅砰的一声又给摔了。

刘全：老爷。

和珅：连同花园里的那只，一起砸成末子。就在这屋里砸，砸完了埋了。快去呀。

刘全快跑出。

和珅：纪晓岚啊纪晓岚，你以为你蒙了我的银子，我就输给你了，告诉你，钱可不是那么好蒙的。你用钱要干什么爷不是不知道，这会儿爷我该看你的戏了。

南府门口。夜。

纪晓岚赎了张了了出来。

纪晓岚：慢，慢点儿，轿子。

张了了：纪先生，方才人多，不容了了行大礼，值此之时让了了行个大礼，谢您搭救之恩吧。

说完要跪。

纪晓岚：不必，大可不必。不是地方，快起，快起，看跪脏了裙子。

两人一让都跪下了，两人表情缱绻。

轿夫：哎，怎么当街就对拜了？还要轿子吗？

纪晓岚：要，要。了了小姐，请上轿吧。

张了了：纪先生，将送了了去何处？

纪晓岚：回府。

张了了：怕……怕不方便。

纪晓岚：没什么不方便的，纪某家里没什么人。再说有人纪某也不怕。只有两个姑……两个下人而已，很方便的。请上轿，请，请。起轿。

纪府大门内。夜。

杏儿听见一个劲儿地敲门：来了，来了。是老爷吗？

纪晓岚：杏儿，是我，快开门，快开门。

杏儿：来了。

纪晓岚春风得意地端着大烟袋进来。

杏儿：老爷，饭在锅里温着呢……

纪晓岚：吃过了……哎，别关门，后边有人。……轿子呢？进，请进。

小月此时才从正屋中出来，站在台阶上看见一顶轿子抬进来了，觉得有些不对。

纪晓岚高兴地让着轿子：来，来，慢点儿，慢点儿。了了小姐，到

255

了，请下轿吧，了了小姐。

小月、杏儿一听小姐，都愣了。

轿帘一撩，张了了美艳无比，文静贤淑下得轿来。

小月一看下来个女子，真气了，回身要走。

纪晓岚：小月，小月啊，来，给你们引见引见。杏儿你也来。

上手还扶了了出轿。

纪晓岚：这位呢……我先介绍我们家的人啊。这位是杜小月，小月姑娘跟随我多少年了。这是杏儿。

张了了彬彬有礼道万福。

杜小月、杏儿没办法，也草草还礼。

纪晓岚：小月、杏儿，这位是新来家中啊……暂……暂住，暂住的张小姐，张了了。来，请，请。

小月看似生气，一下缓过来了：慢。先生，有句话问您。张小姐，您可别介意啊。……先生呀，这张小姐您叫张小姐啊，或什么了了都行，可我和杏儿该叫什么呀？是不是该叫……夫人？

纪晓岚：哎，别，别，都叫张小姐，大家先都叫张小姐，倘若亲了再不妨叫了了姐，或了了什么的。以后怎么叫，看……再看。请，请。

让张了了一起进正房。

轿夫：哎，老爷您把轿钱结了吧……

纪晓岚：忙忘了，小月啊，你给钱结了吧。

杜小月原就有气，这会儿账倒让她结了。

轿夫：小姐？

小月：干什么？

轿夫：您受累结了吧。

小月：结不着，谁让你抬的轿，你找谁结去……

轿夫：小姐，这可不怨我们啊……这老爷也是，家里有这么漂亮的小姐，还……

小月：我问你啊，人是从哪儿抬来的？

轿夫：南府。

杏儿：南府，小月姐，那不是个唱戏的地方吗？

轿夫：没错，唱戏的地方。

256

杏儿：小月姐，她是个唱戏的，到时候那她可会演戏了。

小月：好啊，她演她的，咱不瞧。杏儿，关街门，咱睡觉。

纪府后花园。

纪晓岚正跟着张了了学吊嗓子。

张了了：噫……啊……

纪晓岚声嘶力竭，用手拉脖子：噫……啊……

张了了：吊嗓要用丹田气，嘴角向后拉平了。噫这个音是闭口音，往脑后走，唱好了声遏云天。噫……噫……

纪晓岚铆足一口气：噫……噫……

花园旁屋内。

杜小月、杏儿都捂着耳朵，听得痛苦得不得了。

杏儿：小月姐，知道的说老爷在学戏呢，不知道的以为咱们老爷在挨打呢。

小月：什么先生啊，原来整天地家国天下地想着，这来了个唱戏的，怎么就跟变了个人似的。快……又来了。杏儿，不能再听了，咱走吧，让他们叫去。

杏儿：小月姐，不看着他们了？

小月：不看了，看也没用。我看出来了，他们无非就是吊吊嗓子、舞舞袖子，有我在他们也没什么大不了的。咱走。

御史文事房。

两个官员正在为一个折子吵嘴。

御史甲：善大人，这样的折子怎么能留中呢，回头万岁爷怪罪下来，可是要杀头的。

御史乙：什么了不起的，林大人，这折子可不能递上去，那是徒生事端，到时惊动了万岁爷，弄来弄去，事办不成，两败俱伤。

刚说到这儿，太监：万岁驾临御史房啊。

众御史大惊接驾。

乾隆昂然而入：都起来吧，都起吧，朕随便走走，看看。没有什么正

257

经事，你们干你们的啊。

众御史都跪着不敢动。乾隆看见了那些折子：这些都是留中的折子吗？

御史甲：回万岁爷，那些都是留中的。

乾隆：有浙江的吗？

御史甲：各省都有，浙江多一些。

乾隆：别的我不看了，把浙江的挑出来，给朕送过去。跪安吧。

众御史：吾皇万岁、万岁、万万岁。

卢府。

卢焯正急着让家人收拾着豪华的摆设，该收收，该打包打包。

卢焯：把架子上的古董都装箱，快。这件金器怎么能摆外边呢？要命的，要命的。

自己边说着边烧着书信。火盆着着，烟雾腾腾。

卢安：大人，和大人到了。

卢焯：快请，快请。

和珅挥着烟进来，看着乱七八糟的家：哎，这是干什么呢？怎么？要逃难啊？

卢焯：和大人您可别开玩笑了，现在可不要逃难吗，要不过几天就难逃了。你们先下去，看茶。

和珅：又听到什么风声了？像你这样的官也真难做。

卢焯：和大人，说句心里话，早知有这么提心吊胆的，我……我这官就不做了。以为当个巡抚是美差呢，到地方上收些钱，把事给铲了，谁知这么没完没了。

和珅：看看，看看，你能做什么大事啊，一点儿风吹草动便如天塌地陷一般，你这样的官再做下去，还不就做死了？

卢焯：和大人，您不会不知道吧？万岁爷把留中的所有的浙江的折子全都调看了，这……这不明摆着吗？

和珅：那又如何，这不是极寻常的事吗？万岁爷前天还调山西的折子呢，有什么大不了的，这么大一个国家，天天出点儿事稀奇吗？不稀奇。漫说一个国了，一个家天天还有事呢。所以说咱们这些做官的，不要怕出

258

事，出事了，想办法铲平不就结了？怕事还做什么官啊？

卢焯：小事能铲，那大事要是万岁爷知道的……可就难了。

和珅：万岁爷知道的事多了，再说，说句大不敬的话，万岁爷就是知道了，他也不清楚，他要想弄清楚了，还是得派人去办。这办事的人啊，打个比方啊，就像是个开洗染房的掌柜的。你是黑的，他能给你洗白了；你是白的，他能给你染黑了。再说句大不敬的话，万岁爷他就是再明白了也得装几分糊涂，他要真都看清了，这江山啊，他也就坐不住了。他是个明眼人也得当半个瞎子。所谓朝廷啊，不能只有他一个人吧，既叫朝廷，就有你我这样的官。

卢焯：和大人，你说了这半天黑黑白白的，理是不错，但您明说一句，下官怎么办？

和珅：好办，把收起的东西全掏出来摆上，金的银的都不怕，该怎么过日子怎么过。到时就看洗染房怎么染你了。

卢焯：这……这洗染房要是您开的，下官当然不怕，若是纪晓岚那样的官，下官还真有点儿吃不消。

和珅：你放心吧，他纪晓岚现在可顾不上了。

街上。

大街上人来人往。小月和杏儿抱着一大堆零食——棉花糖啊、糖葫芦什么的，边嚼边逛。

杏儿：小月姐，都快晌午了，咱该给老爷做饭了吧？

小月：不管，咱们吃咱们的玩咱们的，不管他，让他唱去吧。哼，我就不信唱戏也能当饭吃。

话刚一落，看见乾隆背影，一个人坐在茶汤摊前喝茶汤。

小月：呀，那……那不是皇……黄三哥吗？

抱着一堆东西跑了过来。

小月：黄三哥，黄三哥。

正喝着茶汤的乾隆赶快回头：哎，小月妹妹呀，真巧，坐，坐。

小月：杏儿，快来，这是黄三哥，来，坐下。小二再加两碗……待会儿我三哥的账也算我身上了。三哥来吃，棉花糖，糖葫芦……杏儿，你去再买点儿果子来吃啊，去吧。

乾隆：哎，小月你……你那头等的大事……哥我还没给你办成呢，你就这么谢我啊。嗯，好吃，哥一定上心啊，一定上心。嗯，好吃，这是什么呀？

小月：棉花糖。三哥您说的事呀，不用办了。

乾隆：怎么了，信不过哥啊？

小月：不是。算了，哥咱不说这行不行，您吃，您吃。

和珅正巧路过，在轿内，和珅正看见乾隆与小月在一起吃东西。

和珅：住轿。怪啊，不会是碰上的吧？天下有这么巧的事？

刘全：老爷，有事啊？

和珅：没有，停会儿……等等，给我买点儿果品去，快。

乾隆：小月，你……你好像不太高兴啊。

小月：黄三哥，我跟您实话说了吧，先生的心思您不知道，急着把我嫁出去，是想自己娶亲了。

乾隆：什么？纪……纪大烟袋心里有人了？他要娶亲？

小月一听就要哭：啊，他心里有人了。

乾隆：这倒是个新鲜事了，什么人能看上他啊？

小月：哥，您还高兴呢。

乾隆：不该高兴吗？朕……真想看看纪大烟袋谈风月时的样子。

小月：你可别看见，看见了，一定酸倒了牙。哥快吃啊，吃，不说他了。

纪府书房。

张了了拖着水袖正在边舞边唱地教着纪晓岚舞身段。纪晓岚拖着两片白布，虾米腰一样地走着小圆场，水袖乱舞，缠在脚上差点摔了。张了了飞快上前一扶，两人正是扶来扶去扶不起来时。

书房外，和珅带着刘全带了食盒边走边问地进来。

和珅：有人吗？有人吗？怎么街门也不关？

进了房，刚一推门，看见屋里纪晓岚与张了了正手忙脚乱地扯水袖。

和珅赶快假装不看，回头：哟，来得不是时候，没看见，没看见啊，

260

可不是时候。

书房内，纪晓岚与张了了终于扯开了。

纪晓岚：谁啊？和大人吧，进，请进。

和珅假装低着头似看似不看地进来：纪大人，来得不是时候。"春满院，罗衣金线，檐前双语燕。"您可别见怪啊，街门他没关啊。刘全把东西搭进来。

纪晓岚：哎，和大人，您怎么这么客气起来了？

刘全搭东西进，全是吃食，时鲜果品。

和珅：没有，没有，街上走，看那些担着鲜梨、鲜西瓜的人走过，看着实在新鲜，想您是河北人必定爱吃这一口。鲜货献于识家，也就买了些，尝鲜，尝鲜。

纪晓岚一看梨，拿起吟出一行梨的诗来：甘棠诗所歌，自足夸众果。

张了了下意识地接了一句：爱其凌秋霜，万玉悬磊砢。

和珅逞逞精神接下句：园夫盛采摘，市贾争包裹。

纪晓岚：好梨，送得正是时候。小月，小月，杏儿，杏儿。

和珅：别喊了，家里没人，街门都开着呢。

纪晓岚：这两个小妮子，真是的……那我去。

张了了：纪先生，待小女子收拾去吧。

纪晓岚：你不用动，你怎么……哎，和大人，了了小姐您不认识吧？

和珅：正等您引见呢。

纪晓岚：张了了小姐，昆腔唱得好，刚才正教我唱《散花》。了了小姐，和大人，昆腔专爱者，时常唱些荒腔走板的段子，爱则爱矣，难有成就。

和珅：您听他的呢。了了小姐，改日要登门请教了。我唱《活捉张三》，宫字调，本钱还是有的。

张了了：见过和大人。

纪晓岚：跟和大人不用客气，不用客气。……洗梨（离），洗梨啊。

其实是想催和珅走。

和珅明白了：洗梨，起离……我明白了，你这是催我走呢。

纪晓岚：和大人听差了吧？

和珅：我会听差？你沉于风月之中我还看不出来？我这就走，有句话

261

借过一谈。

纪晓岚与和珅到了角落里。

和珅：纪大人，听说万岁爷要点你的钦差。

纪晓岚：听谁说的？和大人，你是不是怕老纪去呀？

和珅：我会怕你去？你知道我与巡抚卢焯素有不和，只不过是万岁爷过于信他就是了，我倒是希望你去呢。

纪晓岚：是啊，那……那我就不去了。

和珅：为什么？

纪晓岚：你从来都是不说真话的。你嘴上说想让我去，必定内心不想让我去。这次呢……我不跟你计较，就应了你。

和珅：为什么？

纪晓岚：纪某人现在有私事。

张了了洗了梨来。

张了了：两位先生请用。

和珅一看梨都是切开了的，马上借景道了一句京白：啊呀！明白了，那梨原是不能分的呀。得，我也不吃了，告辞，告辞。

茶汤摊。

小月：皇……黄三哥。

乾隆：哎。

小月：先生最近没差可出吗？

乾隆：差……没有，没……小月，您想让他出差啊？

小月：也不是，只是实在不愿看着先生那……那种样子。

乾隆：小月，你哪里是不愿看先生啊，是不愿看……看那个了犯难了吧。好，回头哥给你想辙。小二，结账。

说完乱摸口袋，其实没带钱：呀，坏了，没带银子。

小月：我有，说好了请您的，杏儿会账。

乾隆：欠你顿鱼翅席啊，欠你，上回你送我的鞋垫子还没谢你呢。

小月：鞋垫，什么鞋垫啊……啊……对对对，鞋垫子，小意思小意思。

乾隆：哥回头一并谢你啊。……走了。

小月：哥……再见。

小二正找钱，不经意说了一句：什么人啊，连碗茶汤都请不起。要不是姑娘你们俩来，他都走不了，还吹牛说改日吃鱼翅席呢。姑娘，这样的男人你可别信他的，穿得可怪好的，身上一分钱都没有。

小月：是啊，就是，蒙人，信他才怪呢。杏儿，咱走。

四

乾清宫。

百官朝贺：吾皇万岁、万岁、万万岁。

乾隆：诸位爱卿平身。近日突发感想，想朕乃一国之君，每日勤于国事、政务，虽说是天子之德，理当如此，但话不妨这么说说，天子是天子，那天子之力加起来能有几人之力？十人？百人？千人？万人？

和珅：吾皇万岁，天子德贵而神出鬼没，力高于九霄，岂千人万人可比？

大臣甲：吾皇之文韬武略实在乃是神力，岂可以常人相比？

大臣乙：吾皇万岁，乃上天受命……

乾隆：好话，好话。好话朕也爱听，但朕之能力只有朕心里清楚。朕一人之力大概优秀之人两个也抵不上。诸位爱卿，你们都该算作是优秀之人吧。

百官全跪下：臣等万死。

乾隆：不相干，不相干，都起来吧，听朕把话说完。比如啊，这折子一上来有两份，一个说张三好，一个说张三坏。朕看看这个有理，再看看那个也有理。朕就拿着这两份折子左右不是。所以说朕连两个人的力都没有，不是为谦，你们也不用请罪了，是朕的实话。朕一个人斗不过两个人，何况百官？

说到这儿又变色了。故意静，喝水。百官全都抖起来了，尤其卢焯。

乾隆：闲话不说了，民间有句俗语叫作"苏杭收，天下足"，其意就是说，苏杭两地只要当年丰收了，全天下人吃的就都有了。苏杭实乃朕江山之粮仓也，历朝历代君王都是很看重的啊。所以朕先是派了卢爱卿前去浙江为朕查看，很好。朕呢此番还想请位大员前往，不是信不过卢爱卿，

263

实在是苏杭乃重地。有哪位爱卿愿去啊？

众人不动，和珅盯住了纪晓岚，纪晓岚不动，和珅也耗着。

乾隆：朕再说一句，没有什么实在的事，只是代朕查勘，当奖则奖，当罚则罚，以求安稳。

说着看纪晓岚。和珅看火候到了，主动请缨。

和珅：启禀万岁，奴才和珅愿往。

乾隆：嗯，好啊，终于有应的了。和爱卿果然是心忠而力逮，实是朕之重臣。好，朕……委你为两江总督。

和珅：奴才谢主隆恩。

乾隆：今天和大人主动请缨，实在是深得朕心。可是某些人，平日里说的是兴邦救国的话，到此时都踟蹰不前。……纪爱卿，你今天好像没什么精神嘛。

纪晓岚：回万岁，臣正……正在戒烟，所……所以有些萎靡。

乾隆：啊！你……你戒烟了？朕说怎么看着别扭呢。你……你居然会戒烟了？因何而戒？

纪晓岚：回万岁，臣正……正在学唱昆腔，怕嗓音失润，所以戒烟了。

和珅：雅，雅，真是雅不可耐也。

乾隆：好理由。昆腔，你倒是不爱则已，爱之弥深啊！你……没想到有人居然能让你把烟戒了。纪爱卿，今天朝上你不但萎靡，且对朕之苦心没有一丝领会之处，你是太不忠不敬了。

纪晓岚：回……回万岁爷，苏杭之事，臣不是不想去，实在……实在家中有事，脱不开身。

乾隆：大胆！又是家事，上次你夜闯南书房，说了通家事，朕没有怪你，你现在又来说家事，难道朕的国事就不算事了吗？不错，齐家治国平天下，但你几次三番地说家事，心中还有国事吗？纪晓岚，你知罪吗？

纪晓岚：臣……臣知罪。

乾隆：什么家事，无非是啊……朕今天给你留点儿面子，不点破你也就算了，但你之行状，不罚你不足以平朕怒。你……你不是不愿意离家吗？朕偏要让你出差。来人，拟旨封纪晓岚为两江巡抚，领浙江事，不日与和大人同行。卢焯回浙江述职。三人一同前往。退朝。

百官：吾皇万岁，万万岁。

和珅、卢焯大惊。

宫内夹道。

纪晓岚假装不高兴在走，看和珅在前。

纪晓岚：和大人，和大人。和二！

和珅：叫什么叫？听见了。

纪晓岚：和二，你给评评这理，哪儿有家里有事非得点了让出差的？万岁爷也太不体恤朝臣了。和大人，您最清楚啊，我现在实在有私事呀，不好出门是不是？

和珅：是，是。怎么万岁爷偏偏点了你呢？

纪晓岚：谁知道啊？和大人，你知道我原本是极不愿与你出差的，你看看这……

和珅：呸，谁愿和你出差啊？讨厌。

纪府书房。夜。

张了了正在教纪晓岚唱《西厢记》中红娘让张生拿棋盘盖着头的一场。张了了在前边走着圆场，张生在后边走矮子功。可怜那纪晓岚蹲又蹲不下去，蹲下去了又走不成，勉强几步已累得一头是汗，喘。

张了了：这会儿得走矮子功，把腰立直了，蹲下，脚往前踢，一踢一踢地走，起起伏伏的才好看，来……再来一遍。

纪晓岚又勉强爬起来，跟着走，狼狈不堪。

纪府院中。夜。

小月和杏儿生气地坐在外边台阶上，明月高悬。

杏儿：小月姐，咱们这儿都快成戏班子了。……看着咱老爷也怪可怜的。

小月：一点儿都不可怜，累死他活该。杏儿，晚饭做得了吗？

杏儿：做得了。

小月：喊他们吃饭，他们不饿咱还饿呢。

杏儿：哎。老爷，张小姐，吃饭了，吃饭了。

纪晓岚：哎，好，吃饭了，吃饭了。可吃饭了，了了小姐，咱今天就到这儿吧。

卢府书房。夜。

一桌子的菜，和珅吃饭喝酒，卢焯毫无心情。

和珅：嗯，卢大人，这味青蛤不错，有些粤菜风范，来吃，吃。

卢焯：和大人您吃，您吃。

和珅：这是在你们家，你请我，我这让来让去倒像我请你了。来吃啊。

卢焯：和大人，说句心里话，实在是吃不下。……这万岁爷今天在殿上跟纪晓岚怎么看着像是唱戏似的，面上看着不愿去，内里我觉着是演给人看的啊。

和珅：也不见得是演给人看的，不过君臣之间哪有不演戏的。我今天主动请缨也会有人以为我是演戏呢。演尽管演，那要看谁演得好。来吃，吃。

卢焯：和大人，这纪晓岚一跟着去，我还哪儿有心思吃饭啊？

和珅：嘿，他去自有他去的对策，愁什么？来，吃吧。

纪府书房。夜。

纪晓岚、张了了、杜小月、杏儿也一起吃饭。纪晓岚舀起一勺汤，稀得只有几个米粒，桌上是几碟子咸菜。

纪晓岚：小月，小月。

小月装傻：先生，您说。

纪晓岚：有没有干的啊？

小月：这清清水水的多好啊，先生您不是怕晚上积食吗？

纪晓岚：我……那是原先，现在我每天练功吊嗓，肚里早没食了，哪还有食积啊？

小月：那……那正好啊。张小姐不是说了吗，饱吹饿唱，饿一饿才能唱，对吧，张小姐？

张了了：理倒是这个理。

小月：先生，您听见没有？张小姐都说了，理是这个理。先生，我这

266

是为你好，什么时候唱成角了，我和杏儿好买票给您捧场去啊。

纪晓岚：我可没那么想，不是为了玩玩吗？杏儿，给先生做点儿干的去。

小月：对不起先生，火都压好了，您要不吃啊，我收碗了。

纪晓岚：别收，别收，我吃，我吃。我这一天都快前心贴后背了。

小月、杏儿看着高兴。

卢府书房。夜。

和珅酒足饭饱正用牙签剔牙。

和珅：卢大人，卢大人。

卢焯：和大人您说。

和珅：有主意了。万岁爷让他纪晓岚去，咱不会不让他去啊。求两人不如求一人，你这顿饭没白请，和某已然想出点子了，让他走不开。

纪府花园。

纪晓岚在花园里自己声嘶力竭地吊嗓子。左看右看不见张了了出来，没心思了，问小月。

纪晓岚：小月，小月，张……张小姐怎么没出来啊？是不是病了？我……我去看看。

小月：先生，您别看了，还没起呢。我问过了，说心口疼，想吃药。

纪晓岚：呀，那还得了，我抓药去，我去抓药。初来乍到的，不服水土，不服水土。

小月：先生你别跑了，我去，我去吧。您接着吊吧。

纪晓岚：还是我去，我去。

小月：您还没吃饭呢。

纪晓岚：抓完药回来吃，先抓药去。

纪府大门街上。

卢安带着几个人一直盯在纪晓岚的大门口。卢安一看纪晓岚出门了，马上使眼色。一个推车的人就跟上纪晓岚了。有个家丁飞快地跑着。

纪晓岚什么也不知地走着。

街上。

阮妈如旧穿着打扮，戴花，拿着个大烟袋从街门里急急地出来了，边走边说。

阮妈：这么早就出来了，在哪条街，哪条街？

街上。

纪晓岚从药铺里拎着一包药出来，没走两步，旁边小胡同阮妈叼着烟袋拐出来了，故意一撞，砰，纪晓岚的药飞起掉在地上了，赶快捡。捡药时看见了阮妈那双红红的绣鞋，听见阮妈在说。

阮妈：哟，这是谁呀这么不长眼睛，大清早就撞老娘……我的腰啦。哎哟，我可骂了啊。

纪晓岚：别骂，我还没骂呢。

阮妈：呀，真是冤家路窄，这不是纪大学士吗？快，快，我扶您一把。

纪晓岚：用不着。

阮妈：纪学士您不认识我了？呀，抓药啊？抓什么药啊？保胎药还是打胎药啊？

纪晓岚：呸，你……你说的什么话！

阮妈：哟，瞧我这嘴，街上这么多人，我一点儿遮拦都没有了。对不起啊，小声，我小声点儿啊。纪大人，是哪位姑娘啊？听说您又接了位唱曲的姑娘进府，纪大学士，您可在意点儿身子骨啊。我这话虽不好听，但是好话。

纪晓岚一看人多反而不急了：是啊，您是过来人，您最清楚。阮妈妈，这回又有人给你仨瓜俩枣的一壶醋钱了吧？今天本老爷心情好，不妨说说你。这三姑六婆里边，跟你说，最坏的就是你们媒婆，走东窜西，颠倒黑白，挑拨是非，再没见过你这样平地生事的泼妇了。跟你说，你做不了媒了，出不了几天，你就该倒霉了。

阮妈一看正是时候，开始撒野泼。

阮妈：哎呀，我的天呀，这么大的学问家啊，当街可骂死我了，街坊邻居们都在啊，我可不活了。

纪晓岚：你几次三番地挑衅，跟你说，谁花钱雇的你本老爷清楚，早晚治你罪。按理说大人不与小人见识，但本老爷就是要治治你这种当街卖泼、搬弄是非的人，你已是一而二了，本老爷等着你二而三呢。

阮妈听到此故意翻白眼砰倒下了。

纪晓岚刚要走，一帮卢府的人装成老百姓过来了。

众人：不能走，不能走。人死过去了，人死过去了。

阮儿拨开人群冲了进来，拉住纪晓岚不放：妈！妈！你欺负我妈，你不能走。

街边一乘骡轿车，和珅与卢焯都在里边。

和珅：好，好，闹，闹，任你再有理也架不住有当街的泼皮啊！让你丢人现眼，卢大人，看清了。

卢焯：看清了，和大人，坏不了事吧？

和珅：只有坏他的事，哪儿有坏咱的事啊？晚上的事你安排好了？

卢焯：安排好了。

只见那边纪晓岚被人拉扯又推又搡，好容易从人群中冲了出来，已很狼狈。

纪府书房。夜。

纪晓岚头上脸上都是青的，衣服也破了。杜小月正给他敷药。

小月：先生，疼不疼？

纪晓岚：不知道疼了，气，气，只有生气了。小月，我嘴上说知道谁在买泼害我，可真让我说又说不出来，你想想他们这是干什么呀。

小月：害你，人家怎么会以这种事害人，怪你行得不……不端。

纪晓岚：小月，别人说闲话，你也这么说啊，先生我还行得不端啊？我……我……咱俩这么多年，我……我有什么出轨的事吗？我跟和尚可差不多了。全是你们害的。

正说到这儿，张了了拿了个包袱，装得很虚弱地出来。

纪晓岚：哟，了了小姐，你怎么起来了？快，快躺着去。

张了了：先生，了了特来告辞。

纪晓岚：这是怎么话说的，这与小姐没关系啊。你别听了风就是雨，快快躺着去，我好好的。

269

张了了：先生、月姑娘、杏姑娘，了了虽是低贱之人，但自视心很高，道理也懂得一些。今天之事，大概是了了不好，害得先生在街上受人闲话了。了了这就告辞了。

说完话想行个礼，一蹲眼前黑了一下，要倒。纪晓岚冲上前去扶起来，线也扯断了，敷头的药也掉了。张了了似顺势倒入他怀中。纪晓岚抱着叫。

纪晓岚：了了小姐，了了小姐……小月、杏儿，快快掐人中，拿凉水来。小月、杏儿。

再抬头一看，屋内一人没有了，空空的。

纪晓岚：哎，怎么都走了，我可是救人呢，怎么什么都不对了？了了，了了小姐你醒醒，你醒醒。

张了了醒。

张了了：纪先生吗？我这是在哪儿？……我要走。

纪晓岚：你可别吓我，你哪儿也不能去，再出了事，我可就真的扛不住了。

小胡同。夜。

阮妈喝过了酒，夜里回家，手端烟袋唱曲。

阮妈：二八的那个小佳人，她得了一点儿病啊。

拐过弯来，两个黑衣人突然冲了过来，一下把阮妈掐住。

阮妈：哎，谁，谁？祥子，祥子有人害你妈，有人害……

两人故意等她喊完了，一边一刀将阮妈杀死，扔在地上。两人飞快而逃。远处卢安看清了后，一口将灯笼吹灭，走了。

阮儿听到喊从院门里冲出来，打着灯找人。

阮儿：妈，妈。

一脚绊倒，灯也摔了，大喊：妈！妈！啊！杀人了，杀人了！

乾清宫。

乾隆：众位爱卿，今天旁的事先不说了，将前天的事议定吧。和爱卿、纪爱卿、卢爱卿。

纪晓岚、和珅、卢焯：臣在。

270

乾隆：苏杭之事，你们三人什么时候动身啊？

和珅：奴才等已议好，三天之内必然动身。

乾隆：好，越快越好。早去早了，以安朕心。

吏部卿突然出班：启禀万岁。

乾隆：什么事，讲。

吏部卿：两江之事，三人中有一人不能去。

乾隆：什么？谁不能去？

吏部卿：纪昀纪大学士。

乾隆：为什么？

吏部卿：昨夜陕西巷出了命案，此案现查明与纪大学士有牵连。

乾隆：命……命案？纪晓岚，你一日之间又与命案有涉了，你真是越来越让朕刮目相看了。什么人死了？

吏部卿：一个姓阮的媒婆。

乾隆：媒婆？媒婆死了会与纪晓岚有关？纪晓岚你……你怎么轻薄如此，太不自重了。

纪晓岚：回万岁爷，不是臣与媒婆有关，实在是这媒婆一直在找臣的麻烦。

乾隆：那还不是有关吗？

纪晓岚：万岁爷，容臣说一句话，臣活在民间，每日里要走街串巷，或于茶肆或于书馆之中流连。

乾隆：很……很惬意吗？

纪晓岚：万岁所言极是，倘若这世上之人都似在君子国中一样你亲我爱，谦恭有礼，那实在是如您所言，惬意得天堂也不想去了。然人活世上，不免睁眼就看见那些不愿看的事，有人骂街，有人撒泼，有人无端生事，欺负良善，有人花钱雇凶以邪压正。每看此景想想谈何惬意，混此一生吧。

乾隆：纪晓岚，你……你把朕的天下说成什么了。

纪晓岚：万岁爷，您先别生气，您宫里前些日子不也丢了东西了吗？宫里尚如此，何况民间？

乾隆：好，就算你所言有理，可……可你也不能杀个媒婆呀！

纪晓岚：回万岁，纪昀并没有杀媒婆，倒是那媒婆曾在茶肆之中编排

271

故事，造谣生事，闹得臣家中不和，臣为息事宁人，退而避之……万岁爷，臣不是还有家事求过您吗？忘了？

乾隆：噢，是那个媒婆啊？朕也觉她有些匪夷所思。

和珅、卢焯一动不动，生怕说到自己。

纪晓岚：昨日那媒婆再次当街生事。话臣就不要学说了，臣以为此人乃是受人驱使，实在地为了害臣。

乾隆：吏部。

吏部卿：臣在。

乾隆：查明那媒婆可是纪学士杀的？

吏部卿：尚没有。

乾隆：没有就在这儿风闻言事！好在那恶妇朕见识过，否则真就……纪晓岚。

纪晓岚：臣在。万岁爷，您什么时候见过？

乾隆：这你不用问了。朕以为你不至杀人，尤其不至杀一婆子。两江事照旧吧。

纪晓岚：回禀万岁，臣不愿背个黑锅下去出差。

和珅看时机到，卖好：启禀万岁，奴才愿为纪学士作保，倘若纪晓岚有杀人之罪，奴才……奴才愿摘去奴才的顶戴花翎，凭圣上处治。

卢焯：臣也愿保。

百官：臣等也愿保。

乾隆：起来吧，都起来吧。纪晓岚，你……你人缘不错嘛。

纪晓岚：所谓君子不党，遇难而自有朋友周济也。不是臣人缘好，是便宜话好说。

乾隆：好了。案子不妨审着，一定要查个水落石出，这边你们择日出行啊。退……

纪晓岚斜看和珅：臣还有些话说。

和珅：奴才也有话要说。

乾隆：好，你们两人留下说话，百官退下吧。

纪府。

大门一开，张了了带着一队抬家具的人进来了，全是那种高级的红木

272

家具。

张了了：来，来，先把屋里的家具搬出来，再把这些家具抬进去啊。千万地别磕了碰了的，慢啊，慢。

杏儿、小月听见动静急急地跑了出来，一看那么多家具、那么多的人，忙问。

杏儿：张小姐，您这是干吗呀？

张了了：屋里的那些家具粗傻，实在不堪入目，我一早去了木器行，正看上这些极为文人气的前朝样式，就订了全套的。你们两个屋里也有啊，每屋一套。来，来，轻点儿，轻点儿。

小月：了了小姐，您不知道先生要出门啊，还买这么多的家具？

张了了：他出他的门，这日子咱们不是还得过吗？

杏儿：张小姐，您昨天可哭着要走来着。

张了了：我想通了，不走了，以后日子还长呢，这不才买了家具来了吗。小心点儿，小心点儿。

小月：这搬来这么多家具要很多钱吧？

张了了：也不算太贵，一千多两吧。

小月：没有看出了了小姐还真是有些积蓄啊。

张了了：月姑娘开玩笑了，了了一个唱戏的，哪儿有什么银两。

杏儿：那这钱呢？

张了了：东家一听是咱家先生的，说没关系，先抬来后算账。

小月：什么？这么多钱让先生花啊？……张小姐，先生他知道这事吗？

张了了：为什么要让他知道啊？不让他知道才有趣啊，我们快快地布置好了，给他个惊喜不是很好吗？伙计们动作快些啊。

小月眼睛直了：惊喜？这对咱们先生来说，岂止是惊喜啊，简直就是个惊雷。

宫中路上。

乾隆在前走，纪晓岚、和珅跟着，都各怀心思。

乾隆：有话就说啊。留你们，你们又不说，朕等会儿还要去临帖，有什么话，不妨边走边说吧。

纪晓岚与和珅都不好开口，但不说又不行，说闲话。

纪晓岚：实在也没……没有什么大事，我们家的月姑娘，就是你干妹妹啊，让我问您，那鞋垫子是不是合脚？

和珅：奴才也没有什么大事，只是想问问皇上那块墨好不好使。

乾隆：就为了这些事啊。和珅、纪晓岚你们是拿朕玩笑呢吧？

纪晓岚、和珅：臣不敢。

乾隆：什么不敢啊。一个说鞋垫子，一个说墨，好像朕没有别的事了。除了鞋垫与墨还有别的事吗？你们俩用不用分开了说？

纪晓岚、和珅：不必，不必，那倒不必。

正走到一个院子，中有石桌石凳。

乾隆：那好，天气不错，坐在这儿说吧。……看茶。

跟随太监赶快铺垫子，倒茶。三人分君臣坐下。

乾隆：坐，坐。纪晓岚，今天朝上和爱卿率百官保了你一回，这会儿你先说吧。

纪晓岚：万岁爷……实在也是没有什么大事。万岁爷，纪晓岚此次出差，有些推推阻阻，说句实话，原来家中确实是有些小小的私事的。

乾隆：嫁小月？

纪晓岚：那倒不是，没……没那么快。

乾隆：该不是你要娶……娶媳妇吧？

纪晓岚：哎，哎，也没那么快，尚在缠绵之中，难言婚嫁，难言婚嫁。

乾隆：啊？好事啊，好事。女家是谁？

纪晓岚：青衣，唱昆腔的。

乾隆：好啊，怪不得你戒了烟了，学了什么段子了，改日给朕唱唱。

纪晓岚：荒腔走板，尚不成调，所以……

乾隆生气：你还是不想去！

纪晓岚：那也不是……

和珅：万岁，他纪晓岚吞吞吐吐，话奴才倒是听明白了。

乾隆：你敏捷，说吧。

和珅：纪大人意思是想公情私情兼顾一下，带着那女子一起出公差。

乾隆：啊？朕……哈哈，朕怎么没想到呢。话都到这儿了，朕要是不

274

准，就太拂了你老纪的面子了，你这么大了也不容易，这一回可是朕朝上朝下地求着你了。

纪晓岚：臣实在难以启齿。

乾隆：也是人之常情，朕准了。

纪晓岚：纪昀谢主隆恩。

乾隆：别谢我，谢和大人吧，他也是朝上朝下地护着你呢。

和珅：应当的，应当的。

乾隆：和大人该你说了。

和珅：奴才实在也没什么大事。子曰"三人行必有我师"，此次与纪晓岚、卢焯两位大人出公差，奴才当以其二人为榜样秉公而决，无私而断，江浙一行，一定竭尽全力以安万岁之心。

乾隆：很好啊。

和珅吞吐：……可是万岁爷，您也知道，三人同行，有个令行禁止的缘由，所以奴才以为榜样不妨学，但总要有一个为大家操心的人啊，否则言语不合，南辕北辙的事，没法摆平。为家国天下计，奴才倒是不辞辛苦，愿做这个操心之人。

乾隆：啊，明说了就是啊，老纪你明白了吗？

纪晓岚：明白了，和大人想当头。和大人好话说了半车，最后无非是三个字，"我当头"。对不对？

和珅：意会便好，意会便好。不便明说啊，不便明说。

乾隆：老纪你以为如何？

纪晓岚：万岁爷，万不可准。

和珅：那总该有个说话算数的吧，俗话说家有千口，主事一人。

乾隆：老纪呀老纪，你也真是的，和大人今天朝上朝下地维护你，你这么个小事都不让一让吗？你这朋友不可交啊。

纪晓岚：万岁，臣顺水人情从来不给，也从来不受，凡事涉及准则当仁不让。所谓令行禁止，关系重大，他和大人怎么就可以自荐自取，伸手要权要官呢？臣不答应。

乾隆：也有道理啊。和爱卿。

和珅：奴才……奴才在。

乾隆：朕让你为首呢，老纪不干，让老纪为首呢，估计你也不干，当如何处之？

　　和珅：请万岁定夺吧。要么抓个阄儿。

　　乾隆：咱们君臣三人好像抓过一次了吧，这次不抓了。朕倒有个主意，说出来你们二人看啊。这日子总有单双，凡单日子呢，纪大人为首；凡双日子呢，和大人为主。轮流当头儿，这总可以了吧？

　　纪晓岚：臣以为还算公平。

　　和珅：那……那卢大人呢？

　　乾隆：卢大人就不在其列了吧，他听你二人的。

　　和珅：奴才……奴才遵旨。

　　乾隆：好了，这一上午听你们俩的事，我都听累了，跪安吧。

　　卢府。

　　卢焯正急急地吩咐着卢安。

　　卢焯：这次动身是三人互有挟持，虽然有和大人，但一个纪晓岚实在不知他会出什么鬼点子，本官着你快马将此书信遍传浙江名单上所列之官，越快越好。传过后速速回命。

　　卢安：嘞。

　　卢焯：卢安，起来，起来，你跟本官多年了，这些日子，本官的情形你也见到了，还望你一定帮衬。……我……我这儿先谢你了。

　　卢安：老爷，千万别这样，您的事就是奴才的事，奴才为老爷一定赴汤蹈火在所不辞。奴才告辞了。

　　卢焯：去吧。

　　纪府书房。

　　纪晓岚高高兴兴地推门而进。刚一进门以为走错了人家，回身又退出去。

　　纪府院中。

　　纪晓岚退出来，还是觉得走错了，往大门外跑。

　　纪府大门外。

纪晓岚退出大门一看"纪府"两个字，没错。

纪晓岚：没错啊，我这一上朝回来怎么像是家变了？

说着话又进院子，进院子就喊：小月，小月，杏儿，杏儿。

纪府书房。

纪晓岚喊着人就进来了。听见喊，小月、杏儿从东，张了了从西各出来。张了了手中正拿束鲜花准备插瓶。

纪晓岚：嘿，我这下朝回来，以为走错了门了呢。这家具摆设怎么都换了呀？

小月、杏儿不高兴，不说话。

张了了："禅门说法重圆光，巧匠偷来制器良。"

纪晓岚："折角定烦修月斧"，袁中道的诗赞的是那前朝的圈椅啊。

张了了：先生好学问，这不就是那诗文中赞的圈椅吗？"卿如戴笠来相称，我爱团瓢小不妨。"先生不妨坐下试试。

纪晓岚高兴坐下：啊，好，好，有椅有诗，坐着也端庄，舒适，好。气象就是不同啊。

小月在旁边早就看不过了，小声：是啊，钱也不同啊。

纪晓岚：很好。张小姐，你果然不同凡响，有品位有新意。来，这花我来帮你插吧。是月季吧？

张了了：月季配这青花的梅瓶，最为相得益彰，摆在这红木的案几上，自有一番宁静古趣。花更艳了，瓶也更雅了。

小月：口袋也更空了。

纪晓岚：对，对。口袋……什么口袋，说口袋干吗？

杏儿：老爷装钱的口袋呀。

纪晓岚：当此风雅之时，提钱干什么，多俗啊。

看看小月和杏儿，反应过来了：钱，这些器物还是……还是要花一些钱的，算不了什么，算不了什么。

张了了摆好了花放在案子上。

小月：是啊，没什么大不了的，钱总是用来花的嘛。

纪晓岚：对，对，说得真好，小月你也有长进了。……花了多少？

小月：您问张小姐吧。

纪晓岚：张小姐，当此之时，原不该问的，我不问。

张了了：纪先生，看你平日里忙，了了帮你料理家务原本是应当的。了了是极懂节省的人，确实没花什么钱，您看看买回了多大的一片雅致来。

纪晓岚：雅得好，雅得好，真雅。

张了了：这些器物加上这些瓷器，也就花了一千五百两。

纪晓岚听完一千五百两，愣了，笑着，还摸摸这摸摸那儿的呢：一千五百两，雅，雅。不多，不多。

眼直了，终于站立不住了，砰的一声倒地。

三女子冲上前去救，大叫先生、老爷。

卢府。夜。

和珅显然喝了酒，慷慨陈词：君王他为什么坐在中间啊？无非是左右袒护，左右鞭笞。他若倚左，侧左之势大，朝政无法均衡；若靠右侧，右边强盛会以势压他。所以他只有左右调和，如鼓琴抚瑟一般，高高低低，紧紧慢慢。他用君主这手调和我们这些臣子的琴弦，有什么办法呢？做臣子的也只有靠那只君王之手，来奏响自己的一生之悲壮音律了。

和珅慷慨陈词时，卢焯有些瞌睡。

和珅：卢大人，你好像……很疲倦啊？

卢焯：啊，对不起，和大人，下官不胜酒力。

和珅：可悲，你是学问也不成，酒也不成，人生太少激情……放心，把心放在肚子里。他一个纪晓岚会斗过我们两个人吗？不怕他一三五，到时让他悔之晚矣，悔之晚矣。今晚没有故事吗？

卢焯：有……有。

和珅：从今天起，必让他天天有故事才好。

纪府卧房。夜。

纪晓岚头上敷着毛巾，坐着。小月正喂他喝汤。

纪晓岚：不能怨她，她不知道。按理说我一个当朝的大学士，弄些好的家具，摆些花呀草呀的不为过吧。她哪能知道，先生我很多钱都捐给老家的穷学生了，不怨她，不怨。

小月：先生，谁也没怨啊。我们可是不敢说话的，您也别怨啊。

纪晓岚：我不会怨。

小月：对，您也别心疼啊。

纪晓岚：我也不心疼。

小月：那说到一千五百两，您……您怎么就倒了？

纪晓岚：别……别说了，先生我怕这个数。一千五百两，哎哟，我哪止心疼啊，我浑身疼。

街上。夜。

阮妈的儿子戴着孝，带着一帮子人来纪府闹事。火把一片。阮儿走了一半的路，突然站住了，有些胆怯。

阮儿：刘二爷，刘二爷，咱一个草民跟官家闹，怕没什么便宜捡吧？

刘二爷：怕什么？实话跟你说了吧，洒家也是官家，今儿穿的是便装。你妈都死了，你还怕什么？有我们哥儿几个呢。对不对，哥儿几个？

众泼皮：对。

刘二爷：把火把举高了，完了事大伙同春楼喝花酒去啊。

众泼皮：听爷的。

纪府卧房。夜。

杏儿大呼小叫地跑着进来了：老爷，小月姐，不好了，有一帮子无赖打着灯笼火把，把咱家大门给围了。

纪晓岚：什么人这么猖狂，敢围朝廷命官官府？小月扶我下地。

其实不用扶，纪晓岚腾地下了地，带头往院里大门而去。

纪府院中。夜。

纪晓岚下了台阶就喊。

纪晓岚：什么人，狗胆包天了，敢到朝廷命官府门来闹事，把门打开，我看他们谁敢！

看见张了了更故意地大声喊。张了了正从大门口门缝中看过回来。

张了了：纪先生，人很多，依我看好汉不吃眼前亏。

纪晓岚：谁敢让朝廷命官吃亏，不行，开门，打出去。我……我先看看。

　　纪晓岚从门缝往外一看，一片火把，白白的一片孝衣，话一下有些软了。

　　纪晓岚：小……小月，把先生我的单刀拿了来。

　　小月：先生，您刚还头疼呢。我看咱不理他们，他们不敢怎样。

　　府门外。夜。
　　众泼皮在喊：杀人偿命，杀人偿命。

　　纪府院中。夜。
　　纪晓岚把小月拉到一边。

　　纪晓岚：小月，他们虽是不敢冲进来，但这么狂呼乱喊，也太伤我纪府之威了，伤我纪府不就是伤了先生吗，伤了先生不就等于伤了你小月吗？小月是何等的人才，怎能咽下这口气？小月，要不是先生头疼，一定先一个冲出去。

　　小月：先生，这口气您能咽，小月也能咽，小月才不与这些没名没姓的小喽啰闹呢，小月要睡觉去。

　　纪晓岚：哎，等等，等等。小月，先生知道你这几天情绪不好，但当此家难当头之时，你可不能拂手不管。

　　小月：要管也行。

　　纪晓岚：又提要求。

　　小月：先生，听说您要出门？

　　纪晓岚：不错，去江南。

　　小月：小月也想去。

　　纪晓岚：这……这……

　　外边喊声、砸门声更重。纪晓岚：好，完了事，咱们大家一起走。

　　小月：行了，先生看小月的吧。杏儿抄家伙。

　　杏儿早拿兵器出来，哗扔了过来，小月接了。小月、杏儿舞着剑去开门。张了了搬了一张椅子给纪晓岚坐下。

　　小月：先生，您坐好了，小月开门了。

　　一边一人，两扇门哗地打开。

280

开门之时，两人啪啪两支飞镖打出，泼皮中顿时两人倒地，众人吓得都退。

纪晓岚：哪来的毛贼，天子脚下竟敢夜围命官之府，月姑娘，给他们点儿厉害看看。

小月：得令，先生您坐好了。

刘二爷：是两个女的，不怕，众弟兄上啊。

众喽啰拥上。

只见小月、杏儿一通打，将人打倒的打倒，打伤的打伤，众喽啰被追打，吓得东奔西跑。

纪晓岚：了了小姐不用怕啊。你会不会功夫啊？

张了了：了了不会，但也不怕。

纪晓岚：是吗？

张了了：有先生在，小女子有什么好怕的。

纪晓岚：对，今天先生我要不是头疼，还用这么费事？了了小姐你真的不会功夫吗？

张了了：了了一个伶人，哪儿来的功夫啊？先生你不信吗？

纪晓岚：啊，信，信。

五

街上。

人来人往。小月、杏儿正忙着买出门的东西，这也喜欢，那也喜欢。

小月：杏儿，杏儿，别的不带，好茶叶得带二斤吧。

杏儿：小月姐，咱去江南，出茶的地方，还用带茶叶啊？我看不用。

小月：这你就不懂了，咱先生就喝咱京城自己熏的花茶，别的喝不惯。

杏儿：那行，就买二斤吧。

杏儿掏钱要付。小月正挑别的东西，突然身后有根辫子扫了她的头一下。小月正要回头骂，影影绰绰看着像是乾隆，那人走，小月挤进人群里追。

小月：谁呀，这么不长眼……

一看真是便装的乾隆，乾隆回头对她一笑，小月明白了。

小月回到摊子：杏儿，你买了东西先回家啊。我……先看个亲戚去，你先走吧。

杏儿：小月姐，这么多东西，我可拿不了呀！

小月：雇个人帮你拿着。

小月挤着进人堆，去找乾隆。

纪府书房。

张了了正扳着指头，一件一件地数着要带的东西。

张了了：软缎面、丝绵胎的被四床。江南潮，狍子皮垫子再加细羊毛毡子四件。铜手炉、热汤婆子各四件，江南冬天可冷了，也毁嗓子。毡袜子、毡靴，做饭用的香料、粳米——我吃不惯南方的红米，难以下咽——京酱园的小酱瓜、甜萝卜丝，这些都得带啊。

张了了只顾数着，说着。

纪晓岚是右手记录，左手打算盘，忙得不亦乐乎。

张了了：都记下来了？

纪晓岚：记下来了。

张了了：有多少样，报给我听听。

纪晓岚：共计五百六十四样了。

张了了：别嫌多，穷家富路的，看着麻烦，走在路上就方便了。

纪晓岚：不……不多，不多。

张了了：你账都算好了，要花多少钱啊？

纪晓岚一看数字就有点儿说不出来了：也……不多……那个……一千……

张了了：纪先生，您怎么了？

纪晓岚：没事，没事，我……我头疼。

张了了：先生，您怎么一说钱数就头疼啊……是不是多了？

纪晓岚：不多，不多，我就是头疼，我去歇歇。……就这些吧，不多，不多，我派人办，我派人办。……感情此物不是谈谈就有的，先一个就是要花钱，没钱清风明月也就不是清风明月了……花，花吧。

茶肆雅间。

乾隆和小月坐着喝茶。

乾隆：你们先生他真的动心了？

小月：小月怎么会骗哥哥你呢？不但是真动，而且是大动，您想啊，他为了讨好那个张了了，连烟都戒了，这还不真啊？

乾隆：小月呀，你跟了你们先生这么多年，你还是不知道他，他呀鬼诈极了。动心？有那么好的女子在他身边都没动心，我就不信还有什么样的好女子能打动他。

小月：哥您又玩笑了。再鬼诈碰到一个"情"字上，也就变傻了。

乾隆：好了，不说这个了。小月呀，说句心里话，这回江南之行事关重大，他们两个人，哥哥我是既信又不信。派他们两人去，原以为可以放心了，但已然看出来了，和大人偏袒卢焯，你们先生像是真的就沉迷于情爱之中了。今天找你不为别的。

说着话手上的一枚扳指退了下来：这东西，就没离开过我的手，他们俩都认识，哥哥我今天给了你，真要到了天坍地陷的时候拿出来，一定以哥哥之心将事办成了。

小月腾地要跪：哥，您这是……

乾隆：快别，快别，不是个地方。

小月：哥，小月一个孤女子，怕难当重任……

乾隆：能当，你再不能当就再没人了。快起来吧，东西收好。……回来哥哥一定好好谢你，哥哥我做主，把……把那个事办了，一定找个好人家啊。

小月：哥，不说也罢。

乾隆：为什么？

小月：小月终身不嫁了。

乾隆：哟，真生气了，是气话啊。你可不能不嫁。

小月：为什么？

乾隆：那不是便宜了老纪了。

小月：哥，你净拿人开玩笑。

乾隆：好，不说了，小二，会账……坏了，又没带钱。小月……

小月：上回茶汤就是我请的，您可欠了我两回了。

283

乾隆：等你回来了全都补上，亏不了你。

纪府院中。

纪晓岚头上缠了一条毛巾，拿了那张单子，跟杏儿吩咐着事。

纪晓岚：哎哟，疼，没这么疼过。

杏儿：老爷您是头疼啊，还是心疼啊？

纪晓岚：就是心疼……去，别瞎说，当然是头疼。账让他们都记着，就说城南纪府的账，东西一件也不能少，一两也不能差，都买回来。就欠他们两天，两天之后必还。

杏儿：欠两天，这么多钱，两天之后拿什么还啊？

纪晓岚附在杏儿耳朵，说了几句。

杏儿：那行吗？

纪晓岚：行，一定行。这头疼了我一上午了，再想不出个主意来，我也太笨了。杏儿去吧，说准了地方，到时让他们在那儿集合。

说完回头要进屋，边走边说：债多了不愁，虱子多了不咬，怕……也没用……感情这东西得花钱，不花得挣不住了，那不叫有感情。

正说到这儿，看见张了了美艳无比地从正屋出来，看着要出门。

纪晓岚：杏儿，大大方方地办啊，别怕花钱。了了小姐，这是……

张了了：纪先生，说话就要去江南了，总不出门了，将要出门时心还有点儿跳跳的。……一去不知多少天，了了想到南府跟师傅朋友们道个别。

纪晓岚：应当的，应当的。用不用我送你去？

张了了：不用了，轿子我也叫好了，了了我快去快回。

说完道个万福退而出门。

纪晓岚：哎，中午等你吃饭啊。

纪晓岚拎着毛巾送到门口，探出头去，看见张了了进了轿子，纪晓岚目光疑惑。

纪晓岚：轿子也备好了，她这是看谁去啊？

南府。

台上正在唱戏。旁边的茶室中，和珅与卢焯正在商谈。

卢焯：和大人，纪晓岚还是拦不住了。

和珅：不怕，我已有了安排。

南府戏园。

台下张了了进了听戏的厅在找人。刘全在一根柱子后倚着，用眼睛盯她。

南府茶室。

卢焯：和大人，一应安排我已先派卢安去了，全按您的……

南府戏园。

张了了正被一个人引着去一偏室。刘全看着，离开柱子，也走了。台上正热闹唱戏。

南府茶室。

只剩下了卢焯、和珅。

卢焯：……一应的亏空全造了假账做平，可掩人耳目。

和珅：卢大人，这造假账，谁想不出来呀，账是人做的，想怎么做怎么做。此次万岁是动了真的，你不挖出一两个真人来，怕是过不去的。账的事我不问，他纪晓岚指定了也不看你给他的账。拿谁开刀想好了没有？

卢焯：和大人，不是没想，实在都连在一起了，拉出一个来，怕全都牵连而出，到时你我也难保啊，所以不好下手。

和珅：先别说我，我是宫里钦差。先说你们吧，这一线拉不出来，旁的线总有吧。

卢焯：怕那些人为官清廉，没有什么短处。

和珅：清官没有短处，他官做得没有短处，难道家中没有短处吗？抓其要害，逼其就范，这你都不懂啊？卢大人，动动脑子。告诉你句实话，贪官也不是好当的，为了贪，做官的日子也不那么好过，是吧？

南府某暗室。

张了了静静坐着。隔扇的另边，刘全的声音。

刘全：你柳哥一切都好。这一趟出门，张小姐还是以那枚玉玦行事。话我就不多说了，我们是谁，一你不能问，二是问了也不能告诉你。这是你柳哥给你写的信。一句话，你柳哥的人在我们这儿，他的命可在你手里，一切全在你此番出门了。

张了了将信接过，读着，默然落泪。

街上。
纪晓岚在街上快步地走着。

纪府书房。
纪晓岚像是从外边回来，边自语边说。
纪晓岚：人倒是进去了，但进去做什么爷可就不知道了……
边说边把大烟袋翻出来了，趁着家中无人，抽烟：……管不了了，走一步，说一步。……这口烟我先抽着。
小月悄悄地出来了，一步两步接近了，吓纪晓岚：好啊，你自己躲在家中抽烟。
吓得纪晓岚赶快地把烟锅往鞋上磕。
纪晓岚以为是张了了呢，赶快编话：啊，没有，没有，拿出来看看，拿出来看看。
小月：看能看这一屋子烟啊。
纪晓岚：是啊，我也正觉得怪……呢。嗐，小月啊！吓先生一跳。别玩笑了，先生再抽一口。
小月：先生您抽吧，小月不管你。……先生，管你的那人呢？
纪晓岚：出门了。
小月：她去哪儿了，您也不问问？
纪晓岚：问那个干什么？
小月：小月刚才可看见先生在街上转呢。嘴上说不问，心里不放心吧？
纪晓岚：嘿，你在街上见着我了，干吗不打招呼？先生我有什么不放心的，从小到大只有人家不放心咱。
小月：美得您。先生，问您句话。

纪晓岚：说吧。

小月：您说说这女人好，还是抽烟好？

纪晓岚：……啊……啊，这可难住先生我了，女人当然好，让人心动，心疼，心里惦记着。可有时也让人不太舒服，要是好女人呀再不管先生抽烟就最好了。

小月：瞎子。

纪晓岚：小月你说什么？

小月：小月说这样的女人不是没有吧？

纪晓岚：有吗？先生怎么没看见？

小月：……没看见算了，不说这个了。先生，小月知道你为什么头疼了。

纪晓岚：为什么？

小月：你心疼花了那么多的银子呗。

纪晓岚：……小月，你跟先生我这么多年，还是没看清。不错，先生我是个不会花钱的人，节俭惯了，但这银子先生我不准备花了，想花也没有，说明白些，就是让人家帮我花了，到时谁心疼还不一定呢。

小月：先生，您……您可真没救了，那这不成了拆白党了吗？

纪晓岚：不错，但要看拆白谁了。

十里长亭。

乾隆便装来送和珅、纪晓岚、卢焯等。和珅、卢焯已到了，各一辆骡车停在道上。纪晓岚还没到。乾隆备了酒分主宾坐在长亭中与和珅、卢焯在说着话。

乾隆：和爱卿，想起那年，朕龙行虎步，流放去曲阳的事了。也是这座亭子，抓阄儿，他纪晓岚作弊，咱们君臣二人跟着他吃了不少的苦头。

和珅：这个纪晓岚，从来以机巧诈人，沽名钓誉，此次出门，奴才或许要吃他的苦头了……

乾隆：哎，不会，你们是一三五、二四六嘛，他让你吃苦，你不妨改日还敬他啊。

和珅：也是，也是，一三五，二四六。

乾隆：来，喝酒，喝酒。……这纪晓岚怎么还不来呀？

287

和珅站起来看，此时一队骡车从道上过来了：……是啊，他也太目无圣上了。……万岁爷……是不是来了？

乾隆也站起来看：不会吧，这么多辆车，他这要去打仗啊。卢大人你说呢？

话音刚落，纪晓岚从头一辆车上跑了下来，边跑边喊：呀，来晚了，来晚了。出了门又想起东西没带了，几次三番，跟这些个女人出门就是麻烦。万岁爷、和大人、卢大人你们早到了？

乾隆心里数着车数，这会儿才把目光收回来：纪晓岚。

纪晓岚：哎，臣在。

乾隆：如今是什么节令？

纪晓岚：晚秋将冬之时，万木萧疏，寒风将至。

乾隆：朕倒是看你春色满面啊。

和珅：春花烂漫，春光一片，春波荡漾，春水绿如蓝……

纪晓岚：万岁爷、和大人见笑了，见笑了。纪……老纪我最近遇到一些儿女情长之事，花前月下的，从来不曾这般缠绻过，浅薄得很，所以，所以一点儿春光就写在脸上了。让您见笑了，见笑了。

乾隆：可贵。你这把年纪了，还有如此的痴情……可贵。

纪晓岚：见识太少，见识太少的缘故，不像和大人有如夫人啊、常四姑娘啊，还有……

和珅：打住，打住。你本来就来晚了，还有这么多说的。你有福，有艳福，你春光乍泄，我们都知道，不用这么一笔一笔地写在脸上啊。藏在心里行不行，晚上自己乐行不行？浅薄，实在浅薄。万岁爷，你看看他这排场。

乾隆：和大人说得对，但……朕是来送你们的，多余的话也不想说了。来，喝杯水酒，咱们就此别过吧。时候也不早了，来，举杯。

纪晓岚：万岁，酒喝倒是也就喝，但您可别走这么早。

乾隆：为什么？

和珅：你……你又要要什么机巧？

纪晓岚一拍手，远远地一个车老板带着一群有十来位买卖人下来了，都是瓜皮帽、青灰布衫。

纪晓岚：行了，远远站着。

乾隆：纪晓岚，你叫这些人来干什么？

纪晓岚：万岁，你听我说啊，第一位是木器行的秦掌柜，第二位是绸缎庄的李掌柜，第三位是粮行的冯掌柜，第四位是杂货铺的邢……

乾隆：行了，我不听了，你叫这么多的掌柜的，到底有什么事，说。

纪晓岚：万岁，臣为此次南巡实在是做了大大的准备，您也准了臣带着了了小姐出门，再加上您的干妹妹，我们家小月，所以准备得就更丰富了些，您想啊都是女流……嗐，我跟您说这些个干吗呀，您最有体会，您有体会。所以呢，这花费就大了一点儿。万岁爷您知道臣乃一清官，哪儿来那么多的钱啊，说是欠这些买卖人吧，他们又都吵着不干，说了，今天不给钱，不让我走。所以要走也行，先得还账，您看先……

真把乾隆气坏了。

乾隆：纪晓岚。

纪晓岚：臣在。

乾隆：此次派你公差，你一会儿私事一会儿私情地推三阻四，这要走了，又带来这么一帮子要小钱的，你这是恃才要挟。朕……朕实在有些不高兴了！

和珅：奴才以为，此次钦差免了纪晓岚的吧，他也太狂放了。

卢焯：臣以为和大人所言极是。

乾隆：免了他？休想。他更高兴了。纪晓岚，你有什么话接着说。

纪晓岚：臣……臣就想借点儿钱，还了账好上路。

乾隆：向朕借钱，朕的银子都是国家的，朕没有。

纪晓岚对乾隆使眼色。

乾隆回过味儿来：朕没钱借你，朕也没心思送你们了，贵喜。

贵喜：奴才在。

乾隆：方才军机处来折子说什么？

贵喜附耳。

乾隆：噶尔丹又有战事，朕要回宫了。和爱卿，你先借些钱给老纪把账还了。

和珅、纪晓岚、卢焯欲跪：遵旨。

乾隆：别跪了，朕走了。

289

车内。

小月、杏儿在车里撩着车帘子看。

杏儿：小月姐，皇上好像不高兴呢。

小月：放心吧，咱们先生鬼主意多着呢，他跟皇上演戏呢。

杏儿：那，那个和大人呢？

小月：和大人啊，看着要吃瘪。

十里长亭。

和珅气得走来走去的。

纪晓岚：和大人，您别走来走去的，坐下，坐下啊。万岁爷下旨了，让你借钱给我。你不借我，咱今天就走不成了，走不成就是抗旨了。

和珅：纪晓岚啊纪晓岚，我……我……

纪晓岚：你心疼啊，才三千两银子。

和珅：才三千两，你口气现在多大啊！好，好，我怕你了行不行。告诉你，我不跟你计较。刘全。

刘全：爷吩咐。

和珅：给他银票。

刘全：嗻。

和珅：等等，差点忘了，你……你先写个借条。

纪晓岚从怀里掏出来：和大人，写好了。话可说在前边啊，这可是我遵旨借的，到时谁还我可听万岁爷的。

和珅抢过条子看了：好啊，纪晓岚，你这坏可不是憋了一天两天了，你连抬头写的都是我啊。哼，不怕你不还。刘全，把银票给买卖人去吧。纪晓岚你这儿按个手印，咱起程。

纪晓岚：你没看见手印也按好了。

和珅：好，想到我前边去了。起程。

纪晓岚：这么急呀？

和珅：对，就这么急。

纪晓岚数指头：今天初二，二、四、六，逢双日，好，今天听你的。走，走。

和珅：你……你敢不听！

290

驿站。夜。

和珅与卢焯在灯下认真地翻看着浙江各县的官员名单。

外边传来纪晓岚那边张了了唱昆腔的声音。卢焯把门窗关上，声音小了。

和珅：这湖州县……

卢焯：动不得，动不得，湖州本就富，你我之……之银由此出十有三成啊，动不得。

和珅：天台……

卢焯：动不得。

和珅：绍兴……

卢焯：动不得。

和珅：卢大人，这也动不得，那也不得动，总有一个要动的，找也要找一个出来，否则他们都动不得，你我就要动动了。

卢焯：这个富春县，可动。

和珅：为什么？

卢焯：平日里他就以清官标榜，自比幽兰，说自己做官虽地偏但心正，放出话来，此生做不成包青天、海青天，退而独善其身，要做一个陶渊明也知足了。

和珅：天底下就有这样不识时务、不知进退、不解人情的迂腐之徒，乏味！好啊，就是他吧，怎么让他就范？

卢焯：和大人，这富春县郭天，在浙江为官已久，几个县都做过，所以只要把各县的亏空让他一人担承起来，事就算遮过去了。

和珅：他会这么听话？

卢焯：话他一定不会听，但，他有个女儿。

和珅：是啊。好，女儿好，女儿最要爹的命了。

富春县后衙。书房。夜。

郭天正在书房里高声吟唱古人之诗。

郭天：长公曾一仕，壮节忽失时。杜门不复出，终身与世辞。仲理归大泽，高风始在兹……

291

读到这儿的时候，美丽贤淑的瑶琴小姐与丫鬟春桃悄悄而入，端了些夜宵给郭天送来了。

郭天：瑶琴，你们还没睡啊？

瑶琴：夜晚风寒，女儿怕父亲读书时肚内饥饿，特地煮了些汤来，请父亲慢用。

郭天：瑶琴啊，真难为你了，你爹虽说是为官多年，但自觉清正，没什么积蓄，你母亲又死得早，害得你又当小姐又当丫鬟的，这么晚了还要做汤。

瑶琴：爹你千万别这么说，女儿在家能多侍奉爹一天，实在是女儿的福气。

郭天：是啊，你要真的嫁了，爹官也就不做了，告老还乡，学着五柳先生一样种菊花去了。

瑶琴：爹要是这么说，女儿不嫁也就罢了。

郭天：哎，那爹怎么会答应呢。嗯，好汤。瑶琴，你们睡去吧，爹我再看会儿书，晚上要是冷啊就生个炭炉吧，别太省了。

瑶琴：爹，你放心吧，不冷。爹，我们去了。

郭天：去吧，去吧。

驿站。夜。

纪晓岚像是非常地高兴，刚刚学唱完曲，边舞着水袖边哼着曲子去厕所。

和珅在月下摆了一桌小菜，看着纪晓岚高兴地舞着过去，又高兴地舞着回来，看都不看他一眼，生气，咳嗽一声。

纪晓岚假装看不清，听见咳嗽，往近前凑：哟，和大人还没睡呢？

和珅：玉指冰弦，未动宫商意已传。这刚闹完了，谁能睡啊？

纪晓岚：归去无眠，一夜余音在耳边。哟，这倒是个好对子啊。

和珅：好，好。您那里笙歌夜舞，余音绕梁，这会儿还好意思问人家为什么不睡。老纪啊，你真的是幸福得没边了吧？你幸福不妨幸福着，你让不幸福的人安静一会儿好不好？你……你也太逍遥了。

纪晓岚：怎么？嫉妒了？想过我这种轻松坦荡的日子了？只怕是过不了了吧。心思重是吧，心思重得很啊。

292

和珅：你这话什么意思？不是本官我不开眼，告诉你老纪，天下的幸福在你老纪那里只是拉开了小小的一道缝隙。有无限风光，你现在也只能算是惊鸿之一瞥。老纪，说句托大的话啊，你那点儿享受于和某人来说，只是九牛之一毛、大海之一勺、天地间之一秋叶，差得远，遥远得很啊。

纪晓岚：在理，于声色犬马，锦衣玉食之一路，老纪我比不过你和二。你有钱啊，出手豪奢。你花钱不是想买东西，你不缺东西，你花钱找安慰对吧？你紧张，天天紧张。万岁让你出来紧张，万岁不让你出来你也紧张，你害怕，你觉得不挣钱冤，挣了钱也冤，钱挣了，心情没了。你看着老纪沉迷于情爱之中你羡慕对吧？你没这心情了，你以为天下女子只认你的钱不认你的人了，对吧？你看见心仪的女子你也警惕，你看见我这样的官你就害怕对吗？你睡不着觉，我唱你睡不着，我不唱你也睡不着，无论如何是睡不着。苦啊，一句话，欲壑难填，注定了苦一辈子。

和珅：轻薄，浅薄，无知，无聊。老纪，你以为这世上人人都该是你的那种活法啊？你以为你轻松啊？你人前人后，在皇上面前演戏，谁看不出来啊？你哪天不演戏了我看看，你哪天不演戏了，万岁爷第一个杀的必是你。清官？我看你能清到哪儿去。有本事做隐士去，世俗的日子你离得开吗？

纪晓岚：不偷，不贪，不抢，达则兼济天下，穷则独善其身，以家国天下老百姓为本，做这样有准则的官还是比你轻松吧。和二，我一说话你就急，你一急呀就证明我说准了，是不是？来，干一杯。

和珅：呸，最见不得你这假道学的样儿了，比玩世不恭还让人讨厌。哎，这是我的酒，你要喝也是我请你喝才对，你怎么倒反客为主，让起我来了？我不喝，你也不许喝。

纪晓岚：喝酒还分什么你我，你不喝算了，我喝。

一仰脖喝了进去，站起来哼着曲子走了。

和珅：浅薄！这……这叫什么事啊。老纪，你唱累了是不是，你睡觉去吧，我唱。

驿站后院房上。夜。
一黑衣人呼啦啦飞下，轻叩卢焯大门。
黑衣人：卢大人，卢大人。

293

卢焯：谁？

黑衣人：我，卢安。

灯亮，门悄悄地打开了，卢焯亲自掌灯将黑衣人让了进去。

屋顶上小月和杏儿半遮的脸出现了。小月和杏儿双双落进院子，悄悄去窗口偷听。

屋内。

卢焯：人已选好了，富春县，你干脆今天赶回去，把事办了吧。

黑衣人：由谁入手？

卢焯：他女儿……瑶琴……

话音刚落，没想到那房上又探出一个人头来——还有一人。一粒石子打来，打在窗上，小月、杏儿及屋里的人都一惊。

卢焯噗把灯吹灭了：谁？

院中小月、杏儿忽地飞上房去，去追那人。

驿站前院。夜。

和珅借酒浇愁，带着身段在月下唱昆腔：天空空千里水，月朗朗一壶冰，蓦闻得何处箫声……

突然小月、杏儿从回廊这边过来，张了了从回廊那边过来。

小月故意：哟，张小姐还没睡啊？

张了了故意看地下找东西：刚想睡下，发现白天的一只环子丢了，出来找找。

三人往和珅这儿来找，和珅没办法，不唱了。

和珅：怕是找不着了，明天再说吧。

小月：哟，和大人您也没睡啊？

和珅：嘿，树欲静而风不止，月姑娘，你们这么闹，我能睡得着吗？

小月：哟，我们闹我们的，您睡您的，咱谁也不碍谁行不行？

和珅：有理。什么样的主子，什么样的下人，不可理喻。

天亮鸡啼，大路人行。十几天过去了。

和珅屋内。晨。

和珅平静地睡着。啪一块石头飞进来，打到他的头上，和珅惊醒。

和珅：谁？谁？刘全，刘全！

刘全赶快进来。

和珅：外边谁扔石头？

刘全：爷，没人吧？

和珅：这话怎讲？明明有石头，你个狗奴才还说没人，都打到本官的头上了。

刘全：驿站没什么人了，纪大人他们刚出门走了，那个张小姐回来取了趟东西也走了。

和珅马上反应过来，开始找。看见落在床上的石头上有张纸，和珅剥开。

大路。

大车走着。纪晓岚骑着马在前，和珅后边快马赶上。

和珅：老纪，老纪，干吗走那么早？

纪晓岚：早吗？早去早了啊。

和珅：这会儿你心倒急起来了啊。

纪晓岚：和大人，您不急吗？您不急本官也不催您，您在后边跟好了。

和珅：好，若说急，咱们看谁先到。

一挥手，一辆车跟上跑前去了。纪晓岚对着骑着马的小月一使眼色，小月飞马前去，拦住和珅。

小月：和大人，我家先生让您跟在后边。

和珅：为什么？

小月：不为什么，我家先生就想让您在后边走。

和珅：我非要走在前边。

小月：今天十五，单日子，我家先生命您随后。

和珅：臭老纪，这儿等着我呢。好，你们向前，你们向前，我退后。

纪晓岚先率车队过去。

卢焯本就在后，此时跟上和珅。

295

和珅：卢大人，事……

卢焯：和大人，差不多该办成了吧。

富春东岳庙大雄宝殿。

瑶琴与春桃在拜佛上香。殿内人来人往。突然进来几个男子，挂着官差相，穿百姓衣服。卢安在其中，进门后左右一看，假装跪下上香，人却看着小姐，认人。和尚在庄重敲磬。瑶琴上完香，有个老尼姑马上过来接着。

春桃：万师姑，我家小姐要捐香火之资，你前边带路吧。

万尼姑：请小姐后院喝茶。

话音刚落，瑶琴刚要迈步，只见卢安一挥手，凶徒兵器全都抽出了。人四散，和尚磬鼓乱，卢安一刀压住春桃，甲兵押住尼姑，瑶琴被人围在了中间。

万尼姑：佛门净地，你们这是要做什么？

卢安：不做什么，阿弥陀佛，大家都别动，只要你们不动，我们绝不动手。

春桃挣扎，一剑封住她的喉咙。

春桃不能动了：小姐快跑。

卢安：谁动杀谁。

一使眼色，殿外轿子抬了进来。

卢安：郭小姐，久慕美名，得以相见，不胜荣幸。请小姐上轿。

瑶琴：大胆贼徒，我是朝廷命官之女，你们要是逼我，我立死于你们面前。

卢安：别，别，千万别，别动。你要是乱动，我先就结果了你的万师姑。郭小姐，你不愿看一个无辜的人为你而死吧？……绑了。

众兵丁上手把瑶琴绑了。春桃挣扎。

春桃：小姐，小姐。

卢安：连这个丫头一起绑了。……万师姑，没您的事，这儿有一封写给富春县郭大人的信，烦您送一趟。抬走。

瑶琴、春桃被塞进轿子抬走。

野外。

纪晓岚正闭目休息，突然惊醒。开眼一看和珅、卢焯两张脸在面前，晦气得直挥手。

纪晓岚又假睡：什么事？

和珅：老纪，先别睡了。

纪晓岚：有什么事，说。

和珅：卢大人想先行一步。

纪晓岚醒过来：噢，为什么？

卢焯：纪大人，下官想先行一步，将两位钦差将到浙江之事传话下去，以便众官民在嘉兴迎候。

纪晓岚：有此必要吗？

卢焯：三官齐行，走得慢不说，到了浙江召集官吏又要等几天，不若有先有后，更省些时间，也好早回京复命啊。

纪晓岚：卢大人，你怕是有事吧？

卢焯：纪大人，到浙江自然有事，但不知大人说的是什么事。

纪晓岚：什么事我不知道，到了浙江就知道了。和大人，你也以为有此必要吗？

和珅：今天是二十一，单数，和某不当值，您说了算。让不让走说句痛快话。

纪晓岚：那好吧，明天双号，卢大人，您问他吧。

和珅：嘿，你这人怎么这样？

富春县后衙书房。

郭天还在读诗，正慷慨激昂。

郭天：丈夫志四海，我愿不知老。亲戚共一处，子孙还相保。觞弦肆朝……

衙役冲了进来：老爷不好了！老爷不好了！

郭天：什么事这么失仪？没看老爷正读诗呢吗？退回去重报。

衙役没办法，退回去，又重报进：报。

郭天：进来。所谓做人要学会处乱不惊，要有泰山崩于前而面不改色的气度，些许小事便惊成这样，真碰见大事该怎么处。教不会的奴才……

297

什么事，讲。

衙役：老爷，小的说完了，您可别急。

郭天：什么事我会急？快讲。

衙役：老爷，小姐在东岳庙上香，被强人抢走了。

郭天：什么？小姐她被抢走了？

郭天刚还长篇大论，一听这话，先一愣，后砰地倒地了。

郭天直直地躺在地上。衙役乱喊，万师姑也跑了进来。

一干人喷水的喷水，掐人中的掐人中。

衙役：老爷这回真是泰山崩了，您醒醒，醒醒。

郭天卧室。夜。

郭天挣扎坐着，头上扎着毛巾，满脸是泪。有万师姑、衙役在旁边守着。

郭天：想我郭天，一生做人从不随波逐流，清白做人，清白为官，想不到这世间事，想躲也躲不掉，他们怎么会对瑶琴下手？师姑，那些强人到底是什么人？

万师姑：回老爷，绝不像匪，虽未穿着官衣，倒是有几分像官差。

郭天：琴儿，这些人怕是冲着爹来的，爹不争气，让你跟着爹受苦了。贪官横行，想做个清白之人也不行吗？

万师姑：老爷，您可千万别这么想啊，想办法救人要紧。要真是冲着您来的倒还好呢。

郭天：怎么讲？

万师姑：那他们就不会拿小姐怎么样了。

郭天：如能这样，我情愿用我这老命换女儿回来。

驿站。张了了屋。夜。

纪晓岚边喊边进了了屋。

纪晓岚：张小姐，张小姐。

推门而入，屋内一个人没有，窗子哗哗地开合着。

突然身后一声先生，吓了纪晓岚一跳。

小月：先生。

298

纪晓岚：哎，张……小月啊，吓先生我一跳。

话还没说完，小月拉着他就往外走，纪晓岚不明所以：哎，小月你拉我干吗？

小月：有话跟您说。快，快出来。

纪晓岚：什么事啊？

被小月拉向花园。

两人刚退出来，张了了的那屋门从里边开了，张了了探头出来看，而后又把头缩了回去。

和珅屋内。夜。

卢焯与和珅不点灯在说话，外边月光透过花格子照进来，和珅点灯。

卢焯：和大人，我再不走，浙江的事成败就难说了。

和珅：卢大人，不是我不让你走啊，他纪晓岚不吐口呀。我要是让你走了，将来……将来的话可不好说。

卢焯：和大人，您还是信不过我。说句直接的话，您留着后路呢。

和珅：这话怎么讲？我留着后路呢，我用留后路吗？

卢焯：和大人，话不挑不明，灯不拨不亮。我卢焯到了今日这一步，跟您可大有关系，咱们俩谁想躲也躲不过。您的心思我明白，您想让纪晓岚当值的时候让我走，将来我出了事，跟您没关系，是他放的我。但我今天把话说明了，我不能出事，我真出了事，也就不能跟您没关系。

和珅：哎呀，小声点儿好不好？小声一点儿，你让我想想，你先让我想想。

驿站竹林。夜。

小月：先生，小月怀疑咱这些人中有个线人。

纪晓岚：什么线人？

小月：不知道。刚我在屋里，有颗石子飞进来了，里边夹了张条子说浙江的事。

纪晓岚：快让我看看。

小月点了盏灯笼在竹林里看字。

六

竹林中。夜。

纪晓岚就着小月的灯笼把字给读了。

小月：先生，这人是谁啊？

纪晓岚：先别管是谁了，你……

和珅在竹林外喊：老纪，老纪！纪晓岚，纪晓岚，大烟袋，大……

纪晓岚拉着小月钻往深处，在小月耳边说了几句话，小月点头，潜行走了。

和珅要往竹林里钻，自语：纪……纪大烟袋！这老纪戒了烟倒是不好找了，原来闭着眼睛一闻烟味儿就知道他在哪儿，老……纪……

差点摔了，纪晓岚用手赶快一扶：和大人，大半夜的您这是干吗呢？

和珅：干吗？老纪，你还真的学那些年轻人了，情啊爱的，还钻竹林子啊？你先问问自己年龄好不好？老夫聊发少年狂，你还真不服老了。

纪晓岚：谁种萧萧数百竿，伴吟偏称作闲官。不随妖艳争春色，独守孤贞待岁寒……

和珅：呀，呀，还酸腐起来了。什么闲官啊，还不够你忙的吗？

纪晓岚出来了，和珅一直拨拉竹林往纪晓岚身后看，以为后边会出现什么张了了，没人。

和珅：哎，人呢？

纪晓岚：什么人啊？

和珅：就你一个啊？

纪晓岚：当然就我一个。

和珅：一个人大晚上钻竹林干什么去了？

纪晓岚：出恭去也。

和珅没听清还问：什么？你说什么？

纪晓岚：哎，拉屎。这么好的清凉的夜色，非逼我说粗话。和大人，你这人越来越没有品位了啊。

和珅听了马上捂鼻子回头。

和珅：粗话？我看你是粗俗，有茅厕不去，偏……

纪晓岚：你懂什么，值此子丑将交之时，将身上的污浊之物，排于这辽阔之大地，而吸纳夜空的明月星斗之精华，人自然会干净得多。哪儿像你，一个酒囊饭袋，脑满肠肥的俗物。

和珅：停，停。老纪，你现在不仅是风情万种了，还这么雅呢，连那样的事你也能挑时候挑地方，说出这么多道理来。我是真服了你这张嘴了，说白了不就是拉……不雅，不说了。

纪晓岚：谢谢。

和珅：不客气。闲话少说啊，卢大人要先走。

纪晓岚装傻，听着打更的梆鼓声。

梆鼓之声快交子时了。

纪晓岚：什么？你再说一遍，我没听清。

和珅：卢大人要先去浙江。

梆过后一声苍凉锣声。

纪晓岚：是啊，这事该听您和大人的啊。

和珅：哎，今天是你当值。

纪晓岚：听，子时已过了，该是双日子了，和大人做主吧。

说完就走。

和珅：好，老纪，你……你整日谈情不说，还任事不管。纪晓岚，你别以为就你精，有你吃亏的时候。

驿站后院。夜。

刘全躲在廊后，等纪晓岚回来。远远看见纪晓岚回来了，啪啪一击掌，黑暗中张了了穿一件黑色斗篷，悄悄从暗影中出来，等在了纪晓岚的屋门口。气氛诡秘。张了了也透着一种无奈。刘全悄悄地躲了。纪晓岚从前院过来，一眼看见张了了站在门口，屋内的灯打在她身上。

纪晓岚：呀，了了小姐，这么晚了，是有事吧？怎么不进屋啊？快进，快进。

张了了：夜半三更之时，打扰先生，了了实在有些不识礼数了。

纪晓岚：哪儿的话，每日赶路枯燥得很，正是永夜难消之时，有……有佳人来访，真是……不亦快哉，不亦快哉。请，请。

用手扶着张了了的手往屋里走。

驿站纪晓岚屋内。夜。

纪晓岚：来，了了小姐坐，坐。

亲自上手将了了的斗篷接了挂起：你坐啊，可不能客气。夜茶伤胃，我们喝些酒怎么样？

张了了："万事消沉向一杯，竹门哑轧为风开"……听先生的吧。有无限深邃之夜在外，有华灯当前，再有一杯酒……

纪晓岚：加上一位知己，这样的夜晚人生能有几回……了了小姐在门外等了半天了吧？

张了了：独自对窗月，难以成眠，披衣原只想信步而行，不想走着走着，竟走到先生这儿来了。看先生屋内有灯，叫了两声没有回应，也不知为什么，那时心就觉更空了，所以……所以在门口踟蹰流连……

纪晓岚一下把张了了的手握住了，唱昆腔：忆昔花间初识面。红袖半遮，石榴裙带，故将纤纤玉指偷捻，双凤金线。

张了了：碧梧桐深深院，谁料得两情何日教缱绻……

屋外。夜。

刘全与两个驿卒轻轻往窗根下跑。刘全挥手，让他们蹲下，三人偷看，专注听着屋里的唱。廊下暗影中，和珅、卢大人等着。

和珅小声：卢大人，不杀他老纪的威风，浙江事不好办。待会儿有好戏看，你我好冲过去羞辱他。

卢焯：和大人，您这是要捉奸吗？

和珅：朝廷钦差，不问公事，不婚不娶，沿路偷香窃玉，这事不是罪也是个过吧？治他一治，杀他的威风，否则镇不住他了。

屋内。夜。

张了了曲刚唱罢，手还没收回，纪晓岚已是动了情，拉过胳膊就想揽入怀中。不想张了了突然有种下意识的冰冷之感，使纪晓岚有些怀疑，但纪晓岚该说的话还在说。

纪晓岚会意了，故意大声：了了小姐，纪……纪昀实话实说，早就等这一天呢。

屋外。夜。

刘全听见了把嘴捂住，对驿卒指指窗内，意思快成了，再等一会儿。

屋内。夜。

冰冷的张了了使得纪晓岚伸出欲抱的两只手在空中停着，空着。张了了像是醉了，风流地宽衣解带，但那种消沉和表演使纪晓岚终于有些觉悟。

张了了：先生，了了不胜酒力，实在头疼要……要晕了，请先生扶了了一把，扶了了一把吧。

纪晓岚上手去扶。走着走着，张了了有意无意地砰地撞倒了一根长烛台。烛台一倒，正往床底下的方向倒，一是照亮了床下，二是正好烧着了床沿上的床单。

纪晓岚刚要大声喊，张了了看似无意又像无意地袖子一挥倒在他怀中，意为制止他喊。

床单火起，突然从床底下爬出两个人来，是驿站的驿卒。

驿甲边喊边打身上的火：啊！火，火！着火了，着火了！

驿乙：我早说了吧，看什么不好，拖我来看这个。

纪晓岚吃惊地看着从床下跑出的两个人，他们在看怀里假醉的张了了，纪晓岚似明白了。

纪晓岚：张小姐，张小姐。

纪晓岚拿起东西往地上摔：火！着火了，着火了！

躲在外边的刘全和驿卒早已冲了进来，哗哗地泼水救火。纪晓岚全明白了，不紧不慢，轻轻把张了了放在桌边。张了了伏桌而眠。

和珅、卢焯也飞快地跑了进来。和珅还故意穿的是内衣。

和珅：怎么会着火了呢？纪大人，您没伤着吧……哎呀，怎么这么不小心啊？火是乱玩儿的吗？

纪晓岚：火当然不是玩儿的，和大人，你来得可真快啊。

和珅：你的事我能不快吗？伤着了吗？

纪晓岚：伤倒没伤着，某些人戏却看不成了。

和珅：看什么戏啊？纪大人你又多想了吧。我和某人做什么事你都会误解，实实在在地来救你，你还说是看戏。卢大人，不管了，咱走。

纪晓岚：不送，和大人，以后夜里在外边站着多穿些衣服，省得冻着。

和珅：啊……啊嚏。啊……老纪，谢谢。……我怎么会在外边站着，我……啊嚏。

闹市。

卢安及两个下人从浙江方面飞马往回赶，横街正看见了小月和杏儿两匹马冲了过去。

卢安：冯青，刚才过去的好像是纪府里的那个杜小月啊。

冯青：是啊，爷，我看着也像呢。

卢安：她们跑这么快是干什么呀？冯青，你悄悄跟上，别让她们看出来了。岳三儿，快跟我去老爷那儿报信。

驿站。夜。

卢安匆匆进了卢焯住的院子，轻叩门。

卢安：老爷，老爷。

卢焯：谁？

卢安：老爷，是我，卢安。

门开，卢安侧身而入。门马上关上。

房顶上黑衣人轻轻落下，到了窗前偷听。

驿站卢焯屋内。夜。

卢安：大人，您要是再不赶过去，估计富春县那儿咱们什么也做不成了。人已经抓了。

卢焯：不是我不想赶去，现在不但纪晓岚从中作梗，那和大人自己也留着后路。卢安，老爷我现在是进进不得，退又不能退。真是后悔，当初……

卢安：老爷，和大人他真的不帮您了？

卢焯：他连让我先行这话都不愿说，这还在路上，真到了浙江，还不定怎样呢。早应该知道他靠不住。

卢安：老爷，奴才路上好像看见了那个纪晓岚的下人杜小月。

卢焯：什么？她往哪儿去了？

卢安：奴才来的路，浙江。

卢焯：坏了，万一瑶琴姑娘的事发，就……就更没有咱的退路了。卢安啊，事到此时，老爷我真想一死了之，到头来钱钱没有弄到，命命也贪丢了，悔之晚矣。

卢安：老爷，事到现在了，悔也没用了，奴才倒是有一个办法。

卢焯：什么办法？说。

卢安：与其束手待擒，不如拼个鱼死网破。

卢焯：怎么个拼法啊？你说说……

卢焯屋外。夜。

黑衣人在窗下静静听着。窗上映着屋内两个人影在灯下咬耳朵的剪影。

卢焯：卢安啊，这可要惊天动地啊。

卢安：不冒出个惊天的大事来，他就该拿咱们的事当大事办了。

卢焯：也只有如此了。卢安，此事全托你了，一定不留痕迹。

卢安：老爷放心。

黑衣人听完后，静静退，飞上房去。

纪晓岚屋内。夜。

纪晓岚一个人睡着。突然窗外一根烟管捅了进来，迷香吹入。纪晓岚沉睡。两个蒙面人进来，一条丝巾塞住他的嘴，一个大口袋从脚下穿入，麻利地给他装了进去。头上用绳子系住了。

两人麻利地把纪晓岚一抱，背上肩，飞快出屋。

两人刚一出去，门吱扭响着，屋梁上一个黑衣人飘然而落，跟出。

街上。夜。

蒙面人将那口袋扔在一辆早已备好的车上，飞身上车，赶起大车在夜晚的街道上飞跑。

街上大车的声音打破夜空。

305

屋顶上黑衣人穿房越脊，匆匆带响的风声。

郊外小池塘畔。夜。
蒙面人扛着口袋在岸边走，口袋开始挣扎。
蒙面岳三：爷，醒了，不好背了。
蒙面卢安：放下吧。
卢安用手一比画。两人各抬口袋一头，忽地一悠，扔进了池塘。

寝宫。夜。
乾隆惊醒：贵喜。
贵喜：嗻。奴才伺候万岁爷起夜？
乾隆：几更了？
贵喜：三更了。
乾隆：给朕倒杯茶。……朕做了一梦。
贵喜：万岁爷，要是好梦，还早，您接着睡会儿，要是那什么……奴才扶您起来走走。
乾隆：……说不上好坏，朕梦见浙江出事了。……贵喜拿衣裳，朕睡不着了，下地走走。

池塘。夜。
平静的水面，一点儿动静也没有。天欲明了。

驿站和珅屋内。夜。
和珅面带笑意地睡着，像是在做美梦。砰，又是一颗石子由窗纸中飞进，打在他脸上。和珅腾地坐起，摸脸，看见了裹纸的石头。
和珅：来……来……来人，来人，快来人。
手抖着看着那张纸，惊了：快来人，快来人啊！
刘全冲进：老爷怎么了？老爷，老爷怎么了？
和珅穿衣服，往外跑，鞋也不穿了：快，快去看看老纪，老纪是不是丢了？纪晓岚丢了，纪晓岚丢了！

306

驿站纪晓岚房内。

和珅冲进：老纪，老纪……纪大烟袋，纪……

飞快向纪晓岚的床上而去——真的没人。再看窗户纸上有个昨夜吹烟的竹管子。

和珅：坏了，朝廷钦差，朝廷钦差被害了，这还了得，卢大人……

卢焯也进来了，和珅抓着他就喊：咱们俩可难逃干系，咱们俩可难逃干系了。他死了，咱也活不成。大案，这不是大案吗？

卢焯镇静：和大人，人怎么会丢呢，不会吧？再找找，再找找。

和珅乱翻被子，突然看见一张纸，上边画了去池塘的路和池塘边上一只口袋。口袋边上有一行字写着：这是我，我在这儿。卢焯心里有鬼，也凑过来看，一看大惊，刚要回头。

和珅：刘全，快备马，去池塘找人，快！

卢大人：骗咱们呢吧？

和珅：不管骗不骗，先去找。

张了了此时进来，有些不安。

张了了：两位大人，是纪先生遇害了吗？

和珅：不知道，还不知道。张小姐，您什么也别问，问也不知道。啊对，你哪儿也别去了，好好等着我们，千万不能再出事了。卢大人，这可不是小事，这种事可不能闹着玩儿，要掉头的。

卢焯：和大人，卢某明白。

池塘岸边。

和珅、卢焯、刘全、卢安四马飞奔而至。四人都远远看见了立在岸边的那只口袋。卢焯、卢安脸色大变。

和珅：你们谁，谁过去看看，谁……谁……刘全。

刘全：爷，哎，哎，我去。

大来客店。

小月、杏儿从楼上下来。

小月：店家结账。

掌柜：哎，来了，来了。二位小姐退房啊？

小月：是啊，掌柜的，往富春县是这条路吧？

掌柜：对的，对的，正是这条路，要是快，一天就赶到了。小姐，三两银子。

小月扔下一块：不用找了。

与杏儿出门。

大来客店门口街上。

小月出门上马，东边一个早点摊上，斗笠下冯青正在边吃早点边瞄着，一直看到两个姑娘上马走了。

冯青：小二，会账。

扔下几个铜子，起来去牵了马，上马追下去。

小二：哎，谢谢爷了。什么事啊这么急？

池塘边。

和珅哆哆嗦嗦地解口袋。

和珅：我来，我来。

先看到了纪晓岚的头发，头顶，闭着眼睛，湿湿的，再往下纪晓岚整颗头都露出来了，嘴里塞着丝巾。和珅抽出丝巾。

和珅急了摇，哭腔：纪……老纪，晓岚，老纪，纪晓岚，纪昀，大烟袋。

摇纪晓岚头，哭出来了，拍纪的脸，啪啪。纪晓岚一动不动，像已死去。卢焯也在旁边喊。

卢焯：纪学士，纪学士。

和珅：哎呀，你可不能死啊！你死了，万岁爷也饶不了我，我可也活不成了。纪晓岚，行行好，快活过来，你要死，别现在死，回北京爱怎么死怎么死，你欠我的钱我不要了。

这话一出，纪晓岚从嘴里吐出一股长长的水来：哎呀，憋死我了。和大人，你刚才说什么？

和珅：哎哟，你可活了！老纪，老纪我说你欠我的钱……我不要了。

纪晓岚：哎，卢大人，你也听见了啊！好，就等你这话呢，等得快憋死我了。快给我松绳子，换衣服。啊嚏！

和珅：啊，合着你刚才没死啊？

纪晓岚：想死来着，死不成。再说了，我一皇差突然被人害死在路上，和大人，你的干系可逃不掉啊。卢大人，你说对不对？我死了倒没什么，你要是也这么容易就死了，那天下受害的老百姓都不答应，对不对？

和珅：哎对……对，对什么对？纪晓岚，你演的什么戏？

纪晓岚：演戏？和谁演？

和珅：你自己。

纪晓岚：和大人，这戏是演出来的吗？这样的天气，这样冷的水，这……这口袋，自己要演怎么进口袋，怎么扎口袋，这么远的路怎么给运过来，怎么扔进河里，怎么又把自己捞上来……演戏？这戏演得也太不值了。和大人，此事我还计较呢，你倒说起本官在演戏了，有人害本官，卢大人，你看是不是？

卢焯紧张：啊，对……对……是……是。

纪晓岚：和大人，这事你要是不清楚啊，可要给老纪我查清楚了。

路上。

小月、杏儿飞马而过。过了一会儿，还是这条路，冯青也快马追了上来。拐弯，冯青策马拐，刚一拐过，发现小月、杏儿没在前边。把马勒住，觉得怪，马在转。四周安静。突然一根绳索飞至，哗地将他缠住。冯青大惊，刚要喊，树上飞下两人把他拉下马来。

冯青：大胆狂徒……

话音没落，两把剑抵住了他的咽喉，是杜小月和杏儿。

小月：跟了我们两天了，你胆子可真大。

冯青：你走你的，我走我的……谁在跟你们？

杏儿一剑将他斗笠削飞：还嘴硬。

再一剑将他便装挑开，里边有官衣：你以为我们不认识你呀？

小月：说，瑶琴姑娘关在哪儿了？

冯青：不知道。

小月：杏儿，杀了他。

冯青：慢，我……我实在不知道。

小月：你要是不跟来，我们找人必要费功夫，你跟了来，又说不知，那我们怎能饶你。

冯青：别，两位小……小姐，我要是说了拿我怎么处？

小月掏出块银子：说完带我们去，救了人，放你走，拿着钱回家种地去。

冯青：那……那我说……

纪晓岚屋内。

纪晓岚头上敷着热毛巾，躺在大被子里，还抖。和珅、卢大人、张了了都在，看着。

和珅：老纪啊，不行，咱们要动身了，要么你坐在车里，多盖些被子，咱们也得走了。

纪晓岚：冷，冷，走不了，走不了。

卢焯急得不行：纪大人，给您雇辆厢车，能躺下的，咱们先上路吧。

纪晓岚：躺下的厢车，那不是拉死人的吗？不坐，我冷，不走。

和珅来回在地上走：哎，小月，杜小月，杜小月呢？

纪晓岚装傻：对，小月呢？小月，小月两天不见了，小月去了哪儿？啊，小月丢了，我更不走了，和大人找小月，找小月，就在这儿找小月，那可丢不得，那是皇上的干妹妹呀。和大人快找，要不我起来找。

和珅：您别动，您别动了。好，找，咱们找人，找人去。

一使眼色，卢焯跟他出来。

和珅屋内。

和珅走来走去：……卢大人，现在就当着咱们俩，你给我个实话，害纪大烟袋的人是不是你？你说，你是不是想拼个惊天动地，鱼死网破啊你？

卢焯：和大人，跟您说了三遍了，下官怎么会做这么蠢的事？

和珅：蠢，愚蠢，是不是你干的我也不问了，实话跟你说，纪晓岚死了也没用。纪晓岚死了浙江事万岁爷更不会放过，不让纪晓岚走个来回，你我都过不了关，杀他？还不如直接杀我呢。现在又闹出杜小月不见了。

卢焯：和大人，话我不多说了，这杜小月她要是去了浙江，下官再不走就什么事也遮不住了，到时只有……

和珅：……供出和某对吗？威胁。卢大人，你这是威胁本官，本官不怕。本官要是怕威胁早就被吓死了。本官做人从来不被情绪所左右。……所以本官现在虽在生你的气，但本官觉得你说的不无道理。我要是你，我也只有这样。好，卢大人，杜小月不在了，事就复杂了，您快回浙江吧，务必使富春县郭天就范。快去，现在就走，让他就范，越快越好。

卢焯：和大人，那下官告辞了。

和珅：走，快走。

卢焯飞快出门。

和珅站住：纪晓岚，这儿的事由我来摆平你。

闹市。

两骑在一饭馆门口停下，是微服的乾隆和贵喜。乾隆亲自找桩子拴马，贵喜赶快跑过来拴。

乾隆：贵喜呀，过了山东了吧？

贵喜：爷，过了这个镇子就是江苏了。

乾隆：过了山东你就回去吧，朕一个人走走。

贵喜：爷，这可不成，万一有个长短的……

乾隆：没事，你先回去，爷十天之内必然回宫。爷这次出门谁也没告诉，我要是再不回去，怕有人生疑。你回去就说爷病了，静养着呢，有事十天后办。

贵喜：爷，您一个人，奴才实在有点儿担心啊。

乾隆：没事了，你瞧我这样儿，还不像个老江湖吗？

学老江湖的样子，叫小二：小二啊，上好的马料给喂上啊，把鞍子卸了好好遛遛。

小二：得了您呢，两位爷里边请啊。

乾隆大摇大摆地进去了。

乾隆：贵喜，像不像？

贵喜：爷，像，像，您请。

驿站纪晓岚屋内。

砰，一块石子带着信穿窗户纸而过，落在纪晓岚的大被子上。

纪晓岚拿起一看。看过后，撩了被子就起来了：来人，来人！

刘全应声进来：爷，您吩咐。

纪晓岚：怎么是你啊？

刘全：我家老爷说了，纪大人那儿小月姑娘不在了，让我来顶个班。纪大人，有什么到不到的您多担待。

纪晓岚：用不着。

正说到这儿张了了进来了，纪晓岚道：我有张小姐服侍呢。张小姐，您去了哪儿了？

张了了：在后院里突然看见一朵刚谢的秋花，心有所怜，就耽搁了。纪先生，您怎么就起来了啊？

纪晓岚：是啊。张小姐真是有心，有心人必有牵挂，这牵挂多了怕不知哪头更当紧吧？

张了了：女子之心，自有女子所属，不足为训。

刘全在，不便多说，纪晓岚有些感觉。

纪晓岚：啊，好了，咱们走吧。

张了了：什么时候？

纪晓岚：现在，上路。

和珅边说边进门：着什么急呀？再养两天不迟。本官已派卢大人先行了。

纪晓岚：那就更得快走了。

和珅：纪大人，你这是什么意思？

纪晓岚：和大人，话我不想多说了，你心里明白。

山路。夜。

明月下，冯青被杏儿用绳索狠狠地勒在一棵大树上。

小月：再问你一遍，瑶琴是不是在这山上？

冯青：小月姑娘，再不敢说一句谎话了，就在山上的一座草庵中。

小月：有多少人守夜？

冯青：八人，都有兵器。

小月：好，委屈你了，救了人回来放你。杏儿，咱走。

山上草庵。夜。

在一座荒芜院子里的一座草房中，月光照着在草堆上的瑶琴和丫鬟春桃。

春桃：小姐，小姐，你喝口水吧，好歹要撑下去啊，万一……

瑶琴：春桃，没有什么万一了。我想了，这些人一不为劫财，二不为劫色，那只是为了要挟父亲。倘若父亲为我而失了晚节，岂不是瑶琴一生没有为父亲尽孝道，反而是把父亲害了吗？

春桃：小姐，您想那么多干吗？老爷怎么会这么想？

瑶琴：必然是这样的。春桃，倘若我死了，他们还拿什么要挟父亲。春桃，姐姐我赴死之心已定，别再劝我了。

春桃：小姐倘若你死了，春桃也不活了。

两人在月下相对而泣。

山上院中守卫房子。夜。

五六个兵士正在喝酒推牌九，热闹无比。

山上院中。夜。

一轮山月，院中十分安静。一个兵丁在院子里走来走去，只听见他的脚步声。兵丁走了两个来回。突然，那兵走着走着不走了，两只手用力支着那杆长枪。支不住了，砰地倒地——背上一飞镖。山风吹着，小月和杏儿此时才在院中出现，伸手探，那人鼻息全无。

两人分开来到守卫屋门口和窗户。

山上院中守卫房子。夜。

甲：六子，有动静啊。

乙：我也听见像是人倒了。

甲：黑三，黑三。

突然门像是被风刮开了，众兵丁伸手抄家伙，还没抄起，就看啪啪两盏灯给打灭了，一片漆黑。只听见剑风随之而来，小月与杏儿一个从门口一个从窗口飞入，在漆黑中如砍瓜切菜一般，只听见人的闷喊和兵器剁肉的声音。一会儿灯亮了，小月、杏儿各点一盏灯，灯光中五六个人已全都

313

倒地了。

小月看见一个眼睛还睁着，马上拉着问他。

小月：人在哪儿？

那人：……后……后院。

此时杏儿点了火把，两人冲出。

山上草庵。夜。

瑶琴与春桃相依而眠，看窗外有火把哗地过去。

小月轻声：瑶琴，瑶琴。

瑶琴醒，听着，火把又哗地过去了。

瑶琴：春桃，你听。

小月：瑶琴，瑶琴。

春桃：有人来了。

门被踹开，杏儿、小月探头。

杏儿：小月姐，在这儿呢。

小月：是郭小姐吗？

瑶琴：在下瑶琴，不知两位是什么人？

旅店。夜。

乾隆跟着一帮粗人睡在一条大炕上。一只手伸向他的枕下，一个小偷正在偷他的银包。偷摸着了，往外抽手时，啪，乾隆闭眼一把把他手抓住了。

乾隆眼睛都不睁：干什么？

小偷嬉皮笑脸：壮士，借点儿钱花。

乾隆：说得好。怎么不叫醒我呢？

小偷：怕误了您的觉。

乾隆：嗯，说得更好了。我还是醒了，怎么办？

小偷：您接着睡呀。

乾隆：说得真好，体谅人，看你那张脸竟还是笑的。怕吗？

小偷：不怕，我左右还有三个弟兄呢。

三个脏脏的恶徒出现。

乾隆：哎呀，好啊，你们一共四个人，我打不过你们。

小偷：您算脑子清楚的。

乾隆：借了我的钱什么时候还？

小偷：山不转水转，有还你的那天。江湖上的事哪儿说得准。

乾隆：我要是不借呢？

小偷：那您就太不识趣了。

乾隆：是啊，行，借你吧。

啪地手一切下，那个银包就掉在了炕上。其他三人也围过来要抓，那个小偷一下给拦住了。众人看见他那条手腕悬在胳膊上晃着，早被乾隆一掌切断了。晃了两下，小偷像是才觉出疼来，哇地大喊。乾隆偏头而睡，银包就在他的头边，再没一人敢动。

山路。夜。

小月赶着救下了瑶琴的马车飞奔而过，杏儿骑着匹马，拉着匹马跟在后边。

路过冯青时，被蒙住眼的冯青挣扎，想喊又喊不出。正挣扎时，杏儿盘马回来了。啪地一镖打了出来，捆冯青的绳子一下子断开了，冯青颓然委地。

杏儿：记住了，快回你的老家种地去，若有迟疑，必无好死。

冯青：谢小姐不杀，我回家去。

杏儿：现在别动，天亮了再走。

冯青：听小姐的，听小姐的。

杭州巡抚大门口。

郭天正手持鼓槌击鼓。

巡抚后衙。

卢焯急急忙忙地穿官衣：什么人？我昨夜刚到，怎么今天就有人击鼓？

卢安匆匆进：回大人，是富春县郭天。

卢焯：哈，正想找他，他倒来了。升堂。

卢安：嗻。

卢焯突然变了主意：回来，不妥……

又脱下刚刚穿好的官衣：请，请到后衙，就说本官请郭大人到后衙一叙。快请，快请。

巡抚后衙书房。

卢焯在给郭天让茶，两人已分宾主坐下了。

卢焯：郭大人，请用茶。

郭天：巡抚大人，按说下官职分小，是不该坐的。但下官乃是乾隆三年的进士，资历算老，又是在后衙，所以也就不自谦了，坐了。

卢焯：您坐，您坐，论起来，本官比郭大人还晚了几科呢，您坐。郭大人，刚……刚才是您在堂上击鼓？

郭天：正是下官。

卢焯：玩笑了吧，有什么事，打个招呼跟本官说一声不就行了，我们都是为官的，还要这样见外吗？

郭天：下官与为官之人从来是堂堂正正地见面，堂堂正正地说事，也不是什么见外，实在是下官做人的准则。

卢焯：高古，高古。很好，今天算本官请你的，我们这样也很堂正啊，有什么事吗？

郭天老泪流出：巡抚大人，下官有一痛彻心扉之事，实在是无门可投，只有找您了，望巡抚大人一定搭救。

说完倒头要跪。

卢焯：不可，不可，什么事请郭大人明说，千万不可。

郭天：巡抚大人，下官的女儿前些日子被人绑走了，至今音信全无，望大人一定搭救。

卢焯：啊！什么人如此大胆，敢绑朝廷命官之女。郭大人，您有什么线索吗？此事你早该报知府衙啊。

郭天：巡抚大人，不瞒您说，下官以为女儿被绑，与下官曾以清官自居，参奏过府台及邻县属官有关，所以这几日度日如年，只有等巡抚大人来，才敢相告，望巡抚大人搭救。

卢焯：是吗？事情怎么会是这样？你说他们不清，这就怪了，我这里也有几位官员联名参你的书信啊，他们说你在浙江为官二十余年，是过一县刮一县，实是一个大大的贪官啊，郭大人。

郭天：……啊？果然是这样，女儿啊女儿，你是受了当爹的牵连了，是做官没做出好处的爹害了你了。……巡抚大人，您……您怎么看？

卢焯：我吗？当然……听众人的，听律条的。郭大人，原你不来本官都要去传你，现在既然来了，本官就不客气了。来人，将富春县顶戴去了，押入大牢。

衙役上，摘帽子，戴枷。

郭天傻了，愣着，嗵的一声坐在地上。

郭天：你……你……

卢焯：富春县，本官没有在大堂上审你，实在是给你面子了。押走。

七

集镇。

小月赶着车，杏儿骑一匹马，拉一匹马进了集镇。

集镇饭馆雅间。

小月、瑶琴、春桃都坐着吃饭。

小月：瑶琴小姐，吃完这顿饭，咱们就在这儿分手了。

杏儿从楼下上来：小月姐，车雇好了。

瑶琴：二位姐姐，感谢搭救之恩，到现在还不知二位姐姐大名，瑶琴求二位姐姐报个名吧，瑶琴今后或有报答之日。

说完要跪。春桃也跟着要跪。小月、杏儿赶快扶起。

小月：别哭，你这一哭，我这泪也有点儿止不住呢。

杏儿：小月姐，要不咱们先都哭一会儿？

小月抹泪：不哭，不哭，都不哭。瑶琴姑娘，你还担着重任呢。你父亲是冤是不冤，过些日子自有人评判，你在浙江一日你父亲便有一天的危险，所以，你从此往北快快走吧。

瑶琴：姐姐，瑶琴想了，爹爹一定是冤的，我下了决心要去京城告御状。

317

小月：好主意啊。但此一去京城，何止千里，怕……

瑶琴：瑶琴不怕。

小月：不怕，那能去告最好。来，咱们女儿家家的喝酒不雅，就以茶代酒，喝上一杯吧，喝过后就此分手了。

四个女子举杯，四个杯子一碰，很是壮烈。

驿站。纪晓岚房内。夜。

纪晓岚端杯自饮，张了了边舞边唱。纪晓岚已是微醉，高兴鼓掌。

驿站纪晓岚房外。夜。

和珅、刘全看着窗上的剪影。

和珅小声：刘全。

刘全小声：在。

和珅：说了？

刘全：回老爷，说了。一是让她今天把纪学士灌醉，不管如何问出小月行踪；二是让她拖住纪大人，再不能急着去杭州了。

和珅听完刘全的话颇高兴，跟着窗里的昆腔小声哼唱着走，突然回身：那张了了不知是老爷我在背后吧……

刘全：不知，不知。她连我是谁都不知道，备不住还以为是圣上的主意呢。老爷，刘全可没那么笨。

和珅：你是聪明堆里挑出来的。

驿站。纪晓岚房内。夜。

张了了还在唱。纪晓岚看着袖子舞着，突然假意碰掉一只杯子。张了了原是背身在舞，突然反身苏秦背剑，长袖一抖，啪把那只杯子接住了，静静地放在了桌子上。

纪晓岚此时明白，张了了有功夫，假醉一把抓住张了了的手：你不单唱得好，功夫也还了得。

张了了觉自己无意露了底：啊，是啊，唱戏的功夫，让先生见笑了。先生是不是喝多了，了了服侍先生睡吧。

此话一出，窗外有人咳嗽。张了了听了，知道有人监督，没办法，无

318

奈地：要么咱们说会儿话。

纪晓岚：好啊，说什么？

张了了像是跟纪说话，其实冲着窗外说的：纪先生，小月她们去了哪儿了？

纪晓岚：你问谁？

张了了：我问小月，她们去了哪儿了？

纪晓岚：哎，这么好的夜晚，不谈风月，谈什么小月……太煞……是啊，小月，她走了好多天了，她去了哪儿呢？

张了了：会不会去了杭州？

纪晓岚索性也冲着窗外说：会，会。这孩子啊，好管个闲事。当管的管，不当管的也管，有时该官管的她也管，不该官管的她也管，拿她没办法。

张了了：先生，她去杭州干吗？

纪晓岚：她必定去救人了。……了了小姐，值此良宵，只有你我二人，你干吗谈另一个女子啊？我们谈谈月亮不好吗？

张了了：好啊，好啊，我们谈月亮。

声音很兴奋，其实很消沉。只听窗外有悄悄而远的脚步声。

驿站和珅房内。夜。

和珅正读书，刘全急急地跑了进来。

刘全：老爷，说了。

和珅：说了什么？

刘全：杜小月确实去了杭州救人了。

和珅：是吗？这么快就说了？

刘全：醉，醉了，一问就说，一点儿都没含糊。那该怎么办，请老爷示下。

和珅：快，连夜去，让卢大人把那瑶琴小姐移个地方，快，快去。晚了怕人被救了，救了可就麻烦了。

刘全：嗻。

回身要走。

和珅脑子一转，突然泄气：等等，杜小月走了几天了？

刘全：实数不知道，大概有个小十天了。

和珅：算了，什么信也别报了。

刘全：老爷，那为什么呀？

和珅：为什么？人早救走了。纪晓岚他会那么傻，他会轻易说出杜小月去杭州救人？喝醉？他要咱们呢。

驿站纪晓岚房内。夜。

纪晓岚与张了了正以"月"字为令，每句说个"月"字，说不出的罚酒。

纪晓岚："长安一片月，万户捣衣声"。

张了了："小时不识月，呼作白玉盘"。

纪晓岚："客从江南来，来时月上弦"。

张了了："浪花深处玉沉钩，圆缺几时休"。

纪晓岚："素娥应信别离愁，天上共悠悠"……了了小姐当你喝酒。

张了了：为什么？

纪晓岚：你的句中，没有"月"字。

张了了："圆缺几时休"，难道不是月吗？

纪晓岚：是月没有"月"字，了了小姐喝一杯吧。

张了了：是啊，"圆缺几时休"……没有"月"字，该了了喝酒了。

纪晓岚：了了小姐，问句贸然的话，你内心像是很苦。

张了了被说中了，但此时又怕外边有人听见：先生，天下人难道心里有不苦的吗？先生您的用心不是也很苦吗？

纪晓岚：是啊，不说也罢，为天下的苦人儿干一杯吧。

两人碰杯。张了了很伤感。

驿站大门。夜。

小月、杏儿两骑到了门口下马。杏儿上手咚咚敲门。

杏儿：开门，开门。

驿卒：这么晚了谁啊？

杏儿：哎，问你，京城里来的纪大学士是住在这儿吧？

驿卒：还有和中堂呢。

杏儿：那就更好了，开门。

驿卒：哎，给您开开。怎么这么晚啊？

巡抚后衙。夜。

卢安敲门。

卢安：老爷，老爷。

卢焯：卢安吗？什么事？

卢安：老爷，大事不好了，冯青回来了。

此时看见卢安身后衣衫不整的冯青。卢焯披衣开门，很快地让二人进。

卢焯拿灯的手抖。

卢焯：冯青。

冯青：拜见老爷。

卢焯：出了什么事了？

冯青：老爷，瑶琴小姐被那个杜小月救走了。

卢焯：什么？在山上的人会被救了？

冯青：回老爷，人救了。

卢焯马上开始动心眼：你怎么知道是杜小月救的？

冯青：奴才看见了……

卢焯：往哪条路？

冯青：往北跑了。

卢焯使眼色：卢安，命你速速带人往北追下去。务必追到，此事关系重大，千万不能放过。

卢安看见眼色不走：嗻。

卢焯：冯青，你……你这次受惊了，老爷一定会嘉奖你，下去歇着吧。

冯青：谢老爷。

冯青要走时，卢安明白卢焯的意思，有些犹豫，但还是用手去扶冯青，扶起时抽出了一柄短剑，将冯青刺倒。

卢安：兄弟对不住你了，你……头前走吧。

冯青嘴里喷血：……卢哥，卢哥，你……那丫头说对了，我要回来就

321

不得好死。我该回家种地去。

卢焯一点儿也不怜惜地从冯青倒下的身子上迈过去。

卢焯：卢安，快追，快去追吧。

巡抚府大门洞开。夜。

马队火把冲出。

卢安：一直向北走官道，见了人务必活着捉回，快，快。

一片马蹄过。

驿站纪晓岚房外。夜。

小月、杏儿悄悄走进院中，看上房还亮着灯笼。小月心里非常矛盾，看见有灯先是安了一半的心。

杏儿：小月姐，这么晚了，还亮着灯呢，看样子没在一起……

小月做了一个小声的手势，两人悄悄地往窗口而去。

两人伏在窗户看，一看生气。小月走到房门口，嗵地把门踹开了进去。

驿站纪晓岚房中。夜。

纪晓岚与张了了两人都喝醉了。两个苦人儿正准备喝交杯酒，两只手刚要勾到一起，正被小月看见，门一踹，两人一吓，砰，杯子掉到地上碎了。

纪晓岚借着醉玩笑：呀，小月啊，回来得真是时候。走也不打个招呼，回也不打个招呼，害得我和张姐姐天天想你。这不刚才想得两人都伤心了，借酒浇愁，我们俩都快愁死了。

小月：看出来了，我呀再不回来，你们就该否极泰来悲中生喜了是不是？

纪晓岚：苦中作乐而已，苦中作乐，要不这日子该怎么打发啊……啊。

张了了一直站着，确实不胜酒力，醉欲迷人眼，但又有几分清醒。

张了了：小月妹妹，你……你来得真好，否则这交杯酒啊一喝，今天的事，就……就不好说了。你……你走了这么多天，还……还甭说，你们

322

家先生要是相处长了，确实有一些可爱之处。你再不回来，了了我就要托付终身了，托付终……

一下醉倒，坐下伏在桌上。

小月：托就托，谁爱管你们？杏儿，扶先生回房。

纪晓岚：不用，不用，我自己走，自己回……

没说两句，也倒在一张椅子上睡。

杏儿：老爷，起来，起来，不是地方。老爷，老爷，回房睡去。

小月：杏儿，不用扶他们了，让他们做梦去吧。

杏儿：小月姐，他们像是真的醉了，你瞧，喝了多少啊。

小月伤心：早知道不回来了。

杏儿：小月姐，咱不回来，他们……

小月：爱怎么样怎么样。当时就该跟着瑶琴小姐回京城了，好歹还能护着她点儿，省得看这受气的场面。杏儿，咱睡觉。

广来客店。夜。

寒风吹着，春桃左看右看地扶着瑶琴小姐下了骡车，小二打着灯笼往里引。回身把门关了，风吹得很响，门晃着。

小二：以后啊出门在外得早点儿投宿，晚了店不好找。看着点儿脚底下。

广来客店外。夜。

一只手敲大门。乾隆只身而来，嗵嗵地敲门，风吹着。

小二：二位小姐等等，我应个客，马上回来照应你们啊，等会儿。

小二：哟，男客啊。

乾隆：男客。

小二：几位？

乾隆：一位。

小二：对不起您，客房没有了。

挑灯往瑶琴那儿照，瑶琴与春桃凄楚站在寒风中。乾隆第一眼看见风中美貌的瑶琴，有点儿愣神。

小二：大炕挤挤还能腾出个地方，要不您就再找一家。……哎，先生您倒说话啊。

乾隆：啊，不找了，挤挤吧。你前边带路吧。

小二提灯又赶回去。两个小姐在前，一个小二在中间。乾隆在后，寒风吹着，小二说着。

小二：天短了，赶路的人不能太贪脚，要么天一黑店就不好找了。

大路。

火把、马匹。卢安快马带着人飞跑，突然勒马。

卢安：前边的镇子，每个旅店都给我查清了，看有没有两个女子住店的。……快，快，抓了人有赏。

马匹飞快跑过。

广来客店大炕屋。夜。

乾隆挤个地方，穿着衣服钻被子。小二把灯吹了，走了。

月亮照进来，乾隆想着心事。

广来客店小屋。夜。

春桃打了水来。

春桃：小姐快洗洗脸睡下吧。

瑶琴：春桃，也不知爹他怎么样了。

春桃：小姐，您放心吧，老爷是朝廷的命官，轻易谁敢拿老爷怎样。等咱们进了京城，快快回来救老爷。来，洗把脸啊。

瑶琴拿起湿手巾擦脸上的泪。

巡抚大牢。夜。

郭天坐在草堆中闭目而眠。灯笼来，门开，牢头让在一边，卢焯摇着扇子进来了。

卢焯：郭大人，别来无恙。

郭天：哼，有恙没恙你都看见了。

卢焯：告诉你个好消息，你女儿找到了。

郭天惊起：人在哪里？

卢焊：人很好，没受一丝委屈。郭大人，你大可放心了。

郭天一听女儿就哭了：是我害的，是我这个当爹的不好，害女儿遭此大难。人活在世上想洁身自好也这么难啊。

卢焊：郭大人，不是本官说你，做人也好，做官也好，何必太孤芳自赏，何不随波逐流一些呢？……好，好，本官今天不想与你多说了。做人当怎么做，你比我清楚，你非要做一清白之人也不是不可以，但贵千金的命，大概就难清白了。

郭天：呸，恬不知耻。

卢焊：骂得好，骂得好。本官走到今日也知道自己是……是个坏人，本官不回避。郭大人，你就当是一个坏人与好人间的交易吧。你说理也好，说情也罢，已不能打动本官了，本官一步步地到今天已是箭无回头，只有下定决心做一坏人了。别的人我没办法动，你倒霉，让我选中了……为了你女儿，你就认了吧。

郭天：天地良心，可怜我一世的清白，就要断在你们这些狗官之手吗！我……我……

卢焊：你可以死，可以上吊，可以吃药。你想死的话，本官成全你，但你死了，女儿也就活不成。好，你好好想想。

郭天老泪纵横：狗贪官，你……你真是害人不浅。

卢焊：好好想想吧。还要告诉你，今天本官与你说的话过些天不得与京官再提起，你要是敢说……

说着扔下一缕长发：这是你女儿的头发。只要你说了，你再接到的就是你女儿的人头。

广来客栈大门。夜。

卢安带人到客栈门口，寒风阵阵。

甲丁：开门，快开门。

小二：来了，来了。谁啊？

甲丁：少废话，开门。

门开，小二的脖子上一下子架了几把刀。

小二：……几位……好汉……客满了。

卢安：客满了，我让你的寿满了。问你话，可有两个女子来你这儿住店？

小二：都……都是客人……男的也有，女的也有，几个的也有……

卢安：两个女子同行的。

众丁：说。

小二：……有……有。

卢安：前边带路。兄弟们，人务必要活的。快，快！

飞快的脚步声冲进店里。

广来客店大炕屋。

黑暗中，火把冲进来。

卢安：全都给爷起来。

人都被轰起来了。有光膀子，有光身子的，忙着找衣服穿。乾隆不知发生了什么事，睁眼看见除了火把就是人和刀。火把照过。

乾隆本来就在门口炕边上，又没脱衣睡，此时早已坐起，一把拉过慌张的小二。

乾隆：小二，他们找什么人？

小二：找那两个女的，你见过的。

乾隆：干什么？

小二：我哪儿知道？

乾隆：那女子在哪儿？

小二小声：后边楼上第二间。

乾隆听完之后飞快地下炕出去了。

卢安：没有，他妈的，都躺下别动，谁要敢蹚浑水，到我这把刀这儿来报名啊。躺下，躺下。小二，小二，人在哪儿呢？带路。

火把跟着小二冲了出来。

广来客店瑶琴屋内。夜。

瑶琴听到了动静先起。

瑶琴：春桃，春桃，快起，不好了，有人来了。

春桃也醒了：小姐别慌，先别慌，我出去看看，备不住不是冲咱来的。

326

瑶琴到门口偷听。

瑶琴：春桃，是冲咱们来的，快拿包袱跑。

两个女子拿了包袱，开门，外边廊子中已是一片火把，客人全被拉出了。两个女子没办法，又赶快把门关上。

春桃：小姐，快，快，先把门堵上。

无计可施，两人开始推家具堵门。门刚堵上，外边就有人敲门了。

甲丁：开门，开门，快开门！

两人拼命地挪着大件，咣地堵上。

卢安：小二，是不是这屋？快说！

小二：是……是……

卢安：弟兄们找着了，撞！

嗵，嗵，门撞破了，火把伸了进来。

火把在里边晃。

卢安：撞！撞开了，要活的。

这句"要活的"把瑶琴提醒了。瑶琴飞快地抽出短剑来，与春桃说了句话就要自刎。

瑶琴：春桃，看来是天意，我走了，你留下给爹报仇。

春桃：小姐，不能，要死也得咱俩一块儿死。不能，不能啊，小姐，等等，等等。

瑶琴：不等了，只要我活着，他们就放不过爹。

春桃：好，要死连个整身子都不给他们。

说着话，捡起一个扔进来的火把，把那些东西都点着了。大火起，两个女子准备烧死自己了。

卢安：快，快，冲进去抓活的。

乙丁：爷，火太大了，冲不进去啊。

火越来越大，两女子紧抱在一起，火已逼近了，突然后窗被乾隆的飞腿踢开了，乾隆适时冲到，跳下窗台。

乾隆：小姐，快，走后窗。

春桃：你是什么人？

乾隆：侠义之人，路见不平，拔刀相助。快，快！

春桃拉小姐上了窗台。乾隆将她们一一放下，自己也从绳索上下来。

327

卢安率人泼水冲进门来，人已是没有了。

卢安：他妈的跑了。追！

广来客店。夜。

乾隆赶着辆车，车后拉着一匹马，飞快冲出火海。为怕后边人追，乾隆放火把马棚烧了，马四处乱跑。

乾隆：驾，驾。

马车飞奔而逃。卢安他们从楼上赶下来时，到处是火，人马都没了。

卢安：快，找马。……他妈的，什么人又给她救了？

大路。

乾隆慢慢地赶着车，觉得很放松，很好玩。春桃把头伸出帘子。

春桃：哎，你这是把我们往哪儿拉啊？

乾隆：听你们的吩咐，这是往北走呢。

春桃：是往北吗？

乾隆：你看啊，太阳不是在正东吗？咱这是正北。

春桃：你也是往北走啊？

乾隆：我原本往南。

春桃：呀，小姐，他原本要往南的。……哎，壮士，我们小姐说了，您原要往南，这陪我们往北不是误了您的事了吗？……快停车，停车。

乾隆：没什么大不了的事。

春桃：停车，快停车。

车停了。乾隆下车带马，春桃扶着瑶琴下车。

春桃：壮士啊，这一路上光怕了，还没问您大名呢，我们小姐要问您的尊姓大名。您把牲口拴好了，咱们说会儿话。

乾隆：区区小事，不问也罢了。

春桃：哟，小姐听见没有，他救了人命还说是区区小事呢。

瑶琴：壮士，多谢搭救性命之恩，小女子这厢有礼了。

说着要跪。乾隆上手要扶，春桃干涉。

春桃：哎，慢着，不能上手，男女授受不亲。我们小姐要跪谢你，就让她谢吧，好歹你算是个不俗的壮士啊。

乾隆想扶又不让，想躲又不行：受之有愧，受之有愧。

春桃：真是个呆子，来，你不会也跪下啊。

乾隆被春桃一摁，两人相对而跪了。

瑶琴：请壮士受小女子一拜。

乾隆：不用，不用，应当的。路见不平，拔刀相助，应当的。小姐请起吧，害你受惊了。

春桃看着感动：哟，多好啊，真体贴。这样的男子现而今可是少了。行了，行了，都别客气了，起来吧，起来吧。……不是地方，大道上的，人家看着咱，还以为这……这是《楼台会》呢。起来吧。

两人跪着，各有一番男女的情意在其中。

瑶琴：壮士，再谢搭救之恩，就此别过了，来日……

乾隆：小姐，在下……没有什么大事，两位小姐要去哪儿，不妨送你们吧。

瑶琴：壮士，实在多有不便，且又不同路，请壮士留名，来日相报吧。

春桃：行了，千里搭长棚——没有不散的筵席。您办您的事吧，我们急着赶路了，留个名吧。

乾隆：在下姓黄行三，小姐就叫我黄三吧。

春桃：黄三爷再见了。

乾隆：哎，就……就这么分手了啊？前边有个镇子，咱们在镇子里吃顿饭再分别好不好？

春桃：行啊。

大道。

卢安一行人，没了马，在大道上狂跑。卢安让人截来往的车辆。

卢安：把车都截了，把车都截了。后边都跟我追上啊。驾。

饭馆雅间。

瑶琴、春桃、乾隆三人在吃饭。

瑶琴：黄三壮士，小女子从不喝酒，为谢救命之恩，为壮士斟上一杯吧。

乾隆：多谢，多谢。

春桃：喝了吧，我家小姐平生可第一次给个大男人斟酒啊。

乾隆：不急，我有句话问过后再喝不迟。

瑶琴：……

乾隆：敢问小姐是不是家中逢了难了，或有什么冤情才这么急急地奔波？能否与在下诉说一二？

瑶琴：壮士，小女子家中……是逢了大难，但实在是有隐情无法告白，壮士不听也罢了。

春桃：听了也没用，别说你一介草民帮不上忙了，就是朝廷大员来了，也未必能帮上忙。

乾隆：是啊，这么大的事？冤枉？

春桃：冤，冤，太冤了……

乾隆：也许朝廷大员帮不上的，在下倒能帮上呢。

瑶琴：壮士勇力可嘉，但我家事实在不是一般人力可相助的。不问了吧，免得连累了壮士。

乾隆：在下可是不怕连累的人，请问一句，我真的就像一般的人吗？

春桃：哟，不是我说你啊，你说大了也就是个走江湖的侠士，你还能怎么着？你能大过皇上去？说你办不成你就办不成。哎，老黄啊，我家小姐说这话是对你好。

瑶琴：春桃无礼。

乾隆：这倒是我把自己个儿看高了。也好，家事不问了。这酒，喝下去后，还有一事要请教。

春桃：哟，真喝了。那这酒可不禁喝，我再要一壶去……

乾隆看着瑶琴，十分喜爱：小姐，在这大千世界芸芸众生之中，能得以相会，真是荣幸。敢问小姐芳名？

瑶琴：人间事，一切似都写定了的。能在那危难之时，得壮士援手，小女子现在想起还觉恍如一梦，黄壮士，您真是恩如再生。

乾隆：这不是应了一个"缘"字吗？

瑶琴：岂一个"缘"字可比，但小女子实在是有难在身，一切不便明说，还望壮士见谅。

正说着话，春桃端着酒进来了。

春桃：来了，来了，刚烫得的。

瑶琴：再请壮士饮了这杯吧。

春桃：哎，慢，慢，凉了，凉了。换盏热的，换盏热的。

说着泼了凉的换热的：壮士，您喝酒，我们喝茶，咱们算是意思吧，后会有期。

乾隆端起酒来一饮而尽。两女子也喝了茶，春桃是边喝边看。

乾隆是刚喝完酒就晃，头晕了，看什么都摇，伏在桌上睡了。

春桃：真灵！

瑶琴：春桃这是……

春桃：不碍的，不碍的，我下了点儿蒙汗药。不碍的，一会儿就醒了。

瑶琴：春桃，怎么能这样，这不是恩将仇报吗？

春桃：你不这样，他总是赖着不走，一会儿缘啊义的，好像自己有多大能耐似的，烦死了。呀，这就心疼了？瞧，还没怎么着呢啊，没事的，小姐，他一会儿就醒了，账我结了，咱快走吧。

瑶琴这会儿又恋恋不舍了：咱们怎么能如此待人啊？

春桃：走吧，再不走，可该追上来了。

大路。

卢安的马队飞快地跑过。

浙江巡抚后衙书房。

众贪官都坐着，卢焯在训话。

卢焯：话已到此我不该多说了，此番圣上不是只派了一个钦差，下来的是两个。钦差钦差，过箩的铜筛。哪个好，哪个坏，哪个贪，哪个廉，一个钦差都好比是铜筛子，两个钦差不就是箄子了？筛了一遍，再箄一遍，谁想漏网啊，那是侥幸！

卢焯喝茶，故意静。

卢焯：但天下事，只有想不到的，没有办不成的。本官在京城时业已想通了，有些事只有一拼，你们都知道富春县郭天因连年贪赃，本官已将其捉拿归案了吧？只要他的口供有了，你们尽管做你们的官。筛子也好，

331

篦子也罢，总有东西可以堵住他。今天话就到这儿了，几位回吧。

突然好像所有的官都商量好了似的，每人从怀里掏出一个折子。

众官：我等有书信上奏巡抚大人。

卢焯：嗯，放在几子上吧。

每个官都把折子放在茶几上了，放下后退出。卢焯静静地坐着。看着人退出了，不慌不忙地喝了口茶，然后下地收折子。每个折子中都夹有一张银票。收了银票以后把折子又放下了。

卢焯：每到此时，都会有片刻之喜悦，这片刻之喜悦，不知要换多少个不眠之夜啊。值吗？到现在都说不清楚。

饭馆雅间。

被蒙汗药蒙昏了的乾隆终于醒了，头疼，睁眼看，想，突然记起。

乾隆：小二，小二。

小二：来了，来了爷。……爷您醒了？

乾隆：小二，我……我怎么睡着了？

小二：哟，爷您问我，我问谁去。您就那么睡着了呗。

乾隆拿起酒来闻，觉不对，生气了。

乾隆：哼，江湖险恶，江湖险恶啊。

小二：怎么讲？

乾隆：明明是我救了她们，她们倒下药蒙了我自己跑了。你说天下有这个理吗？你说说。

小二：没有，没有，有。

乾隆：到底有没有？

小二：爷，您放了手，放了手，别跟我生气啊您。您听我说啊，您说的是那两个女子吧？

乾隆：对啊。

小二：您救了她们，她们倒是瞒着您跑了，她们干吗不大大方方地走啊，干吗瞒着您啊？您想想，好好想想。……您是不是缠着她们来着？

乾隆：那……那怎么叫缠啊，舍不得分手而已。

小二：啊对，您叫舍不得分手，那让人家觉着您是不是有歹心啊？

乾隆：怎么有歹心啊？只是有几分爱慕怜惜而已。

332

小二：爱慕，也不是随便就能爱慕的，得两相情愿对不对？两相情愿了那叫爱慕，一厢情愿那叫厌恶。许是你招人厌恶了，所以……

乾隆：我……我这样一个堂堂正正的大男子，会招人厌恶？你……你说的什么话？

小二：爷，您……您别跟我急啊，您找她们发火去呀。人家要是喜欢您，爱跟您聊天、喝酒、打对脸，那还能下药蒙您吗？能甩您吗？还是厌恶了啊。

乾隆：厌恶，哈，厌恶，活到今天还是第一次知道有人会讨厌我呢。小二，会账。

小二：爷，人家小姐会过了，我可不能多收您的。

乾隆：她们会过了？

小二：会过了啊。爷，您也别伤心啊，要从这么看，人家小姐也还算对您颇为照顾的，也许人家有什么急事不便带着您吧。

乾隆：对，这话倒是说到点上了。小二，快拉我的马。这块银子算赏你最后这句话的，快带马。

小二：哎呀我的妈呀，一句话给块银子，这么好的先生怎么不招人待见啊？真喜欢死我了。得了，爷我给您备马去。

浙江巡抚大堂。

三块惊堂木举起，一起落下，砰的一声响。

纪晓岚、和珅、卢焯三人一起喊：升堂。

众衙役：威——武——

各位官吏鱼贯而入。

众官：拜见钦差大人。

和珅坐在中间，清了清嗓子，站起：各位同僚不必客气，请坐，请坐啊。今天在这明镜高悬之匾额下，坐了我们三位。卢大人、纪大人，还有本官。"官"这个字，易经中所谓"百官以治"，立官就是为了治天下的。官者管也，当官自然要管事。既是管事便会有辛苦要付，有心血要出，有学识要用，有才志啊要抒。和某深以为为官一任造福天下，以什么造，一颗为国为民的心啊。

纪晓岚：但管事者往往以事而肥己，以事而得利，一句话，以事而贪。事越多越贪，一颗心哪儿还有家国天下，只有自己，只有自己蝇营之利。此种官既无治也无管，每天坐在堂上，哪儿还有明镜，只有"私利"二字，再无其他。

众官：和大人、纪大人所言极是，如醍醐灌顶，我等茅塞顿开。

和珅：心得，心得而已，不必客气，不必客气。

纪晓岚：慷慨，慷而慨之，好啊。和大人，没想到你对为官之道，还是……还是颇有心得的啊。

和珅：平日所思，浅显得很，何足道哉。值此钦差坐堂，而众官光临之时，本官再多的话也不想多说了，诸位请将自己为官的政绩、账册送上来吧。

众官一个一个上来，把文书都摆在师爷的桌上。

和珅：纪大人。

纪晓岚：啊，和大人。

和珅：请纪大人过目吧。

纪晓岚：是什么？

和珅：账目。

纪晓岚：账目啊，本官不看。

和珅：为什么？

纪晓岚：账嘛，无非是人写的，此也是账，彼也是账，官有官的账，民有民的账。这些官写的账，本官不看。本官要看的账，今天这里边没有。还有啊，和大人刚才说得一点儿不错，大家照办就是了。本官问句旁的话啊，富春县为什么没来？

一句问到点上，众官一句不说。

卢焯：纪大人，他贪赃枉法，已被本官拿下了。

纪晓岚：是吗？好，和大人，咱们人还没到，这已经拿下了一个贪官，好事！拿了总比没拿好。还有一句话，我说出来各位不必多虑，我只是打个比方，多拿总比少拿好。退堂。

八

杭州纪府院中。张了了换了身素衣服，悄悄地想出去，没想到小月、杏儿一直盯着她。杏儿从厢房的厨房出来。

　　杏儿：哟，张姐姐，这是要出门啊？

　　张了了：啊，出去走走。

　　杏儿：杭州城里有亲戚？

　　张了了：啊……有……没有，没有，只是听人家说上有天堂，下有苏杭，既然来了总不能不看啊。杏儿妹妹，你们不出去吗？

　　杏儿：我们做饭。

　　张了了径直出院门走了。

　　杭州纪府厨房。

　　小月一直看着呢，杏儿进来后，两人看着张了了出了大门。

　　小月：打扮了一大早上了，说是去看景，怕是要去给人看景呢。……杏儿，我这话是不是太刻薄了？

　　杏儿：不怨您，要怨怨老爷。小月姐，唱戏的就是不一样，打扮起来多漂亮，怪不得老爷……小月姐，你原来也唱过戏呀……

　　小月：唱得比她好。……杏儿，你在家做饭啊。

　　杏儿：小月姐您干吗去？

　　小月：我也出去看看。

　　杏儿：小月姐您不带上我啊？

　　小月：你做饭吧啊，有好吃的我给你带回来。

　　杏儿：哎，都走吧，回来喝风，还是酸风、醋风。

　　街上。

　　张了了专拣那偏僻街巷走，哪儿像看景的，反而像是对杭州很熟，在街上走得飞快。长长的巷子，杜小月在后边跟踪，过一条街，再过一条街。

　　某戏园子。

　　杜小月跟着张了了到了戏园子门口，张了了进去了。杜小月看到一个卖莲蓬的摊子，想起要给杏儿买吃的。

　　小月：哎，老伯伯，这莲蓬多少钱一斤啊？

335

老伯：五文钱。

小月：给我称三斤啊，哎，要饱满的。

老伯称时，张了了又从戏园子出来了，一个扮相极俊的后生送她，跟她说着什么。远远看见张了了哭了，那后生又掏出一长汗巾来给她擦，小月看呆了。

老伯：小姐，小姐，称好了，三斤，十五文。

小月：老伯，对面是个什么戏园子啊？

老伯：喏，是洪胜班，唱绍兴戏的，小姐去看看吧，很开心的。

戏园中。

台上正唱着悲情的《楼台会》，梁山伯与祝英台边唱边舞，哭得死去活来，那梁山伯正是刚刚送张了了的俊后生。小月进来找了个地方就坐下了，刚一坐下就入戏，眼泪看着流下来了。边擦眼泪，边吃着为杏儿买的莲蓬。越伤心越掰，越吃。旁边一个女孩子也不由自主地拿起莲蓬边吃边哭。台上舞得伤痛欲绝，两个女孩子也哭得泪人似的。

两个女孩子的手同时抓了一个莲蓬，又都同时放开，两双泪眼相互看着。

小月：你吃。

女孩：你吃吧，是你的，我……我哭糊涂了。

小月：没事吃吧。你……你也看戏啊？

女孩：嗯，看……一看就哭，哭了还想看。

小月：台上那个梁山伯演得真好，他……他叫什么？

女孩：叫洪天鸣，是这个班的头牌小生，扮得好，唱得也好。

台上两只蝴蝶正舞着。

杭州纪府厅中。夜。

菜都摆好了，纪晓岚坐了，张了了还未坐。

纪晓岚：啊，有黄花啊。了了小姐请坐吧，坐，坐。这黄花啊又叫萱草，半开不开的时候，采下来，晒干了，我们北方就叫黄花菜了，炒肉丝、炒鸡蛋都好吃。吃这黄花啊，不可细琢磨，你想啊，把一朵将开未开、含苞待放的花儿采来吃，一朵朵地吃，不是暴殄天物吗？

张了了:"道人禅余自锄菜,小摘黄花日中晒。"

纪晓岚:"封题寄我纸作囊,中有巴蜀斋厨香。"了了小姐,这么冷僻的诗你也会啊,难煞读书人了。来,请用吧,请用。

张了了:人像是没有到齐吧?

纪晓岚:不等了,"红蜡燃晓夜,两两对黄花"。

张了了:先生……不带这样的,总是读诗吃饭,那了了就一口也吃不上了。

纪晓岚:不读,不读。来吃,来吃。张小姐,今天出门了吧?

张了了:先生怎么知道?

纪晓岚:"已闻抱玉沾衣湿,见说迷途满目流。"了了小姐,从你脸上知道的。

张了了:脸上怎么知道的?

纪晓岚:你哭过了。

张了了赶快擦了下脸:先生慧眼。

纪晓岚:为什么?

张了了:……不说也罢。

纪晓岚:……好,不说,那就不说。好,请用饭吧。

某驿站大门口。夜。

乾隆换了匹马,正牵着出来。

乾隆:小二,这马能跑吗?

小二:刚喂饱的,新换的掌,您骑吧。

乾隆:小二,再问你一句,白天是不是有两个女子过去?

小二:就刚走不久,也是换了驾辕的马走的,你加一鞭不远就能追上。

乾隆:谢了。

对面街上。

卢安与几个喽啰在夹道暗影中看着。

卢安:那天救人的是他吗?

甲丁:爷,就是他,绝不会错的。

卢安：跟上。

三匹马从夹道中出来，跟上了。

大道。

乾隆骑马奔驰而过。

林荫大道。

瑶琴、春桃的马车在飞跑。

春桃头伸出帘子对车老板：老板儿，您快点儿啊，今儿个要赶夜路了，银子少不了你的。

老板：哎，您坐稳吧。

车跑着跑着，老板哗地下了便道。车晃着，老板从车辕子抽出一把片儿刀来。

老板：哎呀，小姐们不好了，车辕子断了，坐稳，坐稳。

春桃：怎么搞的？小姐，快下来，下来吧，车辕子断了。哎，这是哪儿啊？

荒草地里。

春桃刚跳下来，话音还没落，车老板的刀一下伸在脖子下。

老板：都下车，都下车。别想跑，我快刀老五脾气可不好。把身上的细软、钱财都解下来，打好包给我搁车上。

春桃：你……你要是劫财可不能劫色。小姐，别怕，别怕。

老板：不劫，她的色我不劫，她是个小姐，我养不活，不要。小姐，再说一遍，怨自己吧，谁让你们大晚上赶路的，明年今天是你的周年。

说着话舞刀而去。

春桃：小姐快跑。

没想老板一刀挥出，把春桃手臂割伤了。老板飞快直取瑶琴。

瑶琴跑了两步不跑了，跪下：天灭我也，你杀吧。

老板举刀挥下，没想到额头正中一镖。不动，那镖插着，老板站了会儿啪地倒了。瑶琴想死而没死，春桃捂着手臂也惊了。

黑夜中，卢安和众喽啰出来了。

卢安：郭小姐受惊了。

瑶琴：你们？

卢安：找了郭小姐几天了，没想到关键时刻还援了一手。哈，这事讲出来人家都不信。郭小姐……对不住，要失礼了。来人，把两位小姐绑了。

众人上手绑人。

春桃：小姐，这是怎么回事啊？

瑶琴：我倒情愿已死了。

大道。夜。

乾隆追了一会儿，勒住马，只有风吹着，道上没有一点儿动静。犹豫，马在大道上盘桓着。因为刚才车下了便道，乾隆此时不知该怎么走了，在静夜中孤独地骑在马上转着。

杭州纪府院中。夜。

听到敲门，杏儿飞快地去应门：谁啊？

小月：杏儿，是我。

杏儿：小月姐，你怎么才回来啊？

小月：啊。

杏儿：……迷路了？

小月：……没有，去看戏了。

杏儿：是吗？看的什么戏啊？好不好？

小月：……不好，光赚人家眼泪。

杏儿：小月姐，你也真是的，戏里的事也当真啊。小月姐，要是我看戏啊就不这样。……小月姐，你看完了戏……就没……没想起一件事？

小月：什么事啊？

杏儿：……给我买……吃的……

小月：买了呀，呀莲蓬，莲蓬哪儿去了？……坏了，全让我看戏时给吃了。杏妹妹，怨姐姐不好，姐姐下回给你补啊。光流泪了，一边哭一边吃，把这事忘了。

杏儿：姐，您……千万别了……

小月：先生呢？

杏儿：在书房里呢。

杭州纪府书房。夜。

纪晓岚正在看书，又是一颗石子裹着字飞了进来。

纪晓岚展字一看：郭天在大牢，清白命难逃。

纪晓岚看完之后，揣着纸往外走，去看张了了，边走边喊：张小姐，了了小姐，了了小姐。

杭州纪府后院。夜。

纪晓岚轻轻地在张了了的窗下喊着：了了小姐，了了小姐！

那屋灯黑着，没有人应。纪晓岚准备走了，屋里突然灯亮了。张了了回话的声音：纪先生，有事吗？

纪晓岚：啊……没事，没事。我突然想起杭州该是你的老家啊，你该回家去看看啊。

张了了：不劳先生挂记，了了已是无家无业之人了。如只为此事，谢先生了。先生请回吧，了了睡了。

纪晓岚觉得有些怪，在院中站了一会儿：啊，那我回了，你睡吧，我回了……

巡抚大牢。夜。

卢焯：人生在世，名是最虚的，清白名是虚，恶名也是虚，名与实从来不符。何必为求一点儿虚妄之名而葬送了自己的女儿呢？为名而害人，尤其是自己的亲人，不智，不义，不值啊。来，喝一杯。

郭天：道理不用讲了，我女儿可好？

卢焯：你好，她便好。郭大人，东西我带来了，你画个押，本官就让你见女儿一面。

郭天：我若不画呢？

卢焯：你和女儿就到阴间去见吧。郭大人，我再说一遍，此事众口一词，是你便是你，不是你也是你，怎么样也要你一死来顶罪。

郭天：你让我死我就死吗？我要是不死呢？

卢焯扔下一根白绫子：那就让你演一出畏罪自杀。

郭天冷眼看着：卢焯你不用太猖狂，还有两位钦差未到。

卢焯：已经到了，他们谁也救不了你。

郭天：你说的是和中堂吗？

卢焯此时也想卖和珅：是又怎么样，对了，就是和中堂。

隔壁的和珅听了个一清二楚，张嘴说话又没法说，不说又对卢焯卖了自己生气。对着那面墙大怒开始连比画带说的，不出声骂。

大道。

静静的夜路。

乾隆还是没找到那辆车，飞马往回找，一下子看见那辆车了，加鞭。那辆车慢慢悠悠地走着，挑着盏灯。

乾隆：请问把式，您车内载的可是两位小姐？

卢安装的车把式：啊，是啊。

乾隆：等等，我有话要问。

乾隆下了马，车也停了。车内没有一点儿动静。

乾隆：小姐，这么晚了行夜路终归不安全。在下乃一漂泊之人，实在没有什么非分之想，只是想送小姐一程……

手触到门帘，伸手一撩，没想到里面是空的，再回头，一张大网飞出，把乾隆实实地网住了。

路两边突然火把全起，被绑了的瑶琴、春桃被押了出来。网中的乾隆再挣扎也没用。

卢安：哼，怜香惜玉，我这把刀就是给怜香惜玉的人预备的。我说壮士，干什么事也要看人看地方。

乾隆：你们怎么跟过来的？

卢安：没你，我们还找不着她们俩人呢。

春桃：不让你跟，不让你跟，偏跟上来，这哪是帮忙啊，帮倒忙，越帮越忙。

瑶琴：春桃，不得无礼。

春桃：小姐，都这会儿了，您还护着他。

乾隆：小子过来，问你一句话，你们是强人还是官家？

341

卢安：这要看怎么说了，遇见你这样的草莽我们就是官家了。

众丁：是官家，哈哈。

乾隆：是官家最好，我说句不是吓唬你的话，小心狗命。

卢安：哈，这小子进了网了他了还嘴硬！你他妈的是什么呀？你就是他妈的皇上，我们都不怕你。

众丁：你他妈的一个人，是皇上死都不知怎么死的，还敢吓唬人。

卢安：绑了，押到车上带走。

乾隆目光无奈。

巡抚大牢门口。夜。

狱卒正打瞌睡，一根大烟袋伸了过来。烟一呛，狱卒醒了。

狱卒：火，火！着火了，着火了！

纪晓岚：醒醒，醒醒，火不假，没着，光冒烟了。

狱卒：烟，烟……你是干什么的？

纪晓岚：干什么的，睁开眼看看，看见官衣了吗？再看看顶戴。

狱卒：哎呀，红顶子，烟……烟袋，您……您是纪……纪大学士。

纪晓岚：还算有眼力。带路。

狱卒：大人，您看谁。

纪晓岚：郭天。

狱卒知道卢焯、和珅还没出来，冲里喊：纪大学士要探郭天了。您等等……纪大学士要探郭天了。您等等，您等等。牢里不方便，您先坐坐。

巡抚大牢内。

和珅一听喊，吓了一跳，让牢头叫卢焯快快退出来。话又没法说，只有比比画画的。

卢焯：郭大人，今天的事你不应也罢，不急。……又有人来探你了。我说一句告诫的话，话不可多说，你说什么我都能听到，说多了你女儿就没了。

收了白绫子出了牢门，和珅已经在外边等他了。两人慌慌张张地在牢笼的甬道中刚想走，突然又听见狱卒喊：纪大学士探郭天啊。两人出也出不去，路给堵了，回又回不成。和珅急中生智，原就想听纪晓岚说什么，

342

拉着卢焯钻进一个斜对面的牢房。抓墙上的土一抹脸，拿破被子、破稻草一盖，装成两个囚犯躺下了。

牢头带着纪晓岚来了：大人，您请，您请。

纪晓岚：怎么探个人比见官还难啊？

牢头：看您说的，这牢里啊有时候吃了拉了看着不雅，怕冲撞了您不是。这不喊两声啊让他们都检点一点儿。大人您请。

纪晓岚看着躺在牢里的和珅与卢焯。

纪晓岚：睡得倒是早啊。

和卢两人头向暗处假装打呼噜。

纪晓岚反身走到郭天面前，气势极凶：郭天。

郭天：在。

纪晓岚：你还认得本官吗？

郭天：同年进士，怎么能不认识呢？

纪晓岚：哈，你还知道你我是同年进士。十年寒窗，一举成名，你难道就是为了在这大牢之内卧草面壁让万人唾骂吗？

郭天：我……

纪晓岚：你怎样？

郭天：我……

纪晓岚鼓励：你有话可以说吗？

郭天：我……我……无话可说。

纪晓岚明白了，抽烟。

纪晓岚：好，你有话说也罢，无话说也行，本官今夜探监有句话要向你说明。你既上违所学，下愧百姓，我虽与你同科，但今天这交算是与你断定了。笔墨来，我今天赋七绝一首以示与郭天断交。一二三四五六七，七六五四三二一。风是风来雨是雨，东是东来西是西。

边读边写，写过后贴在牢口：此诗写给你，你用心读读吧。

说完转身就走。路过和珅、卢焯的牢时，故意磕了磕烟袋。和卢两人假装打呼噜。

纪晓岚：睡得还挺香呢，要是坐牢还能睡这么香，这种人一定是没什么救了，必定是坏蛋。

巡抚后衙书房。夜。

那首诗，和珅、卢焯两人在看。

和珅：这……这是什么？这是进士、大学士写的吗？狗屁不通。什么叫"一二三四五六七，七六五四三二一"啊？

卢焯：和大人，纪晓岚一贯以机巧弄人……他……

和珅：不，不，不，纪晓岚耍聪明，本官我不怕，他要是狗屁不通，我……我还真有点儿摸不着底了。他总不能无端地把这诗写给郭天，"东是东来西是西"……他……他一定要告诉郭天什么吧？

卢焯：告诉什么也没用，郭天他必死无疑了。和大人，有你我这点儿小事还办不过来吗？不想也罢了。

和珅一下想到了卢焯在牢里把他供出来的事，生气：卢大人，今天牢房中你不该把我亮给郭天吧？要是这样，我何必在隔壁躲着呢？索性说白了，告诉人家我们两个人要一起害他算了。

卢焯：和大人，您到现在还怕……

和珅：我不是怕，我有什么可怕的，当朝的一品，万岁爷喜欢，大臣里走得通，万岁爷就是真要办我，他也得先摸摸自己的左膀右臂，哪根疼哪根不疼。……卢大人，咱们就是两只蚂蚱，你这根线也不能往死了系吧？……不信我吗，怕我把你卖了？

卢焯：说实在的话，和大人，您听我说啊，事已至此，我卢焯在水坑里已经沉了有一半了。要么一闭眼就下去了，万事皆空；要么我拉着您还能上来。我不想下去，和大人，咱们不是两只蚂蚱，是一只蚂蚱，从今往后您就这么想吧，您蹦就是我蹦，我要不蹦了，您也蹦不了了。和大人，一只蚂蚱，不是两只。

和珅觉得齿冷，也尴尬：……哈……哈，你……你这一只蚂蚱比得好。一只蚂蚱……一只不假，但我是腿，你得听话，否则这只蚂蚱早晚让人吃了。

卢焯：您说得对，我听您的。

和珅又读起诗来，忽有所悟：这纪晓岚是不是告诉郭天，七天后，会真相大白吧？让他挺七天，一二三四五六七，七天后风雨便住了。

卢焯：您说得有理。和大人，别的不说了，咱们要快。

杭州纪府。夜。

纪晓岚在吃夜宵。杏儿和小月也没睡，看着他。

杏儿：老爷你这么晚了又去了哪儿了？

纪晓岚：探监……就是去大牢了。

杏儿：老爷，我小月姐白天看见了一件事。

纪晓岚：啊……小月，你白天看见什么了，跟先生说说。

小月：……我先说明了，不是我有意跟着看的啊，碰上的，是碰上的。

纪晓岚：碰着什么了，谁呀？

小月：张小姐。

纪晓岚愣了：是吗？……你在街上看见张小姐了？……她一个人上街干吗去了？

杏儿：出门的时候她说上有天堂，下有苏杭，说去看景了。

纪晓岚：话……不错啊。多美的西湖，该看啊。

小月：看景是假，她去看人。

纪晓岚：看人……噢，也不错，她原就是这边的人，许有个姑姑、婶婶的。

小月：是个男人。

纪晓岚饭在嘴里不动了：男……男人？

小月：去看一个班里的俊后生，演戏的。

纪晓岚：戏班的后生……是啊……是啊。演戏的？那一定年轻了，貌俊了。烟……烟呢……我得抽口烟。俊后生，那……那也没什么嘛，他们也许只是姐弟什么的……

杏儿：老爷，小月姐看见张小姐当着那人流泪，那人在街上当着那么多人的面抽出汗巾子给她擦泪呢。

纪晓岚：是……是啊，俊后生给张小姐擦泪了啊，擦泪啊？

小月：先生，这么多天了，您给张小姐擦过泪吗？

纪晓岚：没……没有，我没有呢。……小月，扶我，我晕。

砰跌坐在椅子上，头晕伏在桌上。

小月、杏儿：先生，先生，先生。

杏儿：什么老爷啊，没出息成这样了。

345

小月：早知不对他说了。不管了，让他睡吧。

黑暗的山洞。

乾隆、瑶琴、春桃都被关在山洞里了。瑶琴和春桃挤在一起，瑟瑟发抖。乾隆把衣服脱了下来，挪了过去。

春桃马上敏感地护着小姐：哎，你别过来啊！你不知道男女授受不亲啊，快坐着别动！

乾隆：都同在一个山洞里了，想授受不亲也难了，咱们先不说什么男女好不好，春桃，我这件袍子你拿去先给小姐盖上吧。

瑶琴：壮士也冷吧？

春桃：不要，你救过我们一回，又害过我们一回，告诉你啊，咱们谁也不欠谁的啊。

乾隆：……我欠你们的？

春桃：你欠。说了也白说，你……

乾隆：我还要救你们出去。

春桃：吹牛。这可不像在客店，这是山洞，一只鸟都难飞出去，何况三个大活人。

乾隆：闲话先不说了，我想问问小姐身世，想知道他们为什么这么三番五次地追杀你们，天底下要总是这样，这世界还像什么世界。

瑶琴：瑶琴长到今天，这世界是越来越不认识了……其实事到如此地步，说说也无妨，万一有一天壮士能生还，或许能将瑶琴的家事冤情大白天下，那瑶琴九泉之下也感恩不尽啊。

乾隆：小姐，千万不可说泄气的话。

巡抚大牢。夜。

郭天坐着，闭目而思，突然站起来拍笼门。

郭天：牢头，牢头！

牢头：喊什么，喊什么？大半夜的撒哎挣啊？

郭天：牢头，烦您转告一下，我要见钦差纪大人。

牢头：你要见谁？

郭天：钦差纪大人。

牢头：你刚不是见过了吗？

郭天：现在还要见。

牢头：你以为钦差是集上的萝卜呢，说（见）贱就真（见）贱了。我都见不着，好好待着吧你啊。

郭天：哎，牢头，牢头，牢头！

牢头：别喊了，再喊我绑了你。

山洞。

洞内像是已讲了很久了。

瑶琴：……爹爹现在生死不知，如若能留得爹爹的清白之名，瑶琴宁愿一起死……就怕爹爹为女儿而失了气节。那样做女儿的岂不有天大的罪过……

春桃：小姐别哭了。

乾隆：你们有什么罪过？这些贪官一天不治，朕一天不会罢休。

春桃：什么？你说什么？朕……

乾隆：……啊，我说真有一天早晚把这些贪官给治了。

春桃：哎，吓我一跳呢，说好话安慰我们小姐没错，可别把话说大了啊。出都出不去了，还早晚治呢。你以为你是什么人啊？

瑶琴：谢壮士安慰，瑶琴再无多想。壮士乃误打误撞，惹了是非，参与了我的家事，真是对不起得很。

乾隆：这话先别说，我这儿也不是安慰。瑶琴小姐，我是谁我先不说了，说了也没有人信。再者我不是误打误撞，此事实该我管。寻常时碰还碰不到呢，碰到了岂能放过？瑶琴小姐，一句话，请求你们再别拿……我当外人。

洞门口有兵丁走来走去。

乾隆将瑶琴的长披肩一抽。

春桃：你要干什么？

乾隆：借绫绢一用。

说着把绫绢哗哗撕成条，结挽成一条绳子，绑了块石头一丢，投进了一个环状的石笋中。

乾隆：我拴好了套，就吊上去。待我死了，你们就大喊让兵丁进来，

347

让他们把我抬出去。记住，千万别超过两个时辰。只要我能出去了，必会回来救你们。

说着话套已拴好了，踩在一高石礅上真就往里钻。

瑶琴突然感动，动情，舍不得：等等，壮士，你不能，千万不能……

乾隆：瑶琴小姐，为什么？

瑶琴：您乃一局外之人，瑶琴几次承您援手相救，已觉此生无以回报，这事再不能连累您了。壮士请下来，瑶琴已觉心内十分地不忍。我……我怎么能看着一位救自己的恩人吊死在眼前。壮士，瑶琴不能看您去死。

瑶琴跪下了。乾隆赶快下来，慢慢也跪下，双手扶着瑶琴。

乾隆：瑶琴小姐，看着你落泪，我……我是肝肠寸断，说句儿女情长的话，在下黄三看着你眼中的悲凉，心里从来没有那样地冷过，冷得疼。我恨不将那目光里的愁苦，瞬间换为万里晴空。我此刻漫说不是去真死，倘是真的要去死了，都觉得死不足惜……为你悲凉的目光去死是我所愿。问句更儿女情长的话，你为我……心也疼吗？

瑶琴：……瑶琴……心疼。

乾隆：人生在世有如此之情意，该算是生死之交了。在下已无所憾。瑶琴小姐今夜于我十分十分地珍贵。

瑶琴：瑶琴也一样。壮士，你……你千万不要离我……而去。

春桃大哭：啊，真感人啊。我这辈子见过一回都不冤得慌……黄三爷你……你听见没有，你不能以死而逃，那你就不是个汉子，你不能这样，除非你会装死。

乾隆：你说对了。

说着话从怀里掏出一瓶药水喝了进去，头一伸进了套：……记住，别超过两个时辰。

浙江纪府。夜。

忽悠一下，纪晓岚猛地摇头醒了。躺在床上，头上是冷毛巾，脸上有几处扎的长针。

纪晓岚：哎呀，我……我怎么睡过去了？

小月：哪儿是睡啊，明明昏过去了。

纪晓岚：昏……昏……对了，我为什么事昏……昏的？

小月：能为什么啊，反正不是国家大事。

纪晓岚：对，对，是为了张小姐和俊后生？没想到一个中年的腐儒，也会为这些事而动情，可贵，可贵，我以为我已是木头人了呢。

小月小声：你可不就是个木头人吗！

纪晓岚：不行……我头又疼了……我……

小月：杏儿，再扎两根大针。

杏儿拿了小柳叶一样的针要扎：哎。

纪晓岚：别，啊……别扎了，别扎了，不疼了，不疼了。小月，我说张小姐她……她怎么一定要来浙江呢，敢情那什么……小月，你早就看出来了，是吧？

小月：小月没那么闲在，碰上的。小月好歹跟先生这么多年了，家国天下，大道理虽懂得不多，但大事小事还分得清，小月不是个儿女情长的人。

纪晓岚：这是说我呢。先生我这次出门，是不是像换了个人似的，显得有点儿不务正业啊？

小月、杏儿：哟，您明白呀。

纪晓岚：来，扶我起来。小月、杏儿，先生没变，先生还是原来的先生，只不过有那么一点点儿假戏做得太真了而已，有点儿太真了，真得先生我自己都信了。

小月：呀，先生，您要真生气，真吃醋，我们倒觉得那没什么。您这会儿说便宜话，我们可不听。

纪晓岚：把先生看成什么人了？家国天下，先生我一时也没忘。来，来，咱们把明天的事商量商量。来，来呀。

三人聚头。

山洞。

春桃、瑶琴抱着乾隆的腿大喊大叫。

春桃：人吊死了，快来人啊！人吊死了，啊！吓死人了！吓死人了！快来呀，人死了！

瑶琴真怕乾隆死了，拼命地托住：春桃，快喊，快喊！他……他不会

349

真死了吧？

春桃：快来人！快来人！人死了！

洞口有火把动了。

瑶琴流泪：春桃，他会不会真的死了？

春桃：不会，不会，小姐，手还热呢。

瑶琴：他……他说不能过两个时辰。

春桃：没有，没到，刚一会儿。来人啊！

两人一起大喊起来。乾隆吊着，眉眼中有些幸福的笑意。

山洞门开，火把刀剑，两队兵丁冲了进来。

卢安：谁死了，谁死了？好，小姐没死。

怕小姐死，一看不是，有个兵刚要把乾隆放下：别动……

瑶琴和春桃紧张地看着。

卢安把手伸起去探鼻息：……挺硬的一条汉子，怎么会说死就死了呢？……没气了，真死了。郭小姐，怕不怕？

瑶琴：此人乃无辜之人，人死不能复生，请将他速速放下吧。

卢安：人既死了，还着什么急啊。郭小姐你可不能死啊。吊着吧，天亮了再说。

春桃一下大惊，刚要喊，瑶琴在此时显出大家小姐风范，伸手把春桃的嘴捂上了。

瑶琴：好，活人死人你都以禽兽之心相对，你这样的人活在世上，真是耻辱。

飞手去抽兵丁的刀，一刀就向自己的脖子刺过来。春桃大惊，飞而拦救，但刀一偏还是把膀子划伤了。卢安冲上前来，一掌将刀打落在地。

卢安：快，绑起来。

瑶琴：人若想死，绑也没用。

卢安此时没了办法，回手一剑，将乾隆的吊索砍断，两个兵丁上前，把乾隆抱住了，放在地上。卢安一挥手，一个大口袋上来。

卢安：装了……等等，把他的腿绑上。说死就死了……怕是有诈吧？

瑶琴：你这样的小人才会惜命。

兵丁只把乾隆的腿绑了，从脚开始装口袋。

瑶琴看着，内心疼痛，不忍流泪。

卢安：岳三，抬到崖口给扔下去。就是假的，摔也得给他摔死。

卢安接过一支火把来。

卢安：郭小姐，生死还未定呢，你可不能轻生。

瑶琴：这话正是我想说的，生死还没定呢，你也不必高兴得太早了。

卢安收了火把往外走，洞口门关上了。

春桃坐倒在地，哭了起来。两个被绑着的女子，经了这事，春桃倒像是软弱了，瑶琴倒像是坚强了。

瑶琴：春桃别哭，人生如此，哭有什么用。

春桃：小姐，您……您说他……会不会死？

瑶琴：……不知道，求天保佑吧。

杭州纪府书房中。夜。

小月和杏儿在忙着给纪晓岚找衣裳。三个人不知说了什么事，都高兴起来了。

小月拿着一件棕色的长衫：先生，先生，你比比这件像不像？

杏儿：老爷，多亏咱带的东西多，看这顶前朝的帽子好看不好看？

两个人边说边给纪晓岚打扮着。

纪晓岚：衣裳事小，明天关键是你们两人，一是人得找对了，二是戏得做像了。

小月：先生，那您就放心吧，有我呢，我是演戏的出身。

杏儿：小月姐，怪不得您一看戏就哭呢，还懂得男角演得怎么怎么好的。

小月：……那……那倒不是因为会演戏。

纪晓岚突然觉得院子里有动静，两个女孩说话时，他竖着耳朵听着，悄悄地走出门去。

院中。夜。

纪晓岚从书房中走出来。树影摇曳。

纪晓岚：谁？……有人吗？

院子里很静。

九

山崖上。夜。

几个兵丁扛着口袋上来了，有打火把的，有拿刀的。

甲：三哥，怪沉的，扔这儿算了。

岳三：再扛两步。没听安爷说啊，有的人会有闭气功，会装死。咱得给他从崖上扔下去，再闭气也没用了，摔死了。

乙：越来越沉了，什么闭气功啊，扔地上拿刀砍，他还能活了？

岳三：到了，到了，再等一会儿就到了。……弟兄们，这会儿，你们没觉出是活的来？

甲：活的哪儿有这么沉啊。再说不是看着吊死的吗？

岳三：我……我怎么觉得死得没僵啊？你瞧这手还能打弯呢。

三人刚说到这儿，突然看一只手哗从口袋中穿了出来——一只带着刀的手。四个抬口袋的人吓坏了，不由自主全把口袋扔了。那只带刀的手哗哗在口袋上一道一道地割布。四人先还傻着，过了一会儿突然反应过来，一齐拔刀冲上前去，上下齐动手，举刀便砍。

只见那口袋先在地上打转，一通地趟刀，打得四人无法靠近。四人急了，一齐冲，只见那口袋一个鲤鱼打挺，哗地竖了起来。口袋全成了碎片掉落。乾隆站起，一把软剑对付四人。快刀斩乱麻，几下子就将那四人全都杀了。

朝阳升起，乾隆把四具尸体扔下崖去，收拾了一下自己，大步向山下走去。

杭州纪府后院。

杏儿在叫张了了。

杏儿：张小姐，张小姐，起来了吗？起来了吗？……早饭做得了。

这边还在窗户底下叫，那边张了了从前院过来了，还是有些神秘。

张了了：呀，杏儿姑娘，你叫谁呢？

杏儿：哟，了了小姐，您都起来了，还以为您睡着呢。

张了了吟诗："离叶向晨落，长风振条兴。"大好的时光怎么能睡过去呢？杏儿姑娘，我一向早起的。

杏儿：早起好，早起好。张小姐，早饭得了，咱们开饭了，老爷说一会儿要陪您游湖去。

张了了：好啊，好啊，我马上过去。

进房把门关上。

杏儿退出。

杭州和府。

和珅舞着水袖在院子里走圆场，嘴里咿咿呀呀地唱着。

和珅：望关山梅岭天一抹，怎知俺柳梦梅过，得傍蟾宫知怎么，待喜呵端详停和。

停下来漱口，刘全端着水，和珅轻嗽嗓子。

和珅：……那边，今儿个干吗呀？

刘全：说了要去游湖。

和珅：好，雅，唱《断桥》去了。……刘全。

刘全：老爷，您吩咐。

和珅：那女子，不知背后……有我吧？

刘全：不知道，我把卢大人透出去了。

和珅：她信吗？

刘全：她信也就信，不信也猜不出别的来。老爷，随她吧。

和珅：刘全啊，不是本老爷心眼多，存心要害人啊。人生在世，防人与害人有时是分不清的。尤其在官场，像我与卢大人一样，该拉手时拉手，该使绊子也使绊子。弄得像是危机四伏似的，不危机四伏行吗？有你倒霉的日子。……本老爷要是再不好一口唱，说白了，那就活得了然无趣，了然无趣了。

刘全：老爷，您唱，我给您伺候早饭去。

和珅又漱嗓子：油腻的别做啊，糊嗓子。……刘全回来，派个人盯着点儿，别出岔子。

湖边集市。

纪晓岚正携张了了游湖边集市，人来人往煞是热闹。张了了显得年轻了不少，高兴地买东西。

张了了：纪先生，您看这是道地的杭绣，料子好先不说，您看它颜色配得多么雅。这种绣啊，一根线要劈成多少丝来绣，才可绣出这些颜色的层次来。您看，您看啊。

纪晓岚：看，看，看了。做什么用？

边看边东张西望。有个跟踪的家丁也在东张西望。

张了了：这是一对儿，当然是做枕头的。做上一对儿枕头，"半夜归心三径远，一囊秋色四屏香"。

纪晓岚："床头未觉黄金尽，镜底难教白发长。"好，买下，买下。

掏银子买了。

纪晓岚与张了了在街上买各种各样的东西。最后，在一个卖陶瓷器的摊前，纪晓岚正要付钱。

纪晓岚：掌柜的，这个扑满要了。

张了了拿着个瓷扑满看：到头须扑破，却散与他人。

纪晓岚：了了小姐，你……这个买一件东西，吟两行诗，我可跟不上了。

张了了：先生过谦了，谁不知先生学富五车……

纪晓岚看着左右，有点儿心不在焉。

对面街上。

跟着的小月和杏儿一直看着。小月看着就有气。

此时的杏儿打扮成了一个小叫花子。

小月：先生可真够大方的，什么东西都买啊。杏儿，到时候了，去吧。

杏儿：哎，您瞧我的吧。

纪晓岚把找了的银子放在钱袋里，了了接过包好的扑满刚要回头，杏儿飞快地冲了过来，破草帽一遮，抢了纪晓岚的钱袋就跑。还撞了张了了一下，张了了的瓷扑满打破了。

纪晓岚：哎，哎，谁啊？谁？抢钱了！

张了了：先生，您的钱袋。

纪晓岚把东西给了张了了：大白天，抢啊！抓住，抓住……了了等着我。

纪晓岚说完话，追进人群。

对面街上。

小月一看得手了，回头跑了。

在人群中一直跟着张了了和纪晓岚的一个家丁，发现突然纪晓岚跑了，也慌了，往前看看，往后看看。

家丁问张了了：怎……怎么了？

张了了目光沉静，预感自己被涮了：没什么，钱丢了。

扔下东西，急急地追。

一条没人的窄胡同。

杏儿还在跑，纪晓岚在追，累得喘不过气来了。

纪晓岚：杏……杏儿，别跑了，别跑了。行了……行了……快累死我了。

杏儿在前边停了，两人喘气：老爷……她没看出来吧？

纪晓岚：她看不出来，你太像了。

说着话小月从那边也跑过来了。

小月：先生，先生，快，快换衣服，人快出来了，人快出来了。

说着话拿出个衣裳包来当街给纪晓岚换衣服。

纪晓岚：哎，喘口气，喘口气。这才多一会儿啊，你们是不是看着我花钱心疼就提前了？

说话一身江湖郎中的衣裳换好了。小月还带了一支幡，上书"妙手回春，专治疑难杂症"的条幅。两人迅速地给纪晓岚打扮好了。

小月：先生，我们眼里只有家国大事，才不管您的儿女情长呢。

纪晓岚：小月，那人，我……我还不认识啊。

小月：先生，到时我告诉您……行了，行了，看着挺像，先生您喊一声。

纪晓岚清嗓子：专治疑难杂症，妙手回春。专治疑难杂症，妙手……

小月和杏儿看着高兴。

小月：真像。

街上。

纪晓岚摇着一个铜铃，边走边喊：妙手回春，专治疑难杂症，妙手回春。

街对面有个衙门，写着"司库"两个字。小月和杏儿在对面一个胡同口盯着那个司库大门看着。

纪晓岚走过去了，隔了一会儿又走回来了。

路过小月她们，小声问：……哎，怎么还没出来呀？我说早了吧。

小月把纪晓岚拉了进来：先生，您先别转了，回头穿了帮。您先进来坐着，人出来了，我告诉您。

纪晓岚也累了，席地而坐。

小月、杏儿还是盯着司库的门，有人出进，但宋司库没出来。跟前人来人往。

湖边集市。

张了了站在人来人往的街口看着。街上人很多，但追小偷的纪晓岚再没回来。张了了有些怅然。

街上。

纪晓岚在街口快睡着了。太阳照着他身上的静物。小月、杏儿还是盯着那个司库门口。

突然宋司库出来了。小月仔细看清了，马上摇纪晓岚——身上的铃响。

小月小声：先生，快，出来了。快，先生，出来了。

纪晓岚睡着了，一叫醒有点儿蒙：啊……啊，妙……妙手回春，专治疑难杂症。妙手回春……

出了街口迎着正出门的宋司库走过去。纪晓岚喊着迎面走过去，宋司库看都不看。

小月、杏儿在街对面看着着急。

纪晓岚与宋司库相错时，还在吆喝，但在人错过了一两步之后，突

356

然，像自言自语实际小声对宋说：你家有病人。

宋司库听见了，慢回头，看纪晓岚依旧是背影。纪卖关子，就是不回头，摇着铃还要走。

纪晓岚：妙手……回春……

宋司库看了看是个野郎中，不想理，回头要走。

纪晓岚又像是自语：……是个三十多岁的女人。

宋司库回过头来：先生，先生，您说的是我吗？

纪晓岚还是不回头：不是你也不是我，说的自是有缘人。

宋司库：先生，您是郎中还是相师啊？

纪晓岚：郎中也是，相师也兼。病也给看，阴阳也断。

宋司库：您说我家有三十岁的女病人？

纪晓岚：难道没有吗？

宋司库：先生贵姓？

纪晓岚：流落江湖，姓什么不为重，你就叫我先生不是很好吗？

宋司库：先生，请家中一叙。

纪晓岚：你这个"请"字用得好，这就算是缘上加缘了，嗯，带路吧……妙手回春，专治……

小月、杏儿看了高兴。

小月：先生就是先生，成了。

两人高兴拉手往回跑。

另一条街。

张了了也快步地跑着。

和府院中。

和珅：那首诗，我想通了，纪晓岚明摆着让郭天等七天，咱们不等，再等不知要怎么样呢。卢大人，把那个郭小姐押过来，让他们父女一见，然后，将浙江事速战速决，快快了了。

卢焯：和大人，我已派人去押人了。

和珅：噢，你倒是想到我的前边去了。……卢大人，好，很好。请，请。

357

山洞外。

卢安坐立不安。突然兵丁从山下来报。

兵丁：安爷，小的回来了。

卢安：快说。

兵丁：安爷，找了半天，一个人没见。

卢安：岳三他们也没见？

兵丁：没见。崖口有些血迹，但不见尸首。

卢安慌了：那人不会死而复生吧？赵乙，快，按老爷令押两个女子快快回杭州。押出来，快，越快越好，晚了怕有……变。

这话还没说完，就看刚从洞口出来的赵乙：爷，哎，出来了……

啪，头上中了一竹枝，嗵地倒地。

卢安大惊。

这时押着瑶琴、春桃的两个兵丁已经出来了，分别中了两根竹枝倒地。瑶琴和春桃惊讶地站着。

卢安突然反应要冲过去抓瑶琴做人质，刚跑了两步，乾隆从崖口出来了，一手拿着软剑，一手全是削好的竹枝：别动。

卢安：你……你到底是什么人？

乾隆：好人。

卢安：是官家？

乾隆：你把我看小了。我要是你，这会儿就不动，再动我这手里有根竹子是你的。让开，请瑶琴小姐和春桃都过来。

瑶琴、春桃想过，又不知如何过，正犹豫，卢安已知自己必是一死，此时也不顾了，想拼个鱼死网破，抽出五支镖来，一起向瑶琴飞去。

乾隆一直防备，手中的一把竹枝全数飞出，当即把卢安从头到胸连钉了五支。卢安倒地，手中的镖落地。

乾隆：原只说给你一支，谁知你非要五支……

瑶琴和春桃哪儿见过这个阵式，两人在山洞的风口中站着，看着英武的乾隆，突然劫后余生的那种复杂感觉使两人支持不住，相继昏倒。

乾隆大惊，赶快跑了过去，将瑶琴抱在怀中。

乾隆：瑶琴小姐，瑶琴小姐，醒醒，醒醒！

瑶琴：……你……你真的没死？

乾隆：……怎忍心舍你而去。

瑶琴：……瑶琴恍若在梦中……

猛然伸手揽住乾隆，两人激情相拥。

春桃醒了，睁眼一看，觉不雅，又赶忙把眼闭上了。

春桃：哎，这不是在做梦吧？

宋司库家中卧房。

纪晓岚正在给一帐中女病人诊脉。

纪晓岚号脉罢：是不是不可仰面而睡？

宋司库：先生说得极是，仰面不合眼还可以，只要稍一合眼，马上惊蹿而醒。天旋地转，整天睡不了觉，人扶着墙也走不动路了，人已越来越瘦。

纪晓岚：是心肾不交，仰则肾气不能上升而心气浮也。是不是惊着了？

宋司库：先生说对了，家里出了点儿事，吓着了。

纪晓岚：这就对了，是什么事呢，我也不问了，拿原来的药方子我看。

宋司库拿出药方：这是许郎中开的方子，您看……

纪晓岚认真看后：方子不错，方子不错。但为什么病不见好，是你这房中有秽物，惊她的东西还在。

宋司库一下被言中了似的：……先生……是，是啊，那可怎么好？

纪晓岚：把那东西给我。

宋司库：先生……您……到底是什么人？

纪晓岚：是什么人你现在不知道也罢了，但有一句话我可以说清楚，我是来救你的人。把东西给我吧，与其在这惊怕中死去，不如做一个坦荡的人。把东西给我吧。

宋司库：此事关系很大，我不能……

纪晓岚：正因为关系太大，所以才来救你，否则你必死无疑。

帐中女人：……相公，你难道还不觉悟吗？要真是这样，我立时三刻就死在你的面前了。

宋司库：……这位先生，实话跟您说吧，这种事沾上了，说清是死，不说清也是死。既然您说能救我，那……那我就信您了，就……就把东西交给您吧。

街上宋司库家门口。

纪晓岚扮的野郎中出来，怀里多了个包。出来之后左右看看。身后的门关上了。

纪晓岚像原来一样地摇着铃，喊着走。

纪晓岚：妙手回春，专治疑难杂症。妙手回……

快步走起来。纪晓岚快走时，总是感觉身后有人相随，他紧抱怀中一物边跑边惊恐地看。

街上。

小背街没有人。纪晓岚一边走，一边把幡铃衣帽乱解乱丢，眼睛看着上下，紧张的样子。

纪晓岚解长袍的时候，把那包东西从左手调到右手，从右手调到左手，觉不方便，无奈把那包放在了地上，用两只手解长衫的扣子。解着解着，没想到那墙上伸下一个百宝爪。绳子垂下，悠地将那只包袱飞快吊走了。

纪晓岚只听到一阵风声，再一低头包没有了。再一抬头，房上一片黑衣的影子忽悠而过。

纪晓岚大惊：哎，哎！什么人，什么人！

自己又没有功夫，上不了房，只有在长长的甬道下边追跑。追过去又跑回来，什么东西也没有了。

纪晓岚：哎，你……你给我回来。哎，那东西要命。

客店。夜。

小二拿着行李：三位请，三位请。三位怎么住啊？

乾隆、瑶琴、春桃进来，乾隆坐下不说话。

瑶琴：……要一间套房。

这话一出，不单出乎乾隆意外，也出乎春桃意外。

春桃：小姐，怎么能住在一个套房里？

瑶琴很坚定：要一间套房。

此时乾隆倒有点儿不好意思起来。

乾隆：啊……那什么雅致点儿，一定要干净啊。小二，要干净。

小二：放心吧您了。请吧，三位请上楼啊。

乾隆：小姐，请吧。

瑶琴：壮士请先吧。

乾隆：小姐请。

春桃：哎呀，上个楼也让来让去的。我先走吧，这时候倒客气了。

乾隆：对，还是春桃姑娘爽快。来，小姐请吧。

瑶琴：壮士，请扶我一把。

乾隆高兴地扶着小姐上楼。

山上。夜。

一队兵丁打着火把，一一照到了被竹枝射死的卢安等人。

兵甲：这……这……出事了，出事了，老爷说对了，真的出事了。

有兵冲到山洞中用火把一照，山洞中已空无一人了。

兵乙：哎，有人吗？有人吗？山洞里没人了。

兵甲：快，回杭州报信，快下山。

客房内。夜。

乾隆缓缓将一盏灯点亮。瑶琴在他身后。

瑶琴：多好的月亮，灯一亮，月儿就没有了，不点灯吧。

乾隆犹豫了一下，觉有味，噗，把灯吹灭了。乾隆坐着的窗口外一轮大月亮。

瑶琴轻吟：……客从江南来，来时月上弦……

乾隆坐在瑶琴旁边看月：悠悠行旅中，三见光清圆……

瑶琴：晓随残月行，夕与新月宿。

乾隆：谁谓月无情，千里远相逐。

乾隆月下将瑶琴的手抓住了，两人在月下相靠相依。

瑶琴：人间事悲愁多于欢乐，愿此一刻即成永远。

乾隆：金风玉露一相逢，便胜却人间无数。永远其实比一瞬间要短得多……

瑶琴：说得好，谁能留住这一刻？

乾隆：谁也留不住……人生美好之事最难留，倏忽即逝……

瑶琴：……留得住。

乾隆：怎么留？

瑶琴：留在明月之中。从今往后，瑶琴每望月时，就会有此情此景出现。

两人相拥吻。

草药铺。夜。

春桃在冷风中咚咚地敲门。

春桃：开门，开门。

掌柜：干什么呀，大晚上的？

春桃：买药。

掌柜：大晚上，买什么药啊？抽风啊？

春桃：可不是抽风吗！……快开门，大晚上的，大冷天的，谁愿意来。……什么买药啊，还不是嫌我碍事。

灯亮，门开。

掌柜：进来吧，进来吧，冻着了吧？

春桃：可不是……掌柜的不急啊，咱不急，慢慢地抓吧，越慢越好。

掌柜：不急，您倒是明天来啊！您不急，我还急着睡觉呢。

春桃：你们都能睡，就我睡不成。

掌柜：您说什么？怎么听着像是跟谁怄气啊？

春桃：你猜对了。没事，您抓药吧。

春桃跟着灯光进去，门关上。

纪府院中。夜。

院门开了，纪晓岚万分沮丧地走进来，像个打败了的兵一样。

小月：呀，先生……你才回来呀？那些衣服、铃铛、幡儿呢？怎么什么都没了，唱戏把行头都……

362

纪晓岚：丢了。

小月：丢了？丢哪儿了？

张了了从里院出来，站着听。

纪晓岚：丢了，丢了。

小月：哎，到底都什么丢了，你……不是去了宋司库的家吗？

纪晓岚站住了，很正经地说，其实是说给张了了听：丢了，丢了。小月……

小月：哎，先生。

纪晓岚：小月，你以后一定要教我武功，教我飞檐走壁。你答应我啊，一定答应我。我让你抢，我让你偷。

张了了不听回房。

小月：……先生，现在学，晚了点儿吧？

纪晓岚：不晚，不晚。……我让你丢。

小月：先生，你倒是说句明白话啊，说是出去给人治病，怎么回来像是自己病了？

客房。夜。

乾隆与瑶琴相拥在床上。

乾隆：瑶琴小姐，请问一句话。

瑶琴用手指堵他的嘴：……什么也别问，天下的事，不清楚好，清楚了便了然无趣了。不问吧……

乾隆：你说得也对，只是不敢想……

瑶琴：不敢想什么？

乾隆深情看瑶琴：这些天的事都是真的。

瑶琴：……那就把它当成梦吧，这些天真是水里火里，天上地上，瑶琴此时也都不认得自己了，换了个人。

乾隆：朕要让你再换个人。

瑶琴正色：你说什么？

乾隆：啊……不说了，你也别问，再过些天吧。既是个梦，我们不妨把梦做得更大些，做一个又长又鲜艳的梦……

瑶琴：……那也许就真是个梦了。

纪府书房。夜。

小月和杏儿伺候着茶。

纪晓岚还在生气：……我让你丢，我让你丢。

小月：先生，一件长衫、破幡丢也就丢了，别说了，没什么大不了的。学功夫的事从明天开始，早起先练耗腿吧，要早起啊，别光练嗓子了，那玩意儿没用吧？

纪晓岚哭腔：丢……我让你丢。小月，何止是长衫啊……小月，我……我把那些治贪官的证据全给丢了。我笨，我笨啊……

小月：先生，什么？您把那些真账本丢了啊？

纪晓岚：丢了。早知道我换什么衣裳啊？我就那么穿着回来，不是挺好吗？就脱衣服的那么会儿工夫，一个铁爪子从房上下来就把东西钩走了。那人……那人……

小月：那人您看见了？

纪晓岚：看见了。

小月：是谁？

纪晓岚很伤心的样子，其实在演戏：就看见一件黑衣服，一闪没了。那人早就跟上我了……小月，先生把事办坏了。

小月：先生……丢了不能多想了，自当还不会害什么人……吧。

纪晓岚一听害人，愣了，小声：小月，不好，宋司库一家怕要出事。快，快，你们俩快去看看吧。快去！拿着家伙。

卢焯书房。夜。

卢焯接了瑶琴又逃的消息，大感不妙，走来走去。

卢焯：什么？人……人都死了……这……这是谁做的啊？不好，不好，快请和大人过府说话，快。

家丁：嗻。

和府书房。夜。

和珅看着账本。

和珅：……好东西，那女子呢？

364

刘全：遵您的命让她走了。

和珅：让她走吧。纪晓岚啊，你聪明，你再聪明也想不到螳螂捕蝉，黄雀在后吧。

拿起账本收起。从桌上拿起本假账：速交卢大人，让他以此举证。宋司库家派人去了吗？

刘全：回老爷，早派出去了。

和珅：嗯，好。我要睡觉，现在就睡，我要去睡觉了。

宋司库家门口。夜。

门口很静。小月和杏儿看着。两人穿着夜行衣，手提刀剑。

杏儿：小月姐，像是没什么事吧？咱们进去看看。

小月：等等。

话音刚落，门悄悄开了。先是宋司库出门来左右看看，然后，把门开大了。一辆骡车从胡同口赶了过来。宋司库一家上了车，骡车哗哗开跑了。

杏儿：小月姐，他……他们跑了，追不追？

小月：跑就跑吧，跑了安全。不追，咱们回吧。

话音刚落，从相反的方向，官兵火把冲过来了，直到宋家的门口，官兵冲了进去。一个军官模样的在门口守着。

军官：快，快，大小四口，一个也不能落，全捕了，快，快。

兵冲进去，马上就跑出来一个。

兵：爷，爷，里边没人。

官：什么？没人？

冲进去看。马上带官兵出来：小的们四下撒开了追，没跑远，追。

小月：杏儿，咱可不能让他们追上。

杏儿：好嘞，看好吧。

两人把脸一罩，飞快出手，与官兵打了起来。刀剑之中官兵死伤数人。

小月拉住一个军官：哎，不杀你，回去报信吧。杏儿，行了，咱回家。

杏儿：好嘞。

365

两人话音刚落已飞身上房，跳出圈外跑了。

客店二楼瑶琴租房门口。夜。

春桃靠门睡着。突然门一开，春桃摔了进去。

瑶琴：呀，春桃，你怎么在门口睡了，怎么不敲门啊？

春桃：问……问得好，我……我是那么不知趣的人吗？

瑶琴：药抓了吗？

春桃：抓了。

瑶琴：快，快进来。

客房内。夜。

一小包药倒进茶杯。瑶琴给春桃使眼色，让她送茶。

春桃：黄三爷，茶好了，您是出来喝呢，还是给您端到屋里去？

乾隆：端屋里来吧。

春桃：哼，架子还挺大。小姐，我送进去了。

春桃送茶进去，瑶琴一直紧张听着。

乾隆：……这是什么茶啊，还有股苦味呢？

春桃：谁知什么茶啊，您将就喝吧。

瑶琴一听喝了，就要收拾外边的行李。

春桃飞快出来：小姐，喝了。

瑶琴：喝了好。春桃，咱们等会儿就快走吧。

两人飞快收拾东西。刚要走，突然，乾隆从屋里摇摇晃晃地走出来了。两人大惊。

乾隆：我……我怎么有点儿晕啊……你们这是要去……

话还没说完，跌坐下了。

春桃：药劲上来了，小姐快走。

要走的瑶琴深情地看着乾隆，还是有点儿不舍。

春桃：小姐快走吧。

瑶琴托起乾隆闭着眼的脸问：……壮士你是谁？你是谁？

乾隆：朕乃当今圣上，乾隆皇帝是也。朕是乾隆。

两女子听完以后也坐地上了。

瑶琴：……春桃，他说他是皇上。

春桃：什么皇上啊，做梦呢吧！小姐，再问问。

瑶琴：你是当今圣上吗？

乾隆：不错，朕乃当今圣上。令和珅、纪晓岚领浙江之事，放心不下，独自跟来。路上两救小姐瑶琴，对她极为心仪，极为心仪……

瑶琴吓得把他嘴捂上了。

瑶琴：春桃，他真是万岁。这……这可怎么办？

春桃：那……那还能怎么办，小姐，咱们跑吧。

瑶琴：咱……咱干吗要跑？

春桃：小姐，咱都药了两回皇上了，他要真是皇上，那咱就是欺君之罪啊，还能不跑？跑吧。

瑶琴：咱药他的时候，又不知他是万岁。春桃，咱不是为爹的事要去告御状吗？……这皇上在跟前了，干吗要跑，不跑。快给我解药，等他醒了，好好问问他。快啊，对了，先给他绑上。

春桃：……小姐，还……还要药啊。这回您药他吧，您绑吧，我可不敢了。

纪府书房。夜。

纪晓岚一个人在屋里坐着，不睡，闭目像在等什么，突然眼睛睁开了，高声发问。

纪晓岚：哎，张小姐，这么晚了还出去吗？

话音落，安静了一会儿，门呀的一声打开了，一身黑衣的张了了进来了。

张了了：先生不愧耳聪目明，坐在屋里都能听见了了要出门。

纪晓岚：将梦未梦，偶在神游之时，听到了张小姐的脚步声而已。这么晚了小姐还要出门吗？

张了了：……先生既问了，了了不妨说出来。了了要去救一个人。

纪晓岚：天下当救的人很多，小姐只救一个人吗？

张了了：对了了来说天下太大了，了了就是有心也没力，但要救的这个人却比了了的命还重。

纪晓岚：如何救？

367

张了了：竭尽全力。

纪晓岚：违心奉迎，明珠暗投算不算竭尽全力？

张了了伤心：了了无奈。

纪晓岚：为救己之一人而伤及无辜，算不算竭尽全力？

张了了哭：了了无奈。

纪晓岚：原有是非，为救一人而以非为是，黑白倒置，算不算竭尽全力？

张了了大哭：先生，了了无奈啊，无奈。了了一个弱女子，在此大千世界中，如一蝼蚁，还不是谁想踩便能踩死？了了有什么办法？再说这天下的公理，怎能让一个小女子来担承？

纪晓岚：……了了，纪昀我想帮你。

张了了：先生，你帮不了。

纪晓岚：为什么？

张了了：实话说了吧，我的亲人不在你手里。

纪晓岚：是啊，你有你的难处。好，我话已至此，你走吧。

张了了跪下了：先生，了了告辞了。

纪晓岚：了了小姐，你走吧，再多的话我不说了，多加小心。

宋司库家门口。夜。

和珅与卢焯都骑着马纷纷赶来了。和珅下马看着那些死伤的官兵，一句话也不说，看也不看卢焯，回头上马就要走。

卢焯赶快来拉：和大人，您怎么就走啊？

和珅：卢大人，我不走陪着你给这些兵士治伤吗？

卢焯：和大人，事已出了，总要有个商量吧？

和珅：所谓商量者，当是事有余地时。卢大人，我此时已经知道了，郭天的女儿也逃了，宋司库也逃了，事已至此，还有什么可商量的？我又有什么主意与你商量？卢大人，说句实话，本官也不知该如何了。

卢焯：和大人，话下官还想说一句，我这条船要是翻了，上边可有你。

和珅：好，是句吓人的话。跟你说卢大人，我有很多条船，万岁爷那条船上也有我，我落水了有人捞。

卢焯：和大人，下官再求你一句，此事并没到山穷水尽的地步，一个纪晓岚也并不可怕。

和珅：倒是句在理的话，卢大人，本官给你露个底，我不会看着你如此就范。但话说到这儿，我不妨多说一句，杭州事到你为止，再不可过多牵连。

卢焯：和大人，要是下官供出了你呢？

和珅：哈，又是一句吓人的话，本官怎么会让你开口？

卢焯：和大人，伤和气的话不说了，下一步？

和珅：……那个郭天他不是想清白而死吗？干吗不成全了他？

卢焯：当……如何？

和珅：还用明说吗？

客房。夜。

喝了解药的乾隆一下又醒了。

乾隆：哎呀，一下子睡过去了。……瑶琴、春桃，哎，你们怎么把我绑起来了？

瑶琴、春桃嗵地跪下了：小女子瑶琴、春桃给万岁爷请安。

乾隆惊：哎，你们怎么知道的？快起，快起吧。谁告诉你们的？

春桃：……您自己说的。

乾隆：我……我自己说的吗？我……怎么会自己说？

春桃：……我们给你吃药了。

乾隆：什么？又给朕吃药了？春桃，你怎么总让朕吃迷药？

十

大路。

乾隆赶着辆车飞跑而过，突然春桃在轿车内喊。

春桃：停车，停车。

乾隆拢住车：哎，又怎么了？

春桃探头出帘：您停一会儿，我们小姐有话说。

乾隆：说吧。

瑶琴：瑶琴心中很乱，此一去，万一救不了爹，便是自投火坑。

乾隆：瑶琴小姐，人生事总要以"信"字为活下去的根本吧，倘若对世上一切都不信了，那还活得有什么意味？……那样的明月，那样的一刻，朕时时铭记。此事现在对朕来说已不仅仅是家国天下，也掺入了些儿女情长，朕当此之时不妨放一大话，不把你爹爹活着救出来，这皇上不当了，如何？

瑶琴：那是瑶琴自忧了，走吧。

乾隆：驾。

车飞跑。

巡抚大牢。

纪晓岚披斗篷而入，小月、杏儿跟随，拿了食盒。郭天卧草而眠。

纪晓岚：郭兄，郭兄。

郭天：啊，纪学士驾到，下官这厢有礼了。

纪晓岚：都是同年，什么礼不礼的。你这一行礼，我这儿也要还礼。郭兄，那首诗读通了？

郭天：兄之诗文玄妙得很，没读通。

纪晓岚：没读通算了，原就不是给你写的。

郭天：这就更玄了，不是给下官写的，那是给谁写的？

纪晓岚：不说了。

一使眼色，杜小月、杏儿明白。

小月：闲杂人等退下，任何人不得进入。

纪晓岚给郭天摆吃食。

纪晓岚：郭兄，今夜来看你，容不得说很多的话，先请问你一句，你信不信我？

郭天：你不信我，我怎能信你？

纪晓岚：回得好，郭兄我怎么会不信你？我自然是信你的。

郭天：那为兄的也一定信你。

纪晓岚：好，那好。你先吃，吃过后我有一物给你。

郭天：什么东西？

纪晓岚：置你于死地的毒药。

郭天：这可真是同年兄弟说的话了，同年的兄弟说过信我之后，再给我毒药，这种信是真信了。好，你要让我死，我倒更觉可以去死了。

纪晓岚：为什么？

郭天：刚才已有人传话来了，我女儿瑶琴已然逃脱了。

纪晓岚：是啊，好消息。那你是不是更有死的理由了？

郭天：死虽有憾，但已无牵挂。

大路。

乾隆赶马车飞跑。

杭州街上。

几个兵丁押着一个英俊的男子在街上走。打横的胡同口，两顶轿子等着。男子被押在胡同口站住了，面对轿子站着。轿内传来张了了轻轻的哭声。

张了了小声：柳哥，柳哥。

刘全在另外一顶轿中：看清了？

轿内，张了了哭着透过轿纱看着。

张了了：……看清了。

刘全：事完了还是这条街，人放了，你们相会。记住了，东西是从纪大人的怀里抢出来的。

张了了：记住了。

巡抚大牢。

卢焯进牢，看着杯盘狼藉的食盒。郭天吃完了抹嘴。

卢焯：哈，我倒像是来晚了呢。

郭天：同年兄弟自然更加惦念我。

卢焯：吃好了吗？

郭天：吃得很好。

卢焯：那我就不客气了。我这儿有一本你在任上的旧账。郭大人，这账上已经把你记得一无是处。……你要不要画个押？

郭天：哈，用我这根指头吗？

卢焯：借大人的指头来一用。

郭天：这些都是假的，干吗要我的一根真指头？

卢焯：都假了不好骗人。

郭天：等我死了，你拿着我手指按一个不是很省心吗？

卢焯：你想到死了？

郭天：你告诉我我女儿已逃，不就是想让我死吗？

卢焯：你连这也悟出来了，那郭大人您打算……

郭天：求道之人，朝闻道，夕可死，我打算死。

哗，抽过卢焯手下人拿着的一条白绫子。原来手下人手中就端着毒药和白绫子。

卢焯：那不妨就画个押，按个手印，反正是一死。

郭天边说边系绫子：士可杀不可辱，清白比生命重要。这你不懂，你活得很虚，很没有中气。你是个贪官。你不贪时想贪，贪过后又害怕。你生不如死。

卢焯：你……你真说对了。郭大人，你真的要这么死吗？

郭天：清白而来，清白而去。

卢焯：本官会说你是畏罪自杀。

郭天：畏罪自杀？哈，我郭天要让你这个懦夫看看一个烈士赴死之壮烈……

头已伸进套中，一蹬小饭桌，郭天悬在了空中。

卢焯吓得闭眼。兵士抓过了郭天的手在印泥中一按，再按到文书上。

卢焯：富春县郭天畏罪自杀，收尸，快快埋了。

巡抚衙门大门口。

乾隆赶的马车飞跑冲过街市而来。下了车鞭子一扔，春桃、瑶琴左右跟随。乾隆威风上巡抚台阶。兵丁看着拦，被乾隆一手拦开。瑶琴、春桃一左一右咚咚地击起鼓来了。

鼓声咚咚。

巡抚大堂。

一听鼓声，纪晓岚、和珅、卢焯慌乱地穿着官衣从后衙赶出来。

和珅边穿边说：老纪呀……

纪晓岚：说。

和珅：今天是双日子呀，何人击鼓？

纪晓岚：问你呀！

三人上得堂来。话音刚落，大堂门口乾隆便上堂了，越来越近。

和珅还是反应快，先看清了，三人吃惊。

和珅：万……万岁爷驾临杭州府，万岁爷驾临杭州府啊！

三人赶快从正堂下来。浙江地方官一听，从后边全数哗地齐齐跪了一地。瑶琴、春桃这次算是知道是真的了，也跪在前边。

乾隆一人站着，所有人都跪着。

乾隆：……民间流落数日，啊，这上朝的感觉还是好。

上了正堂，坐下：诸位爱卿，请起。

百官：吾皇万岁、万岁、万万岁。

乾隆：请起。

和珅、卢焯一看瑶琴跟着来，有点儿紧张。

乾隆：这两位女子，朕先不明说了是谁，到时自然有话牵连进来。春桃，带小姐去后边吧。

两人先谢后起，往大堂后的隔扇中去。

乾隆：和爱卿、纪爱卿，多日不见，别来无恙？

和珅、纪晓岚：谢万岁惦念，一切如常。

乾隆：没想到吧，朕一个人也跟过来了。说出来你们可能不信，九死一生，九死一生啊。

百官吓得全跪：臣等有罪。

乾隆转而一笑：但，也颇为有趣。不干你们事，请起，请起。其他话先不说了，堂下富春县郭天何在？堂下富春县郭天何在？

隔扇内。

可以听见大堂中的声音，有些缝隙也可以看见大堂。春桃趴缝看着，瑶琴紧张地听着。

春桃：小姐，万岁爷上来就问老爷在不在了。

大堂。

乾隆：堂下富春县郭天何在？……难道没来吗？

卢焯实在耗不住了：回万岁爷，富春县郭天已经死了。

乾隆：什么？死了？

隔扇内。

瑶琴听到父亲死了，先是呆后是泪，然后砰地往后就倒。

春桃：小姐，小姐，醒醒，醒醒啊！

大堂。

和珅觉此事拿不住了。

纪晓岚平静。

乾隆：死了？死了？这让朕这皇上怎么当下去。……什么时候死的？

卢焯咬牙扛住：回万岁爷，一个时辰前。

乾隆：因何而死？

卢焯：畏罪自缢。

乾隆：畏罪？畏罪是吗？什么罪？

卢焯：浙江任内，连贪数年，致使国库亏空。

乾隆：有凭证吗？

卢焯掏出那本账：有陈年旧账，还有郭天认罪的画押。

乾隆：呈上来。

卢焯呈了上去。

乾隆看看账本：此据何来？

卢焯：乃是纪大人从司库家中盗出来的。

乾隆：什么？纪……爱卿，这本账是由你盗出来的吗？纪爱卿，几日不见，你倒是长进了啊。

纪晓岚：回万岁爷，"盗"字不确，臣曾骗出过一本账来。

乾隆：是你将这本账交给卢大人的？

纪晓岚：臣哪儿有那么老实……怎么到了卢大人手中的，请卢大人讲。

乾隆：讲。

374

卢焯：回万岁，纪晓岚与富春县郭天有同年之谊。

说着看和珅，和珅不理他，只有下了决心自己说：臣……追踪数日，怕纪晓岚朋比结党，遮护同年，所以，半途……将纪大人所得的证据盗得了。

乾隆：哈，真够传奇的。和大人，这事你知道吗？

和珅：回万岁爷，耳闻，耳闻而已。没想到他们两个为官的还相互猜忌。和珅有罪，和珅失察。

乾隆：半途盗得，演得跟戏一样，什么人盗的？

卢焯：民女张了了。

乾隆：带张了了。

衙役：带张了了。

张了了上堂。

张了了：民女张了了，拜见万岁。

乾隆：民女？好厉害的民女！不是朕夸张啊，天底下能偷到纪晓岚东西的不出两个人。你别叫民女了，叫侠女吧。这本账真是你盗的？

张了了：是了了所为。

乾隆：从何而来？

张了了：……纪……纪先生的怀中。

百官笑，纪晓岚尴尬。和珅有些得意。

乾隆：纪爱卿，这人你认得吧？

纪晓岚：认得。

乾隆：她真叫张了了吗？

纪晓岚：确实。

乾隆：名字起得好，我看这下你怎么了。

纪晓岚：万岁圣明。

乾隆：看你平时巧舌如簧，张扬聪明，怎么连辛辛苦苦得来的一本账都保不住？纪晓岚，你盗账真是要庇护同年吗？讲。

纪晓岚：回万岁爷，同年不同年的臣不知道，臣只以为是清官该护就要护，是贪官绝不姑息。

乾隆：说得好听，可惜你只是讲讲而已。

纪晓岚：倒不见得。

说着慢慢从怀里往外掏账。和珅、卢焯紧张。

纪晓岚：万岁，臣再无能，也不会让人家在大街上把真的东西盗走，那样做您的臣子不是很没有面子吗？纪晓岚怎么能在您朝上当官当到今天啊？臣早知这东西有人惦记，所以卖了个破绽，把真的扔在地上了，假的抱在了怀里。了了小姐盗的是个副本，且今日又换成了诬陷郭大人的假账。正本现在这里，有司库的朱红大印，请万岁爷过目。

和、卢大惊。

乾隆：果然是纪晓岚。我不看了，账上怎么说？

纪晓岚：账上如实记明，杭州、绍兴、台州等诸官俱是贪官，真凭实据，桩桩件件都在账上，请万岁您看吧。

乾隆接账不语，百官噤若寒蝉。

乾隆：……纪晓岚，你从账上找到了这么多贪官？

纪晓岚：找到了，有凭有据。

乾隆：有这么多的人吗？

纪晓岚：只有漏的，没有冤的。

卢焯：回万岁爷，账乃是人手所为，以账论人总有不实之处。再说他纪晓岚怎么就能说臣的账是假，他的账是真呢？请万岁明察。

乾隆：和爱卿，你有什么话说？

和珅听到此时已有数了：万岁，奴才和珅少读孔孟，深知三纲五常乃是人伦之本，所谓臣为君纲乃是安国治世之第一要领。身为大臣，当以家国天下为第一己任。所谓贪者上愧对君王，下有罪于百姓，中对不起亲戚族人，乃至也对不起自己呀。每每念及，都为那糊涂一时的人痛心疾首。"贪"这个字，上是个"今"字，下是个"贝"字，所谓"贪"字就是今天拿钱，不想明天。好，你光想到今天拿钱，而忘记了为臣之道，忘记了家国天下，天下事就是这样，今天拿了钱，明天就要你的命。君子勿贪，君子勿贪啊。此一番话望与众位同人共勉。

纪晓岚鼓掌：好，好，和大人，您真是常以宏论而惊天下。假话要是慷慨激昂起来，也有三分动人呢。但假话毕竟是假话，宏论也可以不着边际啊。

和珅：心得，心得而已。

乾隆：好，好好，心得不妨谈，实际也不妨说说。和爱卿这……

和珅：万岁爷，杭州、绍兴、台州等十数位官员，是不是贪官，账上都写明了。奴才觉地方小贪，贪赃枉法乃是第一层之害，怕不怕？当然怕。但最怕的还不在这些，若京城官员名为巡抚，实则助贪、护贪，而后吃贪，这样一来，真是国将不国了。奴才以为除上举之小贪之外，浙江巡抚卢大人乃是浙江群贪中的首贪。

语惊四座。

卢焯惊了：和……和珅，你……你果然会如此。

一口血吐出。

和珅：万岁爷，您看到没有，奴才一定说准了，他心火急攻，人已是崩溃了，这就是贪官的下场。没有卢焯的助贪、护贪、吃贪，哪儿来的那么多的地方贪官恶势？卢焯，你当着万岁爷就认了吧，我会求万岁放你族人一马的。

卢焯：我……我好……恨啊！

轰然跪倒。

和珅：万岁爷，他已认了。

说着又低声向卢焯道：卢大人，你的药呢？

卢焯看着和珅：我……我早该知有今日，我早该知道你是什么人。

伸出舌头一咬，死了。

百官噤若寒蝉。

乾隆：搭出去。和爱卿，你已讲死一个人了，还有话说吗？

和珅：请纪大人说。

纪晓岚：和大人，你话说得不错，地方小贪乃是贪官中的第一层，京城巡抚又一层，是不是还有第三层、第四层？

和珅：有，还有第五层、第六层，纪大人，这样数下去，数到什么地方是个头啊。不错，您说对了，有第三层。

纪晓岚：是吗？谁？

和珅：我。

和珅：万岁，卢焯已死，他死有余辜，为什么？他……他怕奴才啊。请万岁恩准奴才出示卢焯贿赂奴才的赃银。

乾隆：还有这事？准。

和珅：来人，抬上来。

刘全带人将赃银抬上。

和珅：此银为卢焯为封奴才之口所贿的银两，请万岁明察。

乾隆：啊，真是不少。卢焯已死不能确认，充公。纪爱卿，有没有人也送银子给你封嘴啊？

纪晓岚：回万岁，没有。

乾隆：你与和珅同为朝廷重臣，为何有人封他，没人封你？还是你把银子私藏了？讲来。

纪晓岚：万岁爷，容臣先说句闲话啊。京城玩家子养百灵不许有画眉口，这您也知道吧？百灵十三套，从麻雀闹林开始，到水车轧黄狗止，绝不可有其他口，此谓净口百灵。凡沾了其他口，谓之脏口，玩意儿便不是玩意儿，东西也就不是东西了。臣这是说鸟，人也如是，学的是四书五经，讲的是天地正道，读书人所谓立德、立言、立行。倘若言行一致，表里如一，此谓净口。但也有那种，在庙堂之上说孔孟，到官场无时不谈利害，学的一套，说的十套八套，见什么人说什么话的主儿，这就是脏口了。那可真就是玩意儿不是玩意儿，东西不是东西了。白的可以说黑，黑的可以辩白。这种人福也是一张嘴，祸也是一张嘴，为的是利益，这种脏口，自然有赃官要花钱封他的嘴了，因为他是个脏了口的官。

乾隆：你……你老纪这个嘴，真是好嘴，骂人都不吐骨头。纪爱卿、和爱卿，你们都有一张好嘴，一个从朕左耳进，一个从朕右耳进。朕在中间这张嘴说出来的话，自然就中正得多。来人，摘下杭州及绍兴等十二官员顶戴，交吏部、刑部议处。……张了了。

张了了：民女在。

乾隆：你偷盗朝廷大员办案证据，胆大包天，罪不容息，推出斩。

纪晓岚大惊：万岁，不可！

乾隆：为什么？她偷了你的东西难道不当斩吗？

和珅：万岁，奴才有话要说。

乾隆：讲。

和珅：此女与纪晓岚早有私情，一路之上应对酬唱，甚是缠绵缱绻。纪晓岚路上假公济私，极为失态，为儆效尤，奴才以为此女当斩。

纪晓岚：且慢，此女出此行径实属被人收买，大有隐情，斩不得，当察背后之人。

378

乾隆：张了了，你被何人收买？讲。

张了了：回万岁爷，那人将了了心爱之人挟持，要挟民女做事，到底是谁没有见过，但民女实在冤啊。

乾隆：冤？你几乎把朕冤了，不谈了，推出斩了。

张了了：民女冤啊，民女冤。

杜小月、杏儿进来了。

小月：等等。……小月拜见万岁。

乾隆：小月啊，你怎么来了？来得是时候，有话说吧。

小月：万岁爷，了了小姐不能杀。

乾隆：为什么？哎，过来，过来。小月你……你不是很有些个不满吗？

小月：不满归不满，但小月我从来是以家国天下为己任的，不像有些人只讲儿女情长，假的讲得也像真的。了了小姐虽受人指使做了些被迫的事，但她路上还救了我家先生的命，还报了瑶琴小姐的信呢。她是两边的事都做了的。

乾隆：参与国家大案，偷盗证据，不管如何当斩。小月你再说也没用了。推出斩了。

小月从怀里取出乾隆给的扳指：斩不得。万岁爷，这是您给我的，按理说我该在更关键时拿出来，现在也顾不得了。了了小姐实在不该死，再说我家先生对了了小姐还……

纪晓岚：小月，人救下来就行，情不情的先生的心你还不明白吗？哎，人家有心爱之人，这会儿就别扯我了。

乾隆接过扳指：好啊，朕应你的事当然要算数，一个女子关键时刻要救另一女子，实在感人。小月，听你的，人放了。啊，索性让她与那个什么哥哥相聚去吧，省得你家先生……啊。

小月：谢万岁。

乾隆：好了，请瑶琴小姐上堂。

隔扇内。

瑶琴、春桃不在了，人去屋空。

大堂。

衙役：回禀万岁爷，瑶琴小姐与春桃方才急急出衙，奔荒野去郭大人的坟地去了。

乾隆：哎呀，不好，快快排驾！

荒野。

百官仪仗跟着乾隆奔荒野而来。远远看见灵幡，棺木开着，郭天躺在其中。白幡、灵旗飞扬，瑶琴一身素，在香案前拜祭自己的父亲。

长号齐鸣，乾隆率百官来到荒野。瑶琴停了拜，垂首站立一边，风吹灵旗飞扬，一身缟素的瑶琴满脸是泪。乾隆就座，百官朝驾。

乾隆已经是穿了朝服：诸位爱卿平身。请香，朕要亲自为冤死之富春县上香。

乾隆手捧香火准备上香。乾隆刚接近供案，突然瑶琴素服上前拦止。

瑶琴：民女瑶琴，不劳万岁屈驾。

百官大惊。

乾隆小声：瑶琴，你……你怎么能这样？朕金口玉言，这炷香一定要烧的。你可不能拦朕的驾，有什么话下去说。

瑶琴：金口玉言？万岁您的金口还吐过什么玉言难道忘了吗？

乾隆：瑶琴，朕应你的事，自然都会答应。埋了你父亲，咱们就……就回宫啊。瑶琴不可使小性。

瑶琴：民女乃一草芥小民，回宫之事实在不敢想。万岁，您说了什么真的忘了吗？……春桃，告诉他。

春桃：万岁爷，您说过不把老爷活着救出来，这个皇上不当了。

乾隆：这话……这话朕是说过，可是这么大的家国天下，朕就是想过闲云野鹤的日子也不行啊。瑶琴你该没有忘了明月之夜吧？

瑶琴：再也没有什么明月之夜了。爹爹一生仁爱清白，为家为国鞠躬尽瘁，没想到群鸦不容凤凰，竟落得被贪官害死的下场。你还要提什么家国天下？你连正邪黑白都分不清，连一个正直之人都庇护不了，还说什么家国天下啊？你为护一个小小弱女子，不是也几乎竭尽全力险些丧命在恶棍之手吗？哪儿有什么皇上的威仪？这香不劳您上了。

乾隆：瑶琴，你……你难道非要让朕当着百官的面给你认错吗？

380

你……你这不是让朕难堪吗?

瑶琴:岂敢,你乃一国君主,九五之尊,你哪儿会有错,你就是心里想,也不会当着人向一个民女认错,再说我也当不起。这三炷香你收起来,我和爹爹都受不起。

乾隆:你……你和爹爹?

瑶琴决心已下:爹爹为我而死,我岂能偷生。

说完话抽出短剑来,奔自己的喉咙刺过去。说时迟,那时快,只见空中两人飞过来又落下,将瑶琴的短剑夺下了。立地一看是小月和杏儿。

小月:瑶琴小姐不可轻生。

乾隆愣了:啊,是小月啊!好,好,救得好……今天你救了两个女子的命,救得好。朕欠你的情,又欠你的情了。

瑶琴:姑娘,我是必死之人,今天你救了,明天我也会……

小月:嘘……那个字不可轻易说出,好人不能轻易地死,那不是太便宜了那些坏人了吗?先生,您说是吧?

乾隆:先生?老纪,哎,跟他有什么关系?纪晓岚你又卖什么关子了?

纪晓岚:啊,感人,感人,瑶琴小姐一番话真是酣畅淋漓,大见性情,大见性情。不过刚才一幕,不妨当作一场戏,看看、演演就算了,万岁爷您就当是上了一课。瑶琴小姐,老纪告诫你一句,以后不必对圣上的话太认真,他发的愿真要是句句应了,他皇上早就做不下去了,所谓金口玉言大概如此吧。此一时,彼一时,不用当真。

和珅:纪晓岚你大胆,大逆,大不敬……

纪晓岚:大实话。和大人,万岁他应了瑶琴小姐,说救不出活的郭大人,他皇上不做了。你倒是恭敬啊,顺从啊,你把郭大人救活了,不让万岁失言失信失爱,怎么样?啊?

和珅:我……

纪晓岚:对,你一个慷慨激昂卖嘴的小人,你不行吧?所以呢净口就是净口,脏口就是脏口。

乾隆小声:老纪,你……你别在朕面前逞文斗武,你到底要说什么?

纪晓岚:瑶琴小姐,你爹为你死,你不想偷生,好,品格高古。这样的好人世上太少了,怎么能随便就死啊?你不能死。我们万岁爷呀,也不

381

会失信于你的。就是他失了信，我们做臣子的怎么能看着不管呢？皇上是笨点儿，臣子可没那么傻。

乾隆：此话怎讲？

纪晓岚：万岁爷，您踏踏实实地当您的皇上吧，郭天他没死。三个时辰了，小月，扶郭大人起来吧。

小月、杏儿上手，扶郭大人站起了。

百官众人大惊，复欢呼。瑶琴冲上去与郭大人相拥，泪流满面。

乾隆小声：老纪你玩的什么把戏？

纪晓岚：万岁爷，您不是教给我一个方子，叫九转四时返魂丹吗？您忘了？

乾隆：朕怎么会忘，朕也用过。纪晓岚，你为什么不早早地把事说明了？你……这是为什么？

纪晓岚：早……早说明了，不就看不着瑶琴小姐的壮举了吗？

和珅：万岁爷，纪晓岚就是想看您的笑话。

乾隆：啊……对……不对，朕什么时候出过笑话？天下事桩桩件件，难道不在朕的把握之中吗？朕从来说话算话，什么时候失过言？

纪晓岚、和珅：万岁爷，您圣明。

乾隆：真是个好结局啊。众位爱卿啊，好结局啊，可以班师回宫了。

众人跪：吾皇万岁、万岁、万万岁。

乾隆：平身吧。此去京城千里之遥，众位爱卿，走旱路也行，行水路也可啊，大家自便。……来人啊，传旨，做囚车两辆，只做两辆。和爱卿、纪爱卿，你们两位就别选什么旱路水路了，鉴于和珅、纪晓岚同领江浙之事，所办七零八落，极不合朕意，就地免职，囚车押回京城听候发落。

和珅、纪晓岚：谢……谢主隆恩。

太监：退朝。

百官跪，乾隆走下。

荒野。夜。

星空下，两个囚笼。一些兵士在四周点着篝火睡了。和珅、纪晓岚在笼中吃着粗糙之食。

明月当空，繁星满天。

和珅看食物又干又硬难以下咽：老纪，不是我说你啊……随护，随护。

兵甲：干吗呀？

和珅：这是人吃的东西吗？怎么还有土啊？

兵甲：对付着吧啊，到了京城有没有这口还是回事儿呢。

和珅：他妈的狗眼看人低。……老纪，老纪，你……你怎么什么都能吃啊？不是我说你啊，杭州的事你是真费了心了，哪哪儿都办得不错，你瞧啊，最后，卢焯死了，赃官铲了，张了了放了，郭天活了，多好的结局呀，写书都成。就是你逞才傲慢，目无皇上，最后那出大变活人的彩儿让你全给夺了。那还是当着瑶琴小姐的面，万岁爷一点儿彩都没沾着，你真是作死啊，连带我也跟着受罪。随护，水……给口水。

兵甲：没有。

和珅：哎，他妈的狗眼，你们他妈的以为爷回京就真的上菜市口了？小子们，将来要是有我的好，就没你们的好，等着。……老纪，刚才我说得对不对？

纪晓岚：懒得理你。孟子曰，吾常养吾浩然之气。所谓读书之人明理还在其次，气节才是第一。和二啊，还是那句话，我是净口，我老纪从来当仁不让，不管什么人，不管什么事，一生以天下之理为理，以百姓之理为理。我不像你说的比唱的还好听，做的与说的又相悖。君子坦荡荡，我坦然。在这样的星空之下，吃一些粗糙的食物，我心安。和二，我知道你委屈。

和珅：跟着你我没有一会儿不委屈的。

纪晓岚：我知道你委屈什么。你觉得和二我说了那么多谄媚的话，做了那么多溜须拍马的事，到头来跟着纪晓岚他吃挂落。你活该，你个没气节的人，就像一条抽了筋的虾米，像一个花出去大把的银子买回一场空的赌徒。你失落，你觉得亏了，你吃不下，睡不着，你活该。

和珅：哎，老纪，我教你怎么做人，你怎么不识好人心啊？

纪晓岚：你那一套还用学吗？跟着皇上出来，最后让他赢无数的花彩掌声是吧？事得你办，彩得留给他是吧？

和珅：老纪，你挺明白的啊。

纪晓岚：那瑶琴小姐的一番肺腑之言我哪儿听去？万岁爷嘬瘰子的戏我哪儿看去？你算什么臣子，给圣上以幻觉，以为什么事除了他，别人就做不成了呢。我老纪从来是让人自知的，不像你一个脏口。你什么时候说过自己的一句话，过过一天自己的日子，你……可怜。

和珅：好，你能说，我说不过你，行了吧。

纪晓岚：不是我能说，是理能说。天理之理，此乃正气也。

和珅：不说了，不说了，好不好？咱看星星，看星星行了吧。他妈的……怨我……跟一个迂腐之人谈什么委屈啊……好，不说了。

唱起昆曲来：肝肠百炼炉间铁，富贵三更枕上蝶。

纪晓岚捣乱：嗯……嗯。

和珅：怎么了？

纪晓岚：和二啊，这荒郊野岭的，你别把狼再给招来。

和珅：呸，了无情趣，你了无情趣。

行宫瑶琴屋内。夜。

乾隆与瑶琴对坐，两人反而变得有些拘谨陌生了。

乾隆：……又是一轮好月亮，转眼又圆了。

瑶琴：……此月已非彼月。

乾隆：月亮只有一个，哪儿就变了。

瑶琴：人……变了。

乾隆：你……你说的是朕？

瑶琴：瑶琴也变了。

乾隆：怎么讲？

瑶琴：瑶琴在万分危难之时，遇到一个执着奋勇的壮士，危难之时的缱绻，如梦如幻。……瑶琴说过片刻比永远长久，不幸言中。那一刻再不会出现了，你不是壮士了，你是朕，你有家国天下、后宫佳丽，瑶琴再找不到那一刻的你，也找不到那一刻的自己了。

乾隆：瑶琴，何必多想，人间事再难的东西不是也能找回来吗？咱们一起找啊。

瑶琴：再找不回来了。与其一点一点地打破，不如各自留在心里呀。万岁，我今晚是来告辞的。

乾隆：啊，瑶琴你不能走，你走了朕怎么办？

瑶琴：万岁，瑶琴心意已定，千万不要勉强。春桃……

春桃：小姐，车已备好，老爷已在外边等了。

乾隆：你爹？

瑶琴：万岁，请您原谅，爹爹与瑶琴要归隐山野了。万岁请您一定恩准。

乾隆：怎么会是这样？朕就那么讨人嫌吗？

瑶琴：请万岁恩准吧。

乾隆一行热泪流下来了。

乾隆：瑶琴，你走了，朕会日夜想你的。

瑶琴：瑶琴也会想你，想总比相互伤害好。

两人相拥而泣。

行宫外马车等待着。

荒野。夜。

纪晓岚、和珅各自在狭小的木笼中，抱着木笼杆子睡着了。远处一豆灯火来，看清了是张了了打着一灯笼过来了。

兵甲：什么人？

张了了：请探纪学士。

纪晓岚醒：呀，了了小姐，不敢当，不敢当。这月黑之夜，怎么还劳您的驾了……实在当不起。

张了了：纪大人，害……害您受苦了。

纪晓岚：哪里的事，我很好啊。相处多日，还跟你学唱了那么多的曲子呢……

张了了流泪：纪大人，了了有今天多亏了您，多亏了小月。

纪晓岚：哎，可别那么说啊。没有你我怕早淹死了，我也要谢你呢。

看和珅。

和珅：看我干吗？救你可也有我一份啊。

张了了：纪大人，了了如今已与柳哥相聚了……

纪晓岚：在哪儿，人在哪儿？

张了了回头，远处柳哥在星空下作揖，兵丁拦着不让近前。

385

纪晓岚：好啊，好啊，有情人终成眷属，恭喜。

和珅：无情人终成陌路，伤心，伤心。

纪晓岚：和二，你少说风凉话。

张了了拿出吃食摆在纪晓岚面前：了了在大人处虽说不长，却学了很多东西。了了与大人此一别，真有些舍不得。

纪晓岚：我何尝不是如此呢。没缘，要么真想跟你学一辈子戏呢。

张了了拿出烟袋：对了，来时小月姑娘让把这个带给您。大人，就此别过了。

说完回头走了。

纪晓岚：哎，哎，得空上京城里来看我……祝你们长久。

张了了和柳哥走了，纪晓岚低头看烟袋装烟。

和珅：白忙了一场。

纪晓岚：小人之见，你这样的势利小人才会以买卖之理来论事呢。白忙？其中之意你哪儿懂！

摆酒菜。

和珅：哟，看你还风月起来了呢。哎，老纪……那酒菜给我端过来点儿。

纪晓岚：干吗？

和珅：好歹我也吃两口啊，算是没白跟着你忙了一出。

纪晓岚：这酒你不能喝。

和珅：怎么讲？

纪晓岚：你一个俗人哪儿品得出这酒的深意，其中的滋味难与外人道。

和珅：啊……啊呸！你酸死谁吧。

纪晓岚：酸……不假，酸中有甜，甘甜。你不懂。

乾清宫。

乾隆不高兴。百官垂首而立。和珅、纪晓岚各自布衣站着。

乾隆：浙江之行，于家国天下来说，当算是班师了。但于朕之心，痛彻万分。贪官如病，病在朕的身上，贪官一日不除尽，朕一日再无开心颜，况且，朕……朕此行于情于理上都极为失落，极为失落……

386

百官跪：臣等万死。

乾隆：不说了，和珅、纪晓岚。

和珅、纪晓岚：臣在。

乾隆：一路可辛苦？

和珅：不辛苦。

纪晓岚：辛苦。

乾隆：一个说不辛苦，一个说辛苦，看来还是辛苦得不够。好，朕也不多问了，罚你们当街扫地，也让你们知道知道什么叫极为失落。退朝。

纪府院中。

纪晓岚扛了一把大扫把，穿了力巴的短衣，要出院门。小月赶出来。

小月：先生，等等，等等，扣子没系好，扣子没系好。

杜小月给纪晓岚系扣子：了了小姐来了。

纪晓岚拿扫把挡脸：不见，我不见。

小月：先生，你怕什么，人家在大门口呢，还有一个人，说来给您道谢的。

纪晓岚：是啊？是那个柳哥是不是？算了，算了小月，你帮我推了吧，你帮我推了。

小月：不唱昆腔了？唱一出十八里相送吧。

纪晓岚：小月，别玩笑，我哪是真想唱昆腔啊。我这口烟就先忌不了。再说了，我那不都是为了国家吗？小月啊，我过一天，不还得让你照顾一天吗？小月你帮我推了，我还得扫地去呢。我从后门走了。

小月：看你吓的，骗你的。人家谁还来看你啊？

纪晓岚：这丫头。

和府。

刘全正伺候和珅穿短打，有个丫鬟拿着镜子照。

和珅发脾气：不穿，不穿。爷我这辈子哪穿过力巴的衣裳啊！不穿。万岁爷这不是让我斯文扫地吗？

刘全：爷，要不您别去了，我去。

和珅：蠢材，你去，你也配？这是万岁爷钦点的扫地。穿吧，穿吧，多亏有老纪陪着。

街上。

两把大竹扫帚从中间往两边扫着。和珅、纪晓岚各扫一边，有很多人在后边围观。纪晓岚叼着烟袋，呛得和珅咳嗽。

和珅：老纪，你别抽了行不行？

纪晓岚：不行。你扫你的我扫我的，你还想管我啊？

和珅：老纪，我想起来了，你还借了我的钱没还呢。你得多扫点儿，我扫这一小溜，你扫一大溜，我不让你还钱了，行不？

纪晓岚：我没借，是万岁爷借的，你找万岁爷黄三还去吧。

和珅：你借了。

纪晓岚：没借。

突然后边的人群散开，一辆车子过来了。

车子正走在路中央，一溜黄沙正从车上撒下来，细细一溜在中间，那车把和珅、纪晓岚两人分开。

和珅：这是谁啊，没看见扫街呢吗？

车过后两人看见那中间一溜黄沙。

和珅：哎，你那边的，该你扫，你扫。

纪晓岚：你那边的，该你。

两人乱扫。车正远去。

车内。

乾隆高兴地撒着沙子。

乾隆：哈，吵起来了吧！自古治国，臣子不吵，皇上怎么会有安宁呢？吵去吧，为了一把沙子，他们能吵翻了天。

从车里看车后边，和珅、纪晓岚还在吵。

图书在版编目（CIP）数据

铁齿铜牙纪晓岚.（一）/ 邹静之著. -- 北京：
中国文史出版社，2021.3

（中国专业作家作品典藏文库. 邹静之卷）

ISBN 978 - 7 - 5205 - 2448 - 3

Ⅰ. ①铁… Ⅱ. ①邹… Ⅲ. ①电视文学剧本 - 中国 -
当代 Ⅳ. ①I235.2

中国版本图书馆 CIP 数据核字（2020）第 209468 号

责任编辑：牟国煜　薛未未

出版发行：**中国文史出版社**

社　　址：北京市海淀区西八里庄路 69 号院　邮编：100142
电　　话：010 - 81136606　81136602　81136603（发行部）
传　　真：010 - 81136655
印　　装：北京新华印刷有限公司
经　　销：全国新华书店
开　　本：720 × 1020　1/16
印　　张：24.75　　　字数：388 千字
版　　次：2021 年 3 月第 1 版
印　　次：2021 年 3 月第 1 次印刷
定　　价：75.00 元